# CZARNE SŁOŃCE

# JAMES TWINING
# CZARNE SŁOŃCE

tłumaczenie
Joanna Podhorodecka

Wydawnictwo Otwarte
Kraków 2007

Tytuł oryginału: *The Black Sun*

Copyright © **James Twining** 2006

Copyright © for the translation by **Joanna Podhorodecka**

Projekt okładki: **Przemysław Dębowski, www.octavo.pl**

Opieka redakcyjna: **Katarzyna Wydra**

Opracowanie typograficzne książki: **Daniel Malak**

Adiustacja: **Paulina Lenar / KS & zespół**

Korekta: **Lidia Szczygieł / KS & zespół,
Kamila Zimnicka-Warchoł / KS & zespół**

Łamanie: **Mariusz Warchoł / KS & zespół**

ISBN 978-83-7515-012-4

**www.otwarte.eu**

Zamówienia: Dział Handlowy, ul. Kościuszki 37, 30-105 Kraków
Bezpłatna infolinia: 0800-130-082
Zapraszamy do księgarni internetowej Wydawnictwa Znak,
w której można kupić książki Wydawnictwa Otwartego: www.znak.com.pl

*Moim rodzicom i mojej siostrze
dziękuję za wszystko*

„Jeśli widzę dalej, to tylko dlatego
że stoję na ramionach olbrzymów".
Isaac Newton, fragment z listu do Hooke'a, 1675

## TŁO HISTORYCZNE

Inspiracją do tej powieści stała się niewiarygodna, ale prawdziwa historia węgierskiego Złotego Pociągu i jego rozpaczliwej podróży przez zniszczony kontynent u schyłku drugiej wojny światowej. Gdy został w końcu odnaleziony przez wojska amerykańskie w tunelu zagubionym w austriackich górach, okazało się, że zawierał skradzione złoto, dzieła sztuki i inne cenne przedmioty o wartości kilku miliardów dolarów.

Wszystkie opisy i informacje dotyczące dzieł sztuki i ich kradzieży, artystów, architektury, hitlerowskich mundurów i rytuałów są również oparte na faktach. Opis działania Enigmy został uproszczony.

„Dzisiaj dumny zamek Wewelsburg, usytuowany w historycznym miejscu na dawnych ziemiach Sasów, przeszedł pod opiekę Sztafet Ochronnych NSDAP, a wkrótce stanie się szkołą SS kształcącą przyszłych przywódców Rzeszy. Zamek Wewelsburg, mogący się poszczycić długą i chwalebną rolą w dziejach Niemiec, zyskał więc w ten sposób historyczne znaczenie również dla Trzeciej Rzeszy. To tutaj bowiem odbywać się będzie kształcenie – zarówno fizyczne, jak i duchowe – ludzi, których powołaniem jest zająć pozycję wodzów SS i stać się wzorem dla zdrowej niemieckiej młodzieży, maszerując na jej czele jako przywódcy".

fragment z „Völkischer Beobachter" (27 września 1934, nr 270), oficjalnej gazety partii nazistowskiej


„16 maja 1945 piętnasty pułk piechoty trzeciej dywizji – kompania dowodzona przez porucznika Josepha A. Mercera – wkroczył do tunelu Tauern sześćdziesiąt mil na południe od Salzburga. Ku swemu zdumieniu odkryli częściowo zamaskowany pociąg pełen złota i innych kosztowności [...]. W roku 1945 wyceniono wartość ładunku na dwieście sześć milionów dolarów, co dzisiaj przekładałoby się na kilka miliardów".

fragment z *The Spoils of World War II* Kennetha D. Alforda

# PROLOG

„Szerokie masy ludu […] łatwiej ulegają
wielkiemu kłamstwu niż małemu".
Adolf Hitler, *Mein Kampf*

**Szpital św. Tomasza, Londyn**
**27 grudnia, godzina 2.59**

Zaskórniak. Kasa za skórę.
Tak mówili na te pieniądze studenci medycyny. Każdy akt zgonu wymagał podpisu lekarza, a każdy podpis oznaczał dla niego niewielkie wynagrodzenie. Śmierć mogłaby być niezłym interesem dla kogoś, kto miałby szczęście znaleźć się we właściwym miejscu w niewłaściwym czasie.

Jednak dla doktora Johna Bennetta, który stawiał czoła lodowatej mżawce, zmierzając żwawo w kierunku głównego gmachu szpitala, perspektywa dodatkowego zarobku stanowiła mizerną rekompensatę za dźwięk pagera o trzeciej nad ranem. Doprawdy mizerną. Jakby dla podkreślenia godziny, Big Ben, którego tarcza zawisła w powietrzu na drugim brzegu rzeki jak księżyc, wybrał właśnie ten moment, by zabrzmieć, a każde ciężkie, głuche uderzenie rozbudzało Bennetta trochę bardziej.

Gdy wkroczył z chłodu w ciepły powiew grzejników umieszczonych w holu, gwałtowna zmiana temperatury sprawiła, że zaparowały mu okulary. Zdjął je i wytarł o koszulę, rozmazując wilgoć na szkłach.

Wyświetlacz nad jego głową ożył, kiedy winda ruszyła w dół, a malejące numery przewinęły się rytmicznie po panelu. W końcu rozległ się stłumiony dźwięk maszynerii, winda zwolniła, a drzwi się otworzyły. Bennett wszedł do wnętrza, zauważając, gdy winda ruszyła w górę, że w przyciemnionych lustrach wyglądał na zdrowszego, niż się czuł.

Kilka chwil później wkroczył na oddział, pozostawiając na czerwonym linoleum niewyraźne ślady butów. Korytarz przed nim był ciemny; wygaszono wszystkie światła z wyjątkiem tych wskazujących wyjście bezpieczeństwa. Lśniły zielenią nad drzwiami po obu końcach korytarza.

– Doktorze? – rozległ się w mroku kobiecy głos. Bennett włożył okulary, by móc rozpoznać zbliżającą się postać.

– Dzień dobry, Lauro – pozdrowił ją z ciepłym uśmiechem.
– Tylko nie mów, że zabiłaś mi kolejnego pacjenta.

Bezradnie wzruszyła ramionami.

– Miałam zły tydzień.

– Kto tym razem?

– Pan Hammon.

– Hammon? Nie powiem, żebym był zaskoczony. Było z nim coraz gorzej.

– Czuł się dobrze, gdy zaczynałam dyżur. Ale kiedy zajrzałam...

– Ludzie się starzeją – powiedział Bennett łagodnie, czując, że była zdenerwowana. – Nie mogłaś nic zrobić. – Uśmiechnęła się z wdzięcznością. – Tak czy inaczej, lepiej rzucę okiem. Przygotowałaś papiery?

– Są w biurze.

Pozbawiony okien pokój znajdował się mniej więcej w połowie oddziału. Jedyne światło pochodziło z dwóch monitorów systemu nadzoru i wyświetlacza magnetowidu pod nimi. Jeden z monitorów pokazywał korytarz, gdzie przed chwilą stali, drugi przeskakiwał pomiędzy pokojami pacjentów, zatrzymując się w każdym na kilka sekund. Pokoje były identyczne, każdy z wąskim łóżkiem pośrodku, kilkoma krzesłami pod oknem i odbiornikiem telewizyjnym umieszczonym wysoko na przeciwległej ścianie. Różniły się jedynie liczbą kwiatów i kartek z pozdrowieniami po jednej stronie łóżka oraz urządzeń do monitorowania funkcji życiowych i reanimacji po jego drugiej stronie. Jak można się było spodziewać, liczby jednych i drugich były do siebie wprost proporcjonalne.

Laura przetrząsała biurko w poszukiwaniu właściwego dokumentu. Błękitna poświata monitorów barwiła na fioletowo jej czerwone paznokcie.

– Czy chcesz, żebym zapalił światło?
– Tak, proszę – odpowiedziała, nie podnosząc wzroku.

Bennett sięgnął w kierunku przełącznika, gdy nagle coś przykuło jego uwagę. Wędrująca kamera zatrzymała się na moment w jednym z pokoi pacjentów. Dwie ciemne postacie zarysowały się w otwartych drzwiach, jedna drobna, druga nieprawdopodobnie wysoka.

– Kto to? – skrzywił się Bennett. Obraz przeskoczył do następnego pokoju. – Szybko, cofnij to.

Laura przełączyła system na sterowanie ręczne i przeszukała pokoje jeden po drugim, aż odnalazła dwóch ludzi.

– To pokój pana Weissmana – powiedziała niskim, niepewnym głosem.

Dwie postacie stały teraz po obu stronach łóżka, patrząc z góry na śpiącego pacjenta. Nawet na ekranie monitora wydawał się on wątły i wychudzony, ze zwiotczałą skórą i policzkami zapadniętymi ze starości. Spod pościeli wynurzały się różne kable i rurki, prowadzące do kroplówki i monitora pracy serca.

– Cóż oni, do diabła, wyprawiają? – Zdziwienie Bennetta ustąpiło miejsca irytacji. – Tu nie można tak po prostu sobie wejść, kiedy tylko ma się na to ochotę. Ludzie myślą, że od czego są godziny odwiedzin? Wzywam ochronę.

Gdy Bennett sięgnął po słuchawkę, wysoki mężczyzna po lewej wyrwał poduszkę spod głowy śpiącego. Ten obudził się natychmiast, jego oczy rozszerzyły się ze zdumienia, a później, gdy mrugając, spojrzał na majaczące nad nim sylwetki dwóch mężczyzn, ze strachu. Otworzył usta, ale dźwięk, który starał się wydać, został zdławiony gwałtownie przyciśniętą do jego twarzy poduszką. Zaczął się szamotać słabo i bezradnie jak ryba, która wyskoczyła z akwarium.

– Jezu Chryste – wyszeptał Bennett zduszonym głosem. Biały plastik ślizgał się w jego spoconej dłoni, gdy podnosił do ucha słuchawkę. Nie usłyszał w niej sygnału. Kilkakrotnie uderzył w widełki, po czym spojrzał w oczy Laury. – Nie działa.

Na ekranie wysoki mężczyzna skinął głową w kierunku swojego towarzysza, który położył na łóżku czarną torbę i sięgnął do jej wnętrza. W przyćmionym świetle błysnęły zęby narzędzia, w którym Bennett natychmiast rozpoznał piłę chirurgiczną. Mężczyzna sprawnie podwinął lewy rękaw piżamy pacjenta i oparł ostrze o jego ramię tuż poniżej łokcia. Ten próbował wyszarpnąć rękę, lecz bezskutecznie – wątłe siły, jakie mu pozostały, najwyraźniej opuszczały go szybko w mocnym chwycie napastnika.

Bennett spojrzał na Laurę. Opierała się plecami o drzwi, zakrywając usta dłonią i wbijając wzrok w monitor.

– Cicho – jego głos był słaby i zdławiony. – Wszystko będzie dobrze, jeśli tylko nie dowiedzą się, że tu jesteśmy. Po prostu zachowaj spokój.

Piła bez wysiłku przecięła skórę i mięśnie, zanim po kilku ruchach trafiła na kość. Rozcięta arteria bluznęła ciemną czerwienią. W ciągu kilku minut ręka została profesjonalnie amputowana w łokciu, a kikut bryzgnął krwią. Szarpanina ustała gwałtownie.

Mężczyzna szybko wytarł piłę o pościel, po czym włożył ją z powrotem do torby. Wkrótce dołączyła do niej odcięta ręka, starannie zawinięta w ręcznik zdjęty z oparcia łóżka. Twarz ofiary wciąż zasłaniała poduszka, a pościel pętała jego nogi jak sznur, tam gdzie zaplątał się w nią, kopiąc. Na monitorze pracy serca widać było jedynie płaską linię. W pustej dyżurce pielęgniarek na końcu korytarza odezwał się spóźniony alarm.

Dwaj mężczyźni wycofali się powoli w kierunku wyjścia, starając się niczego nie dotknąć. Niemal już zamykając drzwi, ten wysoki spojrzał nagle w przeciwległy kąt pokoju, prosto w obiektyw kamery, prosto w oczy Bennetta. Uśmiechnął się.

– O mój Boże – westchnął Bennett, z wolna uświadamiając sobie grozę sytuacji. – Idą po taśmy.

Gwałtownie odwrócił głowę w kierunku drugiego monitora. Szczupły mężczyzna szedł korytarzem w ich kierunku, w jego ręce lśniło ostrze noża.

Laura zaczęła krzyczeć rozpaczliwym, zdławionym głosem, coraz głośniejszym w miarę jak sylwetka mężczyzny rosła na ekranie monitora.

# CZĘŚĆ I

„Jedyną rzeczą potrzebną złu do zwycięstwa
jest bierność dobrych ludzi".
Edmund Burke

# ROZDZIAŁ 1

**Synagoga Pinkasa, Praga**
**2 stycznia, godzina 10.04**

Pod skórzanymi podeszwami ręcznie robionych butów firmy Lobb rozbite szkło zaskrzypiało jak świeży śnieg. Tom Kirk instynktownie spojrzał w górę, by sprawdzić, skąd się tam wzięło. Wysoko ponad nim biała folia przyklejona taśmą do wyszczerbionego zarysu ramy okiennej raz po raz wydymała się jak żagiel na przenikliwym zimowym wietrze. Przeniósł spojrzenie na mężczyznę przed sobą.
– Czy to tędy dostali się do środka?
– Nie.
Rabin Spiegel potrząsnął głową, aż pejsy uderzyły go w policzki. Chociaż miał na sobie elegancki ciemny garnitur i białą koszulę, był tak drobny i chudy, że materiał zdawał się wisieć na nim jak zbyt luźna skóra. Czubek głowy rabina okrywała spłowiała jarmułka z czarnego jedwabiu, mocno przypięta do bujnej grzywy siwych, kręconych włosów. Jego twarz kryła się za szeroką brodą. Zza niewielkich okularów w złotych oprawkach patrzyły załzawione oczy. Patrzyły, jak zauważył Tom, płonąc gniewem.
– Weszli tylnymi drzwiami. Wyłamali zamek. Okno... było tylko dla zabawy.

Tom skrzywił się ponuro. Był wysokim mężczyzną po trzydziestce, o silnej i zwinnej sylwetce kogoś, kto gra w squasha i biega przełajowo. Miał na sobie ciemnoniebieski kaszmirowy płaszcz z czarnym aksamitnym kołnierzem, a pod nim szary jednorzędowy garnitur od Huntsmana. Krótkie, zazwyczaj zmierzwione brązowe włosy były tym razem starannie przyczesane. Błękitne oczy osadzone były w kształtnej, gładko ogolonej twarzy o mocno zaznaczonych rysach.

– A potem zrobili to? – zapytał, wskazując na zdewastowane pomieszczenie, w którym się znajdowali. Rabin Spiegel przytaknął. Pojedyncza łza spłynęła po jego policzku.

Było tam łącznie osiemdziesiąt tysięcy nazwisk – ofiary Holokaustu z Czech i Moraw, każda upamiętniona jeszcze w latach pięćdziesiątych staranną ręczną inskrypcją na ścianie synagogi, z nazwiskami i pierwszymi literami imion wyróżnionymi krwawą czerwienią. Był to poruszający widok – bezlitosny gobelin śmierci, zapis zagłady całego narodu.

Wściekle żółte graffiti na ścianach pogłębiało jedynie niewypowiedziany ciężar ludzkiego cierpienia kryjący się za każdym z nazwisk. Na ścianie po lewej stronie ktoś namalował olbrzymią gwiazdę Dawida, sprawiając, że tekst pod nią stał się nieczytelny. Gwiazdę przeszywał nieudolnie namalowany sztylet. Kilka wielkich kropli żółtej krwi ściekało z niego w kierunku podłogi.

Tom zbliżył się do rysunku. Jego krokom towarzyszył głuchy pogłos w lodowatym bezruchu synagogi. Z bliska mógł dostrzec widmowy zarys nazwisk, które zostały ukryte pod farbą, a teraz walczyły, by pozostać widoczne, by nie popaść w zapomnienie. Podniósł do twarzy niewielki aparat cyfrowy i zrobił zdjęcie, a głośny elektroniczny trzask migawki odezwał się echem w ciszy pomieszczenia.

– To złoczyńcy, ci ludzie, którzy to zrobili. Złoczyńcy – głos rabina rozległ się znad lewego ramienia Toma, który odwrócił się, by zobaczyć, jak ten wskazuje na jeszcze jedno graffiti na przeciwległej ścianie. Tom rozpoznał oszukańczo optymistyczne motto umieszczone nad bramą hitlerowskiego obozu koncentracyjnego: *Arbeit macht frei* – praca czyni wolnym.

– Po co mnie tutaj wezwałeś, rabbi? – zapytał Tom łagodnie, nie chcąc okazać się nieczułym, ale jednocześnie świadom, że każda pożyteczna informacja, której rabin może mu udzielić, może wkrótce zatrzeć się w fali emocji.

– Rozumiem, że odzyskujecie skradzione przedmioty?

– Tak, staramy się pomóc w miarę możliwości.

– Obrazy?

– Między innymi.

Tom wyczuł w swoim głosie cień niepewności. Nie dość wyraźny, by rabin mógł go wychwycić, ale wciąż obecny. Nie był tym zaskoczony. Minęło zaledwie sześć miesięcy, odkąd Tom i Archie Connolly wspólnie założyli firmę. Pomysł był prosty: pomagali muzeom, kolekcjonerom, a nawet rządom odzyskiwać skradzione lub zaginione dzieła sztuki. Co czyniło ich działalność wyjątkową, to fakt, że Tom po odejściu z CIA był przez dziesięć lat wysokiej klasy złodziejem dzieł sztuki, najlepszym w branży, jak twierdzili niektórzy. Przez cały ten czas Archie był jego oficjalnym przedstawicielem, wyszukując nabywców, identyfikując cele i badając zabezpieczenia. To przedsięwzięcie oznaczało więc dla nich obu nowy początek po właściwej stronie prawa – sytuację, w której wciąż nie do końca umieli się odnaleźć. Zwłaszcza Archie.

– Zapraszam więc na górę. Tędy, proszę – rabin wskazał wąską klatkę schodową w przeciwległym rogu pomieszczenia. – Chciałbym coś panu pokazać.

Schody prowadziły do sklepionej sali, do której blade światło poranka sączyło się przez okna umieszczone wysoko w białych ścianach. Tutaj nie było żadnego graffiti, a jedynie rzędy rozbitych drewnianych gablot i posadzka pokryta rozrzuconymi rysunkami i akwarelami. Niektóre były podarte na strzępy, inne zmięte w luźne kulki, a jeszcze inne pokryte czarnymi śladami butów.

– To była stała wystawa dziecięcych rysunków z Terezina. Był tam obóz tranzytowy, gdzie przetrzymywano całe rodziny przed wywiezieniem ich na wschód – wyjaśnił rabin szeptem. – Widzi pan, wojna widziana oczami dziecka ma w sobie jakąś straszną niewinność.

Tom w milczeniu przeniósł ciężar ciała na drugą nogę, czując, że cokolwiek mógłby wymamrotać w odpowiedzi, byłoby niestosowne.

Rabin Spiegel uśmiechnął się smutno.

– Jednak podniesiemy się z tego, tak jak wcześniej podnosiliśmy z sytuacji znacznie gorszych. Proszę tutaj – powiedział, przechodząc pod przeciwległą ścianę. – Oto, co chciałem panu pokazać.

Na ścianie wisiała pusta złocona rama, wysoka na około siedemdziesiąt, a szeroka na ponad trzydzieści centymetrów. W miejscu gdzie powinien znajdować się obraz, widoczna była jedynie bielona ściana. Tom podszedł bliżej.

– Co było oprawione w tę ramę?

– Olejny obraz przedstawiający tę synagogę, wykonany we wczesnych latach trzydziestych.

– Został wycięty – zauważył Tom w zamyśleniu, przesuwając palcem po nierównym skraju płótna przeciętego wzdłuż ramy.

– Dlatego właśnie zaprosiłem pana tutaj – powiedział rabin z ożywieniem. – Mogli spokojnie pozostawić obraz w ramie, gdyby chcieli go jedynie uszkodzić lub zniszczyć. Myśli pan, że zabrali go ze sobą?

– Wątpię – skrzywił się Tom. – Ludzie, którzy zrobili to wszystko, nie wyglądają mi na miłośników sztuki.

– A na pewno nie na miłośników tego konkretnego malarza – zgodził się rabin niechętnie.

– Dlaczego? Kim on był?

– Żydowskim artystą, niezbyt dobrze znanym, ale drogim nam, ponieważ mieszkał tutaj, w Pradze, dopóki nie zamordowali go hitlerowcy. Nazywał się Karel Bellak.

– Bellak? – Tom wbił w niego pytające spojrzenie.

– Słyszał pan o nim? – rabin był najwyraźniej zaskoczony.

– Gdzieś słyszałem to nazwisko – powiedział Tom powoli – ale nie jestem pewien gdzie. Muszę porozmawiać z moim współpracownikiem w Londynie, żeby się upewnić, czy myślimy o tej samej osobie. Macie może zdjęcie tego obrazu?

– Oczywiście – rabin Spiegel wydobył fotografię z kieszeni i podał ją Tomowi. – Parę lat temu zrobiliśmy kilka zdjęć dla towarzystwa ubezpieczeniowego. Powiedzieli nam, że obraz ma niewielką wartość, ale dla nas jest bezcenny.

– Czy mogę?...

– Tak, proszę je zatrzymać.

Tom wsunął zdjęcie do kieszeni płaszcza.

– Z tego, co pamiętam na temat Bellaka... – Tom urwał, widząc dwóch czeskich policjantów wchodzących do pomieszczenia i rozglądających się wśród zniszczeń.

– Proszę kontynuować.

– Czy moglibyśmy porozmawiać gdzieś na osobności?

– Dlaczego?

Tom skinął głową w kierunku policjantów.

– Ach – rabin wydawał się zawiedziony. – Dobrze. Proszę za mną.

Poprowadził Toma w dół schodów, a następnie przez główną salę synagogi do grubych drewnianych drzwi, które otwierały się na niewielką przestrzeń ograniczoną ze wszystkich stron szarymi jak popiół ścianami kamienic. Kilka drzew wyciągało skrzypiące na wietrze gałęzie ku niewielkiemu kwadratowi pochmurnego nieba, raz po raz drapiąc kościstymi palcami duszące je mury. Grunt naprzeciw, zasypany ciemnymi kształtami, układał się falisto w nierówne rzędy pagórków i wgłębień.

– Co to za miejsce? – zapytał Tom szeptem.
– Stary cmentarz żydowski – odparł rabin.

Tom nagle zdał sobie sprawę, że ciemne bryły, które widział przed sobą, to nagrobki – tysiące nagrobków w rozmaitych kształtach i rozmiarach, niektóre wsparte o siebie nawzajem, inne leżące na ziemi, jak gdyby zostały rozsypane z wielkiej wysokości niczym ziarno. Poupychane tak ciasno, że ziemia, błotnista i mokra od rosy w miejscach, gdzie stopniał poranny szron, była pomiędzy nimi ledwo widoczna. Tom był przekonany, że gdyby przewrócić jeden z nagrobków, reszta upadłaby również, jak przerośnięte klocki domina.

– Przez setki lat było to jedyne miejsce, w którym władze miasta pozwalały nam grzebać naszych zmarłych. Za każdym razem więc, gdy cmentarz się zapełniał, nie mieliśmy innego wyjścia, jak tylko nawieźć kolejną warstwę ziemi i zacząć od nowa. Niektórzy twierdzą, że jest tu aż jedenaście warstw.

Tom przyklęknął przy najbliższym nagrobku, na którego kruszącej się powierzchni ktoś wyrył swastykę. Spojrzał na rabina, który wzruszył ramionami z rezygnacją.

– Wojna skończyła się dawno temu, ale dla niektórych z nas walka wciąż trwa – powiedział, potrząsając głową. – A teraz niech mi pan powie, panie Kirk, co pan wie o Karelu Bellaku.

# ROZDZIAŁ 2

**Narodowe Muzeum Kryptologiczne, Fort Meade, Maryland**
**3 stycznia, godzina 2.26**

To była taka gra – coś, w co bawił się, by czas na służbie mijał szybciej. Podchodząc do każdej z gablot, sprawdzał, ile potrafił zapamiętać z informacji umieszczonych w opisach eksponatów. Po dwudziestu latach odtwarzał je niemal dosłownie.

Pierwsze były flagi Myera, system komunikacji opracowany w czasie wojny secesyjnej przez felczera, który następnie stworzył oddziały łączności. W szklanych gablotach spoczywały zniszczone w bitwach oryginalne chorągiewki, które przebarwiły się z upływem czasu.

Usatysfakcjonowany, ruszył dalej. Gumowe podeszwy butów skrzypiały na posadzce rytmicznie jak metronom, a ich wypolerowane do połysku czubki odbijały białe światło lamp.

Al Travis był strażnikiem w Narodowym Muzeum Kryptologicznym od dnia jego otwarcia. Lubił tę pracę; nareszcie znalazł miejsce, gdzie mógł być częścią czegoś ważnego, czegoś szczególnego. W końcu, technicznie rzecz biorąc, pracował dla Agencji Bezpieczeństwa Narodowego, organizacji odpowiedzialnej za ochronę systemów informacji Wuja Sama i łamanie szyfrów przeciwnika. To oni byli w samym centrum całej tej wojny z terroryzmem.

Zbliżył się do następnego eksponatu – walca szyfrującego. Był to zestaw drewnianych dysków obracających się wokół własnej osi, przez setki lat używany przez rządy krajów europejskich do szyfrowania poufnych informacji. Według opisu, urządzenie było przystosowane do języka francuskiego, który był językiem międzynarodowej dyplomacji do końca pierwszej wojny światowej.

Cylindryczny przedmiot spoczywał bezpiecznie w swojej gablocie, a jego drewnianą obudowę przez pokolenia polerowały troskliwe palce. Travis zatrzymał się i spojrzał na kartę z opisem, by upewnić się, że było to najstarsze tego typu urządzenie na świecie.

A potem, oczywiście, był jego ulubiony eksponat – ten wielki, jak mawiał – maszyna szyfrująca Enigma. Muzeum miało kilka jej wersji, wystawionych w dwóch dużych szklanych gablotach, a Travis nigdy nie omieszkał zatrzymać się i przyjrzeć im z uznaniem. Wydawało mu się niewiarygodne, że łamiąc kod generowany przez te przerośnięte maszyny do pisania, polscy, a później brytyjscy matematycy pomogli aliantom wygrać wojnę w Europie. Lecz jeśli tak właśnie brzmiał opis, to czemu on miałby dyskutować?

Nagły hałas zatrzymał Travisa w miejscu. Al obejrzał się przez ramię, następnie wbił wzrok w półmrok przed sobą.

– Jest tam kto? – wykrzyknął, zastanawiając się, czy to nie kolega z następnej zmiany przyszedł trochę za wcześnie. Gdy znieruchomiał, czekając na odpowiedź, pętla ze stalowego drutu spłynęła w dół z sufitu i zawisła mu nad głową, lśniąc w blasku lamp jak srebrna aureola. Kiedy Travis miał już ruszyć przed siebie, pętla błyskawicznie zsunęła się przez jego głowę i zacisnęła na szyi, podrywając go metr ponad posadzkę.

Ręce Travisa pomknęły do gardła, a nogi wierzgnęły rozpaczliwie, gdy drapał pętlę, wydając nieludzkie, bulgoczące odgłosy. Gdy tak się szamotał, dwa ciemne kształty wyłoniły się z cienia, a trzeci zeskoczył bezgłośnie na podłogę ze swojej kryjówki w pustej przestrzeni nad podwieszanym sufitem.

Jeden z nich sięgnął po krzesło stojące pod ścianą i umieścił je poniżej kopiących nóg Travisa, który czubkami palców odnalazł oparcie. Dławiący ucisk na jego gardle zelżał, a płuca chciwie nabrały powietrza. Krew spływała mu po kołnierzu, tam gdzie pętla wgryzła się w miękką skórę szyi.

Chwiejąc się niepewnie, z ustami wyschniętymi ze strachu, patrzył, jak trzy zamaskowane osoby w czerni zbliżają się do gabloty po lewej. Z wprawą świadczącą o długiej praktyce odkręciły ramę, a następnie podważyły i wyjęły szybę, opierając ją o ścianę. Wtedy ten pośrodku sięgnął do wnętrza, wyjął jedną z maszyn Enigma i umieścił ją w plecaku wspólnika.

Travis spróbował się odezwać, zapytać ich, co właściwie wyczyniają, powiedzieć, że nie mają najmniejszych szans wydostać się z terenu bazy, ale jedyny dźwięk, jaki udało mu się wydać, to seria zduszonych chrząknięć i przyciszonych jęków. Wystarczyło to jednak, by zwrócić ich uwagę. Jeden z mężczyzn odsunął się od pozostałych i zbliżył do Travisa.

– Mówiłeś coś, czarnuchu?

Był to głos cienki i drwiący, a ostatnie słowo wypowiedziane zostało powoli i ostentacyjnie. Travis potrząsnął głową, choć obelga sprawiła, że jego oczy zapłonęły gniewem. Wiedział, że nie są to ludzie, którzy posłuchają głosu rozsądku.

Nie wyglądało jednak na to, by mężczyzna oczekiwał odpowiedzi. Zamiast tego kopnięciem wybił krzesło spod Travisa, który runął w dół. Stalowy drut zadźwięczał pod jego ciężarem, łamiąc mu kark.

Jeszcze przez parę sekund stopy Travisa kopały wściekle, potem drgnęły kilkakrotnie, aż w końcu znieruchomiały.

# ROZDZIAŁ 3

**Clerkenwell, Londyn**
**3 stycznia, godzina 17.02**

Tom siedział przy biurku z egzemplarzem „Timesa", zwinąwszy gazetę tak, aby widzieć jedynie zamieszczoną w niej krzyżówkę opartą na grach słownych. Marszczył czoło w skupieniu, a w zębach trzymał długopis, ukruszony i pęknięty w miejscu, gdzie zdążył go już pogryźć. Ku swej ogromnej frustracji nie wpisał jeszcze ani jednego słowa.

Biurko było francuskie, wykonane około roku 1890 z solidnego mahoniu, rzeźbione w owoce, liście i rozmaite istoty mitologiczne. Miało cztery szuflady po lewej stronie i szafkę po prawej, wszystkie otwierane gałkami w kształcie głowy lwa. Rogi wypolerowanego blatu podpierali atlanci i kariatydy.

Tom i Archie kupili biurko nie ze względu na jego dość oczywiste piękno, ale ponieważ było ono identyczne z obu stron, co stanowiło symboliczny wyraz równości między nimi. I pomimo że czasem czuł się, jak gdyby był jednym ze zdziwaczałej pary prawników z książek Dickensa, Tom widział w tym biurku odbicie swojego nowego życia – solidnego partnerstwa po właściwej stronie prawa.

Rozległo się pukanie do drzwi.

– Proszę! – wykrzyknął Tom, rad z przerwy. Wpatrywał się w gazetę już tak długo, że hasła zaczęły mu pływać przed oczami.

Drzwi otwarły się i weszła kobieta w dżinsach, bladoróżowej bluzce i obcisłej czarnej kurtce, z kaskiem motocyklowym przewieszonym przez prawe ramię za otwarty wizjer.

– Łap! – krzyknęła. Tom podniósł wzrok w ostatniej chwili, by dostrzec piłkę tenisową lecącą w kierunku jego głowy. Instynktownie wyciągnął rękę i uchwycił ją w powietrzu, aż zapiekły go palce.

– Jak się grało? – spytał, kiedy Dominique de Lecourt zdjęła kurtkę i usadowiła się na skraju biurka, kładąc obok siebie kask. W jej bladej owalnej twarzy było coś z zimnego, niedostępnego piękna gwiazd filmu niemego, choć jej błękitne oczy dla kontrastu płonęły ujmującym połączeniem impulsywnej energii i zaraźliwej pewności siebie. Jej prawe ramię pokrywał wymyślny tatuaż przedstawiający wspinającego się konia, częściowo ukryty pod masą jasnych kręconych włosów. Lewe ramię otaczał natomiast lśniący pancerz z cienkich srebrnych bransoletek, które przy każdym ruchu pobrzękiwały jak setki małych dzwonków. Spod bluzki wyglądał kolczyk w pępku.

– Nie grałam. Zamiast tego poszłam na tę aukcję.

– Wiedziałem, że się nie oprzesz – roześmiał się Tom. – Widziałaś coś ciekawego?

– Parę waz z porfiru i złoconego brązu w stylu Ludwika XV – mówiła doskonałą angielszczyzną, z ledwie słyszalnym śladem szwajcarsko-francuskiego akcentu.

– Wykonanych przez Ennemonda-Alexandre'a Petitota w 1760 roku – przytaknął Tom. – Tak, widziałem je w katalogu. I co o nich myślisz?

– Myślę, że dwa miliony to wysoka cena za parę dziewiętnastowiecznych reprodukcji przeznaczonych dla ówczesnych turystów. Są warte najwyżej dwadzieścia tysięcy. To się prosi o sprawę sądową.

Tom uśmiechnął się. Czasem nie mógł uwierzyć, że Dominique skończyła dopiero dwadzieścia trzy lata. Miała niewiarygodnego nosa do interesów i jak gąbka chłonęła nawet najdrobniejsze szczegóły, co sprawiało, że mogli jej dorównać jedynie najbardziej doświadczeni profesjonaliści. Nic dziwnego – miała dobrego nauczyciela. Przez cztery lata pracowała w Genewie dla ojca Toma, aż do jego śmierci w zeszłym roku. Kiedy Tom przeniósł antykwariat do Londynu, chętnie zgodziła się na jego propozycję, by się przeprowadzić i pomóc mu w prowadzeniu interesu.

Sam antykwariat zajmował obszerne pomieszczenie o dwóch dużych łukowatych oknach wychodzących na ulicę, co pomagało przyciągać potencjalnych klientów, choć większość osób odwiedzających firmę „Kirk Duval. Antyki i Dzieła Sztuki" dzwoniła, by umówić się na spotkanie. Z tyłu pomieszczenia znajdowało się dwoje drzwi i schody prowadzące na górę. Pierwsze piętro stało teraz puste, drugie zajmowało mieszkanie Dominique, a ostatnie – Toma. Miał to być układ wyłącznie tymczasowy, ale tygodnie niepostrzeżenie zmieniły się w miesiące. Tom nie poruszał tematu, czując, że Dominique wyprowadzi się, kiedy nadejdzie dla niej właściwy czas. Poza tym cenił sobie jej towarzystwo, a będąc patologicznie niezdolnym do zawierania nowych przyjaźni, z czysto egoistycznych powodów chciał, by pozostała w pobliżu.

Drzwi po lewej stronie prowadziły do magazynu, do którego schodziło się po starych spiralnych schodach, a te po prawej – do biura. Było ono niewielkie, najwyżej pięć metrów na pięć, a większość tej przestrzeni zdawało się zajmować dwustronne biurko. Z dużego okna, pod którym stała niska biblioteczka, widać było magazyn poniżej. Na lewo od wejścia ustawiono dwa wygodne fotele, których brązowe skórzane obicia wyblakły z czasem. Jednak tym, co najbardziej rzucało się w oczy, była ściana nad biurkiem, na której Tom powiesił swoją lśniącą kolekcję tabliczek z sejfów – zbiór mosiężnych i żelaznych plakietek o różnych kształtach i rozmiarach, niektóre z nich pochodziły z osiemnastego wieku. Na każdej umieszczono nazwę producenta sejfu i jego znak firmowy.

– Jak sobie radzisz z krzyżówką? – spytała Dominique z uśmiechem, zaglądając w puste kratki. – Jakiś postęp?

– Niezupełnie – przyznał. – Popatrz na przykład na to: „czarujący szeregowiec amerykański w maku". Pięć liter. – Potrząsnął głową. – Co to w ogóle ma być?

– Magik – odpowiedziała po kilku sekundach namysłu.

– Magik... – powtórzył Tom z wolna. – Dlaczego magik?

– Szeregowego żołnierza armii amerykańskiej oznacza się skrótem G.I. – wyjaśniła. – Wstaw ten skrót w słowo „mak" i powstanie „magik". Czarujący.

Figlarnie pacnęła go w nos smukłym palcem, jak gdyby była to magiczna różdżka.

– Poddaję się – Tom z rezygnacją rzucił długopis na biurko.

– Nie dawaj za wygraną – roześmiała się. – Któregoś dnia to wszystko po prostu zaskoczy.

– Ciągle mi to powtarzasz – Tom westchnął sfrustrowany i zmienił temat. – Kiedy wraca Archie?

– Chyba jutro. – Dominique wyskubała strzępek bawełny z rozdarcia na lewej nogawce dżinsów.

– Był w Stanach już dwa razy w ciągu ostatnich kilku tygodni – skrzywił się Tom. – Troszkę go nosi po świecie, jak na kogoś, kto podobno nie cierpi wyjeżdżać za granicę.

– Co on tam robi?

– Bóg jeden wie. Czasem, gdy wpadnie mu do głowy jakiś pomysł, to po prostu znika.

– A tak przy okazji... Co zrobiłeś z gazetami, które były na jego biurku?

– A jak myślisz? Wyrzuciłem je, razem z całą resztą śmiecia.

– Co takiego?! – wykrzyknęła. – Były moje. Zachowałam je z konkretnej przyczyny.

– W takim razie sprawdź najniższą szufladę po lewej – zasugerował Tom nieśmiało – wrzuciłem tam jakąś stertę papierów.

Zsunęła się z biurka i zajrzała do szuflady.

– Masz szczęście, są tutaj – powiedziała z ulgą, wydobywając spory plik gazet i kładąc go na biurku.

– Do czego one właściwie są ci potrzebne? Czyżbyś zbierała kupony promocyjne?

– Czy ja wyglądam na kogoś, kto zbiera kupony? – Dominique wyszczerzyła zęby w uśmiechu. – Nie, chciałam ci coś pokazać, tylko nie jestem pewna, czy ci się to spodoba...

– O czym ty mówisz? – skrzywił się Tom. – Wiesz przecież, że możesz porozmawiać ze mną na każdy temat.

– Nawet jeśli tym tematem jest Harry?

– Harry? – Tom zerwał się na równe nogi.

Harry Renwick. Samo nazwisko sprawiało, że serce podchodziło Tomowi do gardła. Harry Renwick był najlepszym przyjacielem jego ojca, człowiekiem, którego Tom znał i kochał, odkąd... praktycznie odkąd sięgał pamięcią. Aż do momentu, kiedy okazało się, że wujaszek Harry prowadził podwójne życie. Działając pod pseudonimem Kasjusz, kierował bezlitosnym zbrodniczym syndykatem, który przez dziesięciolecia odpowiedzialny był za rabunki dzieł sztuki, morderstwa i wymuszenia na całym świecie. Zdrada wciąż bolała.

– Mówiłeś, że zniknął po tym, co się stało w Paryżu. Po...

– Tak – Tom przerwał jej, nie chcąc wracać myślą do szczegółów. – Po prostu przepadł.

– Gdziekolwiek by się zaszył, ktoś go poszukuje – Dominique otworzyła pierwszą z gazet, „Herald Tribune" z poprzedniego dnia, na stronie z ogłoszeniami drobnymi i wskazała jeden zakreślony anons. Tom zaczął czytać.

– „Wkrótce się przebudzą lwy". – Przesłał jej rozbawione spojrzenie. Dominique gestem nakazała, by czytał dalej.

– „Bezzwłocznie dzwoń na poprzednio podany numer, by w przypadku jeśli goryl test przepisze do godzin czterech, nadzorca wynagrodził go trzema cukierkami". – Tom roześmiał się. – To jakiś nonsens.

– Tak właśnie pomyślałam, kiedy zobaczyłam to po raz pierwszy, ale wiesz, jak lubię wyzwania.

– Jasne – uśmiechnął się Tom. Oprócz innych zalet Dominique miała wyjątkowy talent do gier słownych i wszelkiego rodzaju łamigłówek. To częściowo pragnienie dorównania jej sprawiło, że Tom zabrał się do krzyżówki. Nie żeby odnosił na tym polu jakieś szczególne sukcesy.

– Zajęło mi to tylko kilka minut. To szyfr.

– Co takiego?

– Szyfr przeskokowy. Żydowscy uczeni od lat wynajdują takie szyfry w tekście Tory. Czy wiesz, że jeśli zaczniesz od pierwszej litery T w Księdze Rodzaju, następnie przeskoczysz czterdzieści dziewięć pozycji aż do pięćdziesiątej z kolei litery, potem znowu czterdzieści dziewięć pozycji do następnej pięćdziesiątej litery i tak dalej, wtedy otrzymasz słowo?

– Jakie słowo?

– „Torah". Tytuł umieszczony jest w samym tekście. Podobnie jest w trzech następnych księgach. Niektórzy twierdzą, że cały Stary Testament jest zakodowaną przepowiednią.

– I to ogłoszenie działa w ten sam sposób?

– To kwestia ustalenia, jak duży powinien być przeskok. W tym konkretnym przypadku należy wziąć co ósmą literę.

– Zaczynając od pierwszej?

Skinęła głową.

– A więc będzie to W... – Tom odliczył siedem liter – następnie I... – chwycił pióro, by zapisać co ósmą literę – potem D... potem Z... I... A... N... Y. „Widziany!" – wykrzyknął triumfalnie.

– „Widziany w Kopenhadze. Oczekuj na kontakt". Już to rozszyfrowałam.

– Czy są tu jeszcze inne tego typu wiadomości?

– Kiedy znalazłam tę, przejrzałam poprzednie numery. Przez ostatnie pół roku wiadomości zakodowane tą metodą pojawiały się co kilka tygodni. Zapisałam je tutaj...

Wręczyła Tomowi kartkę papieru.

– „Baza pusta, sprawdź Tokio" – przeczytał. – „Skoncentruj poszukiwania na Europie... Próbka DNA w drodze... Widziany w Wiedniu..." – Spojrzał na Dominique. – W porządku, zgadzam się, że szukają czegoś lub kogoś. Ale nic nie wskazuje na to, że miałby to być Harry.

Dominique wręczyła mu gazetę z samego spodu sterty, otwierając ją na ogłoszeniach drobnych.

– To była pierwsza i najdłuższa wiadomość – wskazała na sporego rozmiaru ogłoszenie, zakreślone na czerwono.

– Jakiej treści?

– „Dziesięć milionów dolarów nagrody. Henry Julius Renwick, *alias* Kasjusz, żywy lub martwy. Zgłoś zainteresowanie w przyszły wtorek".

Tom w milczeniu starał się przyswoić sobie tę wiadomość.

– Ktoś się zgłosił? – zapytał w końcu.

– Naliczyłam wszystkiego dwadzieścia pięć odpowiedzi.

– Dwadzieścia pięć!

– Ktokolwiek za tym stoi, ma w tym momencie niewielką prywatną armię tropiącą Harry'ego. Pytanie brzmi: dlaczego.

– Nie – stwierdził Tom po zastanowieniu. – Pytanie brzmi: kto.

# ROZDZIAŁ 4

**Kwatera główna FBI, Wydział w Salt Lake City, Utah**
**4 stycznia, godzina 16.16**

W którym momencie poszło źle? Kiedy to z człowieka sukcesu stał się dyżurnym przeciętniakiem, który w opinii swoich przełożonych nie miał tego szczególnego czegoś, co pozwoliłoby go awansować? Jak to się stało, że ludzie o połowę młodsi od niego mijali go tak szybko, że zanim opadł za nimi kurz, byli już tylko znikającym punktem na horyzoncie? W którym momencie pozostanie na posadzie tak długo, by doczekać się sensownej emerytury, stało się dla niego jedynym powodem, by wstawać rano z łóżka?

Agent FBI Paul Viggiano, lat czerdzieści jeden, z każdym kolejnym pytaniem wsuwał nabój do każdej z pięciu pustych komór magazynka pistoletu AirLite Ti Model 342.38 Smith & Wesson.

Załadowawszy broń, zatrzasnął ją, po czym przyglądał się jej jeszcze przez kilka sekund, zanim podniósł ją na wysokość oczu. Znieruchomiał na chwilę i wziął głęboki oddech.

Następnie, powoli wypuszczając powietrze, wpakował cały magazynek w tarczę na przeciwległym końcu strzelnicy tak szybko i głośno, jak tylko mógł. Każdy kolejny wystrzał potęgował huk poprzedniego, aż wydawało się, że nieszczęście Paula odbija się echem w całym pomieszczeniu.

– Chyba tego właśnie było ci potrzeba – powiedziała z uśmiechem kobieta na sąsiednim stanowisku. W odpowiedzi zdobył się na wysilony grymas, a kobieta odwróciła się, by wycelować. Jej uwaga nasunęła mu kolejne pytanie. Jak to się stało, że w jakimś bezsensownym dążeniu do równouprawnienia płci Biuro wręcz wychodziło z siebie, by promować kobiety? Jak na przykład tę dziwkę Jennifer Browne, którą przeniesiono do góry, podczas gdy on tkwił tutaj. Cokolwiek owo „tutaj" miało oznaczać.

Jedno małe przeoczenie, ot co. Jedno małe potknięcie w karierze pod każdym innym względem nieskazitelnej. I oto gdzie się znalazł, grzęznąc w przeciętności.

Potrząsnął głową i nacisnął guzik, by ściągnąć tarczę z drugiego końca strzelnicy. Łopocząc w powietrzu, czarna sylwetka popłynęła ku niemu jak duch zemsty i zatrzymała się tuż przed nim. Poszukał w niej dziur po kulach.

Ku swemu zdumieniu nie znalazł ani jednej.

– Niezłe strzały – zbrojmistrz zajrzał mu przez ramię ze złośliwym uśmieszkiem. – Równie dobrze mógłbyś trafić przestępcę, jak i samemu sobie odstrzelić jaja.

– Pieprz się, McCoy.

Przeciągły akcent z New Jersey pasował do włoskiego pochodzenia Viggiana, które zdradzały jego gęste czarne brwi i włosy oraz nieustannie widoczny cień zarostu. Mrocznego wyglądu dopełniała mocna, nieustępliwa szczęka, która wystawała jak zderzak samochodu, sprawiając wrażenie, że gdyby rzucić w niego jakimś ciężkim przedmiotem, odbiłby się jak kamień od trampoliny.

Kobieta obok wystrzelała magazynek nabój po naboju, w powolnym, monotonnym rytmie, który utwierdził Viggiana w przekonaniu, że musiała prasować mężowi skarpetki. Następnie starannie odłożyła broń i sprowadziła tarczę. Viggiano nie mógł się powstrzymać od rzucenia okiem.

Jedenaście. Jej tarcza miała jedenaście dziur po kulach. To było niemożliwe, chyba... chyba że było to jej sześć i jego pięć strzałów. Był tak zaaferowany, że strzelał do niewłaściwej tarczy.

Kobieta najwyraźniej doszła do tego samego wniosku. Spojrzała na niego błyszczącymi oczyma, w których czaił się śmiech. Viggiano cisnął nauszniki na ławkę i wyszedł z pomieszczenia, zanim miała okazję pokazać tarczę komukolwiek innemu.

– Miałem nadzieję, że właśnie tutaj pana znajdę. – Byron Bailey był czarnym Amerykaninem z południowego Los Angeles, zdolnym dzieciakiem, który dostał się tutaj trudniejszą z dróg, zdobywając stypendium za dobre stopnie w California Institute of Technology, a wieczorami układając towar na półkach w lokalnym supermarkecie. Ciężko przeszedł trądzik, który pozostawił jego twarz dziurawą jak rafa koralowa. Miał duży, płaski nos i oczy błyszczące gorliwością. Co jednak wywoływało największe obrzydzenie Viggiana, to fakt, że Bailey wykazywał entuzjazm młodego psiaka, odstręczającą cechę większości nowicjuszy, która sprawiała, że Viggiano czuł się jeszcze starzej.

– I znalazłeś – Viggiano okazał swój brak zainteresowania, starannie strzepując niewidoczne pyłki z klap nienagannie wyprasowanej marynarki.

– Eee... tak jest, sir – rozdrażniony ton Viggiana sprawił, że Bailey na moment stracił wątek. – Dostaliśmy cynk w sprawie tego napadu na ośrodek Agencji Bezpieczeństwa Narodowego w stanie Maryland. Wie pan, tego, którym tak się podniecają chłopaki w Waszyngtonie. Wygląda na to, że mają powód.

– O czym ty bredzisz? – Viggiano przyjrzał się swojemu odbiciu w szklanych drzwiach i poprawił krawat, tak aby znajdował się idealnie pośrodku szyi.

– Słyszał pan kiedyś o Synach Wolności Amerykańskiej?
– O kim?
– Synach Wolności Amerykańskiej.
– Nie.

– To skrajny odłam białych suprematystów. Nasz tajemniczy informator wskazał na nich jako odpowiedzialnych za napad.

– Udało się go zidentyfikować?

– Nie. Wiemy jedynie, że dzwoniono z jakiegoś miejsca w samym Salt Lake City, ale kimkolwiek był rozmówca, zdołał się rozłączyć, zanim go namierzyliśmy.

– Da się go zidentyfikować na podstawie nagrania?

– Taśmy są w analizie, ale laboratorium wiele nie obiecuje. Teraz mogą nam jedynie powiedzieć, że raczej nie jest tutejszy.

– I to wszystko? – Viggiano westchnął ciężko. – To nieszczególnie nam zawęża obszar poszukiwań.

– Nie, sir – zgodził się Bailey.

– Gdzie się zainstalowali ci dowcipnisie?

– Malta w stanie Idaho.

– Malta w stanie Idaho! – wykrzyknął Viggiano w udanym zachwycie. – Właśnie kiedy myślałem, że nie mam już do odwiedzenia żadnych nędznych, zapyziałych miasteczek, kolejne wpycha mi się prosto do dupy!

– Jeśli będzie to dla pana jakąś pociechą, Carter nalegał, aby to pan poprowadził śledztwo z naszej strony.

– Dyrektor okręgowy Carter? – w głosie Viggiano wreszcie zabrzmiało zainteresowanie.

– Tak jest. Najwyraźniej poradził pan sobie z podobną sytuacją przed kilkoma laty. Carter powiedział, że jest pan jedyną osobą z odpowiednim doświadczeniem. Sugerował również, żebym to ja panu pomagał, jeśli nie ma pan nic przeciwko temu, sir.

Viggiano zapiął pistolet w kaburze.

– Tym razem Carter ma rację – powiedział, przeczesując włosy dłonią, by sprawdzić, czy przedziałek wciąż jest na swoim miejscu. – Pakuj się, Bailey. Ruszamy w trasę. Paul Viggiano pokaże ci najkrótszą drogę na szczyt.

# ROZDZIAŁ 5

**Targ Borough, Southwark, Londyn**
**5 stycznia, godzina 12.34**

W cieniu rdzewiejących wsporników zadaszenia stragany uginały się pod ciężarem świeżej importowanej żywności: serów z Normandii wielkich jak koła wozu, różowych szynek z Guijelo, butli oliwy z Apulii lśniących złotem jak małe słońca.

Ławice ochoczych klientów, ciepło ubranych dla ochrony przed mrozem, przepychały się wśród stoisk. Kierunek ich ruchu zdawały się wyznaczać kuszące zapachy smażonych ostryg lub świeżego chleba niesione przez wiatr. Powyżej pociągi co chwilę przetaczały się ze zgrzytem po estakadzie, jak narastający i cichnący grzmot wiosennej burzy.

– Co my tutaj robimy? – syknął Archie z irytacją, lawirując pomiędzy wózkami na zakupy i przepychając się przez kolejkę przed jedną z wielu kwiaciarni. Był niewysokim mężczyzną po trzydziestce, o krępej budowie pięściarza i nieogolonej, lekko zmiętej twarzy. Sprawiał wrażenie kogoś, z kim nie warto zadzierać. Wygląd ten kłócił się nieco z jego ubiorem – szytym na miarę beżowym płaszczem narzuconym na elegancki granatowy garnitur – i ze starannie przystrzyżonymi włosami.

Kontrast dodatkowo wzmacniał jego akcent, którego Tom nigdy nie był w stanie umiejscowić, choć musiał przy tym przyznać, że jego własna transatlantycka mieszanka brytyjskiej i amerykańskiej wymowy i zwrotów nie była łatwa do zlokalizowania. W wymowie Archiego gwara targowych straganów, na których uczył się handlu, mieszała się z zaokrąglonymi samogłoskami i skróconym „t", sugerującym, że pochodził z klasy średniej.

Tom podejrzewał, że Archie, wieczny oportunista, stworzył sobie własny dialekt, by móc swobodnie poruszać się między obydwoma światami. Była to sprytna sztuczka, która jednak sprawiła, że podobnie jak Tom, Archie nie był w pełni akceptowany w żadnym z tych dwóch światów.

– Masz dzisiaj przyjść na kolację, pamiętasz? Pomyślałem, że kupię coś ekstra.

– O, cholera! – Archie z rozmachem pacnął się w czoło otwartą dłonią. – Przepraszam, kompletnie o tym zapomniałem.

– Archie! – zaprotestował Tom. Niesumienność Archiego była szczególnie nieznośna przez to, że była tak przewidywalna. – Rozmawialiśmy o tym w zeszłym tygodniu. Obiecałeś.

– Wiem, wiem – odparł Archie z zakłopotaniem. – Zwyczajnie całkiem zapomniałem, a teraz... Apples organizuje u siebie grę dziś wieczorem. Duże pieniądze. Tylko na zaproszenie. Nie mogę się z tego wykręcić.

– Lub raczej nie chcesz się z tego wykręcić – w głosie Toma brzmiał zawód. – Cały ten twój hazard zaczyna się chyba wymykać spod kontroli.

– Nie, to tylko taka zabawa – powiedział Archie zbyt zdecydowanie, jak gdyby nie tylko Toma starał się przekonać.

Tom często zapominał, że przez całe dziesięć lat ich współpracy znał Archiego jedynie jako głos w słuchawce telefonu. Archie zawsze na to nalegał, twierdząc, że tak będzie bezpieczniej dla nich obu. Ciągle pamiętał swój gniew, kiedy przed rokiem Archie złamał własne zasady, odnajdując go po to, by go przekonać do doprowadzenia do końca jednego ze zleceń. Od czasu tego pierwszego, trudnego spotkania rozwinęła się między nimi przyjaźń. Przyjaźń, której obaj wciąż jeszcze się uczyli, starając się pozostawić za sobą życie oparte na podejrzeniach i strachu. Niemniej była to przyjaźń, którą Tom coraz bardziej sobie cenił.

– Poza tym potrzeba mi raz na jakiś czas odrobiny emocji – ciągnął Archie. – Ta zabawa w odzyskiwanie dzieł sztuki... to już nie to samo co za starych dobrych czasów, prawda?

– Myślałem, że rzuciłeś to, bo miałeś szczerze dość starych dobrych czasów.

– Tak, tak – przyznał Archie. – Tylko że... no wiesz... czasem mi ich brak.

– Wiem, co czujesz – westchnął Tom. – Czasem mnie też brakuje tego wszystkiego.

– A tak przy okazji, Dom powiedziała mi o tych ogłoszeniach w gazetach.

Tom przytaknął ponuro.

– Wygląda na to, że Renwicka szuka ktoś jeszcze oprócz FBI.

– Jak się z tym czujesz?

– A jak mam się czuć? On zasługuje na wszystko, co może go spotkać.

Zostawili już za sobą targ i szli w dół Park Street, w kierunku samochodu Archiego. Chociaż pub na rogu był zatłoczony, tłum szybko się przerzedzał, w miarę jak oddalali się od głównego placu targowego. Tom z ulgą zauważył, że nie musi już przekrzykiwać ulicznego gwaru. Minęli szereg niedużych magazynów, na których nazwy starych, teraz już zapomnianych przedsiębiorstw z trudem przebijały się przez grubą warstwę brudu.

Archie sięgnął do kieszeni po paczkę papierosów i zapalił jednego. Palenie było u niego stosunkowo nowym nałogiem, który wynikał, zdaniem Toma, z braku emocji związanych z życiem półświatka, a zdaniem Archiego, z nadmiaru stresu związanego z życiem człowieka uczciwego.

– Znalazłeś w Stanach to, czego szukałeś?

– Mniej więcej – odparł Archie. Ze sposobu, w jaki odwrócił wzrok, Tom wywnioskował, że nie ma ochoty o tym rozmawiać. – A jak było w Pradze? Warto zainteresować się tą sprawą?

– Być może. Słyszałeś kiedyś o malarzu nazwiskiem Bellak?

– Bellak? Karel Bellak?

– Tak, to on – już dawno przestała go dziwić encyklopedyczna wiedza Archiego na temat rynku dzieł sztuki, a zwłaszcza obrazów.

– Jasne, że o nim słyszałem. Co konkretnie chcesz wiedzieć?

– Czy to jego obraz?

Tom sięgnął do kieszeni i wyciągnął zdjęcie, które otrzymał wcześniej od rabina. Archie przyglądał mu się uważnie przez kilka sekund.

– Niewykluczone – zwrócił zdjęcie Tomowi. – Zimna paleta kolorów, ciężkie pociągnięcia pędzla, lekko chwiejna perspektywa. Rzecz jasna, nigdy nie widziałem żadnego jego obrazu na własne oczy. O ile mi wiadomo, wszystkie zostały zniszczone.

– To właśnie powiedziałem rabinowi – odrzekł Tom – że hitlerowcy podobno spalili wszystkie jego obrazy. Tylko nie pamiętam dlaczego.

Archie wziął głęboki oddech, zanim odpowiedział.

– Bellak był wędrownym malarzem – sprawnym rzemieślnikiem, ale jak sam widzisz, nie był wielkim artystą. Portrecik tutaj, pejzażyk tam, cokolwiek, co pozwalało mu płacić rachunki w gospodzie przez najbliższy miesiąc. Ale w roku 1937 żądny awansu oficer SS zamówił u niego portret córki Himmlera, Gudrun, przeznaczony na prezent dla przełożonego.

– Ale czy Bellak przypadkiem nie był Żydem?
– Owszem, jak się okazało. Tylko że do tego czasu wdzięczny Himmler zdążył już powiesić portret w swojej kancelarii na Prinz Albrecht Strasse i, co więcej, zamówić kolejny obraz. Kiedy odkrył prawdę, oficera kazał zastrzelić, a Bellaka aresztować i wysłać do Auschwitz. Następnie polecił odnaleźć i zniszczyć jego obrazy. Wszystkie, co do jednego.
– Najwyraźniej niektóre ocalały – powiedział Tom. – Jeden z nich skradziono parę dni temu.
– Po co zawracać sobie głowę kradzieżą czegoś takiego? Rama była prawdopodobnie więcej warta niż sam obraz.
– Nie wiem. Może dlatego, że malarz był Żydem?
– Co przez to rozumiesz?
– Musiałbyś zobaczyć to miejsce – Tom sam był zaskoczony gniewem w swoim głosie. – Porządnie je zdemolowali: swastyki i obelżywe graffiti na ścianach, rysunki dzieci z miejscowego obozu śmierci potargane na strzępy, jak gdyby chcieli je przerobić na konfetti.
– Dranie – wymamrotał Archie, ciskając niedopałek do studzienki kanalizacyjnej. – A obraz?
– Wycięli go z ramy i zabrali ze sobą.
– Ale do czego był im potrzebny?
– Nad tym się właśnie zastanawiam.
– Chyba że...
– Że co?
Po estakadzie nad nimi pociąg przemknął z łoskotem w kierunku stacji London Bridge i Archie czekał z odpowiedzią, aż hałas ucichnie.
– Chyba że tak naprawdę chodziło im tylko o obraz. Chyba że sprytnie starali się zamaskować klasyczny rabunek, sugerując, że to antysemicki atak.
– Właśnie – przytaknął Tom, upewniwszy się, że Archie doszedł do tych samych wniosków. – Wykonałem kilka telefonów i wygląda na to, że w ciągu mniej więcej roku skradzio-

no z różnych prywatnych kolekcji łącznie sześć obrazów, rzekomo autorstwa Bellaka.

– Sześć? Nie miałem pojęcia, że aż tyle z nich ocalało.

– Nie jest to coś, co byłoby warte katalogowania, prawda? Do dzisiaj nikt nie zdołał powiązać ze sobą tych kradzieży. Sprawy utknęły w miejscowych komisariatach, towarzystwa ubezpieczeniowe nie zainteresowały się nimi, bo przecież obrazy są nic niewarte. Udało mi się zdobyć te informacje tylko dlatego, że wiedziałem, kogo zapytać.

– Ktoś wkłada cholernie dużo wysiłku w kradzież paru rzekomo bezwartościowych malowideł. – Nastąpiła chwila ciszy. – Tom, czy ty mnie słuchasz? – Archie posłał wspólnikowi pytające spojrzenie.

– Nie odwracaj się – powiedział Tom przyciszonym głosem. – Wydaje mi się, że ktoś nas śledzi.

# ROZDZIAŁ 6

**Góry Black Pine, okolice miejscowości Malta, Idaho**
**5 stycznia, godzina 5.34**

– Coś nowego na naszej farmie? – wśród hałasujących techników i dzwoniących telefonów zabrzmiał głos agenta Viggiana, muskularnego mężczyzny w niebieskiej wiatrówce z dużym żółtym napisem FBI na plecach.

Bailey, siedzący przy stole w kuchni domku, który zajęli poprzedniego wieczoru jako swoją kwaterę główną, odezwał się pierwszy.

– Żadnego ruchu, nic. Nawet jednego telefonu. Generator prądu wyłączył się dziś rano. Myślę, że skończyło się w nim paliwo. Nikt nie wyszedł z budynku, by go ponownie uruchomić.

– A co z psami? – zapytał z kolei Silvio Vasquez, siedzący po lewej stronie Baileya dowódca przydzielonej do śledztwa czternastoosobowej grupy agentów FBI wyspecjalizowanych w odbijaniu zakładników.

– Z czym? – skrzywił się Viggiano. – A co to ma do rzeczy?
– Czy ktoś nie wspominał, że mieli psy? Widzieliście je?
– Nie – Bailey potrząsnął głową. – Ani jednego.
– To właśnie jest dziwne, prawda? – podsumował Vasquez.
– Pies musi się odlać.

– Kiedy ostatnio padał śnieg? – zapytał Viggiano. Bailey zauważył, że znalazł gdzieś zapałki i mówiąc, starannie układał z nich równoległe linie.

– Dwa dni temu – odpowiedział Vasquez.

– I nie ma żadnych śladów? Twierdzicie poważnie, że nikt nie wyszedł z zabudowań farmy przez ostatnie dwa dni? – Zaglądając mu przez ramię, Bailey zauważył, że teraz Viggiano układał zapałki w kwadraty.

– Nie, chyba że wszyscy potrafią latać – potwierdził Bailey.

– Łącznie z psami.

– Nadal uważam, że schrzaniliście sprawę, chłopaki.

Teraz z kolei odezwał się Hennessy, miejscowy szeryf, tęgi, rudowłosy mężczyzna o krótko przystrzyżonych wąsach. Bez przerwy się pocił. Drobne kropelki pokrywały jego czoło i policzki jak wilgoć skraplająca się na szkle.

– Znam tych ludzi – kontynuował. – To praworządni, bogobojni patrioci.

– To pan tak twierdzi – zaczął Bailey, czując, jak wzbiera w nim oburzenie. – Ale tak się składa, że są na federalnej czarnej liście, podejrzani o związki z Ku-Klux-Klanem i ruchem Narody Aryjskie.

Bailey zauważył, że Viggiano lekkim potrząśnięciem głowy nakazuje mu odpuścić.

– W porządku, szeryfie, to prawda, że nie wiemy na pewno, czy ci ludzie są czemukolwiek winni – powiedział Viggiano pojednawczym tonem – ale wiemy, że trzy dni temu skradziono eksponat z Narodowego Muzeum Kryptologicznego w stanie Maryland. Wiemy, że ktokolwiek to zrobił, nie pozostawił niemal żadnych śladów, które udałoby nam się odnaleźć.

– Z wyjątkiem strażnika powieszonego jak kawał mięsa w chłodni – nie wytrzymał Bailey.

– Wiemy również – Viggiano udał, że go nie słyszy – że nasze biuro w Salt Lake City otrzymało wczoraj anonimowy telefon sugerujący, że pańscy praworządni patrioci mieli z tą sprawą coś wspólnego.

– O wszystkim słyszałem – przyznał Hennessy, przecierając czoło papierową serwetką wyciągniętą z pojemnika z boku stołu – ale ten telefon mógł wykonać pierwszy lepszy świr. To niczego nie dowodzi.

– To dowodzi, że ten, kto dzwonił, wiedział o kradzieży. Z powodu ciszy w mediach zarządzonej przez Agencję Bezpieczeństwa Narodowego jedyni ludzie spoza organów ścigania mogący wiedzieć o napadzie to ci, którzy go dokonali. Jest to więc jakiś trop, szeryfie, i zamierzam nim pójść bez względu na to, czy zgadza się pan ze mną, czy nie.

Hennessy opadł ciężko na krzesło, mamrocząc coś pod nosem. Bailey uśmiechnął się, czując się dużo lepiej w obliczu jego kapitulacji.

– Jaki jest plan? – zapytał.

– Na pewno nie będziemy siedzieć na tyłku, aż tym cwaniaczkom skończą się woda i krakersy – oznajmił Viggiano. – Wchodzimy. Dzisiaj. – Wokół stołu przebiegł pomruk zadowolenia, do którego nie przyłączył się Hennessy. – Ale nie komplikujmy sprawy bardziej niż to konieczne. Nie mamy powodu przypuszczać, że zrobi się gorąco, więc zostawiamy pojazdy pancerne w ukryciu, a helikoptery na ziemi. Miejmy nadzieję, że nie będziemy ich potrzebować. Vasquez?

Vasquez wstał i pochylił się nad stołem. Miał śniadą, ospowatą twarz i gładkie ciemne włosy wciśnięte pod włożoną tyłem do przodu czapkę z daszkiem. Jego czarne oczy lśniły podnieceniem.

– Ludzie szeryfa rozstawili blokady tu i tu – wskazał dwie drogi na rozłożonej na stole mapie – w ten sposób blokując wszystkie możliwości wyjazdu z ogrodzonego terenu gospodarstwa. Chcę mieć brygady antyterrorystyczne na wysoko położonych drzewach tu, tu i tu, by osłaniały okna. Jakakolwiek oznaka wrogiej aktywności, kiedy już będziemy w środku, a osłaniacie nasz odwrót do punktu zbornego tutaj.

– Załatwione – zgodził się Viggiano.

– Dwie grupy odbijania zakładników wchodzą frontowymi i tylnymi drzwiami. Na podstawie planów budynku oceniam, że zabezpieczenie go zajmie nam jakieś trzy minuty. Wtedy przekazujemy pałeczkę wam.

– W porządku – powiedział Viggiano, kiedy Vasquez już usiadł. – Tylko kiedy się już zacznie, pamiętajcie o jednym: chcę, żeby wszystko odbyło się zgodnie z zasadami. Żadnych wyjątków. Tam są całe rodziny: kobiety, dzieci – wskazał na stertę kartonowych teczek zawierających zdjęcia i profile wszystkich ludzi zidentyfikowanych przez FBI jako mieszkańcy budynku. – Tak więc grzecznie pukamy do drzwi i prosimy, żeby nas wpuszczono. Jeśli cokolwiek będzie wskazywało na to, że mamy tu coś więcej niż prostą jak drut operację z cyklu zabezpiecz-i-przeszukaj, wycofujemy się. Ostatnia rzecz, na jaką ja... na jaką Biuro może sobie teraz pozwolić, to głośna awantura z zakładnikami. Poza tym jeśli zrobi się gorąco, grube ryby z Waszyngtonu będą chciały przejąć sprawę. Jak zwykle.

Vasquez przytaknął.

– Załatwione.

– No dobra – Viggiano uderzył dłonią w stół. – Ruszajmy się. Roboty jest od cholery, a ja chcę załatwić sprawę zaraz po przerwie na lunch.

# ROZDZIAŁ 7

**Targ Borough, Southwark, Londyn**
**5 stycznia, godzina 12.47**

– Śledzi? Jesteś pewien? – spytał Archie.
– Dres, kurtka, białe tenisówki. Mniej więcej pięć minut temu zauważyłem, że patrzy na nas, a przed chwilą widziałem jego odbicie w tylnej szybie tamtej furgonetki za nami.
– Jesteśmy już blisko wozu. Możemy próbować uciec.

Tom podążył za spojrzeniem Archiego w kierunku zaparkowanego jakieś trzydzieści metrów przed nimi sportowego aston martina DB9. Był to nowy nabytek i objaw zupełnie nietypowego braku umiaru ze strony Archiego, który zawsze podkreślał, że pierwszym przykazaniem przestępcy jest nie zwracać na siebie uwagi życiem ponad stan. Gdy podpisywał czek, dwadzieścia lat tłumionej finansowej frustracji znalazło ujście w jednym oczyszczającym pociągnięciu pióra.

– O, jasny gwint! – zaklął Archie. Żółty kolor blokady na koła kontrastował z szaroniebieską karoserią. – Założyli mi cholerną blokadę!

Przyspieszył kroku, ale Tom zatrzymał go, chwytając za ramię. Coś było nie tak. Za sobą mieli człowieka, który przyszedł za nimi z targu. Przed sobą stróża zamiatającego ulicę w butach wyglądających na odrobinę zbyt nowe. Przed samochodem Archiego zaparkowana była furgonetka z przyciemnionymi szybami, a samo auto było dogodnie unieruchomione. Sytuacja jak z podręcznika.

– Nie jest dobrze – szepnął.
– Też ich widzę – syknął Archie. – Co robimy?
– Znikamy stąd. Natychmiast!

Dokładnie w chwili kiedy Tom krzyknął, drzwi furgonetki otworzyły się, a z jej wnętrza wyskoczyło trzech mężczyzn. Stróż rzucił miotłę i wyszarpnął spod kurtki półautomat. Tom usłyszał za sobą ciężki odgłos szybko zbliżających się kroków.

Zanim stróż zdążył wystrzelić, Archie umknął w lewo, podczas gdy Tom rzucił się w prawo, w niewielki zaułek łączący się z wąską uliczką zakończoną wysokim ogrodzeniem. Zaczął się wspinać, wczepiając palce w ocynkowaną siatkę, która odezwała się głośnym metalicznym szczękiem. Gdy już miał przeskoczyć na drugą stronę, poczuł, że czyjaś ręka chwyta go za kostkę.

Człowiek, który przyszedł za nimi z targu, w jakiś sposób zdołał go dogonić i teraz uwiesił się u jego nogi, starając się ściągnąć go w dół. Zamiast próbować mu się wyrwać, Tom opuścił się trochę niżej, a gdy jego stopy znalazły się na wysokości głowy napastnika, kopnął gwałtownie, uwalniając nogę i trafiając go w podbródek. Mężczyzna padł na ziemię ze zduszonym jękiem.

Tom przeskoczył przez płot i znalazł się w wąskim pasie nieużytków, zamienionych na tymczasowy parking dla klientów targu. Usłyszał za sobą trzask metalu i zobaczył, że dwóch pasażerów furgonetki dopadło płotu i gramoliło się w górę.

„Przynajmniej mnie nie zastrzelili", pomyślał Tom, biegiem wypadając z parkingu, o włos mijając się z wjeżdżającym tam samochodem i kierując się z powrotem w stronę targu. Kimkolwiek byli, gdyby chcieli jego śmierci, spokojnie mogli go zdjąć, strzelając przez siatkę. Najwyraźniej mieli inne plany.

W tej samej chwili załadowany towarem wózek widłowy wyłonił się z niewidocznej alejki tuż przed nim. Tom wykonał gwałtowny unik, a kierowca w ostatniej chwili nacisnął na hamulec.

– Uważaj, półgłówku! – wrzasnął operator wózka, uderzając w klakson dla podkreślenia wagi swoich słów.

Tom zignorował go, przeskoczył rozsypane skrzynki warzyw i dał nura w kłębiący się na targowisku tłum, po czym natychmiast zwolnił, prześlizgując się między kupującymi. Wiedział, że w zatłoczonym miejscu będzie bezpieczniejszy, i miał nadzieję, że Archie miał na tyle zdrowego rozsądku, by dojść do takiego samego wniosku. Gdy uznał, że znalazł się już dostatecznie daleko, stanął przy straganie z winem i obejrzał się przez ramię. Jego dwaj prześladowcy właśnie zatrzymali się przy wejściu, przeszukując wzrokiem tłum. Każdy z nich trzymał prawą rękę pod kurtką, najprawdopodobniej ukrywając tam broń.

Tom odwrócił się gwałtownie i z impetem wpadł na mężczyznę niosącego skrzynkę czerwonego wina, wytrącając mu ją z rąk. Skrzynka wylądowała na ziemi, butelki roztrzaskały się z łoskotem. Tom spojrzał w kierunku wyjścia i zobaczył, że dwaj mężczyźni, zaalarmowani hukiem, już przeciskają się przez tłum w jego kierunku.

– Przepraszam – powiedział, przepychając się dalej.

– Hej! – wykrzyknął tamten. – Wracaj tu natychmiast!

Ale Tom nie zatrzymał się. Padł na kolana i prześlizgnął się pod jednym ze stoisk, potem zanurkował pod dwa kolejne, aż od miejsca kolizji dzieliło go kilka rzędów straganów. Wyjrzał ostrożnie zza piramidy beczułek z oliwą, by śledzić poczynania swoich prześladowców. Obaj stali nad rozbitą skrzynką wina, gestykulując gorączkowo. Zgubili go.

Ostrożnie skierował się do północnego wyjścia, dołączając do grupy turystów z przejęciem rozmawiających o tuszy całego jelenia, którą zobaczyli na jednym ze straganów. Gdy tylko mężczyźni opuścili targ, oderwał się od grupy i ruszył w kierunku głównej ulicy i rzeki.

Z piskiem opon zatrzymał się przy nim duży czarny range rover. Tom odwrócił się na pięcie, ale poślizgnął się na chodniku, na którym poranny handel pozostawił ślady w postaci mokrych kartonów, foliowych worków i liści sałaty. Zanim zdołał podnieść się na nogi, drzwi pojazdu otwarły się i zobaczył osobę na tylnym siedzeniu.

Archie.

Przednia szyba po stronie pasażera zjechała kilka centymetrów w dół. Przez powstałą szczelinę wysunęła się ręka ściskająca identyfikator rządowy.

– Koniec zabawy, Kirk. Wsiadaj.

# ROZDZIAŁ 8

**Targ Borough, Southwark, Londyn**
**5 stycznia, godzina 12.56**

Kwadratowa, krótko ostrzyżona głowa kierowcy wynurzała się z grubego szarego swetra z golfem. Kiedy samochód przyspieszał, wzrok mężczyzny raz po raz przeskakiwał między drogą a wstecznym lusterkiem, w kąciku ust czaił się uśmiech. Człowiek na siedzeniu pasażera obejrzał się przez ramię i pozdrowił ich obu skinieniem.

– Nazywam się William Turnbull.

Mówiąc to, wyciągnął do nich rękę, ale obaj ją zignorowali, przypatrując mu się w kamiennym milczeniu. Tom na oko ocenił, że Turnbull musiał ważyć dobre sto kilo, a mięśnie stanowiły niewielki ułamek tej masy. Wydawał się przy tym dość młody – mógł mieć jakieś trzydzieści pięć lat. Miał na sobie bojówki i koszulę, której kołnierz, mimo że rozpięty, z trudem mieścił warstwę tłuszczu u nasady szyi.

– Przepraszam za... tamto – wykonał nieokreślony gest w kierunku targu. – Obawiałem się, że nie będziecie chcieli przyjść, jeśli was grzecznie poproszę, więc sprowadziłem sobie pomoc. Nie przypuszczałem, że zmusicie nas...

– Niech zgadnę – przerwał Tom ze złością. – Ktoś kogoś sprzątnął, a wy myślicie, że ja mógłbym coś o tym wiedzieć, tak? Mam rację? Ile razy muszę wam powtarzać, że nic nie wiem, a nawet gdybym wiedział, to i tak nic bym wam nie powiedział?

– To nie ma nic wspólnego z żadnym dochodzeniem – odparł Turnbull bez uśmiechu. – A ja nie jestem z policji.

– Wydział Specjalny, Interpol, Lotne Brygady, cholerny posterunkowy Plod... – Archie wzruszył ramionami. – Jakkolwiek byście się nazwali, odpowiedź jest wciąż ta sama. A to jest napaść. Doskonale wiecie, że jesteśmy czyści.

– Pracuję dla Ministerstwa Spraw Zagranicznych – Turnbull ponownie błysnął odznaką.

– Ministerstwa Spraw Zagranicznych... – powtórzył Archie z niedowierzaniem. – A to coś nowego...

– Niezupełnie – powiedział Tom cicho. – On jest szpiegiem.

Turnbull uśmiechnął się.

– Wolałbym określenie „pracownikiem służb wywiadowczych". W moim wypadku Szóstka.

Tom wiedział, że „Szóstka" to skrót, którego używano, nazywając MI6, sekcję brytyjskiego wywiadu zagranicznego zajmującą się zagrożeniami bezpieczeństwa narodowego. Nie był to rodzaj organizacji, z jaką Tom zamierzał się zadawać. Nigdy więcej. Przez pięć lat pracował dla CIA, widział, jak działają, i cudem udało mu się przeżyć.

– Czego właściwie chcecie?

– Waszej pomocy – odpowiedział Turnbull głosem bez wyrazu, kiedy samochód zwolnił i zatrzymał się na światłach. Archie parsknął krótkim, pogardliwym śmiechem.

– Jakiej pomocy? – zapytał cicho Tom. Dopóki nie dowie się, co jest grane, musi udawać, że to go zainteresowało.

– Każdej pomocy, jakiej zechcecie nam udzielić.

– No to sprawa jest prosta – odparł Tom. – Żadnej pomocy. – Archie mu przytaknął.

– Chyba że wiecie coś, czego ja nie wiem.

Ludzie pokroju Turnbulla nigdy nie składali tego typu propozycji, nie mając jakiegoś mocnego argumentu, jakiegoś haka. Sztuka polegała na tym, by odkryć, gdzie ten haczyk się kryje.

– Nie będzie żadnych apeli do waszego rozsądku – uśmiechnął się Turnbull – żadnych gróźb, żadnych fałszywych umów, żadnego „ręka rękę myje". Jeśli zdecydujecie się nam pomóc, to dlatego, że zanim skończę wam opowiadać, co mam, sami będziecie chcieli.

– Daj spokój, Tom, nie musimy słuchać tych bzdur. Nic na nas nie mają. Wynośmy się stąd – nalegał Archie. Ale Tom się wahał. Coś w głosie Turnbulla wzbudziło jego ciekawość, chociaż wiedział, że Archie najprawdopodobniej ma rację.

– Chcę go wysłuchać.

Światła zmieniły się na zielone i samochód ponownie ruszył.

– Dobrze.

Turnbull rozpiął pasy i odwrócił się w ich stronę. Miał płaską, nijaką twarz o mięsistych, okrągłych policzkach i podbródku, który niemal stapiał się z szyją. Jego oczy były małe i blisko osadzone. Przydługie włosy opadały mu na twarz niczym firanka, więc zaczesywał je za uszy. Z wielu powodów wyglądał jak ostatnia osoba, którą Tom byłby skłonny uznać za szpiega. Ci najlepsi zawsze tak wyglądali. Na pewno miał tę swobodną pewność siebie, którą Tom miał okazję wcześniej zaobserwować u innych agentów. W dodatku dobrych agentów.

– Słyszeliście kiedyś o grupie pod nazwą Kryształowe Ostrze? – spytał Turnbull.

– Nie – odparł Tom.

– Nie ma powodów, byście mieli o niej słyszeć, jak przypuszczam. Są niewielką bandą ekstremistów, luźno powiązaną z Nationaldemokratische Partei Deutschlands, czyli NPD, najaktywniejszym ugrupowaniem neonazistowskim w Niemczech. Są podobno kierowani przez byłego dowódcę armii niemieckiej o nazwisku Dimitri Müller, ale nikt go nigdy nie widział, więc nie da się tego potwierdzić. Szczerze mówiąc, nie wiemy o nich zbyt wiele.

Tom wzruszył ramionami.

– Ale...?

– Ale z tego, co wiemy, to nie jest zwykła banda skinheadów, krążąca po przedmieściach w poszukiwaniu imigrantów do pobicia. Są wyspecjalizowaną organizacją paramilitarną, wciąż prowadzącą wojnę, która dla reszty świata skończyła się w roku 1945.

– I stąd nazwa? – to było bardziej stwierdzenie niż pytanie. Tom znał historię na tyle dobrze, by odgadnąć, że twórców Kryształowego Ostrza musiała zainspirować Noc Kryształowa, pamiętna noc pod koniec 1938 roku, kiedy to wskutek inicjowanych przez nazistów ataków na żydowskie sklepy ulice niemieckich miast zasypane zostały rozbitym szkłem.

– Właśnie – Turnbull przytaknął ochoczo. – Dawniej zarabiali na swoją działalność jako płatni mordercy po drugiej stronie żelaznej kurtyny, a teraz przerzucili się na pokątny handel narkotykami i wymuszanie haraczy. Są podejrzani o udział w wielu bestialskich aktach terroru skierowanych głównie przeciwko wspólnotom żydowskim w Niemczech i Austrii. Mają nie więcej niż dziesięciu do dwudziestu aktywnych członków i szersze grono zwolenników i sympatyków, w liczbie około stu. Ale to właśnie sprawia, że są niebezpieczni. Wymykają się większości organizacji porządku publicznego i prawie nie ma sposobu, aby ich przyszpilić.

– Tak jak powiedziałem, nigdy wcześniej o nich nie słyszałem.

Turnbull kontynuował, niezrażony.

– Dziewięć dni temu dwóch mężczyzn włamało się do Szpitala św. Tomasza i zamordowało trzy osoby. Dwie z nich to personel medyczny, najprawdopodobniej niewygodni świadkowie. Trzecią osobą był osiemdziesięciojednoletni pacjent o nazwisku Andreas Weissman, były więzień obozu w Auschwitz, który przeniósł się tutaj po wojnie. – Tom milczał, wciąż nie mając pewności, gdzie to wszystko zmierza i co ma wspólnego z nim. – Amputowali Weissmanowi lewą rękę w łokciu, kiedy jeszcze żył. Zmarł na atak serca.

– Co mu zrobili? – Archie pochylił się do przodu.

– Odcięli mu rękę. Lewe przedramię.

– Po jaką cholerę? – tym razem odezwał się Tom.

– Dlatego właśnie potrzebujemy twojej pomocy – Turnbull uśmiechnął się szeroko, ukazując garnitur krzywych zębów.

– Mojej pomocy? – skrzywił się Tom. – Ta sprawa nie ma nic wspólnego ze mną.

– Wiedziałem, że tak właśnie powiesz – przyznał Turnbull, opierając się o szybę, kiedy samochód skręcał. – Zabójcy zabrali taśmy szpitalnego systemu nadzoru, ale kiedy wychodzili, jednego z nich uchwyciła kamera telewizji przemysłowej. – Turnbull wyjął zdjęcie i podał je do tyłu. Tom i Archie przyjrzeli mu się kolejno, ale obaj potrząsnęli głowami.

– Nie mam pojęcia – powiedział Archie.

– Nigdy go nie widziałem – przytaknął mu Tom.

– Wy nie, ale my tak – kontynuował Turnbull. – Właśnie dlatego byliśmy w stanie połączyć go z Kryształowym Ostrzem. To zastępca Dimitriego, pułkownik Johann Hecht. Ostatnio dogoniliśmy go w Wiedniu, gdy jednemu z naszych agentów udało się sfotografować go w restauracji – wręczył Tomowi kolejne zdjęcie. – Ma dwa metry wzrostu i bliznę biegnącą przez policzek i usta, więc trudno go nie zauważyć.

– Wciąż czekam na puentę tego dowcipu – czując rosnącą frustrację, Tom przekazał zdjęcie Archiemu, nawet nie rzuciwszy na nie okiem. – Co ten człowiek ma wspólnego ze mną?

– Chryste! – Archie chwycił go za ramię. – Popatrz, kto siedzi naprzeciw niego.

Tom pobladł, rozpoznawszy mężczyznę, którego wskazywał Archie.

– To Harry – zająknął się. Beztrosko uśmiechnięta twarz na zdjęciu zmiotła w mgnieniu oka kruchą barierę, którą przez ostatnie sześć miesięcy starał się wznieść wokół tamtej części swojego życia. – To Renwick.

# ROZDZIAŁ 9

**Ogrody Tivoli, Kopenhaga**
**5 stycznia, godzina 14.03**

Harry Renwick zapłacił za bilet przy wejściu do Glyptoteki na rogu Tietgensgade i Bulwaru Andersena, po czym wszedł do ogrodów. O tej porze było w nich wciąż jeszcze cicho. Większość ludzi, jak wiedział, wolała odwiedzać Tivoli po zmroku, kiedy ponad sto piętnaście tysięcy żarówek zmieniało je w rozpaloną oazę światła w ciemnej zimowej nocy.

Jednak mimo wczesnej godziny wesołe miasteczko było otwarte. W oddali hałasowała najstarsza, duża drewniana kolejka zwana przez miejscowych Bjergrutschebanen, Kolejką Górską, a piski nielicznych pasażerów ulatywały w chłodne zimowe powietrze obłokami pary.

Renwick ubrał się stosownie do pogody. Niebieski filcowy kapelusz naciągnął mocno na uszy, a wokół szyi kilkakrotnie owinął żółty jedwabny szalik, który znikał pod połą granatowego płaszcza. Wtulił podbródek w ciepło podniesionego kołnierza, znad którego widoczne były jedynie jego nos i oczy – inteligentne, czujne, a przy tym równie zimne i nieczułe jak śnieg pokrywający dachy i korony drzew wokół.

Zatrzymał się naprzeciw stoiska z pamiątkami, z którego daszku zwisały groźnie wyglądające sople. Przyglądając się zawartości straganu, poruszył prawą ręką w kieszeni płaszcza, krzywiąc się lekko. Bez względu na to, jak dobrze go opatulał, chłód zawsze przenikał kikut jego prawej dłoni, sprawiając mu nieznośny ból. W końcu znalazł to, czego szukał, i wskazał przedmiot sprzedawczyni, wręczył jej banknot stukoronowy. Zapakowała zakup do czerwonej reklamówki, odliczyła resztę i uśmiechnęła się, gdy uchylił kapelusza w podziękowaniu.

Ruszył dalej, mijając lodowisko, a później staw. Jedynie ten obszar oryginalnych fortyfikacji Kopenhagi zachował się, kiedy miasto rosło i połykało tereny, które, podobnie jak Tivoli, niegdyś znajdowały się na zewnątrz murów obronnych i fosy. Gdy dotarł do chińskiej pagody, wszedł do ciepłego wnętrza znajdującej się tam restauracji Det Kinesiske Tårn, tupiąc nogami w holu, by strząsnąć śnieg z butów. Oddał swój płaszcz i kapelusz w ręce uprzejmie uśmiechniętego szatniarza, ukazując dwurzędowy garnitur grafitowego koloru.

Renwick był wysokim mężczyzną po pięćdziesiątce, wciąż zachowującym wyraźną krzepę. Nosił wysoko głowę i ramiona, wyprostowany sztywno niczym na paradzie. Miał bujne siwe włosy, zazwyczaj nienagannie zaczesane na jedną stronę, lecz teraz, po zdjęciu kapelusza, pozostające w lekkim nieładzie. Jego oczy, osadzone pod gęstymi krzaczastymi brwiami, wydawały się młodsze niż reszta twarzy, pooranej zmarszczkami i nieco obwisłej na policzkach.

– Stolik dla dwóch osób. W głębi – zarządził.

– Oczywiście. Proszę tędy.

Kierownik sali poprowadził go w kierunku stołu. Renwick wybrał miejsce, z którego mógł widzieć wejście i okna wychodzące na jezioro. Zamówił wino i spojrzał na zegarek, rzadki złoty czasomierz firmy Patek Philippe z 1922 roku, który nosił w górnej kieszeni marynarki, zawieszony na cienkim złotym łańcuszku przypiętym do butonierki. Hecht się spóźniał, ale z drugiej strony to Renwick przyszedł za wcześnie. Doświadczenie nauczyło go nie podejmować zbędnego ryzyka.

Obrzucił spojrzeniem salę, wypełnioną zwyczajnym w porze obiadowej tłumem. Młodziutkie pary trzymały się za ręce i wpatrywały się sobie w oczy wiele mówiącymi spojrzeniami. Starsze pary, którym już dawno skończyły się słowa, w milczeniu patrzyły w przeciwnych kierunkach. Rodzice rozpaczliwie starali się opanować swoje dzieci i mieć oko na wszystko jednocześnie. Mali ludzie i ich małe życie.

Hecht pojawił się pięć minut później, górując nad wprowadzającym go kelnerem. Miał na sobie wysokie sznurowane buty, dżinsy i tanią kurtkę z brązowej skóry, z dużą liczbą zamków błyskawicznych i zatrzasków, które wyglądały na plastikowe.

– Spóźniłeś się – upomniał go Renwick, gdy ten już usiadł, niezgrabnie zwijając długie nogi pod stołem. Hecht miał nalaną, brutalną twarz, a biała blizna na policzku wykrzywiała mu usta w permanentny grymas. Jego szare wyłupiaste oczy były załzawione od mrozu, a przefarbowane na czarno włosy lepiły się do czaszki na czymś w rodzaju żelu.

– Śledziliśmy cię całą drogę od głównej bramy – poprawił go Hecht. – Pomyślałem, że dam ci kilka minut, żebyś się rozgościł. Wiem, że lubisz wybierać wino.

Renwick uśmiechnął się i skinął na kelnera, by napełnił kieliszek Hechta.

– A więc jak? Masz go? – ton Renwicka był swobodny, ale Hecht nie dał się zwieść.

– Nie obrażaj mnie. Nie byłoby cię tutaj, gdybyś uważał, że go nie mam.

– W takim razie gdzie on jest?

Hecht rozpiął kurtkę i wyjął niewielką kartonową tubę. Renwick chwycił ją, zdjął plastikowe zamknięcie z jednego końca i wyjąwszy zwój płótna, rozłożył go sobie na kolanach.

– Czy to ten?

– Cierpliwości, Johann – skarcił go Renwick, choć sam z trudem ukrywał podniecenie w głosie.

Wciąż trzymając lewą ręką obraz ukryty pod stołem, rozwinął go na swoich kolanach i obejrzał zniszczoną powierzchnię. Nie widząc tam nic szczególnego, obrócił go, by zbadać odwrotną stronę. Na jego twarzy odbił się zawód. Znowu nic.

– Cholera.

– Nie wiem, gdzie jeszcze szukać – w głosie Hechta słychać było rozczarowanie. – Zdobyliśmy ich już sześć i żaden nie był tym właściwym. A przynajmniej ty tak twierdzisz.

– Co chcesz przez to powiedzieć? – warknął Renwick.

– Że gdybyśmy wiedzieli, czego szukasz, pomogłoby nam to odnaleźć właściwy obraz.

– Nie taka była umowa. Płacę wam za kradzież obrazów, nic więcej.

– Może więc czas zmienić umowę.

– Co masz na myśli? – zapytał Renwick ostro. Nie podobał mu się złośliwy błysk w oku Hechta.

– Ten Żyd, którego kazałeś nam pilnować...

– Co z nim?

– Nie żyje.

– Nie żyje? – oczy Renwicka rozszerzyły się. – Jak to?

– Zabiliśmy go.

– Zabiliście... Ty idioto! – wypluł z siebie Renwick. – Nie macie pojęcia, w co się mieszacie. Jak śmiesz...

– Nic się nie martw – przerwał mu Hecht z figlarnym mrugnięciem. – Mamy rękę.

Renwick z wolna skinął głową, jak gdyby starając się uspokoić, choć w rzeczywistości rewelacje Hechta nie były dla niego żadną niespodzianką – o ich bezmyślnym ataku na Weissmana wiedział już od kilku dni. W innych okolicznościach być może mógłby mu nawet zapobiec. Nieważne. Teraz było istotne, aby uważali, że mają nad nim przewagę. Jeśli będą myśleć, że kontrolują sytuację, staną się zbyt pewni siebie, co prędzej czy później da mu okazję, by wykonać ruch. Do tego czasu gotów był pozwolić im na to małe zwycięstwo i udawać, że go przechytrzyli.

– A teraz pewnie uważacie, że to małe cwaniactwo upoważnia was do zajęcia miejsca przy głównym stole?

– Wiemy, że tu chodzi o coś więcej niż o stary obraz. Na cokolwiek polujesz, chcemy w tym udziałów.

– A co ja z tego będę miał?

– Rękę. I wszystko, co możesz z niej wywnioskować.

Nastąpiła chwila ciszy, gdy Renwick udawał, że rozważa ofertę Hechta. Jego kieliszek odzywał się głucho jak dzwon, gdy rytmicznie uderzał w niego złotym sygnetem.

– Gdzie jest teraz ręka?

– Wciąż w Londynie. Jeden telefon i przyleci tutaj. Lub zostanie zniszczona. Twój wybór.

Renwick wzruszył ramionami.

– Dobrze. Podział osiemdziesiąt na dwadzieścia procent.

Nie miał zamiaru niczym się dzielić, ale wiedział, że wzbudziłby podejrzenia, nie próbując negocjować.

– Pięćdziesiąt na pięćdziesiąt.

– Nie nadużywaj swojego szczęścia, Johann – ostrzegł Renwick.

– W takim razie sześćdziesiąt na czterdzieści.

– Siedemdziesiąt na trzydzieści. To moja ostateczna oferta – powiedział Renwick zdecydowanie.

– Zgoda – Hecht wyjął telefon. – Gdzie mamy ci ją dostarczyć?

– Sam pojadę do Londynu – powiedział Renwick z krzywym uśmiechem. – Coś zaczęło się tam dziać. Może będziemy mogli na tym skorzystać.

– Ciągle mi nie powiedziałeś, o co w tym wszystkim chodzi.

Renwick potrząsnął głową.

– To Dimitri pierwszy powinien usłyszeć, co mam do powiedzenia. Będę rozmawiał tylko z nim.

Hecht pochylił się nad stołem, nieznacznie tylko podnosząc głos.

– On będzie rozmawiał z tobą tylko wtedy, kiedy ja zweryfikuję twoją relację. Jeśli mamy zostać partnerami, Dimitri potrzebuje czegoś więcej niż obietnic.

– W porządku – westchnął Renwick. – Powiem ci tyle, ile musisz wiedzieć, ale nie więcej. Pełne informacje będą musiały poczekać do spotkania z Dimitrim. Zgoda?

– Zgoda.

Renwick sięgnął do wnętrza czerwonej reklamówki obok swojego krzesła. Ręka Hechta natychmiast pomknęła w kierunku ukrytej pod kurtką broni.

– Uważaj, Renwick. Żadnych sztuczek.

– Żadnych sztuczek – zgodził się Renwick spokojnie.

Jego ręka wyłoniła się z reklamówki, trzymając niewielki model pociągu parowego. Umieścił zabawkę na stole i pchnął ją w kierunku Hechta. Miniaturowe tłoki poruszyły się energicznie, kiedy ciuchcia potoczyła się po obrusie, uderzyła w talerz Hechta z głośnym brzękiem i znieruchomiała.

– Co to ma być? Jakiś żart? – spytał Hecht podejrzliwie.

– To nie jest żart.

– Ale chodzi o jakiś pociąg? – jego ton był wyraźnie lekceważący.

– Nie o „jakiś" pociąg. O Złoty Pociąg.

## ROZDZIAŁ 10

**Okolice targu Borough, Londyn**
**5 stycznia, godzina 13.03**

– Co on ma z tym wspólnego?
W głosie Toma były jednocześnie wściekłość i niepewność. Nie był w stanie mówić, a nawet myśleć o Harrym, nie pamiętając przy tym, jak wiele siebie stracił w dniu, w którym odkrył prawdę. To było tak, jakby połowa jego życia okazała się jednym wielkim kłamstwem.
– Tego właśnie chcielibyśmy się dowiedzieć.
– A co już wiecie?
– Mniej niż ty – parsknął Turnbull – biorąc pod uwagę, że kochany wujaszek Harry to dla ciebie prawie rodzina.
– Zdziwiłbyś się – powiedział Tom z goryczą. – Harry Renwick, którego znałem, był inteligentny, zabawny, życzliwy i opiekuńczy – jego głos bezwiednie złagodniał na wspomnienie Renwicka w sfatygowanym garniturze z białego lnu. Renwicka, który nigdy, ani razu, nie zapomniał o jego urodzinach. Jego własnemu ojcu nigdy się to nie udało. – Harry Renwick, którego znałem, był moim przyjacielem.
– Dałeś więc się nabrać jak wszyscy? Niczego nie podejrzewałeś? – Turnbull wydawał się sceptyczny.
– Po co pytasz, jeśli już znasz odpowiedź – odwarknął Tom. – Nie chcę rozmawiać o Harrym Renwicku.

– Porozmawiajmy zatem o Kasjuszu – nalegał Turnbull. – Powiedz mi, co o nim wiedziałeś.

Tom wziął głęboki oddech, próbując się uspokoić.

– Wszyscy w branży znali Kasjusza, a właściwie wiedzieli o nim, bo nikomu nigdy nie udało się go zobaczyć. Czy raczej zobaczyć go i przeżyć.

– Był zwyczajnym draniem i bezwzględnym mordercą – wtrącił Archie. – Maczał swoje oszukańcze paluchy w każdym przekręcie, jaki zdarzył się w handlu dziełami sztuki. Kradzieże, fałszerstwa, przemyt, okradanie grobów, cokolwiek byś wymienił. A jeśli nie współpracowałeś, wtedy... Słyszałem, że kiedyś wyłupił facetowi oczy wiecznym piórem, bo ten nie chciał poświadczyć autentyczności podrobionego rysunku Pisanella, który Kasjusz próbował podmienić.

– Przez cały czas nikomu się nie śniło, że Kasjusz to wujek... że Kasjusz to Renwick.

– Czy rozmawiałeś z nim od tamtego czasu?

Tom parsknął śmiechem.

– Kiedy widzieliśmy się ostatnio, próbował mnie zastrzelić, a ja odciąłem mu rękę drzwiami od skarbca. Można powiedzieć, że już ze sobą nie rozmawiamy.

– Tak, czytałem raport FBI o tym, co się stało w Paryżu. – Tom z zaskoczeniem spojrzał mu w oczy.

– Wierz mi albo nie, czasem dzielimy się informacjami z naszymi amerykańskimi kolegami po fachu – wyjaśnił Turnbull z ironicznym uśmiechem. – Zwłaszcza odkąd Renwick dostał się na ich listę poszukiwanych.

– I co wyczytałeś w raporcie?

– Że byłeś znanym złodziejem, a mimo to współpracowałeś z rządem amerykańskim i pomogłeś odzyskać pięć bezcennych złotych monet skradzionych z Fortu Knox. I że w czasie śledztwa pomogłeś zdemaskować Renwicka jako Kasjusza i aresztować zdrajcę wśród agentów FBI.

– A Renwick? Było tam coś o nim?

– Niewiele ponad to, co właśnie nam powiedziałeś. Na tym polega problem. Pozbieraliśmy trochę plotek. Niewiele tego: że jego syndykat się rozpadł, że stracił wszystko, że się ukrywa...
– Przed wami?
– Przed nami, przed Interpolem, przed jankesami – jak zwykle. Ale tym razem nie jesteśmy jedyni.
– To znaczy?
– Przechwyciliśmy wiadomości od grupy ludzi, którzy również zdają się polować na Renwicka.
– Zakodowane w ogłoszeniach drobnych w „Herald Tribune"?
– Wiecie o nich? – Turnbull był wyraźnie zaskoczony.
– Dopiero od wczoraj. Domyślacie się, kto je publikuje?
– Są przysyłane pocztą, wydrukowane na standardowej drukarce laserowej HP, za każdym razem z innego kraju. To może być ktokolwiek.
– Nieważne – Tom wzruszył ramionami. – Ktokolwiek dopadnie go pierwszy, wyświadczy nam wszystkim przysługę. Życzę mu powodzenia.
– Tylko że tutaj nie chodzi wyłącznie o Renwicka. Wbrew temu, co mówią w mediach, nie wszyscy terroryści mają w jednej ręce kałasznikowa, a w drugiej Koran. Kryształowe Ostrze to brutalna i fanatyczna sekta, której celem jest odbudowa Trzeciej Rzeszy, bez względu na koszta. Dotąd pozostawali w cieniu, działając, co prawda, śmiertelnie skutecznie, ale na niewielką skalę i na ograniczonym obszarze. Wiemy z pewnych źródeł, że to się wkrótce zmieni. Poszukują funduszy na rozwój swojej działalności, planują zwiększyć personel, ważność celów i zasięg geograficzny. Jeśli Renwick im w tym pomaga, wszyscy za to zapłacimy.
– I oczekujecie, że ja coś zrobię w tej sprawie?
– Chcielibyśmy, żebyś nam pomógł. Znasz Renwicka lepiej niż ktokolwiek inny, rozumiesz jego metody i świat, w którym działa. Musimy się dowiedzieć, nad czym pracuje z Hechtem,

zanim będzie za późno. Sugeruję, żebyś zaczął od przyjrzenia się tym morderstwom w szpitalu.

Tom roześmiał się i potrząsnął głową.

– Słuchaj, ja poszukuję skradzionych dzieł sztuki, a nie skradzionych części ciała. Nie ma nikogo, kto bardziej ode mnie chciałby, by powstrzymano Renwicka, ale ja się w to nie mieszam. To życie mam już za sobą.

– Obaj mamy je za sobą – wtrącił Archie z naciskiem, uderzając pięścią w oparcie siedzenia kierowcy.

– Ile czasu minie, zanim Renwick zacznie szukać ciebie? Ile, zanim zdecyduje, że czas wyrównać rachunki?

– A to już jest mój problem, nie wasz – powiedział Tom tonem kończącym dyskusję. – I na pewno nie jest to dostatecznie dobry powód, by zrobić cokolwiek innego, niż po prostu wyjść z tego bagna, nie grzęznąc w nim jeszcze głębiej. Nie ufam wam. Nigdy nie ufałem. Nigdy nie zaufam.

Przez dłuższą chwilę Turnbull przyglądał mu się w kamiennym milczeniu, aż wreszcie odwrócił się i westchnął ciężko.

– W takim razie weź to – sięgając przez ramię, wręczył mu kartkę papieru z nabazgranym numerem. – Na wypadek gdybyś zmienił zdanie.

Samochód zatrzymał się, a drzwi otworzyły. Tom i Archie wysiedli na ulicę, mrużąc oczy w słońcu. Minęło kilka sekund, zanim zdali sobie sprawę, że znaleźli się z powrotem obok samochodu Archiego. Blokada została już usunięta.

– Co zamierzasz zrobić? – spytał Archie, otwierając auto i wślizgując się za kierownicę.

– Nic, dopóki go nie sprawdzimy – odparł Tom, sadowiąc się na obitym miękką czarną skórą siedzeniu pasażera. Silnik z warknięciem przebudził się do życia. – Chcę wiedzieć, o co mu naprawdę chodzi.

# ROZDZIAŁ 11

**Greenwich, Londyn**
**5 stycznia, godzina 13.22**

Pokój się nie zmienił. Po jego odejściu wydawał się jedynie bardziej pusty, jak gdyby uciekła z niego cała energia. Spłowiałe brązowe zasłony, których nawet latem nigdy do końca nie rozsuwał, pozostały zaciągnięte. Ciemnozielony dywan nadal jeżył się psią sierścią, pomieszaną z popiołem z fajki. Paskudne biurko z lat pięćdziesiątych nie ruszyło się ze swego miejsca pod wnęką okienną, a na kominku promieniowały swoim zwykłym ciepłem trzy kawałki wulkanicznej skały, które ojciec zebrał na zboczach Etny podczas miesiąca miodowego z matką, wiele lat temu.

Przechodząc przez pokój, Elena Weissman spojrzała przelotnie na swoje odbicie w lustrze i wzdrygnęła się. Choć miała jedynie czterdzieści pięć lat i nie wyglądała na swój wiek, ostatni tydzień postarzył ją o dekadę. Jej zielone oczy były opuchnięte, twarz zaczerwieniona ze zmęczenia, a zmarszczki na skroniach i wokół oczu zmieniły się z niewyraźnych kresek w głębokie bruzdy. Jej czarne włosy, zazwyczaj starannie uczesane, były w nieładzie. Po raz pierwszy od czasów, gdy była nastolatką, nie zrobiła sobie makijażu. Nienawidziła tego uczucia.

– Proszę, kochanie – Sara, jej najlepsza przyjaciółka, wróciła do pokoju z dwoma kubkami herbaty.

– Dziękuję – Elena upiła niewielki łyk.

– To wszystko trzeba będzie zapakować do pudeł, prawda? – zapytała Sara. Starała się, by jej głos brzmiał pogodnie, ale na twarzy wyraźnie widać było odrazę, jaką budził w niej nieład panujący w pomieszczeniu.

Pod ścianami, na obudowie kominka i na fotelach, na każdym skrawku osiągalnej przestrzeni piętrzyły się niestabilne sterty książek i czasopism w twardej i miękkiej oprawie, periodyków i broszur wszelkich kształtów, rozmiarów i kolorów. Te stare oprawione były w skórę z literami tłoczonymi na okładkach wyblakłym złotem, te nowsze miały lśniące jaskrawe obwoluty.

Elena przypomniała sobie ze smutnym uśmiechem, jak te sterty przewracały się przy akompaniamencie kwiecistych niemieckich przekleństw, a ojciec próbował wtedy upchnąć książki do przepełnionej biblioteczki zajmującej całą długość ściany, by w końcu poddać się i zbudować z nich nową wieżę w jakimś innym miejscu. Wieżę, która z czasem upadała równie nieuchronnie, jak gdyby zbudowano ją na piasku.

Gdy ponownie ogarnął ją żal, poczuła rękę obejmującą jej ramiona.

– Już dobrze – powiedziała Sara łagodnie.

– Nie potrafię uwierzyć, że on nie żyje. Że naprawdę odszedł – szloch wstrząsał ramionami Eleny.

– Wiem, jak musi ci być ciężko – padła kojąca odpowiedź.

– Nikt nie zasługuje na to, żeby tak umierać. Po wszystkim, co przeszedł, całym tym cierpieniu – spojrzała w oczy Sary, szukając pocieszenia, i znalazła je.

– Świat oszalał – zgodziła się Sara. – Żeby zabić niewinnego człowieka w szpitalnym łóżku, a potem...

Jej głos przygasł. Elena wiedziała, że nie może zdobyć się na powtórzenie tego, co sama powiedziała Sarze kilka dni wcześniej, choć teraz wydawało się, że od tamtej chwili minęły wieki. Że jej ojciec, schorowany starszy człowiek, został zamordowany, a jego ciało pocięte jak kawał mięsa. Wciąż sama nie mogła w to uwierzyć.

– To jakiś koszmar – wyszeptała, bardziej do siebie niż do kogokolwiek innego.

– Może powinnyśmy to skończyć kiedy indziej – zaproponowała Sara delikatnie.

– Nie – Elena wzięła głęboki oddech, starając się zapanować nad sobą. – To trzeba będzie zrobić prędzej czy później. Poza tym muszę się czymś zająć. Muszę zająć myśli.

– To ja zorganizuję jakieś pudła, dobrze? A ty możesz zacząć od biblioteczki.

Sara ruszyła na poszukiwanie pudeł, a Elena zaczęła zdejmować książki z półek i segregować je w pustej przestrzeni pośrodku pokoju. Jej ojciec miał bardzo eklektyczny gust, ale zdecydowana większość biblioteki poświęcona była jego dwóm głównym zainteresowaniom: ornitologii i pociągom. Była tam ogromna liczba książek na oba tematy, wiele z nich w języku francuskim i niemieckim. Elena żałowała, że zarzuciła naukę języków i nie pamiętała już, jak jest po francusku „ptak" ani „kolej" po niemiecku.

Wspólnie opróżniły pierwszy regał i były w połowie środkowego, kiedy Elena zauważyła coś dziwnego. Jedna z książek, oprawiony w skórę tomik o niewyraźnym tytule, nie chciała się ruszyć, gdy próbowała zdjąć ją z półki. Początkowo uznała, że musiała się tam przykleić, zapewne wskutek czyjejś nieuwagi wiele lat wcześniej. Ale kiedy już usunęła pozostałe książki z półki, zauważyła, że nie było śladu niczego, do czego książka mogłaby się przylepić. Szarpnęła ją mocno obiema rękami, ale ona wciąż tkwiła w miejscu. Zniecierpliwiona, sięgnęła za książkę i ku swemu zdziwieniu wyczuła tam cienki metalowy pręt wystający spomiędzy okładek i znikający w ścianie. Po bliższym zbadaniu okazało się, że kartki, jeśli kiedykolwiek istniały, zostały zastąpione solidnym klocem czegoś, co w dotyku przypominało drewno.

Odstąpiła od regału i przez chwilę przypatrywała się książce z namysłem. Po kilku sekundach wahania postąpiła do przodu i biorąc głęboki oddech, nacisnęła delikatnie grzbiet książki, która przesunęła się bez oporu, jak gdyby umieszczona na jakiejś szynie. W tej samej chwili usłyszała lekki trzask i prawa krawędź środkowego regału poruszyła się o jakiś centymetr. Słysząc dźwięk przesuwającego się drewna, Sara, klęcząca na środku pokoju, podniosła głowę.

– Znalazłaś coś, kochanie?

Elena nie odpowiedziała. Chwytając za jedną z półek, pociągnęła biblioteczkę ku sobie. Ta otworzyła się bezszelestnie, przesuwając się tuż ponad dywanem, aż oparła się o regał obok.

– Ojej! – wykrzyknęła Sara zduszonym głosem, zrywając się na nogi.

Zza szafki ukazał się fragment ściany, wciąż pokryty czymś, co wyglądało na oryginalną wiktoriańską tapetę o zawiłym kwiecistym wzorze, pomalowaną gęstym brązowym lakierem. W kilku miejscach tapeta odpadła, a spod niej wyglądał popękany i kruszący się tynk.

Ale Elena wbijała wzrok nie w ścianę, a w znajdujące się w niej wąskie zielone drzwi o starannie naoliwionych zawiasach. Niedawno naoliwionych zawiasach.

# ROZDZIAŁ 12

**Lokalizacja nieznana**
**5 stycznia, godzina 16.32**

Duże plamy potu znaczyły jego koszulę pod pachami i na plecach, kiedy pochylał się nad ogromnym stołem i wpatrywał w lśniący czarny telefon pośrodku, pulsujący niewielką czerwoną diodą.
– O co chodzi? – głos, który popłynął z telefonu, był chłodny i spokojny.
– Znaleźliśmy go.
– Gdzie? W Danii, tak jak przypuszczaliśmy?
– Nie, nie Kasjusza.
– A więc kogo?
– Jego. Ostatniego.
Milczenie.
– Jesteście pewni?
– Tak.
– Gdzie?
– W Londynie. Ale spóźniliśmy się. Nie żyje.
– Skąd wiecie?
– Widziałem policyjny raport.
– A ciało? Widziałeś ciało?
– Nie. Ale widziałem zdjęcia z autopsji i kopię dokumentacji dentystycznej. Pasują.

Długie milczenie.
– No więc – westchnął w końcu głos – to już koniec. On był ostatni.
– Nie. Obawiam się, że to dopiero początek. – Mówiąc to, mężczyzna obracał na małym palcu złoty sygnet. Na płaskiej powierzchni w jego górnej części wygrawerowano niewielką kratkę, składającą się z dwunastu kwadratów. W jednym z nich znajdował się diament.
– Początek? – głos roześmiał się. – O czym ty mówisz? Wszystko jest teraz bezpieczne. On był ostatnim, który wiedział.
– Został zamordowany. Zabity w szpitalnym łóżku.
– Za to, co zrobił, zasługiwał na gorszą śmierć – brzmiała niewzruszona odpowiedź.
– Jego ręka została odcięta.
– Odcięta? – padło pytanie. – Przez kogo?
– Kogoś, kto wie.
– Niemożliwe.
– Czemu więc ją zabrali?
Milczenie.
– Będę musiał zebrać pozostałych.
– To nie wszystko. Jest w to zamieszany brytyjski wywiad.
– Zbiorę pozostałych. Musimy się spotkać i omówić to.
– Współpracują z kimś.
– Z kim? Z Kasjuszem? Dopadniemy go, zanim cokolwiek znajdzie. Węszy wokół tej sprawy od lat. Nic nie wie. Podobnie jak wszyscy inni, którzy próbowali.
– Nie, to nie Kasjusz. Tom Kirk.
– Syn Charlesa Kirka? Złodziej dzieł sztuki?
– Tak.
– Idzie w ślady ojca. Wzruszające.
– Co mam zrobić?
– Śledź go. Sprawdzaj, gdzie chodzi, z kim rozmawia.
– Myślisz, że mógłby...?
– Nigdy! – głos przerwał mu w pół zdania. – Minęło zbyt wiele czasu. Trop jest już zbyt zimny. Nawet dla niego.

# ROZDZIAŁ 13

**Clerkenwell, Londyn**
**5 stycznia, godzina 20.35**

Tom nigdy wcześniej nie inwestował w dobra materialne. Nie widział potrzeby, czy wręcz sensu, posiadania czegokolwiek: jeszcze do niedawna rzadko zdarzało mu się spędzać więcej niż dwa tygodnie w jednym miejscu. Akceptował to jako cenę za pozostawanie o krok poza linią prawa.

Prawdę powiedziawszy, nie uważał tej ceny za zbyt wygórowaną, jako że nigdy nie miał naturalnego instynktu zdobywania czy gromadzenia rzeczy. Wszedł do gry, ponieważ kochał dreszczyk emocji i ponieważ był w tym dobry, a nie po to, by pewnego dnia cieszyć się spokojną emeryturą, popijając drinki na Kajmanach. Chętnie robiłby to samo za darmo, gdyby pieniądze nie były jedynym miernikiem zdobytych punktów.

Dlatego też był w pełni świadom znaczenia kilku przedmiotów zakupionych niedawno na aukcji i rozrzuconych po jego mieszkaniu. Widział w nich oczywisty dowód na to, że się zmienił. Że nie był już najemnikiem wędrującym tam, gdzie rzucił go los. Że od ucieczki z miasta na najmniejszy znak kłopotów dzieliło go coś więcej niż jedna spakowana walizka. Miał teraz dom. Korzenie. A nawet obowiązki. Nabywanie rzeczy było dla niego pierwszą oznaką normalności, której od tak dawna pragnął.

Salon, ogromne otwarte pomieszczenie z żelaznymi wspornikami podtrzymującymi częściowo przeszklony dach, zdobiły smukłe nowoczesne sprzęty z polerowanego aluminium. Gładką betonową podłogę pokrywała wielobarwna szachownica dziewiętnastowiecznych tureckich kilimów, a na ścianach wisiały nieliczne późnorenesansowe obrazy, w większości włoskie, każdy osobno oświetlony. Najbardziej jednak rzucał się w oczy trzynastowieczny mongolski hełm z lśniącej stali, który ze swojego miejsca na komodzie pośrodku pokoju spoglądał groźnie na wchodzących.

– Przepraszam za spóźnienie – wydyszała Dominique, wpadając przez drzwi z parą butów w jednej ręce, drugą zaś unosząc skraj haftowanej spódnicy. – Poszłam pobiegać i straciłam poczucie czasu.

– Ty przynajmniej przyszłaś – Tom odwrócił się od kuchenki z twarzą zaróżowioną od ciepła.

– No nie. Tylko nie mów, że znowu się wymigał – jęknęła. – Niech zgadnę: karty, wyścigi chartów czy bilety na walkę bokserską?

– Trafione za pierwszym razem – westchnął Tom. – Przynajmniej jest konsekwentny.

– Nie wierzę, że powierzałeś swoje życie komuś tak niesolidnemu – powiedziała Dominique, siadając przy blacie oddzielającym salon od kuchni i wkładając buty.

– Wiesz, z Archiem jest tak: on nigdy nie pomylił się przy robocie. Ani razu. Może zapomnieć o własnych urodzinach, ale wciąż będzie w stanie podać ci markę i lokalizację każdego systemu alarmowego w każdym muzeum stąd do Hongkongu.

– Nie sądzisz, że to wszystko wymyka się spod kontroli?

Tom opłukał ręce pod kranem, a Dominique poprawiła bluzkę.

– Całe jego życie to taki czy inny hazard. To leży w jego naturze. Można powiedzieć, że nastąpiła znacząca poprawa:

teraz przynajmniej gra tylko o pieniądze. Kiedy obaj braliśmy udział w grze, stawki bywały znacznie wyższe.

– Moim skromnym zdaniem hazard to tylko wymówka – powiedziała z błyskiem w oku. – On po prostu nie lubi twojej kuchni.

Tom wyszczerzył zęby w uśmiechu i opryskał ją wodą.

– Przestań – zachichotała. – Zrujnujesz mi makijaż.

– Przecież ty się nigdy nie malujesz.

– Pomyślałam, że po kolacji mogłabym wskoczyć na rower i wyrwać się do klubu. Lucas wybiera się tam z przyjaciółmi. Przyłączysz się?

– Nie, dziękuję – wzruszył ramionami. – Nie jestem w nastroju.

– Wszystko w porządku?

– Ze mną? Tak. Czemu pytasz?

– Wydajesz się trochę przybity.

Tom nie wspomniał jej o popołudniowej przejażdżce z Turnbullem. Nie miał ochoty przeżywać jeszcze raz całej dyskusji o Renwicku. Rana była wciąż jeszcze zbyt świeża. I najwyraźniej nie ukrywał jej zbyt dobrze.

– To nic takiego.

– Zastanawiałam się tylko, czy to nie dlatego że... no, wiesz, że to dzisiaj?

Tom rzucił jej spojrzenie pozbawione wyrazu.

– Co dzisiaj?

– No, wiesz, jego urodziny.

– Czyje urodziny?

– Twojego ojca, Tom.

Potrwało kilka sekund, zanim dotarło do niego znaczenie jej słów.

– Zapomniałem. – Nie mógł w to uwierzyć, choć jakąś częścią umysłu zastanawiał się, czy podświadomie nie wypchnął tej informacji z pamięci, tak jak tylu innych wspomnień z dzieciństwa. Tak było dużo łatwiej. To sprawiało, że był o wiele mniej wściekły na świat.

Zapadło milczenie.

– Wiesz, może pomogłoby, gdybyś porozmawiał o nim ze mną. Lub z kimkolwiek.

– I co miałbym powiedzieć?

– Nie wiem. Co do niego czułeś. Co u niego lubiłeś. Co cię denerwowało. Wszystko jest lepsze od tej wielkiej dziury, którą wciąż starasz się obchodzić.

– Wiesz, co on mi zrobił. – Tom czuł, jak w jego głosie wzbiera uraza. – Obwiniał mnie za śmierć matki. Obwiniał mnie, tak jakby to była moja wina, że pozwoliła mi prowadzić. Miałem trzynaście lat, na miłość boską. Wszyscy uznali, że to był wypadek, tylko nie on. Wysłał mnie do Ameryki, bo nie mógł na mnie patrzeć. Odepchnął mnie wtedy, kiedy potrzebowałem go najbardziej.

– I znienawidziłeś go za to.

– Nie o to chodzi. Najważniejsze, że byłem gotów zacząć od nowa. Naprawdę. I wiesz co? To działało. Już zaczynaliśmy się na nowo poznawać, odnajdywać drogę, budować coś nowego. I wtedy umarł. I za to niemal znienawidziłem go jeszcze bardziej.

Długa chwila ciszy.

– Wiesz, że nigdy nie wybaczył sobie tego, co ci zrobił? – powiedziała Dominique niepewnym głosem, spuszczając oczy ku podłodze.

– Co masz na myśli?

– Wiele o tym mówił. Nigdy nie zostawił tego za sobą. Myślę, że to częściowo właśnie dlatego mnie przygarnął. Chciał to naprawić.

– Przygarnął cię? O czym ty mówisz? – skrzywił się Tom.

– Nigdy nie chciał ci o tym powiedzieć, bo bał się, że będziesz zazdrosny. Ale to nie było tak. Po prostu próbował mi pomóc.

– Dom, o czym ty mówisz? To nie ma sensu.

Wzięła głęboki oddech, zanim odpowiedziała.

– Nie znałam żadnego z moich rodziców – zaczęła. Jej głos, zazwyczaj pewny, był dziwnie cichy i przytłumiony. Wyrzucała z siebie słowa w pośpiechu, jak gdyby obawiając się, że jeśli umilknie choć na chwilę, nie będzie w stanie zacząć ponownie. – Wszystko, co pamiętam, to przerzucanie mnie z jednej rodziny zastępczej do drugiej, gdy tylko coś podpaliłam lub wdałam się w bójkę. Kiedy miałam siedemnaście lat, uciekłam. Przez rok żyłam na ulicach Genewy. Byłam już na granicy...

Tom zawsze wiedział, że Dominique miała swoją ciemną stronę, że była w niej jakaś dzikość. Tego jednak zupełnie się nie spodziewał.

– A te historie o twojej rodzinie, o studiowaniu sztuk pięknych, ukończeniu szkoły w Lozannie – zmyśliłaś to wszystko?

– Wszyscy mamy jakieś tajemnice – powiedziała miękko, odnajdując jego spojrzenie. – Własne sposoby odcięcia się od rzeczy, o których chcemy zapomnieć.

– Czy mój ojciec wiedział? – Tom podniósł nóż i zaczął w roztargnieniu kroić warzywa.

– Pierwszy raz zobaczyłam go pewnego wieczora na postoju taksówek. Myślę, że właśnie wyszedł z kina. Wznowienie *Obywatela Kane'a* lub coś w tym rodzaju. Nie spodziewałam się, że mnie zauważy. Przeważnie ludzie byli w pół drogi do domu, kiedy orientowali się, że nie mają portfela. Ale nie twój ojciec. Był szybki.

– Ukradłaś mu portfel? – jego głos nie zdradzał, a przynajmniej Tom miał taką nadzieję, że był nie tyle w szoku, ile pod wrażeniem.

– Próbowałam. Ale złapał mnie z ręką w kieszeni swojej kurtki. I co było niesamowite, nie wezwał policji, tylko powiedział mi, że mogę go zatrzymać.

– Co zrobił? – Tom nie zdołał powstrzymać uśmiechu, wyobrażając sobie tę scenę.

– Powiedział, że mogę zatrzymać portfel. Ale gdybym chciała zacząć życie od nowa, mam przynieść go z powrotem do jego sklepu, a on mi pomoże. Gapiłam się na ten cholerny portfel przez cztery dni. Rozpaczliwie chciałam go otworzyć i wziąć pieniądze, ale wiedziałam, że jeśli to zrobię, mogę stracić jedyną szansę na to, by się z tego wszystkiego wyrwać. W końcu piątego dnia poszłam się z nim zobaczyć. Tak jak obiecał, przygarnął mnie. Dał mi pracę w sklepie i nauczył wszystkiego, co wiem. Nigdy nie chciał nic w zamian. Nie byłoby mnie tu dzisiaj, gdyby nie on.

Tom milczał przez kilka sekund. Wyznanie Dominique z pewnością wyjaśniało część sprzeczności w jej charakterze, których dotąd nie był w stanie nawet nazwać. Mniej jasne były powody, dla których jego ojciec jej pomógł i dla których utrzymywał to w tajemnicy. Za każdym razem, kiedy Tom myślał, że zaczyna go lepiej rozumieć, jakieś nowe odkrycie sprawiało, że wyrastała między nimi kolejna bariera.

– Powinien był mi powiedzieć – wyszeptał Tom, bezwiednie ściskając w ręku nóż do warzyw tak mocno, że zbielały mu palce. – Oboje powinniście.

– Pewnie masz rację – przyznała. – Ale nie był pewien, jak zareagujesz. Oboje nie byliśmy pewni. Mówię ci to teraz, bo zwłaszcza dzisiaj powinieneś wiedzieć, że cały ten czas, który spędził ze mną, był dla niego formą zadośćuczynienia za to, że nie był z tobą. Nigdy nie wybaczył sobie tego, co zrobił. Ale zawsze miał nadzieję, że pewnego dnia zrozumiesz i nie będziesz go aż tak nienawidził.

Zapadła długa cisza, przerywana jedynie szumem lodówki i buczeniem piekarnika. Nagle Tom z hałasem rzucił nóż na blat.

– Myślę, że powinniśmy się napić. Wznieść toast. Za niego. Co o tym myślisz? Mam w zamrażalniku butelkę Grey Goose.

– Dobry pomysł – zgodziła się, przecierając palcem kąciki oczu i zdobywając się na uśmiech. Potem wstała i podeszła do lodówki. Drzwiczki zamrażalnika otworzyły się z głośnym cmoknięciem.

Dominique wydała ostry, urwany krzyk.

Tom w ułamku sekundy znalazł się przy niej. Wskazała mu wnętrze zamrażalnika, w którym chłodne powietrze kłębiło się jak mgła w mroźny zimowy poranek. Z trudem zdołał rozpoznać to, co wskazywała.

Ręka. Ludzka ręka. A w niej zwinięty kawałek malarskiego płótna.

# ROZDZIAŁ 14

**Góry Black Pine, okolice miejscowości Malta, Idaho**
**5 stycznia, godzina 14.09**

Spory budynek mieszkalny w kształcie litery H wraz z nieregularnym skupiskiem budynków gospodarczych znajdował się na dużej polanie pośrodku lasu. Droga gruntowa, szeroka na jeden samochód, wiła się jak wąż przez trzy mile dzielące siedlisko od najbliższego asfaltu. Tu i ówdzie pojawiały się i nikły zwierzęce tropy, sugerujące istnienie życia w leśnej głuszy. Ciszę przerwał głos orła, który przeciął powietrze i zniknął w słońcu.

Bailey leżał w śniegu, ukryty wśród drzew. Pomiędzy ciemnymi gałęziami prześwitywał lazurowy błękit nieba. Bailey zdążył już przemarznąć, a teraz czuł na kolanach wilgoć topniejącego śniegu przesiąkającą przez rzekomo nieprzemakalne spodnie. Po jednej jego stronie, z lornetką przyklejoną do twarzy, leżał Viggiano, a po drugiej szeryf Hennessy.

– Wspominałeś, że ilu tam jest ludzi? – spytał Viggiano.

– Dwudziestu do dwudziestu pięciu – odparł Bailey, zmieniając pozycję, by ulżyć zesztywniałym ramionom. – Każda rodzina ma własną sypialnię w bocznych dobudówkach. Jedzą i spędzają czas wspólnie w głównym budynku.

– Pieprzony chów wsobny – wymamrotał Viggiano. Bailey wyczuł, że Hennessy porusza się niespokojnie.

Viggiano podniósł krótkofalówkę.

– Dobra, Vasquez – wchodźcie.

Dwie siedmioosobowe grupy wyłoniły się z kryjówek wzdłuż Linii Żółtej, umownej granicy obszaru, na którym mieli się ukrywać. Jeden za drugim antyterroryści wybiegli spomiędzy drzew po przeciwległych stronach ogrodzenia. Wciąż w szyku przeskoczyli niewysoki drewniany płot, przekraczając Linię Zieloną, miejsce, z którego nie było już odwrotu. Błyskawicznie zbliżyli się do frontowych i tylnych drzwi głównego budynku, przypadając pod ścianami na lewo od wejść.

Bailey przyglądał się przez lornetkę zabudowaniom farmy, poszukując jakichś oznak życia – cienia, poruszonej firanki, pośpiesznie wyłączonego światła – lecz nie dostrzegł żadnego ruchu oprócz kilku płatów farby łuszczących się z framugi okiennej i trzepoczących na wietrze. Przeniósł więc lornetkę na dwie brygady antyterrorystyczne w hełmach, maskach przeciwgazowych i kamizelkach kuloodpornych. Na tle bieli śniegu wyglądały jak duże czarne żuki. Popołudniowe słońce połyskiwało na wizjerach hełmów. Oprócz karabinków i pistoletów maszynowych każda grupa miała człowieka wyposażonego w duży metalowy taran.

– W porządku – odezwał się Vasquez przez radio. – Wciąż żadnych oznak życia w środku. Grupa Alfa, przygotujcie się.

Rozległ się głos wzmocniony przez megafon.

– Mówi FBI. Jesteście otoczeni. Wychodźcie z podniesionymi rękami.

– A mówiłem, dyskretnie, Vasquez, ty zidiociały macho – wymamrotał Viggiano.

Z budynku farmy odpowiedziała im cisza. Wzmocniony głos zagrzmiał ponownie.

– Powtarzam, tu FBI. Macie dziesięć sekund, żeby się pokazać.

Znowu nic. Krótkofalówka Viggiana zatrzeszczała.

– Nic się nie dzieje, sir. Pańska decyzja.

– Wchodźcie – zarządził Viggiano. – Natychmiast.

Przy każdym z wejść jeden z antyterrorystów uderzył taranem w zamek. Drzwi roztrzaskały się i ustąpiły. Wtedy następny cisnął do środka pojemnik z gazem łzawiącym, który eksplodował kilka sekund później, napełniając budynek gęstymi kłębami gryzącego dymu.

– Dalej, dalej, dalej! – wrzeszczał Vasquez, podczas gdy jego ludzie wpadali do budynku.

Ze swojego punktu obserwacyjnego Bailey słyszał stłumione okrzyki, rytmiczny trzask i syk odpalanych granatów gazowych, lecz nic ponadto. Żadnych wrzasków, płaczących dzieci, a już na pewno żadnych wystrzałów. Sekundy mijały i zamieniały się w minuty. Szło lepiej, niż którykolwiek z nich oczekiwał.

Radio przebudziło się z trzaskiem.

– Sir, tu Vasquez... Nikogo tutaj nie ma.

Viggiano dźwignął się na łokciach i chwycił krótkofalówkę.

– Jeszcze raz?

– Powiedziałem, że nikogo tu nie ma. Przeszukaliśmy każde pomieszczenie, łącznie ze strychem. To miejsce jest puste i wygląda na to, że zostało opuszczone w pośpiechu. Na stole jest niedojedzony posiłek. Wszędzie śmierdzi jak cholera.

Bailey rzucił pytające spojrzenie Viggianowi, a później Henessy'emu, który wyglądał na szczerze zmartwionego.

– Tam musi ktoś być, Vasquez. Schodzę do was – powiedział Viggiano.

– Nie, sir. Proszę poczekać, aż zabezpieczymy okolicę.

– Powiedziałem, schodzę do was. Wstrzymajcie się do mojego przybycia. Chcę to zobaczyć na własne oczy.

# ROZDZIAŁ 15

**Bloomsbury, Londyn**
**5 stycznia, godzina 21.29**

– Kawy?
– Potrzeba mi drinka – Tom nalał sobie duży kieliszek koniaku z karafki na stoliku. Upił łyk, smakując go przez chwilę przed połknięciem, po czym usiadł ciężko w jednym z foteli i rozejrzał się wokół.
 Był w mieszkaniu Archiego dopiero drugi raz. To mu uświadamiało, jak mało naprawdę wiedział o swoim wspólniku – kim był, jakie były jego pasje i sekrety. Choć teraz widział, dzięki rewelacjom tego wieczoru, że równie dobrze mógłby powiedzieć to samo o Dominique. Być może mówiło to więcej o nim samym niż o nich dwojgu.
 Mimo to sam pokój, w którym się znajdowali, był w stanie dostarczyć mu pewnych wskazówek co do charakteru Archiego. Oczywiste było na przykład jego zamiłowanie do stylu *art déco*, o którym świadczyły meble Emile'a-Jacques'a Ruhlmanna i szkło Marinota zdobiące obramowanie kominka. Kolekcja edwardiańskich żetonów do gry, wystawionych w niewielkich gablotach po obu stronach drzwi, dowodziła jego fascynacji hazardem. Jeszcze bardziej intrygujący był stolik do kawy z drewna tekowego, w którym Tom natych-

miast rozpoznał przerobioną dziewiętnastowieczną chińską sofę dla palacza opium. Biegnące wokół skraju mebla uchwyty podtrzymywały kiedyś bambusowe pręty baldachimu, który miał chronić anonimowość spoczywającej pod nim osoby.

– Przepraszam, że zepsułem ci wieczór – powiedział Tom, zwracając spojrzenie na Archiego, który usadowił się w fotelu naprzeciw.

– Nie przejmuj się – Archie zbył jego przeprosiny machnięciem ręki. – I tak przegrywałem. Czy z nią wszystko w porządku? – ruchem głowy wskazał zamknięte drzwi łazienki.

– Nic jej nie będzie – powiedział Tom. To, czego dowiedział się o przeszłości Dominique, dowodziło, że była twarda.

– Co się, u diabła, stało?

Zamiast odpowiedzi Tom wręczył mu zwinięte płótno.

– Co to jest?

– Sam zobacz.

Archie rozwinął obraz na stoliku i podniósł na Toma zaskoczony wzrok.

– To ten Bellak z Pragi.

Tom przytaknął.

– Gdzie go znalazłeś? – Archie delikatnie przesunął dłońmi po spękanej powierzchni obrazu, jego palce musnęły nierówności olejnej farby, zatrzymały się na serii niewielkich otworów na skraju płótna.

– To był prezent. Ktoś był łaskaw zostawić mi go w zamrażalniku.

– Gdzie? – Archie zmarszczył czoło, jak gdyby nie dosłyszał.

– W zamrażalniku. I nie była to jedyna rzecz, którą tam zostawili.

Archie potrząsnął głową.

– Chyba nie chcę tego wiedzieć.

– Była tam jeszcze ludzka ręka. A właściwie wciąż tam jest.

Tym razem Archie zaniemówił, wybałuszając oczy ze zdumienia. Kiedy w końcu zdołał wydusić z siebie słowo, jego głos był zdławiony z wściekłości.

– Turnbull.
– Co?
– To ten dwulicowy drań Turnbull.

Tom roześmiał się.

– Daj spokój, Archie. Mówiłeś, że go sprawdziłeś.

– Tak. Przynajmniej według mojego informatora MI6, początkowo w rosyjskiej sekcji Centrali Łączności Rządowej. Ale to nie znaczy, że tego nie zrobił. Pomyśl tylko: zjawia się i chce pomocy. Odmawiamy, a kilka godzin później zaginione przedramię w cudowny sposób objawia się w twoim mrożonym groszku. Do cholery, on cię wrabia! Pewnie siedzi tam teraz i czeka, aż wrócisz do domu, żeby cię zwinąć.

– Zakładasz, że ręka należy do tego więźnia Auschwitz, o którym mówił Turnbull?

– Jak najbardziej. Jak myślisz, ile odciętych rąk krąży w tej chwili po Londynie?

– Niewiele – przyznał Tom.

– No widzisz.

Tom wstał i podszedł do okna. Poniżej przemknęło kilka taksówek. Ich lśniące czarne dachy rozbłyskiwały na pomarańczowo pod każdą mijaną latarnią. Po przeciwległej stronie ulicy, zza grubego stalowego ogrodzenia, ponura fasada British Museum spoglądała na niego z wyniosłą obojętnością. Strzegły jej granitowe lwy po obu stronach głównego wejścia.

– Mówię tylko, że nie powinniśmy wyciągać pochopnych wniosków – kontynuował Tom. – Poza tym jest jeszcze jedna możliwość...

– Zaczyna się – mruknął Archie.

– ... ktokolwiek stoi za morderstwem tego staruszka, jest również odpowiedzialny za kradzież obrazu.

– Myślisz, że to Renwick, prawda?

– A dlaczego nie? Wiemy, że współpracuje z Kryształowym Ostrzem, i wiemy, że to oni właśnie zabili tego człowieka. Weź pod uwagę, że dzięki mnie sam ma tylko jedną rękę. Kto bardziej niż on doceniłby ironię podrzucenia komuś cudzej kończyny w charakterze wizytówki?

– A obraz Bellaka?

– Skradziony przez nich na jego zamówienie – Tom wzruszył ramionami.

– Bellak? – Niezauważona przez żadnego z nich Dominique wyszła z łazienki i wślizgnęła się do pokoju. Wcześniejszy szok ustąpił miejsca chłodnemu zdecydowaniu. Smukła sylwetka w otwartych drzwiach miała w sobie coś niemal eterycznego. – Ten malarz?

Tom i Archie wymienili niepewne spojrzenia.

– Słyszałaś o nim? – Nawet Tom był pod wrażeniem kolejnego dowodu na to, że baza danych na temat rynku dzieł sztuki w jej głowie rosła nieustannie.

– Znam tylko nazwisko.

– Skąd?

– Twój ojciec poświęcił ostatnie trzy lata życia na poszukiwanie obrazów Bellaka.

– Naprawdę? – spytał Tom z niedowierzaniem.

– To stało się dla niego bardzo ważne. Przeszukiwałam dla niego bazy danych, czasopisma i katalogi aukcyjne, ale nigdy nie udało mi się niczego znaleźć. Myślę, że pod koniec właściwie już się poddał.

– To od niego słyszałem to nazwisko – Tom pstryknął palcami, sfrustrowany, że nie przypomniał sobie wcześniej. – Wydaje mi się, że prosił mnie kiedyś, abym spróbował coś dla niego znaleźć.

– Ale po co właściwie miałby zbierać takie rzeczy? – Dla potwierdzenia swoich słów Archie pogardliwie wskazał na obraz przedstawiający synagogę.

– Nie zbierał ich – poprawiła go Dominique, siadając na dywaniku przed kominkiem. – Szukał jednego konkretnego obrazu: portretu dziewczyny. Powiedział, że najprawdopodobniej jest w jakiejś prywatnej kolekcji. Mówił, że ten obraz to klucz.

– Klucz do czego? – spytał Archie.

– Nie wiem – westchnęła Dominique. – Wiesz, jaki był skryty.

– Renwick na pewno wie – powiedział Tom z goryczą. – Dlatego podrzucił to tutaj: żeby pokazać mi, jak jest bliski celu.

– I dlatego właśnie nie powinieneś dać się sprowokować – powiedział Archie zdecydowanie. – On chce, żebyś jakoś zareagował. A my po prostu wyrzucimy tę rękę do śmieci i będziemy udawać, że to się nigdy nie zdarzyło.

– Że się nigdy nie zdarzyło? – powtórzyła Dominique z buntowniczym błyskiem w oku. – Nie można tego tak zwyczajnie zignorować, Archie. Słyszałam, jak mówicie, że zabili kogoś. Zabili kogoś, a my może będziemy mogli coś zrobić w tej sprawie.

– Nie o to chodzi – zaprotestował Archie. – Słuchaj, ja znam Kasjusza. To jeszcze jedna z jego chorych gierek. Jest już za późno, żeby pomóc temu staruszkowi, ale wciąż możemy pomóc sobie. Tom? Co ty robisz?

– Dzwonię do Turnbulla – odparł Tom, sięgając po telefon i wyciągając z portfela karteczkę z numerem.

– Nie słyszałeś, co powiedziałem? – upierał się Archie.

– Słyszałem, co powiedzieliście oboje, i Dominique ma rację – nie możemy tego zignorować.

– On się z tobą bawi. Zostaw to.

– Nie mogę tego tak zostawić, Archie – odwarknął Tom, po czym wziął głęboki oddech i ciągnął dalej łagodniejszym tonem. – Jeśli chcesz się trzymać z dala od tego, w porządku. Ale ja nie mogę. Tu chodzi o mojego ojca. A jeśli Renwick poluje na coś, czego mój ojciec szukał przez lata, ja nie mam zamiaru spokojnie się temu przyglądać. Nie pozwolę, żeby zrobił ze mnie durnia po raz kolejny.

## ROZDZIAŁ 16

**Góry Black Pine, okolice miejscowości Malta, Idaho**
**5 stycznia, godzina 14.19**

Viggiano i Bailey ruszyli pomiędzy drzewami w dół zbocza tak szybko, jak tylko mogli. Z trudem brnęli przez zaspy, potykając się niezgrabnie, kiedy ich stopy trafiały na ukryte pod śniegiem zarośla. W końcu zdyszani dotarli do ogrodzonego terenu farmy po prawej stronie. Pokonali drewniany płot i poszli w kierunku głównego wejścia, pozostawiając w śniegu świeży trop. Czekał tam na nich jeden z ludzi Vasqueza, ze zdjętymi maską i hełmem, z twarzą bez wyrazu.

– Tędy, sir.

Poprowadził ich przez przedpokój zarzucony butami i stertami gazet. Na przybitych do ściany jelenich porożach wisiały czapki z daszkiem i skarpetki bez pary, jak zaimprowizowane ozdoby choinkowe. Vasquez czekał na nich w kuchni. Długi dębowy stół był zastawiony do obiadu. Karaluchy dreptały po blacie i po pozostawionej na wierzchu pieczeni porośniętej pleśnią. Powietrze było gęste od much i przesiąknięte mocnym zapachem, który Bailey znał aż za dobrze. Odór gnijącego mięsa.

Vasquez skinął w kierunku drzwi.

– Nie sprawdziliśmy jeszcze piwnicy.

– Piwnicy? – Viggiano skrzywił się, wydobywając spod kurtki plan budynku. Rozprostował go i rozpiął na ścianie, pożyczając pinezki z nieaktualnego kalendarza. – Popatrz, tu nie ma piwnicy.

– W takim razie co to jest? – Vasquez otworzył drzwi, ukazując mu ciemną klatkę schodową prowadzącą w dół. Uderzył w nich podmuch ciepłego, zatęchłego powietrza.

Podążając za latarką Vasqueza, pokonali schody. Na dole był wąski, mroczny korytarz. Vasquez oświetlał im drogę serią zielonych chemicznych flar, które zapalał, przełamując je, i w regularnych odstępach rzucał na podłogę.

Bailey czuł, że zaczyna się pocić, w miarę jak zbliżali się do końca korytarza. Temperatura była tutaj wyraźnie wyższa niż na górze, a smród przyprawiał o mdłości. Vasquez gestem nakazał im zaczekać, a sam wszedł przez drzwi. Pojawił się ponownie kilka sekund później z ponurym wyrazem twarzy.

– Mam nadzieję, że darowaliście sobie dzisiaj lunch, chłopaki.

Viggiano i Bailey weszli do środka. Potężny grzejnik olejowy na przeciwległej ścianie promieniował ciepłem. Smród był nie do zniesienia, a brzęczenie much tak głośne, że przypominało odgłos niewielkiego silnika. Pośrodku pomieszczenia leżał duży owczarek niemiecki. Język zwieszał mu się z otwartego pyska, a ciemna sierść była zlepiona krwią i roiła się od robactwa. Obok spoczywały dwa skrwawione pitbulle i chuderlawy kundel z odstrzeloną głową.

– No, to teraz wiemy, czemu nikt nie widział psów – skomentował sucho Vasquez.

Skierował latarkę na podłogę, na której stali. Szary beton zasypany był łuskami pocisków, lśniącymi w półmroku jak małe oczy.

– To były naboje do M16. Zawartość kilku magazynków. Nie zamierzali ryzykować.

– Ale gdzie są wszyscy? – zapytał Bailey. – Gdzie się podziali?

– Sir? – kolejny z ludzi Vasqueza pojawił się w drzwiach za nimi. – Mamy tu coś jeszcze.

Podążyli za nim z powrotem przez oświetlony zielonymi flarami korytarz do kolejnego, mniejszego pokoju, całkowicie pustego z wyjątkiem stołu pod ścianą. Tutaj podłoga pokryta była nie martwymi psami i łuskami pocisków, ale rozrzuconymi kartkami papieru. Bailey uklęknął i podniósł z podłogi wydruk. Była to lista lotów do Waszyngtonu.

Przeszedł na drugi koniec pokoju. Powieszono tam na ścianie duży plan architektoniczny, a niektóre części budynku zakreślono na nim na czerwono. Napis w lewym dolnym rogu głosił: „Narodowe Muzeum Kryptologiczne – plany konstrukcyjne; system grzewczy i wentylacyjny – 1993". Wskazał go pozostałym.

– Wygląda na to, że to nasi faceci.

– A co jest tam? – Viggiano wskazał zardzewiałe metalowe drzwi w przeciwległej ścianie.

Vasquez zbliżył się i zaświecił latarką przez szklane okienko w drzwiach.

– Mamy ich! – wykrzyknął. – Są tam w środku. Za tymi drzwiami są kolejne drzwi, a za nimi jeszcze jedno pomieszczenie. Jezu, ale są tam ściśnięci.

– Niech zobaczę – Viggiano zajrzał przez szybę.

– Żyją? – zapytał Bailey.

– Tak. Jedna z nich właśnie mnie zobaczyła.

Odstąpił od okienka, by Bailey mógł spojrzeć.

– Macha rękami – powiedział, marszcząc brwi – tak jakby chciała, żebyśmy odeszli.

– Otwórzmy te drzwi – przynaglał Viggiano.

– Jest pan pewien? – zapytał Bailey ostrożnie. – Ona wyraźnie tego nie chce.

– Chrzanić, co ona chce – parsknął Viggiano.

– Sir, naprawdę sądzę, że powinniśmy najpierw to sprawdzić – nalegał Bailey, odgadując z rozpaczliwego wyrazu twarzy kobiety, że próbowała go przed czymś ostrzec. – Na pewno przesyłają te sygnały z jakiegoś powodu. Nie sądzi pan, że powinniśmy najpierw nawiązać kontakt i dowiedzieć się, co oni właściwie tam robią?

– Jest jasne jak słońce, co oni tam robią, Bailey. Jakiś skurwiel ich zamknął. A im szybciej ich stamtąd wyciągniemy, tym szybciej weźmiemy ciepły prysznic. Vasquez?

Wzruszając ramionami, Vasquez odsunął zasuwę i otworzył pierwsze drzwi. Ale kiedy sięgał w kierunku drugich, okrzyk zatrzymał go w miejscu.

– Patrzcie! – Bailey wskazał światłem latarki okienko w drugich drzwiach, niemal całkowicie przysłonięte skrawkiem białego materiału z wiadomością pośpiesznie nabazgraną czarną kredką do oczu.

„Zabijecie nas".

– Co, u diabła...? – zaczął Viggiano, gdy nagle Vasquez zaniósł się gwałtownym kaszlem, zginając się wpół z wysiłku.

– Gaz – wydyszał. – Wynośmy się... Gaz.

Bailey chwycił go za ramiona i pociągnął w kierunku wyjścia. W przelocie dojrzał twarz kobiety przyciśniętą do okienka, jej ogromne, zaczerwienione oczy. Osunęła się, niknąc poza zasięgiem jego wzroku.

– Zabierzcie stąd wszystkich! – krzyknął Bailey, pchając zwijającego się Vasqueza po schodach do kuchni i przez korytarz na zewnątrz. Reszta brygady antyterrorystycznej wypadła na zasypane śniegiem podwórze.

– Co się stało? – szeryf Hennessy podbiegł do nich natychmiast, popłoch był wyraźnie widoczny na jego spoconej twarzy.

– Ktoś tam zastawił pułapkę – wydyszał Bailey, przekazując Vasqueza ekipie sanitariuszy i padając na kolana, by odzyskać oddech.

– Pułapkę? – Hennessy spojrzał w oszołomieniu na wejście do budynku. – Jaką?

– Jakiś gaz. Musiał być podpięty do drzwi. Oni wszyscy zostali tam w środku. Już nie żyją.

– To niemożliwe! – wykrzyknął zdezorientowany Hennessy z udręką w głosie. – Nie taka była umowa.

Bailey podniósł głowę, momentalnie zapominając o odrazie i zmęczeniu.

– Jaka umowa, szeryfie?

# ROZDZIAŁ 17

**Laboratorium Medycyny Sądowej, Lambeth, Londyn**
**6 stycznia, godzina 3.04**

Kikut był poszarpany i zakrwawiony. Strzępy mięśni, włókien nerwowych i naczyń krwionośnych zwisały z niego niczym kable, a końcówka kości łokciowej wyglądała spod fragmentów luźnej skóry.

– Rana z pewnością odpowiada temu, w jaki sposób pozbawiono ofiarę ręki... – doktor Derrick O'Neal obrócił kończynę, przyglądając się jej przez mocne szkła powiększające. W świetle halogenów wyglądała nienaturalnie, jak coś, co oderwano ze sklepowego manekina. – Ale badanie DNA potwierdzi, czy to faktycznie jest jego ręka. Powinniśmy mieć wyniki za kilka godzin.

Ziewnął, najwyraźniej tęskniąc wciąż za ciepłem pościeli, z której wyrwało go wezwanie Turnbulla.

– Jest wyjątkowo dobrze zachowana. Gdzie pan ją znalazł? – zapytał O'Neal. Miał duży niekształtny nos upstrzony pojedynczymi włoskami, a jego twarz pokrywał gęsty zarost. Zielone oczka spoglądały zza okularów w czarnych oprawkach, które zsuwały mu się na czubek nosa za każdym razem, gdy pochylał się do przodu.

– W czyjejś lodówce.

– To ma sens – ziewnął ponownie. – Choć to dość osobliwa rzecz do trzymania w charakterze pamiątki. Powiedział pan, że dla kogo pan pracuje?

– Nie powiedziałem i lepiej, żeby pan nie wiedział – odparł Turnbull. – A co może mi pan powiedzieć o tym? – wskazał mu wewnętrzną stronę ramienia, gdzie widać było niewielki sinoczerwony prostokąt w miejscu, gdzie wycięto fragment skóry.

Okulary O'Neala ponownie zjechały w dół, gdy pochylił się, by obejrzeć to dokładniej.

– Co tutaj było?

– Tatuaż.

– Dziwny kształt. Co to był za tatuaż?

– Taki, jakie robią w obozach koncentracyjnych.

– O! – Turnbull zauważył, że ta ostatnia informacja ostatecznie rozbudziła O'Neala.

– Muszę wiedzieć, co było tam napisane.

O'Neal wciągnął powietrze przez zęby.

– To może być trudne. Bardzo trudne. Widzi pan, to zależy od głębokości nacięcia.

– To znaczy?

– Skóra składa się z kilku warstw... – O'Neal sięgnął po papier i pióro, by to zilustrować. – Naskórek, skóra właściwa i tkanka podskórna. Przeważnie tatuaż jest wstrzykiwany pod naskórek, w górną warstwę skóry właściwej. Jest to dość delikatna operacja, wymagająca pewnej wprawy. Tatuaż musi znaleźć się odpowiednio głęboko, by był trwały, ale nie zbyt głęboko, by nie uszkodził wrażliwych warstw poniżej.

– Myśli pan, że to zrobiono delikatnie? – Turnbull zaśmiał się głucho.

– Nie – przyznał O'Neal. – O ile wiem, hitlerowcy stosowali dwie metody tatuowania. Pierwsza polegała na przyciskaniu do klatki piersiowej więźnia, po lewej stronie, metalowej tabliczki z wymiennymi igłami. W tak powstałą ranę wcierano następnie barwnik.

– A druga...?
– Druga była jeszcze bardziej prymitywna. Po prostu wyrzynano tatuaż w skórze piórkiem i tuszem.
– A więc niezbyt delikatnie?
– Nie – powiedział O'Neal. – Co oznacza, że ten tatuaż będzie głębszy niż inne. Z czasem barwnik przeniknął zapewne do głębszych warstw skóry właściwej, a może nawet do limfy, co może nam pomóc w odczytaniu go. Gdyby jednak okazało się, że przebili się bezpośrednio do tkanki podskórnej, to jest mało prawdopodobne, że coś znajdziemy.
– Jak to wygląda?
O'Neal dokładniej przyjrzał się ranie.
– Chyba mamy szczęście. Ktokolwiek to zrobił, używał skalpela i gładko usunął górną warstwę skóry.
– Czyli uda się panu coś odczytać?
– Tak, to możliwe. Jeśli blizny są dostatecznie głębokie, będą widoczne. Ale potrzebuję czasu.
– Czas jest tym, czego pan nie ma, doktorze. Powiedziano mi, że jest pan najlepszym dermatologiem w kraju, specjalizującym się w medycynie sądowej. Trzeba, żeby w tej sprawie dokonał pan jakiegoś cudu. Oto mój numer – proszę zadzwonić, jak tylko coś pan znajdzie.

# CZĘŚĆ II

„Prawda jest pierwszą ofiarą wojny".
Ajschylos

# ROZDZIAŁ 18

**Greenwich, Londyn**
**6 stycznia, godzina 15.00**

Przelotna burza pozostawiła chodniki śliskie i błyszczące, a niebo pełne potarganych chmur. Turnbull czekał przed numerem 52, zadbanym wiktoriańskim domem z czerwonej cegły, niczym nieróżniącym się od innych wokół. Stojąc na ulicy, szpieg wyglądał na jeszcze grubszego niż wczoraj. Poły obszernego granatowego płaszcza zwisały z jego brzucha niczym zasłony berberyjskiego namiotu.

– Dziękuję, że przyszliście – powiedział, wyciągając do nich rękę. Tym razem Tom i Archie uścisnęli ją, choć Archie nie krył przy tym niechęci. Turnbull nie przejął się. – I że pomagacie.

– Jeszcze nie pomagamy – powiedział Tom stanowczo.

– Dziękuję w takim razie za przekazanie nam ręki. Mogliście się jej po prostu pozbyć. Niejeden by tak zrobił – Tom zauważył, że mówiąc to, Turnbull spojrzał na Archiego.

– Co my tutaj robimy? – zapytał Archie niecierpliwie.

– Idziemy spotkać się z Eleną Weissman. Córką ofiary.

Turnbull otworzył bramkę. Kiedy szli ścieżką w kierunku drzwi wejściowych, brodata twarz wyrzeźbiona w zworniku powyżej obserwowała ich czujnym wzrokiem. Przy drzwiach nie było dzwonka, a jedynie masywna mosiężna kołatka w kształcie głowy lwa. Turnbull załomotał nią donośnie i czekał cierpliwie. Po chwili usłyszeli odgłos zbliżających się kroków, a przez szybę dostrzegli zarys postaci.

W drzwiach ukazała się interesująca kobieta o kruczoczarnych włosach upiętych w kok dwiema czerwonymi zapinkami, pasującymi kolorem do jej szminki i lakieru do paznokci. Tom ocenił jej wiek na jakieś czterdzieści lat. Makijaż nadawał jej skórze odcień zdrowej opalenizny, ale nie był w stanie zamaskować pod zielonymi oczami cieni świadczących o braku snu. Ubrana była elegancko, w białą bluzkę, rozpinany sweter z czarnego kaszmiru, czarne jedwabne spodnie i parę niewątpliwie drogich włoskich butów.

– Proszę? – Miała uderzający, wręcz onieśmielający sposób bycia i silny głos lekko zabarwiony poczuciem wyższości. Tom zastanawiał się, w jaki sposób zarabiała na życie.

– Panna Weissman? Jestem inspektor Turnbull z policji miejskiej – Turnbull błysnął odznaką. Tom zauważył, że była inna niż ta, którą pokazał im wczoraj. Niewątpliwie miał pełną szufladę odznak do wyboru, stosownie do okoliczności. – Chodzi o pani ojca...

– Tak? – wyglądała na zaskoczoną. – Ale rozmawiałam już z...

– To dwaj moi współpracownicy, pan Kirk i pan Connolly – Turnbull wpadł jej w słowo. – Czy możemy wejść?

Zawahała się przez chwilę, po czym odsunęła się, robiąc im miejsce.

– Tak, oczywiście.

Dom pachniał emulsją do mebli i środkiem czyszczącym o zapachu cytryny. Niewyraźne kwadraty na ścianach znaczyły miejsca, gdzie jeszcze niedawno wisiały obrazy. Ich zarysy zachowały się na tapecie, którą przez lata osłaniały przed działaniem zanieczyszczonego londyńskiego powietrza.

Elena Weissman wprowadziła ich do pokoju, który kiedyś musiał pełnić funkcję salonu. Teraz został ogołocony ze sprzętów: pojedyncza żarówka zwisała z pożółkłego sufitu, karnisz zdobiły tylko mosiężne żabki. Sofę i dwa fotele przykryto białymi pokrowcami, a w lewym kącie stało kilka kartonowych pudeł zalepionych taśmą.

– Przepraszam za bałagan – powiedziała, zrzucając pokrowce na podłogę i zapraszając ich gestem, by usiedli – ale muszę wracać do Bath. Prowadzę tam agencję handlu nieruchomościami. Będę musiała zostawić dom pusty aż do rozwiązania wszystkich kwestii prawnych i podatkowych. Powiedziano mi, że na samo wydanie ciała będę czekać całe tygodnie – spojrzała na Turnbulla oskarżycielsko.

– Te sprawy są zawsze bardzo trudne – powiedział delikatnie, siadając obok niej na sofie, podczas gdy Tom i Archie zajęli oba fotele. – Rozumiem, jakie to dla pani bolesne, ale musimy wziąć pod uwagę zarówno potrzeby rodziny, jak i konieczność odnalezienia sprawców.

– Tak, tak, oczywiście – przytaknęła, z trudem przełykając ślinę.

Tom miał szczęście spędzić dzieciństwo w kraju, w którym nie wstydzono się otwartego okazywania uczuć. Zadziwiała go jej typowo angielska walka żalu z potrzebą zachowania godności i opanowania przy obcych. Przez chwilę myślał, że podda się i rozpłacze, ale była ewidentnie dumną kobietą i zapanowała nad sobą. Gdy spojrzała na nich znowu, jej oczy błyszczały wyzywająco.

– O co panowie chcieliście mnie zapytać?

Turnbull wziął głęboki oddech.

– Czy pani ojciec kiedykolwiek rozmawiał z panią o Polsce? O Auschwitz?

Potrząsnęła głową przecząco.

– Nie. Wiele razy próbowałam z nim o tym porozmawiać, dowiedzieć się, co tam się wydarzyło. Ale on odpowiadał, że zamknął to w jakimś ciemnym kącie umysłu i nie potrafił do tego wrócić. W jakimś sensie to powiedziało mi wszystko, co chciałam wiedzieć.

– A tatuaż na przedramieniu – jego numer obozowy – czy kiedykolwiek pokazywał go pani?

Ponownie zaprzeczyła.

– Widywałam go oczywiście od czasu do czasu. Ale miałam wrażenie, że ten tatuaż wprawiał go w zakłopotanie, bo zazwyczaj zakrywał go rękawem koszuli lub swetra. Znałam innych ocalałych więźniów, którzy traktowali swoje tatuaże jak odznaczenia honorowe, coś, co pokazywali z dumą, ale mój ojciec nigdy taki nie był. Był bardzo skrytym człowiekiem. Stracił tam całą swoją rodzinę. Myślę, że chciał po prostu zapomnieć.

– Rozumiem – powiedział Turnbull. – Czy był człowiekiem religijnym?

Zaprzeczyła ruchem głowy.

– Nie. Próbowano przekonać go, by zbliżył się do tutejszej społeczności żydowskiej, ale on nie miał czasu dla Boga. Wojna zniszczyła w nim wiarę w jakiekolwiek dobro. We mnie zresztą też.

– A polityka? Czy angażował się w nią w jakiś sposób? Na przykład w działalność organizacji żydowskich?

– Nie, zupełnie nie. Wszystko, czym się interesował, to pociągi i ptaki.

Po chwili ciszy Turnbull odezwał się ponownie.

– Panno Weissman, to, co teraz powiem, może być dla pani trudne.

– Tak?

Pierwszy raz, odkąd Tom i Archie go spotkali, Turnbull wyglądał na zakłopotanego. Zawahał się, zanim się odezwał.

– Odzyskaliśmy rękę pani ojca – powiedział, rzucając okiem na Toma.

– Och – westchnęła z ulgą, jak gdyby spodziewała się bardziej przerażających wieści. – To chyba dobrze, prawda?

– Tak... Gdyby nie to, że jego tatuaż, jego numer obozowy, został z niej usunięty.

– Usunięty? – dopiero teraz szok odbił się na jej twarzy.
– Wycięty skalpelem.

Z przerażeniem zakryła usta dłonią. Siedząc teraz bliżej niej, Tom widział, że jej starannie pomalowane paznokcie były ukruszone i zniszczone w miejscach, gdzie najwyraźniej je obgryzała.

– O mój Boże.

– Jednak analizując blizny i odbarwienia głębszych warstw skóry – kontynuował Turnbull szybko, jak gdyby szczegóły techniczne mogły złagodzić wstrząs – nasi eksperci od medycyny sądowej zdołali odtworzyć jego numer obozowy.

Zamilkł. Elena przeniosła wzrok na Toma i Archiego, a potem ponownie na Turnbulla.

– I...?

– Czy zna pani system oznaczania więźniów w Auschwitz?
– W milczeniu potrząsnęła głową. Turnbull uśmiechnął się słabo. – Do dzisiejszego ranka ja również go nie znałem. Wygląda na to, że Auschwitz było jedynym obozem, który tatuował więźniów systematycznie. Było to konieczne ze względu na ogrom tego miejsca. System ten składał się z regularnych serii, w których po prostu stosowano rosnące ciągi liczb, oraz serii kombinacji liczb i liter: AU, Z, EH, A i B. Litery oznaczały pochodzenie lub przynależność etniczną. „AU" oznaczało na przykład sowieckich jeńców wojennych, jednych z pierwszych więźniów Auschwitz. „Z" pochodziło od niemieckiego słowa *Zigeuner*, oznaczającego Cyganów. Numery więźniów żydowskich należały zazwyczaj do serii bez liter, choć w wielu przypadkach poprzedzano je trójkątem, a w maju 1944 wprowadzono serie A i B.

– Po co pan mi to mówi? – jej głos nabrał lekko histerycznego brzmienia. Tom czuł, że tym razem naprawdę była na skraju załamania.

– Ponieważ numer na przedramieniu pani ojca nie pasuje do żadnej serii numerów stosowanych w Auschwitz.

– Co? – nawet makijaż nie był w stanie ukryć, jak bardzo zbladła.

– To dziesięciocyfrowy numer bez żadnej litery ani kształtu geometrycznego. Numery w Auschwitz nigdy nie miały dziesięciu cyfr... – przerwał. – Widzi pani, panno Weissman, możliwe, że pani ojciec tak naprawdę nigdy nie był w obozie koncentracyjnym.

# ROZDZIAŁ 19

**Greenwich, Londyn
6 stycznia, godzina 15.16**

Siedzieli w pełnej zakłopotania ciszy. Z twarzą ukrytą w dłoniach Elena kołysała się lekko na sofie, a jej ramiona drżały. Tom delikatnie dotknął jej ramienia.
— Panno Weissman, bardzo mi przykro.
— W porządku — odpowiedziała głosem stłumionym przez przyciśnięte do twarzy palce. — Właściwie to nawet spodziewałam się czegoś takiego.
— Jak to? — Turnbull pochylił się do przodu, marszcząc brwi.
Opuściła ręce, a oni ze zdumieniem dostrzegli na jej twarzy nie łzy, tylko gniew. Mroczną, lodowatą furię.
— Muszę wam coś pokazać...
Wstała i poprowadziła ich do przedpokoju, stukając po posadzce obcasami butów.
— Niczego nie dotknęłam, odkąd to znalazłam — powiedziała zduszonym głosem, zatrzymując się przed następnymi drzwiami. — Jakaś część mnie miała widocznie nadzieję, że któregoś dnia wejdę tam, a to wszystko zniknie, tak jakby nigdy nie istniało.
Otworzyła drzwi i wprowadziła ich do środka. W porównaniu z resztą domu ten pokój był ciemny. Pachniał dymem

z fajki, kurzem i psami. W rogu piętrzyły się pudła z książkami, boki pudeł wyginały się i zapadały pod ciężarem. Po drugiej stronie pod oknem stało biurko. Puste, na wpół otwarte szuflady układały się w schodki prowadzące na poplamiony i porysowany blat.

Podeszła do okna i szarpnięciem rozsunęła kotary. Gęsta chmura kurzu uniosła się z ciężkiej tkaniny, kłębiąc się w promieniach słońca wpadającego przez brudne szyby.

– Panno Weissman... – zaczął Turnbull. Zignorowała go.

– Znalazłam to przez przypadek.

Zbliżyła się do biblioteczki. Tom zauważył, że była tam tylko jedna książka. Elena nacisnęła jej grzbiet. Z lekkim trzaskiem środkowy regał wysunął się do przodu. Archie zamarł w bezruchu.

Kiedy Elena pociągnęła regał ku sobie, ten otworzył się, ukazując im zielone drzwi w ścianie. Postąpiła krok do przodu i zatrzymała się z ręką na klamce, rzucając im przez ramię słaby uśmiech.

– To zabawne, prawda? Kochasz kogoś przez całe życie. Myślisz, że go znasz. A potem okazuje się, że to wszystko było kłamstwem – jej głos był bezbarwny i pozbawiony emocji. – I nigdy naprawdę go nie znałeś. To sprawia, że zaczynasz zastanawiać się nad sobą. Kim naprawdę jesteś. I czy to wszystko – wykonała ręką nieokreślony gest – nie jest jednym wielkim żartem.

Tom z trudem powstrzymał się od przytaknięcia jej. Opisała, dużo wyraźniej niż on sam potrafił, to, jak się czuł, kiedy zdemaskował Renwicka. Tego dnia stracił nie tylko przyjaciela i mentora. Stracił sporą część siebie.

Elena otworzyła drzwi. Tom wzdrygnął się, kiedy z mroku nagle wyjrzała nieruchoma, biała twarz. Trwało chwilę, zanim zorientował się, że ma przed sobą manekina w pełnym mundurze SS. Za nim, na przeciwległej ścianie niewielkiego pomieszczenia powieszono wielką flagę ze swastyką, która spływała ze ściany na podłogę niczym mroczny welon. Ścianę po prawej zapełniały metalowe regały uginające się pod ciężarem ogromnej kolekcji pistoletów, fotografii, noży, szabli, legitymacji, książek, broszur i opasek na ramię.

Turnbull gwizdnął przeciągle. Dźwięk ten natychmiast uderzył Toma jako dziwnie niestosowny.

– Nigdy pani o tym nie wiedziała?

Potrząsnęła głową.

– Potrafił zamykać się w gabinecie na długie godziny. Myślałam, że czyta. Ale musiał spędzać cały ten czas tutaj.

– Możliwe, że to jakiś rodzaj reakcji pourazowej – zasugerował Tom. – Chorobliwa fascynacja spowodowana tym, co go spotkało. Stres, szok... potrafią sprawić, że ludzie dziwnie się zachowują.

– Też miałam taką nadzieję – odparła. – Do momentu, kiedy znalazłam to...

Sięgając między nimi, zdjęła z górnej półki fotografię i podeszła z nią do okna w gabinecie. Tom i Turnbull podążyli za nią. Kiedy nachyliła zdjęcie do światła, zobaczyli trzech młodych ludzi w mundurach SS sztywno wyprostowanych na tle półek z książkami. Promieniowali powagą, a nawet rezerwą.

– Nie mam pojęcia, kim są dwaj pozostali, ale ten mężczyzna w środku... ten mężczyzna w środku to... mój ojciec – jej głos był kompletnie pozbawiony wyrazu.

– Pani ojciec? Ale jest ubrany... – Tom urwał, widząc cierpienie w jej twarzy. – Kiedy zrobiono to zdjęcie?

– Myślę, że w 1944 roku. Na odwrocie napisano coś jeszcze, ale nie potrafię tego odczytać. To chyba cyrylica.

– Grudzień. To po rosyjsku grudzień – powiedział Turnbull, zaglądając przez ramię Toma.

– Tom, powinniśmy to wziąć – z wnętrza ukrytego pokoju dobiegł lekko przytłumiony głos Archiego. On sam wyłonił się chwilę później, niosąc zdjęte z manekina mundur i czapkę z daszkiem.

– Dlaczego? – spytał Turnbull.
– Widziałeś kiedyś coś takiego? – Archie wskazał na okrągły emblemat na czapce przedstawiający swastykę o dwunastu zamiast zwyczajowych czterech ramion, każde z nich w kształcie błyskawicy SS. – Bo ja nie.
– Myślisz, że Lasche będzie mógł nam pomóc? – zapytał Tom.
– Jeśli będzie chciał z nami rozmawiać – powiedział Archie z powątpiewaniem.
– Kto? – wtrącił się Turnbull.
– Wolfgang Lasche – wyjaśnił Tom. – Był kiedyś największym sprzedawcą pamiątek wojennych: mundurów, pistoletów, szabli, flag, medali, samolotów. Nawet całych statków.
– Kiedyś?
– Od dłuższego czasu żyje jak odludek. Mieszka na najwyższym piętrze hotelu Drei Könige w Zurychu. Zaczynał jako prawnik i zasłynął, skarżąc niemieckie, szwajcarskie, a nawet amerykańskie przedsiębiorstwa za rzekomy udział w zbrodniach wojennych.
– Jakich zbrodniach wojennych?
– To, co zwykle. Ułatwianie Holokaustu: wspieranie nazistowskiego wysiłku wojennego, korzystanie z niewolniczej pracy dla zysku.
– I udawało mu się?
– Spektakularnie. Wygrał setki milionów dolarów odszkodowań dla ocalałych z Holokaustu. A potem, jak głosi plotka, trafił szóstkę. W jednym ze szwajcarskich banków odkrył przekręt mający na celu zawłaszczenie pieniędzy z „martwych" kont założonych przez ofiary Holokaustu i zniszczenie dowodów. To szło w dziesiątki miliardów dolarów, a ślady prowadziły na samą górę. A więc go spłacili. Hotel Drei Könige należy do tego właśnie banku. Lasche mieszka sobie na najwyższym piętrze, a oni płacą mu za milczenie.
– A więc jego handel antykami...?

– Częścią umowy było, że ma sobie dać spokój z polowaniem na nazistów. Z jego kontaktami i wsparciem to była prosta sprawa. Teraz sam jest znanym kolekcjonerem. Nikt nie zna rynku lepiej od niego.

– Czy on nigdy nie wychodzi?

– Jest chory. Porusza się na wózku i wymaga stałej opieki pielęgniarskiej.

– I myślicie, że będzie potrafił to zidentyfikować?

– Jeśli ktokolwiek to potrafi, to właśnie on.

– Mogłabym mu wybaczyć... – kiedy rozmawiali, Elena Weissman zniknęła we wnętrzu pokoju. – Tak bardzo go kochałam. Wybaczyłabym mu wszystko, gdyby mi tylko powiedział... – łkała, wychodząc. Tom zauważył, że ma w ręku lugera.

– Nawet to – jej łamiący się głos przerodził się w histeryczny krzyk, kiedy wzniosła oczy ku niebu. – Powinieneś mi powiedzieć!

Podniosła broń do ust. Jaskrawoczerwona szminka rozmazała się na czarnej lufie.

– Nie! – Tom rzucił się, by wytrącić jej z ręki broń, zanim naciśnie spust. Nie zdążył. Tył jej głowy eksplodował, rozerwane naczynia krwionośne brysnęły, tworząc czerwoną mgiełkę, a jej ciało bezwładnie upadło na podłogę.

# ROZDZIAŁ 20

**Kwatera główna FBI, Wydział w Salt Lake City, Utah**
**6 stycznia, godzina 8.17**

Paul Viggiano nalał sobie kolejny kubek kawy z ekspresu. Ciemna obwódka wewnątrz dzbanka wskazywała, ile kawy wyparowało, odkąd została rano zaparzona. Pozostała ciecz była ciemna i gęsta jak syrop. Z naukową precyzją odmierzył półtorej porcji śmietanki, dodał jedną płaską łyżeczkę cukru i zamieszał trzykrotnie.

Zadowolony z efektu, odwrócił się do siedzących szeryfa Hennessy'ego i jego adwokata Jeremiaha Waltona, żylastego mężczyzny o chudej twarzy, wydatnym nosie i zapadniętych policzkach. Walton nie potrafił usiedzieć na plastikowym krześle i bezustannie przerzucał ciężar ciała z jednego kościstego pośladka na drugi. Bailey siedział po przeciwnej stronie licho wyglądającego stołu przykręconego do podłogi. Wpatrywał się w szeryfa wzrokiem pełnym głębokiej wrogości. Jego pióro wisiało nieruchomo nad notesem. Po prawej stronie cicho szumiał magnetofon.

– Spójrz prawdzie w oczy, Hennessy, to koniec – Viggiano starał się mówić spokojnym głosem, ale z trudem ukrywał podekscytowanie. Niecałe czterdzieści osiem godzin wcześniej zastanawiał się, co właściwie robi ze swoim życiem. A teraz prowadził śledztwo w sprawie wielokrotnego zabójstwa. Zabawne, jak czyjś pech może okazać się przełomem, o który się modlisz. – Cokolwiek tam kombinowałeś, nie wyszło. Równie dobrze więc możesz ułatwić sobie życie i powiedzieć nam, co wiesz.

Hennessy wpatrywał się w niego nieruchomym wzrokiem, co chwila przecierając twarz chusteczką. Jego pot zmienił kolor materiału z bladej czerwieni w głęboki szkarłat.

– Mój klient chce rozmawiać o immunitecie – oznajmił Walton wysokim, nosowym głosem, ściskając płatek prawego ucha między kciukiem a palcem wskazującym.

– Pański klient może iść do diabła – odwarknął Viggiano. – Mam tam dwadzieścia sześć ciał – machnął ręką w kierunku, gdzie, jak zakładał, znajdowała się Malta w stanie Idaho, choć w małym, pozbawionym okien pokoju ciężko było to sprawdzić. – Kobiety. Dzieci. Całe rodziny. To dwadzieścia sześć osób... martwych. W wypadku pańskiego „klienta" – tu Viggiano narysował w powietrzu cudzysłów – immunitetu nie ma nawet w słowniku.

– Nic na niego nie macie. Słowo jednego człowieka przeciw słowu drugiego – tu Walton łypnął na Baileya. – Luźna uwaga uczyniona pod wpływem emocji, całkowicie wyjęta z kontekstu. W efekcie kwestionuje się uczciwość i szarga reputację niewinnego człowieka, będącego filarem lokalnej społeczności...

– Jak na człowieka niewinnego, cholernie szybko pana tu sprowadził – przerwał mu Viggiano.

– Mój klient ma prawo...

– Do diabła, może faktycznie niewiele mamy – przyznał Viggiano. – Ale zaręczam, że znajdziemy więcej – pochylił się nad stołem w stronę Hennessy'ego. – Sprawdzimy pańskie rachunki bankowe, świadectwa szkolne i dokumentację studiów. Przewrócimy pańskie życie do góry nogami, zdrowo potrząśniemy i przyjrzymy się uważnie wszystkiemu, co wypadnie. Przepuścimy dziesięcioosobową ekipę kryminalistyków przez zabudowania farmy, gdzie rzekomo nigdy pan nie był. Jeśli choć pierdnął pan w jej kierunku w ciągu ostatnich sześciu miesięcy, udowodnimy to. Znajdziemy wszystko, co będzie nam potrzebne.

Walton spojrzał pytająco na Hennessy'ego, który w odpowiedzi uniósł brwi i lekko wzruszył ramionami. Najwyraźniej spodziewali się takiego obrotu sprawy.

– W porządku – ustąpił Walton. – Chcemy zawrzeć umowę.

– To największe śledztwo w sprawie zabójstwa w stanie Idaho od czasu masakry nad Bear River w 1863 roku – przypomniał mu Bailey lodowato, nie spuszczając wzroku z Hennessy'ego.

– Wszystko, na co może liczyć, to uniknięcie celi śmierci – dodał Viggiano. – Współudział w wielokrotnym morderstwie, przed i po fakcie. Zmowa w celu popełnienia przestępstwa. Napad z bronią w ręku. Cholera, do czasu kiedy wyjdzie, jeśli wyjdzie, drużyna New York Jets może wygrać mistrzostwa.

– A jeśli będzie współpracował? – zaskomlał Walton, oblizując wargi.

– Jeśli będzie współpracował, nie będziemy domagać się kary śmierci. I może mieć szansę na zwolnienie warunkowe.

– Więzienie o minimalnych środkach bezpieczeństwa?

– To się da zrobić – zgodził się Viggiano. – Ale chcemy wszystkiego: nazwisk, dat, miejsc.

– Chcę to na piśmie.

– Mówcie mi, co macie, a ja wam powiem, czy to wystarczy. Wiecie, jak to działa.

Hennessy spojrzał na Waltona, który nachylił się ku niemu i wyszeptał mu do ucha kilka słów. Hennessy wyprostował się i powoli skinął głową.

– Zgoda, będę mówił.

– Świetnie – Viggiano przysunął sobie krzesło i usiadł na nim tyłem do przodu. – Zacznijmy od nazwisk.

– Nie znam jego nazwiska – powiedział Hennessy. – Przynajmniej jego prawdziwego nazwiska. Wszyscy mówili na niego Blondi.

– Na faceta, który to zrobił?
– Aha.
– Skąd był?
– Nie jestem pewien. Skontaktował się z nami.
– Jakimi „nami"?
– Synami Wolności Amerykańskiej.
– Uważaj, Bill – Walton ostrzegł go nerwowym gestem. – Nie wchodźmy w szczegóły.
– Czemu? Niczego się nie wstydzę – powiedział Hennessy wyzywająco i odwrócił się z powrotem w stronę Viggiana. – Tak, byłem jednym z nich. No, bo czemu nie? Jak mówiłem, to patrioci – spojrzał prosto w oczy Baileya. – Prawdziwi Amerykanie, a nie banda leniwych, handlujących prochami imigrantów.
– Tak, patrioci jak cholera – warknął Bailey ze złością, wbijając pióro w notes i znacząc papier gwałtownie rosnącą plamą atramentu. – Patrioci, którzy tam w stanie Maryland ni mniej, ni więcej tylko zlinczowali strażnika ochrony.
– Nic mi o tym nie wiadomo – naburmuszył się Hennessy.
– Skąd był ten cały Blondi? – nie ustępował Viggiano.
– Z Europy.
– To dwieście pięćdziesiąt milionów ludzi – zauważył Bailey sucho.
– Mówię wam to, co wiem – syknął Hennessy. – Nie moja wina, że to się wam nie podoba.
– Czego chciał? – znowu Viggiano.
– Powiedział, że chce maszynę Enigma. I że zapłaci nam za jej zdobycie.
– Ile?
– Pięćdziesiąt tysięcy. Połowa z góry, połowa przy dostawie.
– I zgodziliście się?
– A kto by się nie zgodził? Taka forsa piechotą nie chodzi. Poza tym to nie był pierwszy raz.
– Tylko uważaj, Bill – ponownie ostrzegł go Walton.

– Blondi dla kogoś pracował – kontynuował Hennessy, ignorując prawnika. – Nie wiedzieliśmy dla kogo i szczerze mówiąc, nie interesowało nas to. Gdy czegoś potrzebował, zdobywaliśmy to dla niego, a on nigdy nie pytał gdzie i jak. Zawsze płacił w gotówce i na czas.

– I co dalej? – naciskał Viggiano.

– Miał plany, szkice i wszystko. Trzech chłopaków zgłosiło się na ochotnika i załatwili to muzeum. Z tego, co słyszałem, wszystko poszło gładko.

– Z wyjątkiem powieszonego strażnika.

– Musiał wejść im w drogę – Hennessy wzruszył ramionami. – Zresztą, jeden więcej, jeden mniej... Co za różnica?

– Jeden więcej, jeden mniej...? – Bailey zerwał się na nogi, upuszczając pióro. – No dalej, powiedz to. Jeden czarnuch więcej, jeden mniej, o to ci chodzi, tak? – Zacisnął dłonie w pięści tak, że zbielały mu palce. – Powiedz to słowo, jeśli się odważysz.

Hennessy uśmiechnął się złośliwie, ale najwyraźniej miał dość zdrowego rozsądku, by milczeć.

– A co się stało potem? – ponownie interweniował Viggiano, kładąc rękę na trzęsącym się ramieniu Baileya i zmuszając go, by usiadł. – Gdy już zdobyli maszynę?

– Nie wiem. Nie było mnie tam.

– Tak, porozmawiajmy teraz o tym.

– O czym?

– O tym, jak to się stało, że Blondi zdołał zamknąć w tym pomieszczeniu wszystkich z wyjątkiem pana. Wiedział pan, co on planuje? Czy to dlatego nie było tam pana? A może zawarł pan z nim umowę, by ich tam zwabić? Czy pomógł ich pan zabić?

– Dość tego, agencie Viggiano – Walton rzucił się na pomoc, grożąc mu długim kościstym palcem. – Mój klient w żaden sposób nie mógł wiedzieć...

– Nie – Hennessy zaprzeczył gwałtownie. – Miałem tam być, ale tamtej nocy była zadymka i nie udało mi się dotrzeć. –

Viggiano spojrzał na Baileya, który potwierdził tę informację niechętnym skinieniem głowy. W mieście spadło jakieś dziesięć centymetrów śniegu, więc w górach spokojnie mogło być go dwa razy więcej. – Wiedziałem, że to miała być prosta wymiana: gotówka za maszynę. O tym, że jest jakiś problem, usłyszałem dopiero od was, kiedy zjawiliście się z zamiarem zaatakowania tego miejsca.

– Twierdzi pan więc, że ocalał wyłącznie szczęśliwym trafem? – zapytał Bailey z niedowierzaniem. – Jest pan teraz jedyną osobą, która go poznała i żyje.

– Chwila, nigdy nie mówiłem, że go poznałem.

– Ale powiedział pan...

– Nigdy się nie spotkaliśmy. Widziałem go tylko dwukrotnie i za każdym razem byłem na drugim końcu gospodarstwa. Chłopcy trzymali mnie z daleka od ludzi z zewnątrz, żeby się nie wydało, że jestem członkiem grupy.

– Kłamiesz – warknął Bailey.

– Nie kłamię. Ci ludzie byli moimi przyjaciółmi. Tam były dzieci, na Boga! Gdybym znał tego sukinsyna, który to zrobił, powiedziałbym wam. Ja chcę, żebyście go znaleźli.

– A jak właściwie mamy to zrobić, jeśli wszyscy, którzy go widzieli, nie żyją?

## ROZDZIAŁ 21

**Pub Captain Kidd, Wapping High Street, Londyn**
**6 stycznia, godzina 16.42**

Tom w roztargnieniu wpatrywał się w okno, uderzając palcami w dziurawy i przypalony papierosami blat stołu. Na zewnątrz płynęła Tamiza, ciemnoszara, miejscami ścięta mrozem.

– Jak się czujesz? – Archie usiadł naprzeciw i postawił przed nim kufel guinnessa.

Tom podniósł go, by upić łyk, ale odstawił piwo nietknięte.

– Ta biedna kobieta – powiedział, potrząsając głową.

– Wiem – przytaknął mu Archie. – Jezu, ciągle widzę...

– To była nasza wina, Archie. Powinniśmy jej to powiedzieć bardziej delikatnie. Powinniśmy się domyślić, że może zrobić coś takiego.

– Nieprawda – uspokoił go Archie. – Nie powiedzieliśmy jej niczego, czego już nie domyśliła się sama na podstawie tego zdjęcia. Nie mogliśmy przewidzieć, że to zrobi.

– Przynajmniej Turnbull wziął na siebie gliniarzy.

Turnbull powiedział im, by załatwienie sprawy z policją pozostawili jemu, być może po to, by nie musiał tłumaczyć, dlaczego przyprowadził dwóch byłych przestępców do domu ofiary morderstwa. Prawdę mówiąc, przyjęli jego ofertę z radością, szczęśliwi, że mogą wymknąć się podejrzliwym stróżom prawa.

– Co o nim sądzisz? O Turnbullu?

Tom wzruszył ramionami.

– Na pewno wie więcej, niż nam mówi. I nic dziwnego. Szpiedzy kochają tajemnice. Ale biorąc pod uwagę, że jest w jednostce antyterrorystycznej, z pewnością naprawdę chodzi mu o tych ludzi z Kryształowego Ostrza. Posłużył się Renwickiem jako przynętą, żeby nas skłonić do współpracy.

– Kupujesz jego wersję? – Archie sięgnął po papierosy i zapalił jednego.

– Chodzi o Weissmana? – Tom pchnął popielniczkę na drugą stronę stołu, dając Archiemu do zrozumienia, że ma trzymać się z dymem możliwie daleko od niego. – Chyba tak. Wielu ludzi miało coś do ukrycia pod koniec wojny. Rzeczy, które robili. Rzeczy, które widzieli lub o których słyszeli. Udawanie więźnia obozu koncentracyjnego to jeden ze sposobów, by od tego uciec i zacząć nowe życie.

– To lekka przesada, nie uważasz?

– To zależy, przed czym lub przed kim uciekał. Powiedziałbym, że dużo trudniej było przeżyć resztę życia w kłamstwie, sfabrykować historię rodzinną na poparcie swojej opowieści, przez cały czas kryjąc prawdę w tym małym pokoju.

– A tatuaż?

– Kto wie? Może to tylko nieudana próba podrobienia numeru obozowego. A może coś więcej. Najwyraźniej jednak komuś był potrzebny. Mam nadzieję, że Lasche będzie w stanie coś wyjaśnić.

– Ach, tak, to mi przypomina... – uśmiechnął się Archie. – Podaj mi mundur, dobrze?

– Po co? – Tom sięgnął do torby pod stołem, mając nadzieję, że nikt tego nie zauważy.

– Znalazłem w tym pokoju coś jeszcze. I pomyślałem, że będziesz chciał trzymać Turnbulla z dala od tego – Archie wziął z rąk Toma mundur i sięgnął do jego wewnętrznej kieszeni. Wydobył z niej spłowiałą brązową kopertę, z której wyjął starą fotografię o zagiętych rogach. – Poznajesz?

Wręczył zdjęcie Tomowi, który podniósł na niego zaskoczony wzrok.

– To obraz Bellaka z Pragi, ta synagoga. Jak...?

– To nie wszystko – ciągnął Archie triumfalnie. – Są jeszcze dwa. – Rzucił zdjęcia na stół jedno na drugie, jak gdyby rozdawał karty do pokera. – Tu jakiś zamek... a popatrz na to...

– To portret, którego szukał mój ojciec – westchnął Tom, biorąc od niego zdjęcie. – To musi być ten.

– Obraz olejny, prawda? – zadowolony z siebie Archie wyszczerzył zęby.

– Czy coś jest napisane na odwrocie? – zapytał Tom, obracając zdjęcie, które trzymał w ręku.

– Nie, już sprawdzałem. Ale jest to – na odwrotnej stronie koperty ktoś wąskim pismem zanotował adres zwrotny. Niegdyś biały papier był pożółkły i kruchy, czarny atrament zmienił barwę na brązową. – Kitzbühel, Austria.

– Zachowajmy to dla siebie, dopóki się nie dowiemy, po co Renwick potrzebuje tych obrazów. Turnbull nie ma z tym nic wspólnego.

– Święta racja – zgodził się Archie, po czym urwał, jak gdyby chciał jeszcze coś powiedzieć i w ostatniej chwili zmienił zdanie.

– O co chodzi? – spytał Tom.

– Tylko o to, że im więcej wiemy, tym gorzej to wygląda. Powinniśmy zostawić Turnbullowi do posprzątania cały ten bałagan. Nie mieszać się.

Tom w milczeniu włożył wszystkie przedmioty z powrotem do torby, po czym wyjął z kieszeni breloczek na klucze i położył go na środku stołu.

– Wiesz, co to jest? – zapytał.

– Wygląda na figurę szachową – wzruszył ramionami Archie.

– Wieżę zrobioną z kości słoniowej.

– Ojciec dał mi ją w prezencie kilka tygodni przed śmiercią. To jedna z niewielu rzeczy, jakie mi dał. Wiem, że to brzmi dziwnie, ale myślę o nim za każdym razem, gdy dotykam tego breloczka. To tak, jakbym miał przy sobie jakąś część jego – spojrzał w oczy Archiego. – Cokolwiek robi Renwick, ma to związek z czymś, nad czym pracował mój ojciec. Czymś, co było dla niego ważne. Z jeszcze jedną jego częścią. Nie mam więc zamiaru po prostu stać i patrzeć, jak Renwick to kradnie, podobnie jak ukradł mi wszystko inne. Jeśli o mnie chodzi, już jestem w to zamieszany. Zawsze byłem.

## ROZDZIAŁ 22

**Hotel Vier Jahreszeiten Kempinski, Monachium**
**7 stycznia, godzina 15.07**

Harry Renwick wkroczył do hotelu i podszedł prosto do głównej recepcji. Recepcjonista spojrzał na niego zmęczonym wzrokiem zza chwiejących się na nosie binokli. Renwick zauważył, że złota zapinka w kształcie dwóch skrzyżowanych kluczy przekręciła się do góry nogami w klapie jego czarnej marynarki. Najwyraźniej zbliżał się do końca długiej zmiany.
 – *Guten Abend, mein Herr.*
 – *Guten Abend.* Przyszedłem zobaczyć się z *Herr* Hechtem.
 – Ach, tak – recepcjonista gładko przeszedł na angielski. – Oczekuje pana, panie...?
 – Smith.
 – Tak, Smith – uśmiechnął się z roztargnieniem, przeglądając informacje na ekranie przed sobą. – Zajmuje apartament Bellevue na siódmym piętrze. Windy znajdzie pan po przeciwnej stronie holu. Zadzwonię i poinformuję *Herr* Hechta, że już pan tu jest.
 – Dziękuję.
 Renwick odwrócił się i ruszył w kierunku wind. Zdążył jeszcze zobaczyć, jak recepcjonista sięga po telefon ręką drżącą, jak przypuszczał, ze zmęczenia.

Miejsca takie jak to budziły w Renwicku poczucie dyskomfortu. Nie ze względu na zagrożenie bezpieczeństwa – wręcz przeciwnie, hotel zapewniał wiele potencjalnych dróg ucieczki i komfort bycia otoczonym przez ludzi. Obrażał natomiast jego poczucie estetyki. Był to, jego zdaniem, architektoniczny Frankenstein, bękart monstrualnego związku między wyidealizowaną wizją brytyjskiego klubu kolonialnego a nieprzejednaną funkcjonalnością lotniskowej poczekalni.

Chociaż hol był luksusowy, miał bezosobową atmosferę seryjnego produktu. Ciemne drewniane panele wykonano z milimetrowej grubości laminatu. Dywany były fabryczne i pozbawione wyrazu. Po pomieszczeniu „niedbale" rozrzucono reprodukcje antyków. Udające mahoń meble, kanciaste i przysadziste, pokryto tapicerką w dopasowanych odcieniach czerwieni, złota i brązu, brakowało im jednak jakiejkolwiek subtelności. Raziło go, jak bardzo wszystko zostało wygładzone. Nawet muzyka w windzie została ugrzeczniona: złożony utwór na orkiestrę uproszczono do cukierkowego solo na flecie.

Na siódmym piętrze tabliczka wskazała mu drogę do apartamentu Bellevue. Zapukał, a kilka chwil później otworzył mu Hecht. Patrząc na niego, Renwick nie był w stanie stwierdzić, czy grymas na jego twarzy był uśmiechem, czy produktem ubocznym jego blizny. Hecht wyciągnął do niego prawą rękę, ale Renwick podał mu lewą. Wciąż nie mógł się zmusić do podawania innym nienaturalnie twardej protezy. Hecht przeprosił skinieniem i zmienił ręce.

Apartament był przestronny, ale miał też większość wad hotelowego holu. Sufit był niski i przygniatający, meble ciężkie i niezgrabne. Zasłony, poduszki i dywany w różnych odcieniach brązu odbijały się od czerwieni ścian. Hecht poprowadził Renwicka do salonu i wskazał mu beżową sofę, sam siadając naprzeciwko. Tym razem Renwick był pewien, że Hecht się uśmiechał.

– Drinka?

Renwick potrząsnął głową.
- Gdzie jest Dimitri?
- Jest tutaj.
Renwick wstał i rozejrzał się wokół. Pokój był pusty.
- Mieliśmy umowę, Johann. Żadnych sztuczek.
- Uspokój się, Kasjuszu.
Głos dobiegł z telefonu głośnomówiącego, którego Renwick wcześniej nie zauważył. Umieszczono go na udającym marmur blacie stołu stojącego pomiędzy dwiema sofami. Akcent mówiącego był mieszanką amerykańskich samogłosek i krótko uciętych niemieckich spółgłosek. Niewątpliwie było to efektem jakichś drogich studiów podyplomowych na Wschodnim Wybrzeżu.
- Dimitri? - zapytał Renwick niepewnie.
- Przepraszam za te dość melodramatyczne okoliczności. Proszę nie winić za nie pułkownika Hechta. Nalegał, żebyśmy spotkali się osobiście, lecz, niestety, jest mi bardzo trudno podróżować niezauważonym.
- Co to ma znaczyć? Skąd właściwie mam wiedzieć, że to naprawdę ty? - Renwick nie usiadł, przyglądając się telefonowi podejrzliwie.
- Jesteśmy teraz wspólnikami. Musisz mi zaufać.
- W moim fachu ludzie ufni nie żyją długo.
- Masz więc moje słowo honoru.
- A co to za różnica?
- Dla biznesmena takiego jak ty różnica jest żadna, ale dla żołnierzy takich jak Johann i ja honor i lojalność są wszystkim.
- Żołnierzy? - Renwick uśmiechnął się kącikiem ust. - W czyjej armii?
- Armii walczącej w wojnie, która nigdy się nie skończyła. Wojnie w obronie naszej ojczyzny przez hordami Żydów i imigrantów, którzy co dzień profanują naszą ziemię i plamią czystość naszej krwi - jego głos nabierał siły, a Hecht przytakiwał mu z zapałem. - Wojnie przeciw kajdanom syjonistycznej pro-

pagandy, która zbyt długo już dusiła poczuciem winy milczącą większość narodu niemieckiego. To m y, prawdziwi Niemcy, walczyliśmy i umieraliśmy za nasz kraj. To my wciąż cierpimy, skazani na milczenie przez kontrolowaną przez Żydów prasę i nieuprawnioną władzę ich instytucji politycznych i finansowych – Dimitri przerwał, by się uspokoić, a potem kontynuował. – Ale czasy się zmieniają. Nasi zwolennicy już nie wstydzą się okazać nam poparcia. Miasta, miasteczka i wsie znów maszerują z nami. Walczą za nas. Głosują na nas. Jesteśmy wszędzie.

Renwick wzruszył ramionami. Przemowa wyglądała na wyreżyserowaną i w najmniejszym stopniu go nie poruszyła.

– Twoje przekonania mnie nie interesują.

Zapadła cisza. Kiedy Dimitri ponownie się odezwał, jego głos był niemal łagodny.

– Powiedz mi, Kasjuszu, w co wierzysz?

– Wierzę w siebie.

Dimitri roześmiał się.

– Idealista?

Renwick usiadł.

– Na pewno realista. Myślę, że teraz poproszę o tego drinka – zwrócił się do Hechta. – Szkocka.

– Świetnie – zachichotał głośnik, a Hecht podniósł się i szurając nogami, powlókł się w kierunku barku. – Przejdźmy do interesów.

Hecht powrócił z drinkiem Renwicka i usiadł naprzeciw niego.

– Wasza wojna to nie moja sprawa – powiedział Renwick. – Ale to, co mam wam do powiedzenia, zapewni wam środki, by ją wygrać.

– Mam tu przed sobą tę małą zabawkę, którą dałeś pułkownikowi Hechtowi w Kopenhadze. Czarująca. Mówił coś o pociągu. Złotym Pociągu?

– Chodzi o coś więcej niż złoto – powiedział Renwick. – O dużo więcej.

## ROZDZIAŁ 23

**Hotel Drei Könige, Zurych**
**7 stycznia, godzina 15.07**

Hotel powstał ze starannego połączenia czterech czy pięciu oddzielnych średniowiecznych kamienic. Bezczasowa prostota nadawała mu atmosferę trwałości i historyczności, której nie był w stanie zaszkodzić nawet dziwnie świeży tynk.

Jednak wnętrze hotelu zdecydowanie różniło się od jego fasady. Tutaj przetrwały jedynie nieliczne ślady oryginalnego budynku: kilka kamiennych ścian i dębowe belki stropowe, które pozostawiono odkryte. Reszta była bezsprzecznie nowoczesna: podłoga ze lśniącego szarego marmuru, czarne meble, białe ściany z wpuszczonymi halogenami rzucającymi jaskrawe światło. Potężna klatka schodowa z windą ze szkła i stali została wstawiona w sam środek budynku niczym lśniący implant medyczny.

Tom, ściskając w ręku dużą torbę podróżną z brązowej skóry, podszedł do półkolistego biurka recepcji. Atrakcyjna dziewczyna o świeżej twarzy uśmiechnęła się na powitanie.

– Chciałbym zobaczyć się z panem Laschem.

Jej uśmiech zniknął równie szybko, jak się pojawił.

– Nie mamy gościa o takim nazwisku.

– Mam coś dla niego.

Tom położył torbę na biurku.
– Przykro mi, ale...
– Proszę mi wierzyć, on będzie chciał to zobaczyć. Proszę mu przekazać moją wizytówkę.
Przesunął kartonik po blacie w jej kierunku. Przez całe lata Tom starał się nie przypominać władzom o swoim istnieniu. Teraz musiał przyznać, że było coś terapeutycznego w tak otwartym reklamowaniu swojej osoby. Wizytówka była prosta: na środku było jego nazwisko i dane kontaktowe. Jedyną ekstrawagancją, na jaką sobie pozwolił, była odwrotna strona utrzymana w głębokiej czerwieni, a na niej nazwa firmy: „Kirk Duval", wydrukowana na biało. Dopiero kiedy Dominique zwróciła mu uwagę na podobieństwo do wizytówek jego ojca, zorientował się, że wybrał tę samą kombinację kolorów. Recepcjonistka potrząsnęła głową. Następnie, nie spuszczając z niego wzroku, sięgnęła pod biurko i nacisnęła guzik. Prawie natychmiast z pomieszczenia za nią wyszedł masywny mężczyzna w dżinsach i czarnym golfie.
– Ja?
Tom powtórzył to, co przed chwilą powiedział dziewczynie. Z kamiennym wyrazem twarzy mężczyzna otworzył torbę, delikatnie obmacując jej wnętrze. Przekonawszy się, że nie zawiera niczego niebezpiecznego, skinieniem wskazał mu przejście do sąsiedniego pomieszczenia.
– Proszę tam zaczekać.
Pomieszczenie okazało się barem, całkowicie pustym, jeśli nie liczyć barmana polerującego szklanki na tle ściany pełnej butelek. Pozostałe ściany obito miękką czerwonawą skórą, dopasowaną do koloru siedzeń i stołków przy barze. Przyćmione światło nadawało pomieszczeniu relaksacyjną, niemal senną atmosferę. Kiedy tylko Tom usiadł, pojawili się dwaj mężczyźni i zajęli miejsca naprzeciw niego. Żaden nie odezwał się ani słowem. Wbili w niego niepokojąco nieruchomy wzrok, jak gdyby chcieli sprawdzić, który z nich pierwszy

mrugnie. Po kilku minutach recepcjonistka gestem zaprosiła go z powrotem do holu. Obaj mężczyźni podążyli tuż za nim.

– *Herr* Lasche zobaczy się teraz z panem, panie Kirk. Jeśli pan pozwoli, Karl przeszuka pana przed wyjściem na górę.

Tom skinął głową, wiedząc, że ma niewielki wybór.

Pierwszy strażnik podszedł do Toma z ręcznym wykrywaczem metalu, który przesunął wzdłuż jego ciała, zatrzymując się jedynie, kiedy urządzenie zapiszczało nad jego nadgarstkiem. Tom uniósł rękaw, by pokazać mu zegarek, rolex prince z nierdzewnej stali, który zawsze zabierał ze sobą, wyjeżdżając za granicę. Strażnik koniecznie chciał obejrzeć go dokładniej. Tom skrzywił się, gdy tamten grubymi palcami chwycił delikatne pokrętło i obrócił kilkakrotnie, by przekonać się, że działa. Usatysfakcjonowany, przekazał zegarek Tomowi i zaprowadził go do windy.

Strażnik nie wszedł za nim do wnętrza, a jedynie przesunął kartą magnetyczną przed białym panelem na ścianie i cofnął się. Zanim drzwi się zamknęły i winda ruszyła w górę, Tom zdążył zobaczyć trzech mężczyzn stojących z założonymi rękami w holu i wpatrujących się w niego groźnym wzrokiem.

Winda otworzyła się ponownie, ukazując mu obszerne pomieszczenie, którego wystrój nie pozostawiał żadnych wątpliwości co do zainteresowań lokatora. Przez opuszczone żaluzje trzech okien po lewej sączyły się wąskie smugi światła. Pomiędzy oknami lśniły ozdobne kompozycje z wypolerowanych szabli, pistoletów i strzelb, przypominające stalowe kwiaty.

Tom spojrzał w górę. Strop usunięto, powiększając pomieszczenie o przestrzeń strychu i ukazując więźbę dachową przypominającą szkielet rozbitego statku. Z każdej belki zwisały pułkowe flagi. Kolory, niegdyś jaskrawe, wyblakły z czasem, a materiał został zniszczony w bitwach, a nawet w kilku miejscach splamiony krwią. Wzdłuż prawej ściany wystawiono w szklanych gablotach mosiężne hełmy, ozdobione orlimi piórami, niedźwiedzim futrem i końskim włosiem. Poniżej kolejny rząd gablot zapełniały: broń palna, kule, medale, emblematy, ozdobne sztylety i bagnety. Nawet biurko wykonane zostało z prostej płyty granitu położonej na czterech mosiężnych łuskach ogromnych pocisków.

Jednak uwagę Toma momentalnie przykuła masywna armata z brązu spoczywająca równolegle do biurka na dwóch dębowych cokołach. Podszedł bliżej, by przyjrzeć się dziwnym napisom na jej obwodzie. Matowy kadłub promieniował mroczną siłą, jednocześnie przerażającą i fascynującą. Tom nie mógł się powstrzymać, by nie pogładzić jego boków. Metal pod dotykiem był mocny i ciepły jak koń wyścigowy, który właśnie zszedł z toru.

– Piękna, prawda?

Tom wzdrygnął się, słysząc głos Laschego. Drzwi na prawo od biurka otwarły się, by wpuścić do pokoju mężczyznę na wózku inwalidzkim, a tuż za nim pielęgniarza o jasnych, krótko przystrzyżonych włosach, w białym fartuchu narzuconym na gładki szary garnitur. Pielęgniarz przyglądał mu się z kwaśną miną, ściskając w ręce brązową torbę podróżną.

Sam Lasche był niemal łysy. Resztki wątłych kosmyków zaczesał na czubek głowy, różowy i pokryty plamami wątrobowymi. Skóra na jego twarzy była cienka i zwiotczała jak zbyt duża rękawiczka. Czerwone naczynka tuż pod jej powierzchnią nadawały nieco koloru jego niezdrowej, żółtej cerze. Mętne szare oczy patrzyły na Toma zza grubych okularów w stalowej oprawie. Tom dostrzegł na jego piżamie kilka okruchów przerwanego posiłku.

– To siostra armat, które Brytyjczycy przetopili, by uzyskać metal na Krzyże Wiktorii – kontynuował Lasche z komicznie ciężkim niemieckim akcentem. Jego głos był cichy i słaby w porównaniu z energicznym warkotem, który wydawał napęd poruszającego się wózka. Do tyłu i podwozia przyczepiono szereg butli tlenowych i czarnych pudełek. Wynurzające się z nich kable i rurki znikały pod piżamą na piersi mężczyzny i w rękawach brązowego jedwabnego szlafroka.

– Miałem nadzieję sprzedać ją rządowi brytyjskiemu, gdyby skończył im się metal – jego głos przerywany był co chwila głębokim, astmatycznym charkotem. – Na moje nieszczęście, zapas przechowywany w Centralnym Składzie Artyleryjskim w Donnington wydaje się niewyczerpany. Wygląda na to, że brytyjski heroizm to ostatnimi czasy rzadki towar.

Gdy wózek zatrzymał się naprzeciw Toma, Lasche uśmiechnął się, ubawiony własnym dowcipem. Miał sine wargi poznaczone żyłkami, a zęby pożółkłe i zniszczone. Maska tlenowa wisiała na jego szyi jak luźny szalik.

– A więc pochodzi z Chin? – zapytał Tom.

Lasche przytaknął z wysiłkiem.

– Zna pan historię, panie Kirk – przyznał, ewidentnie pod wrażeniem. – Większość ludzi uważa, że brąz, z którego odlano Krzyże Wiktorii, pochodzi z rosyjskich armat zdobytych w bitwie pod Sewastopolem podczas wojny krymskiej. Ale w rzeczywistości armaty te były chińskie. Najwyraźniej człowiek, który miał je dostarczyć, pomylił cyrylicę z mandaryńskim. Błąd urzędnika, zjawisko aż nazbyt powszechne w wojsku. Tylko że za ten konkretny błąd nikt nie zapłacił życiem. Ale rozumiem, że nie o tym chciał pan ze mną porozmawiać...?

– Nie, *Herr* Lasche.

– Zazwyczaj nie przyjmuję gości. Ale ze względu na pana reputację pomyślałem, że zrobię wyjątek.

– Moją reputację?

– Wiem, kim pan jest. W moim zawodzie trudno byłoby nie wiedzieć o panu. A przynajmniej nigdy nie usłyszeć o Feliksie.

Feliks był pseudonimem, który przyjął Tom, gdy zaczął się bawić w kradzież dzieł sztuki. Kiedyś był tarczą, za którą Tom się ukrywał, ale teraz sprawiał, że czuł się nieswojo. Przypominał mu o jego poprzednim życiu, o poprzednim wcieleniu, o którym starał się zapomnieć.

– Słyszałem, że się pan wycofał.

Lasche zakaszlał gwałtownie i pielęgniarz, dotąd przysłuchujący się rozmowie z rosnącym zaniepokojeniem, skoczył naprzód i wsunął mu na twarz maskę tlenową. Kaszel stopniowo ucichł i Lasche gestem nakazał Tomowi mówić dalej.

– Tak, wycofałem się. Ale badam pewną sprawę i chciałbym, żeby mi pan pomógł.

Lasche potrząsnął głową. Kiedy przemówił, jego głos był stłumiony przez maskę.

– Chodzi o torbę, którą pan przysłał? Nie otworzyłem jej. Podobnie jak pan, ja również przeszedłem na emeryturę.

– Proszę, *Herr* Lasche.

– *Herr* Lasche nie może panu pomóc – wyrecytował pielęgniarz.

– Proszę tylko spojrzeć – nalegał Tom, ignorując go. – Zainteresuje to pana.

Lasche przez kilka chwil mierzył Toma spojrzeniem szarych oczu. Potem gestem drżącej z wysiłku ręki przywołał pielęgniarza. Ten wręczył Tomowi torbę, wbijając w niego oskarżycielskie spojrzenie. Tom rozsunął zamek błyskawiczny i wyjął mundur. Kruczoczarny materiał był szorstki w dotyku i zdawał się promieniować złowrogą energią.

Lasche wycofał wózek i pokierował nim tak, aby znaleźć się po przeciwnej stronie biurka. Zsunął maskę tlenową z twarzy i gestem poprosił Toma, by podał mu mundur. Przez chwilę Tom zobaczył, zamiast wyschniętej skorupy, człowieka, jakim Lasche był kiedyś – zdrowego, silnego i zdecydowanego.

– Poproszę o światło, Heinrich – wymamrotał Lasche i pielęgniarz posłusznie włączył stojącą na biurku lampę. Abażur składał się z sześciu kawałków skóry zszytych grubą czarną nicią i ozdobionych kwiatami, zwierzętami, a nawet rysunkiem wielkiego smoka. Rzucał słabe żółte światło na marmurowy blat. Tom zadrżał, kiedy zdał sobie sprawę, że skóra była w rzeczywistości ludzka.

– To jedyne, co ocalało z ogromnej prywatnej kolekcji Ilse Koch, żony byłego komendanta obozu w Buchenwaldzie – powiedział Lasche miękko, widząc jego reakcję. – Podobno miała torebkę z tego samego materiału.

– Ale po co to zatrzymywać? To jest... groteskowe – Tom przez chwilę szukał słowa zdolnego opisać grozę, z jaką wpatrywał się w lampę. Światło wydobywało pajęczą sieć naczynek krwionośnych wciąż widocznych w skórze.

– Wojna tworzy wielkie piękno i wielką brzydotę – mówiąc to, Lasche wskazał najpierw na armatę, a następnie na lampę. – A ludzie sporo płacą za jedno i za drugie. Zatrzymałem ją, by mi o tym przypominała.

Zajął się mundurem. Gdy wziął go do rąk, dłonie mu drżały, choć trudno było powiedzieć, czy z niecierpliwości, czy ze starości.

– Jest to z pewnością mundur SS – powiedział między jednym świszczącym oddechem a drugim, wskazując na charakterystyczną podwójną błyskawicę zdobiącą patkę na prawym kołnierzu. – Jego właściciel był zapewne Niemcem, gdyż teoretycznie jedynie Niemcom wolno było nosić *Siegrunen*. A widzi pan orła i swastykę? Tylko SS nosiło je wysoko na lewym rękawie. Pozostałe formacje nosiły je na lewej piersi. Wzór tego munduru powstał w 1943 roku, ale sądząc z jakości tkaniny i wykonania, został uszyty na miarę, a nie wyprodukowany w *SS-Bekleidungswerke*, co jest dziwne...

Tom przekrzywił głowę, słysząc nieznane słowo.

– Fabryka odzieży SS – wyjaśnił Lasche. – Szycie mundurów na miarę było popularne wśród starszych oficerów, ale nie wśród młodszych rangą wojskowych, takich jak *Unterscharführer* – wskazał patkę na lewym kołnierzu, z pojedynczym srebrnym punktem na czarnym tle.

– Kto?
– To stopień wojskowy właściciela. Myślę, że mniej więcej odpowiada kapralowi. Albo więc ten konkretny oficer był bardzo bogaty, albo...

W tym momencie Lasche zauważył wąski pasek czarnego materiału haftowanego złotą nicią, naszyty na lewym rękawie tuż poniżej łokcia. Widok ten sprawił, że zaniósł się suchym kaszlem, rozpaczliwie walcząc o oddech. Pielęgniarz wcisnął mu na twarz maskę tlenową, gorączkowo regulując kurki na butlach, aż w końcu Lasche znowu był w stanie mówić.

– Gdzie pan to znalazł? – wychrypiał, machnięciem ręki odsyłając pielęgniarza.

– W Londynie. Czemu pan pyta?

– Czemu? Czemu? Ponieważ, panie Kirk, ten mundur należał do członka *Der Totenkopforden*. Zakonu Trupiej Czaszki.

## ROZDZIAŁ 24

**Hotel Vier Jahreszeiten Kempinski, Monachium**
**7 stycznia, godzina 15.31**

– Zakon Trupiej Czaszki? – głos z telefonu konferencyjnego zabrzmiał sceptycznie. – Nigdy o nim nie słyszałem.
– Niewielu słyszało – Renwick wstał i mówiąc, przechadzał się tam i z powrotem za sofą. Hecht obserwował go z cynicznym grymasem na twarzy. – Zebranie tych niewielu informacji, które mam, zajęło mi całe lata. Ale on istniał, zaręczam wam.
– Znam każdą dywizję, każdy pułk, każdą kompanię kiedykolwiek utworzoną w Trzeciej Rzeszy. I nigdy nie słyszałem o tym całym zakonie – powiedział Hecht lekceważąco.
– Niech mówi, pułkowniku – uciął Dimitri. Wzruszając ramionami, Hecht usadowił się wygodnie na sofie i oparł buty na stoliku.
– Jak wiecie, Heinrich Himmler uczynił z SS najpotężniejszą siłę Trzeciej Rzeszy, państwo w państwie, którego macki sięgały praktycznie każdej sfery życia i wywierały wpływ na rolnictwo, naukę, służbę zdrowia i politykę rasową.
– To był fenomen – zgodził się Dimitri. – Duma naszej ojczyzny. Kierowali policją, służbami specjalnymi i obozami śmierci, jednocześnie prowadząc własne przedsiębiorstwa i fabryki.

– Nie wspominając o tym, że kontrolowali armię liczącą w szczytowym momencie dziewięćset tysięcy ludzi – dodał Hecht entuzjastycznie.

– Od samego początku Himmler był świadom, że najłatwiej zapewnić sobie lojalność, dając ludziom poczucie, że są częścią czegoś szczególnego. Wszystko więc, co było związane z SS, od czarnych mundurów, po runiczne symbole i emblematy, miało na celu podkreślenie ich mistyki i elitarnego statusu. I to działało. Aż za dobrze...

– Jak mogło działać za dobrze? – skrzywił się Hecht.

– Ponieważ w miarę jak zwiększało się jego znaczenie, SS musiało się rozrastać. Przyjmowało rekrutów w takiej liczbie, że było zmuszone wybierać z większego i mniej ekskluzywnego grona kandydatów niż wcześniej.

– Co stanowiło zagrożenie dla ich integralności i elitarności – powiedział Dimitri z namysłem.

– Właśnie. Himmler zaczął więc czerpać z romantycznej interpretacji historii i pogańskich rytuałów, aby zjednoczyć różnorodne grupy, które tworzyły SS. Pragnął powrotu ery feudalnej, czasu mitów, legend i rycerskich ideałów. Miał szczególną obsesję na punkcie króla Artura i opowieści o tym, jak zebrał on przy swoim Okrągłym Stole dwunastu najdzielniejszych i najszlachetniejszych rycerzy, by bronić celtyckich obyczajów. Zainspirowany tą legendą, wybrał dwunastu ludzi, wszystkich w randze obergruppenführera, i uczynił ich swoimi rycerzami. Tych dwunastu miało symbolizować wszystko, co najlepsze w narodzie aryjskim i braterstwie SS.

– Jak to się stało, że nigdy o tym nie słyszałem? – głos z telefonu był wciąż sceptyczny.

– O istnieniu Zakonu nie wiedział nawet sam führer. Nie nosili żadnych zewnętrznych insygniów świadczących, że należą do najbardziej elitarnego kręgu SS – z wyjątkiem chwil, kiedy się spotykali. W czasie swoich sekretnych zgromadzeń zmieniali zwyczajne mundury na takie, które świadczyły o ich statusie.

– To znaczy?

– W wypadku typowych mundurów SS opaska z nazwą pułku umieszczana była na rękawie.

– Oczywiście – Hecht zdjął stopy ze stołu i wyprostował się. – I Dywizja Pancerna *Liebstandarte* Adolf Hitler, II Dywizja Pancerna *Das Reich*, Dywizja SS *Totenkopf* dowodzona przez Theodora Eickego. Te nazwy przeszły do historii.

– Mundury Zakonu wyglądały podobnie, z tym że używano w nich nie srebrnej, a złotej nici.

– Czemu nigdy wcześniej to nie wyszło na jaw? – zapytał Hecht z wyraźną niecierpliwością.

– Ponieważ wszyscy członkowie Zakonu zniknęli na początku 1945 roku, a wraz z nimi ich tajemnica. Niektórzy twierdzą, że uciekli za granicę. Inni – że zginęli w obronie Berlina. Ale ja wierzę, że przeżyli... lub przynajmniej, że żyli dość długo, by wykonać swój ostatni rozkaz.

– Jaki rozkaz?

– By chronić pociąg.

# ROZDZIAŁ 25

**Kitzbühel, Austria**
**7 stycznia, godzina 15.31**

Był środek sezonu narciarskiego i zaśnieżone ulice roiły się od ludzi. Narciarze zaczynali schodzić ze stoków i wciskać się do zatłoczonych autobusów. Inni brnęli w ciężkich butach po niebezpiecznie oblodzonych drogach, balansując przerzuconymi przez ramię nartami. Turyści pozbawieni nart kończyli właśnie późny lunch i zbierali siły na obfitą kolację. Kobiety opatulone były w obszerne futra. Pomiędzy nogami kawiarnianych stolików i wśród sunących miękko po wąskich ulicach terenowych aut kręciło się kilka psów. Ich właściciele bezskutecznie usiłowali przywołać je do porządku.

Archie jechał ruchliwą ulicą, rzucając okiem na mapę i jednocześnie starając się obserwować drogę przed sobą, by nikogo nie potrącić. Na szczęście dom, którego szukał, był dogodnie usytuowany na dużej działce niedaleko centrum. Archie z ulgą zaparkował samochód na podjeździe.

Sam dom wyglądał na bardziej zadbany niż otaczający go przerośnięty ogród. Ściany pomalowano na jaskrawożółty kolor, a drewniana okładzina na piętrze została niedawno wymieniona lub odnowiona. Po lewej prowizoryczna wiata garażowa z nieheblowanego drewna i folii uginała się pod ciężarem świeżego śniegu.

Drzwi frontowe znajdowały się po prawej stronie budynku pod osobnym zadaszeniem. Archie wszedł po schodkach i zadzwonił. Nie było odpowiedzi.

Cofnął się, by spojrzeć na dom, i westchnął głęboko. Sama konieczność wyjazdu za granicę była dostatecznie uciążliwa, a byłoby jeszcze gorzej, gdyby wyjazd ten okazał się daremny. Postąpił krok do przodu i zadzwonił ponownie. Tym razem, ku jego zaskoczeniu, otworzono mu prawie natychmiast.

– *Ja?* – W drzwiach stanęła mniej więcej trzydziestoletnia kobieta z włosami związanymi chustką w kropki. Ubrana była w bezkształtny dres i tenisówki, a na rękach miała żółte gumowe rękawice. W przedpokoju za nią Archie dostrzegł zarysy piłki i dziecięcego rowerka.

– *Guten Tag* – powiedział niepewnie.

W przeciwieństwie do Toma i Dominique, słownictwo Archiego ograniczało się do „dzień dobry" i „do widzenia" w każdym języku z wyjątkiem francuskiego, a i to tylko dlatego, że opanował podstawowe zwroty używane w grze bakarat.

– Szukam pana Lammersa. *Herr* Manfreda Lammersa – powiedział, czytając z odwrotnej strony koperty znalezionej w domu Weissmana. Obawiając się, że jego wymowa może mu być bardziej przeszkodą niż pomocą, wyciągnął przed siebie kopertę, tak by kobieta sama mogła przeczytać nazwisko. Patrzyła przez chwilę na nazwisko i adres, potem spojrzała na niego ze smutkiem na twarzy.

– Przykro mi – powiedziała z wyraźnym akcentem. – *Herr* Lammers nie żyje. Od trzech lat.

– Och – jęknął Archie, załamany. Z powrotem w punkcie wyjścia.

– A czy ja mogę panu pomóc? Jestem Maria Lammers, jego siostrzenica.

– Nie sądzę – wzruszył ramionami z rezygnacją. – Chyba że potrafi pani rozpoznać to – wręczył jej trzy fotografie. – Pani wujek przesłał je pewnej osobie w Anglii. Miałem nadzieję, że dowiem się, gdzie są oryginalne obrazy.

Maria wzięła od niego zdjęcia i przejrzała je, potrząsając głową.

– *Nein*... Nie, przykro mi, nigdy... – urwała w pół słowa, widząc ostanie z nich.

– Co?

– Ten – podniosła w górę zdjęcie przedstawiające olejny obraz zamku. – Ten widziałam już wcześniej.

– Gdzie? – Archie skwapliwie postąpił do przodu. – Czy jest tutaj?

– Nie.

– A czy może mi go pani pokazać?

Przez chwilę zastanawiała się nad odpowiedzią.

– Przyjechał pan z Anglii, żeby to zobaczyć?

– Tak, tak, z Anglii.

Powoli wyłuskała dłonie z gumowych rękawiczek i zdjęła z głowy chustkę. Ufarbowane intensywną henną włosy rozsypały się wokół jej głowy kędzierzawą aureolą.

– Chodźmy.

Chwyciła płaszcz zza drzwi i narzuciła go na siebie. Poprowadziła Archiego przez podjazd z powrotem na ulicę. Tam skręciła w lewo, przecinając niewielki park, gdzie dzieci obrzucały się śnieżkami. Szybko zostawiając za sobą ich krzyki i śmiech, przeszli przez dużą, łukowatą bramę i ruszyli w dół zbocza. Archie stąpał ostrożnie, starając się uniknąć nieposypanych piaskiem płatów lodu. Po drodze Maria minęła kilku znajomych. Pozdrawiała ich machnięciem ręki, a oni obrzucali Archiego zaciekawionymi spojrzeniami, najwyraźniej próbując odgadnąć, kim jest.

W końcu dotarli do stromych schodów wcinających się w mur przyporowy i prowadzących do kościoła. Jego ośnieżona gotycka iglica górowała nad dachami wokół.

Mimo że z zewnątrz kościół wyglądał dość surowo, jego wnętrze bardzo skorzystało na barokowej renowacji i w efekcie było niespodziewanie jasne i ozdobne. Wszystkie wartościowe przedmioty wyglądały na pozłacane, począwszy od wymyślnie zdobionych ołtarzy bocznych po obu stronach prezbiterium, aż po ramy obrazów wiszących na obu ścianach i rzeźby dobrotliwie spoglądające z każdej z czterech centralnych kolumn. Główny element absydy stanowił ogromny czarno-złoty ołtarz, sięgający niemal żebrowanego sklepienia.

– *Kommen Sie*.

Poprowadziła go wzdłuż nawy i po marmurowej posadzce prezbiterium, skręcając następnie do kaplicy.

– Widzi pan?

Na zewnątrz szybko zapadał zmrok. Archie spojrzał zdezorientowany w półmrok przed sobą. Sufit zdobiły estetyczne gipsowe stiuki, ale nie było tam nic prócz dość kiczowatego obrazu Madonny z Dzieciątkiem i masywnej marmurowej chrzcielnicy.

Ale potem, niemal instynktownie, Archie spojrzał na witraż powyżej.

# ROZDZIAŁ 26

**Hotel Drei Könige, Zurych**
**7 stycznia, godzina 15.31**

– A więc członków Zakonu było dwunastu? – zapytał Tom.
– Tak. Podobnie jak rycerzy Okrągłego Stołu. Himmler wybrał ich osobiście, nie tylko ze względu na ich aryjski wygląd i czyste rasowo pochodzenie, ale również ze względu na ich całkowitą lojalność wobec niego. Byli jego osobistymi pretorianami.
– Ale powiedział pan, że każdy z dwunastu był przynajmniej obergruppenführerem. A ten mundur należał do kaprala. Jak to możliwe?
– Nie jestem pewien – Lasche potrząsnął głową. – O ile mi wiadomo, do tej pory nikt spoza Zakonu nie widział żadnego z tych mundurów. Możliwe, że w akcie rytualnej pokory wszyscy przyjęli niższe stopnie, by podkreślić swoją jedność i braterstwo.
– A może, jeśli byli rycerzami, mieli również giermków? Kogoś, kto pomagał im w wykonywaniu obowiązków – spekulował Tom.
– Tak, istnieje i taka możliwość.
– To by z pewnością wyjaśniało, dlaczego ktoś tak młody nosił tak szczególny mundur.

– Kto taki?

– Człowiek, do którego on należał, umarł dziesięć dni temu. Miał około osiemdziesięciu lat. Widziałem jego zdjęcie w tym mundurze zrobione w 1944 roku. To oznacza, że miał wtedy jakieś dwadzieścia lat.

– Jak się nazywał?

– Weissman. Andreas Weissman. – Lasche spojrzał na niego zdziwiony. – Wiem, to żydowskie nazwisko. Przyjął je, żeby uniknąć odpowiedzialności po wojnie. Udawał więźnia obozu koncentracyjnego. Nawet wytatuował sobie na ręce fałszywy numer obozowy. Nie znamy jego prawdziwego nazwiska.

– Wie pan, wielu żołnierzom SS tatuowano grupę krwi po wewnętrznej stronie lewego ramienia, dwadzieścia centymetrów powyżej łokcia. Miało to ułatwić służbom medycznym ustalenie grupy krwi rannego. Po wojnie takie tatuaże pozwalały aliantom identyfikować potencjalnych zbrodniarzy wojennych. Esesmani często wypalali je lub zniekształcali, by uniknąć schwytania.

– Lub może, by je zamaskować, tatuowali na wierzchu inny numer...? – zastanawiał się Tom, przypominając sobie, jakie trudności mieli medycy sądowi Turnbulla z odczytaniem niektórych cyfr na ręce Weissmana.

– Niewykluczone.

– Czy Zakon posługiwał się jeszcze jakimiś specyficznymi symbolami lub wyobrażeniami oprócz zwykłych insygniów SS?

– Tylko jednym. Czarny dysk otoczony przez dwa koncentryczne kręgi o dwunastu promieniach biegnących ze środka do zewnętrznego okręgu, każdy z nich w kształcie błyskawicy SS. Jeden za każdego z członków Zakonu. Nazywali to *Schwarze Sonne* – czarnym słońcem.

– Coś takiego? – zapytał Tom, podając mu czapkę znalezioną w domu Weissmana i wskazując naszyty na niej emblemat. Lasche chwycił ją drżącymi rękami. Oczy mu zabłysły, kiedy rozpoznał symbol.

– Tak, tak! Jest tak, jak myślałem! – spojrzał na Toma gorączkowo, wyrzucając z siebie słowa przerywane chrapliwym oddechem. – To symbol Zakonu, zniekształcona wersja germańskiego słonecznego kręgu z trzeciego stulecia naszej ery. Miał być zapowiedzią czasów, gdy SS zajaśnieje nad światem jako rasa panów.

Przez chwilę Tom zastanawiał się w milczeniu.

– Co ostatecznie stało się z Zakonem?

– Ach – westchnął Lasche – to jest, można powiedzieć, pytanie za sześć milionów. Odpowiedź jest prosta: tego nie wie nikt.

– Nikt?

Lasche uśmiechnął się, ukazując więcej dziąseł niż zębów.

– Nikt nie wie na pewno. Chociaż... Powiedzmy, że mam swoje przypuszczenia.

– Proszę kontynuować – Tom zachęcił go skinieniem głowy.

– Himmler, pomimo wszystkich swoich słabości, jaśniej niż sam Hitler zdawał sobie sprawę, dokąd zmierza wojna. W jej ostatnich dniach próbował nawet samodzielnie wynegocjować z aliantami pokój. A gdy zawisło nad nim widmo klęski, nie mógł znieść myśli, że jego ukochani rycerze mogliby zostać wzięci do niewoli, uwięzieni lub upokorzeni przez wroga.

– A więc jak pan myśli, co zrobił?

Lasche przerwał, by zebrać siły.

– Wie pan, co stało się z królem Arturem, kiedy umierał? – wycharczał.

– Kazał jednemu z rycerzy wrzucić Ekskalibur do jeziora.

– Tak. Był to sir Bedivere, który początkowo odmawiał trzykrotnie, jak Piotr wypierający się Chrystusa. A potem, gdy w końcu wypełnił rozkaz, pojawił się statek o czarnych żaglach i zawiózł Artura do Avalonu. Legenda mówi, że kiedyś stamtąd powróci, by ocalić swój lud, gdy znajdzie się on w śmiertelnym niebezpieczeństwie.

Tom zmarszczył brwi.

– Nie rozumiem.

– Wiele kultur ma podobną legendę. W Danii wierzą, że Holger Danske, czyli Ogier Duńczyk, ich bohater narodowy, śpi w podziemiach zamku Kronborg i obudzi się, gdy ojczyzna będzie w potrzebie. W Niemczech mówi się, że cesarz Fryderyk I Barbarossa jest pogrążony w kamiennym śnie w górach Kyffhäuser, skąd powróci, gdy wypełnią się czasy. Myślę, że Himmler chciał dla swoich rycerzy równie epickiego finału. W grudniu 1944 roku zwołał Zakon na ostatnie spotkanie. Nie wiadomo, jakie wydał im rozkazy, ale niedługo potem wszyscy zniknęli i nigdy więcej ich nie widziano.

– Myśli pan, że uciekli?

– Kto wie? Może zostali zabici przez nacierającą armię radziecką. Może dożyli swoich dni na plantacji bananów gdzieś w Paragwaju. A może, podczas gdy my tu rozmawiamy, oni śpią pod jakąś górą lub zamkiem, czekając, aż ktoś ich wezwie, by odbudowali Trzecią Rzeszę.

## ROZDZIAŁ 27

**Hotel Vier Jahreszeiten Kempinski, Monachium**
**7 stycznia, godzina 15.32**

– W końcu doszliśmy do pociągu – westchnął Hecht sarkastycznie.
– To o zawartości tego pociągu chciałbym coś usłyszeć – oznajmił Dimitri przez telefon.
– I masz rację – powiedział Renwick. – Bo w tym momencie robi się naprawdę ciekawie. Widzisz...

Zanim zdążył wyjaśnić więcej, drzwi otwarły się z trzaskiem. Do pokoju wpadło trzech krótko ostrzyżonych mężczyzn w mundurach, z karabinami maszynowymi przewieszonymi przez ramię. Renwick rzucił okiem na Hechta, ale ten pozostał nieporuszony.

– O co chodzi, Konrad? – zapytał Hecht pierwszego z nich, krępego blondyna o płaskiej, tępej twarzy.

– *Fünf Männer* – wydyszał Konrad. – *Mehr draussen. Stellen unten Fragen.*

– Jakiś problem? – spytał Renwick. Hecht obiecywał, że nikt im nie przerwie, i najwyraźniej nie dotrzymał słowa. Renwick starał się nie okazywać zdenerwowania tym faktem. Napięcie w głosie Konrada sugerowało, że nie był to dobry moment na poruszenie tej sprawy.

– Mamy towarzystwo.
– Policja?

Hecht spojrzał pytająco na Konrada.

– *Ja. Und Bundesnachrichtendienst.*
– Służby specjalne? – odezwał się z kolei Dimitri. – Jak, u diabła, znaleźli nas tak szybko?

– Recepcjonista – powiedział Renwick z wolna, przypominając sobie zaniepokojone spojrzenie mężczyzny i jego paznokcie bębniące nerwowo po blacie. – Pomyślałem, że jest po prostu zmęczony, ale on coś wiedział. Spodziewał się mnie.

– Zajmiemy się nim później – warknął Dimitri. – Macie jakiś sposób na wydostanie się stamtąd, pułkowniku?

– Oczywiście, sir.

– *Gut.* Skorzystajcie z niego. Skończymy tę rozmowę później – rozłączył się, a telefon zaszumiał głośno. Hecht pochylił się do przodu i wyłączył aparat.

– Jak się stąd wydostaniemy? – zapytał Renwick swobodnie, nie okazując zaniepokojenia. Zazwyczaj w podobnej sytuacji nie byłby szczególnie zmartwiony. Znajdował się już w znacznie gorszych opałach i zawsze udawało mu się wymknąć niepostrzeżenie. Ale do tej pory działał sam, decydował wyłącznie za siebie, reagował tak, jak sam chciał, i podejmował takie kroki, jakie uznawał za konieczne. Tym razem, po raz pierwszy, odkąd pamiętał, uzależniał swoje bezpieczeństwo od innych, a w dodatku od ludzi, których nie znał i którym nie ufał. Nie był tym zachwycony.

– Używając tego – Konrad pojawił się ponownie, niosąc kilka mundurów, identycznych z tymi, które on sam i dwaj pozostali mieli na sobie. Rzucił je na podłogę i gestem nakazał Renwickowi, by włożył jeden z nich. – *Schnell.*

Renwick podniósł grubą niebieską bluzę i przyjrzał się jej sceptycznie.

– Co to jest?

– Mundur strażacki – wyjaśnił Hecht, chwytając i wkładając jeden z nich.

– A gdzie się pali? – zapytał Renwick, zapinając kurtkę, a potem wkładając na garnitur parę spodni.

– Dokładnie tu gdzie stoisz. Karl, Florian...

Obaj zniknęli za drzwiami sypialni, by po chwili powrócić, niosąc dwa duże kanistry. Szybko i metodycznie obeszli pokój, oblewając benzyną dywan, sofę i zasłony. Słodki, metaliczny zapach uderzył Renwicka w nozdrza.

W tym samym czasie Hecht i Konrad byli zajęci wycieraniem klamek, stołu, butelki whisky i wszystkiego, czego któryś z nich mógł dotknąć. Rozbili nawet szklankę Renwicka o ścianę. Działali sprawnie i profesjonalnie, tak że w ciągu trzydziestu sekund pokój był czysty. Renwick poczuł, że jego niepokój maleje.

– Weź to – Konrad wręczył mu bladożółty kask. Zniszczona i pokryta sadzą powierzchnia świadczyła, że jego właściciel był weteranem wielu lat ciężkich walk z ogniem. Wbudowana maska tlenowa i gogle całkowicie zasłaniały twarz.

– Gotowi? – zapytał Hecht. Przytaknęli, włożyli kaski i wyszli za nim na korytarz. Hecht podszedł do przycisku pomiędzy windami i rozbił szybkę uderzeniem łokcia.

Korytarz natychmiast wypełnił przeszywający pisk alarmu pożarowego. Kilka sekund później drzwi wzdłuż korytarza zaczęły się otwierać i zaczęli z nich wyglądać zaniepokojeni goście hotelowi. Na widok Renwicka i innych w pełnych mundurach strażackich niepokój, a czasem irytacja na ich twarzach zmieniły się w nieskrywany strach. Kilka sekund później tłum gości w różnych stadiach roznegliżowania w panice pędził w kierunku wyjścia awaryjnego, chcąc bezpiecznie znaleźć się na parterze.

– Alarm automatycznie odcina wszystkie windy, więc nasi przyjaciele na dole nie będą mogli tu wyjechać...

– ... a goście zbiegający po schodach pożarowych skutecznie utrudnią im wejście na górę – dokończył Renwick, podziwiając prostotę tej taktyki. – Ale jak my się stąd wydostaniemy?

– Na tyłach budynku jest służbowa winda, która działa nawet w czasie pożaru, pod warunkiem że ma się klucz – Hecht pomachał przed twarzą Renwicka niewielkim kluczykiem. – Straż pożarna będzie na miejscu w ciągu trzech minut. Gdy tylko tu dotrą, zjedziemy tą windą do podziemi i wyjdziemy przez parking. W zamieszaniu nikt nie zauważy dodatkowych pięciu ludzi w mundurach strażackich.

Hecht wyciągnął z kieszeni pudełko zapałek i potrząsnął nim, by sprawdzić, czy jest pełne. Odwrócił się w kierunku otwartych drzwi apartamentu.

– Mogę? – zapytał Renwick.

– Ależ proszę – Hecht wręczył mu zapałki z nieznacznym ukłonem i skrzywił się rozbawiony. – Mam wrażenie, że sprawi ci to przyjemność.

Renwick obrzucił ostatnim pogardliwym spojrzeniem niezgrabne meble, beżowy dywan, złote poduszki i brązowe zasłony. Powoli zapalił zapałkę i przez chwilę trzymał ją uniesioną na wysokość twarzy.

– Większą niż jesteś sobie w stanie wyobrazić.

# ROZDZIAŁ 28

**Kitzbühel, Austria**
**7 stycznia, godzina 15.52**

Biorąc pod uwagę, że był to jedyny witraż w całym kościele, Archie czuł się trochę głupio, nie zauważywszy go wcześniej. Nie było w nim jednak nic szczególnie unikatowego, poza tym, że był dokładną kopią obrazu przedstawiającego zamek na fotografii Weissmana.

– Od jak dawna tutaj jest? – zapytał lekko zdezorientowany.

– Był darem od mojego wujka. Ku pamięci mojej ciotki.

– Kiedy zmarła?

Maria potrząsnęła głową.

– Przed moim urodzeniem. W pięćdziesiątym piątym, może pięćdziesiątym szóstym. Tak. Wujek przychodził tutaj modlić się za nią.

– Czy mogę zrobić zdjęcie?

Nerwowo obejrzała się przez ramię. Przekonawszy się, że kościół jest pusty, wzruszyła ramionami na znak, że się zgadza.

– *Ja*, w porządku. Nie ma problemu.

Archie wyciągnął z kieszeni pożyczony od Toma aparat cyfrowy i zrobił kilka zdjęć okna i tablicy pamiątkowej poniżej.

Po kaplicy rozlało się ostre białe światło, zupełnie niepasujące do półmroku kościoła.

Witraż był niewątpliwie współczesny. Miał gładkie szkło i niezniszczone ołowiane mocowania. Pozbawiony był falistych nierówności i rozchwianej geometrii, charakterystycznych dla starszych okien kościelnych. Mimo to był wykonany dość klasycznie – przedstawiał zamek na wzgórzu, nad nim kilka szybujących ptaków, a na pierwszym planie kępę drzew otaczającą tryskające źródło.

Kiedy Archie miał już wystarczającą liczbę zdjęć, odwrócił się z powrotem w kierunku Marii.

– Pani wujek, czym się zajmował? To znaczy gdzie pracował?

– Był profesorem Uniwersytetu Wiedeńskiego – powiedziała z dumą. – Najstarszego niemieckojęzycznego uniwersytetu na świecie.

– Czego uczył?

– Fizyki.

– A przedtem? W czasie wojny?

Parsknęła, na wpół sfrustrowana, na wpół rozbawiona.

– Wy, Anglicy, zawsze o wojnie. To jakaś wasza obsesja, *ja*?

– Nie, chodzi o to, że...

– Wujek Manfred nie walczył – wyjaśniła. – Powiedział mi. Był za młody.

Zaczęli rozmowę, idąc z powrotem w kierunku wyjścia, i stali teraz przy samych drzwiach. Gdy mieli już wyjść na zewnątrz, Archie podniósł kołnierz płaszcza w oczekiwaniu na ostre uderzenie mroźnego powietrza.

– Jeszcze jedno – niemal zapomniał zapytać. – Czy może pani spojrzeć na to? Proszę mi powiedzieć, czy rozpoznaje pani kogoś.

Wręczył jej fotografię trzech mężczyzn w mundurach SS znalezioną w domu Weissmana. Wzięła ją do ręki i przyjrzała się jej uważnie. Kiedy z powrotem podniosła na niego oczy, jej wzrok był twardy, a w głosie słychać było gniew.

– Czy to angielskie poczucie humoru?
– Nie, dlaczego?
– To jakiś dowcip, tak? Bawi się pan moim kosztem?
– Nie, skądże.
– Nie wierzę panu. To zdjęcie to kłamstwo – teraz prawie krzyczała. Jej głos odbijał się echem od bielonych kamiennych ścian. – Po co pan tu przyjechał? Żeby mnie oszukać?
– Jeden z tych mężczyzn to pani wujek? – domyślił się Archie.
– Przecież pan wie. Inaczej by pan tu nie przyjeżdżał.
– Znaleźliśmy to zdjęcie wczoraj w Londynie razem z kopertą, którą pani pokazałem – wyjaśnił Archie. – Przysięgam, że aż do teraz nie miałem pojęcia, że jest na nim pani wujek. Który to?

Spojrzała znowu na zdjęcie, ściskając je mocno w ręce.
– Ten po lewej. To wujek Manfred.
– Przykro mi.
– Przykro? Dlaczego? – jej ton z gniewnego stał się obojętny. – To jest pomyłka. Zwyczajna pomyłka. Był za młody, żeby walczyć. Powiedział mi.
– Chciałbym pani uwierzyć – powiedział Archie. – Ale widzi pani tego człowieka w środku? Jego córka również myślała, że nie walczył. Okłamał ją. Okłamał wszystkich.
– Miał córkę? – Teraz była już mniej pewna siebie.
– Niewiele starszą od pani. To ona znalazła to zdjęcie, nie ja.
– I ona myśli... myśli, że jest prawdziwe? – Maria zdawała się kurczyć w oczach, jej głos przycichł do szeptu, a oczy zwilgotniały od łez.
– O, tak – powiedział Archie delikatnie, starając się wymazać z pamięci obraz skrwawionego ciała Eleny Weissman. – Widzi pani, ona odkryła pokój, ukryty pokój, gdzie jej ojciec

przechowywał w tajemnicy przed nią pamiątki z czasów wojny: mundury, flagi, medale, broń.

– Medale? – spojrzała na niego, przecierając policzki dłonią. – Medale z czasów wojny?

– Tak – Archie zmarszczył brwi. – Dlaczego pani pyta?

– *Folgen Sie mir* – wyprostowała się ponownie. – Muszę panu coś pokazać. *Kommen Sie.*

Z rozmachem otworzyła drzwi i przeszła szybkim krokiem przez przykościelny cmentarz. Kiedy dotarła do szczytu schodów prowadzących z powrotem na ulicę, zawahała się przez chwilę. Obróciła się w lewo, potem cofnęła, przez cały czas mrucząc coś pod nosem. Archie odwrócił głowę, by sprawdzić, na co patrzyła. Był to czarny marmurowy nagrobek, nowszy od innych, które go otaczały. Choć Archie nie potrafił przeczytać epitafium, wyraźnie widział nazwisko wypisane dużymi złotymi literami: Dr Manfred Lammers.

W milczeniu wrócili tą samą drogą, którą przyszli. Szok Marii ustąpił miejsca ponurej determinacji. Kiedy już znaleźli się w domu, wskazała mu drogę do salonu, a sama zniknęła w jednym z pokoi na tyłach budynku.

Archie wszedł do pokoju, zdjął płaszcz i rękawiczki, po czym usiadł na kremowej sofie. Składane meble wyglądały na nowe i tanie. Pośrodku błyszczał żyrandol z mosiądzu i szkła, zalewający pokój żółtawym światłem. W antyramach na ścianach wisiały lśniące reprodukcje obrazów Picassa.

Maria wróciła, niosąc niewielkie drewniane pudełko wykonane z ładnego, polerowanego drewna orzechowego, lśniącego niczym deska rozdzielcza sportowego samochodu. Oczy Archiego rozbłysły na widok czegoś starego i starannie wykonanego. Pudełko miało dwadzieścia centymetrów długości i około dwunastu centymetrów szerokości. W zamku tkwił niewielki mosiężny kluczyk. Wieczko było płaskie i odstawało nieco od boków, które wznosiły się dziesięć centymetrów powyżej poszerzanej podstawy.

Ale to symbol inkrustowany na wieczku momentalnie przykuł uwagę Archiego. Dwa koncentryczne kręgi wokół czarnego dysku i dwanaście runicznych błyskawic wybiegających promieniście ze środka. Dokładnie taki sam emblemat znajdował się na czapce Weissmana.

– Zginął w pożarze – Maria położyła pudełko przed nim, na białym plastikowym stoliku do kawy. – Dom trzeba było prawie całkowicie odbudować. To jedyna rzecz, która ocalała. Znalazłam to w jego samochodzie. Pomyślałam, że kupił to gdzieś na targu, że nie było jego. Teraz... – jej głos przycichł, kiedy usiadła naprzeciw, wpatrując się w pudełko wzrokiem, w którym strach mieszał się z podejrzliwością. – Proszę to zabrać. Nie chcę dłużej mieć tego w domu.

Archie przekręcił kluczyk i ostrożnie uniósł wieczko. W środku na czerwonym aksamicie leżał medal ze zwiniętą pod spodem czarno-czerwono-białą wstęgą. Charakterystycznego kształtu nie dało się pomylić z niczym innym.

Nazistowski Krzyż Żelazny.

# ROZDZIAŁ 29

**Kwatera główna FBI, Wydział w Salt Lake City, Utah**
**7 stycznia, godzina 8.37**

Zbliżając się do gabinetu Viggiana, Bailey usłyszał najpierw podniesione głosy, a potem dźwięk, jaki wydaje ciężki przedmiot rzucony lub kopnięty przez pokój. Cokolwiek to było, Bailey zakładał, że musiało pozostawić spore wgłębienie w ścianie.

Zanim zdążył zapukać, drzwi otwarły się z impetem i wymaszerował przez nie Viggiano z twarzą czerwoną z wściekłości. Zatrzymał się w pół kroku i obrzucił Baileya pogardliwym spojrzeniem. Prawa powieka Viggiana drgała nerwowo, a obie dłonie zacisnął w pięści. Z gniewnym parsknięciem przepchnął się gwałtownie obok niego i ruszył w kierunku wyjścia.

Bailey patrzył na jego plecy, aż zniknęły mu z oczu, a potem odwrócił się w stronę otwartych drzwi. Dyrektor okręgowy Carter siedział za biurkiem Viggiana. Przed nim, ułożone równo na rejestrze aresztowań, spoczywały służbowa broń i odznaka FBI. Przewrócony kosz na śmieci leżał na podłodze tuż poniżej głębokiej bruzdy w przeciwległej ścianie.

– Bailey – głos Cartera był chłodny i rzeczowy. – Chodź tutaj. I zamknij drzwi.

Bailey zamknął za sobą drzwi i usiadł zdenerwowany. Plotka głosiła, że Carter wstąpił do FBI po tym, jak wypadek samochodowy i uszkodzone płuco zniszczyły jego karierę w zawodowej lidze futbolu amerykańskiego, jeszcze zanim się na dobre zaczęła. Wygląd dyrektora bynajmniej nie sprzyjał zdementowaniu tej plotki. Carter był wysokim mężczyzną o szerokiej piersi, kanciastej opalonej twarzy, głęboko osadzonych brązowych oczach i agresywnym sposobie bycia, który byłby bardziej na miejscu na boisku niż w śledztwie. Jak na ironię, często brano go za pośrednika w handlu nieruchomościami, gdyż miał niewyczerpany wręcz zapas pasiastych krawatów i białych bawełnianych koszul.

Opierając podbródek na dłoniach, Carter wbił w niego pytające spojrzenie. Bailey nerwowo spuścił wzrok, czekając, aż tamten odezwie się pierwszy. Cisza stawała się coraz bardziej nieznośna, aż w końcu, nie mogąc dłużej tego wytrzymać, Bailey zakaszlał i wyjąkał przeprosiny.

– Nie chciałem panu przeszkadzać, sir.

– W niczym nie przeszkodziłeś. Jak widzisz, agent Viggiano i ja właśnie wyjaśnialiśmy sobie pewne... szczegóły administracyjne – jego wzrok spoczął na pistolecie i odznace. – Po tym, co się stało w Idaho, najlepiej będzie dla niego i dla nas, jeśli przesiedzi najbliższych kilka miesięcy za biurkiem, do czasu kiedy zorientujemy się, co właściwie się tam wydarzyło. Tak czy inaczej, sprawa nie jest już w moich rękach.

Bailey poczuł, jak serce mu zamiera. Spędził tu dostatecznie dużo czasu, by wiedzieć, do czego to wszystko zmierza. Mając dwudziestu sześciu martwych cywilów, urzędnicy z Waszyngtonu szukali kozłów ofiarnych. Każdy, kto był tamtego dnia tam w górach, znajdzie się w poważnych tarapatach. Kiedy to się skończy, będzie miał szczęście, jeśli dostanie pracę na parkingu.

– Vasquez mówi, że ostrzegałeś ich przed otwieraniem tych drzwi. Czy to prawda? – zapytał Carter.

– Ee... – zaciął się Bailey. Pytanie go zaskoczyło. – Tak, sir. Wydawało mi się, że widzę, jak ktoś wewnątrz sygnalizuje, żeby nie wchodzić.

– Ale zdanie Viggiana przeważyło?

– No więc... – zawahał się Bailey. Ostatnia rzecz, jaka mu była potrzebna, to reputacja donosiciela.

– Nie przejmuj się. Vasquez złożył mi pełne sprawozdanie – Carter uśmiechnął się, a jego wcześniejszy dystans zniknął. – Powiedział, że uratowałeś mu życie. Moim zdaniem, odwaliłeś tam kawał dobrej roboty. Naprawdę dobrej roboty. Gdyby tylko Viggiano cię posłuchał, a nie... Po prostu świetnie sobie poradziłeś.

Uśmiech Baileya szybko zgasł na wspomnienie worków z ciałami, leżących na świeżym śniegu przed budynkiem farmy.

– Byłaby dobra, gdyby udało nam się ocalić tych ludzi, sir.

– Zrobiliście, co się dało. Nie mogę od nikogo wymagać, żeby robił więcej.

– Nie, sir.

– No więc co zamierzasz dalej?

– Nie jestem pewien, czy pana rozumiem, sir – Bailey zmarszczył brwi.

– Viggiano już nie pracuje nad tą sprawą, ale ty się tak łatwo nie wykręcisz. Jakie macie tropy?

– Mamy portret pamięciowy poszukiwanego, oparty na opisie, który dał nam Hennessy.

– Przyda się na coś?

– Niezbyt. Mężczyzna. Z Europy. Sto siedemdziesiąt pięć centymetrów wzrostu. Jakieś osiemdziesiąt kilo wagi. Krótko przycięte blond włosy.

– To wszystko?

– Obawiam się, że tak. W dodatku adwokat Hennessy'ego wykłóca się, że jeśli nie zobaczy oferty na piśmie, to będzie wszystko, co dostaniemy.

– Oferta na piśmie w zamian za co? – zdenerwował się Carter. – O ile się nie mylę, nie dał nam wiele. Żadnych danych identyfikacyjnych, żadnych cech charakterystycznych, tylko jakaś bzdurna historyjka i imię, które jest najprawdopodobniej pseudonimem.

– Blondi?
– Tak.
– Czy wie pan, że tak się nazywał pies Hitlera?
– Co? – Carter wyglądał na skonsternowanego.
– Ulubiony owczarek Hitlera nazywał się Blondi.
– Myślisz, że to może być istotne?
– No cóż, jak dotąd mamy kogoś posługującego się imieniem psa Hitlera, kradzież hitlerowskiej maszyny szyfrującej Enigma i zamieszane w to ugrupowanie neonazistów. To mi nie wygląda na zbieg okoliczności.

– Coś w tym jest – przyznał Carter. – Zbierzmy wszystko, co mamy na temat Synów Wolności Amerykańskiej i innych ugrupowań ekstremistycznych, z którymi mogą być powiązani. Sprawdźmy, czy ten Blondi pojawi się gdziekolwiek indziej. I przyjrzyjmy się również maszynie Enigma, może będziemy w stanie stworzyć listę potencjalnych nabywców.

– Prawdę mówiąc, sir, właściwie trochę już nad tym popracowałem – Bailey położył na biurku teczkę, którą dotąd kurczowo ściskał w ręku.

– Tak?
– Maszyna Enigma to dość wyjątkowy obiekt kradzieży. Pomyślałem, że Blondi mógłby pracować dla jakiegoś kolekcjonera lub handlarza. Sprawdziłem więc wszystkie większe aukcje militariów w ciągu ostatnich pięciu lat i porównałem listy nabywców.

– I co? – zapytał Carter niecierpliwie.
– Jest około dwudziestu handlarzy, którzy dzielą między sobą osiemdziesiąt procent rynku.

– Nie chcę siać defetyzmu, ale może potrwać lata, zanim połączymy jednego z nich z naszym poszukiwanym.

– Zawęziłem listę do europejskich handlarzy, bo stamtąd, jak twierdzi Hennessy, pochodzi Blondi. To daje nam siedmiu.

– Ciągle zbyt wielu.

– I dlatego poprosiłem międzynarodowe lotnisko w Salt Lake City o nagrania pokazujące pasażerów wszystkich lotów do miast, gdzie działają owi handlarze. Pomyślałem, że Blondi będzie chciał zniknąć w ciągu czterdziestu ośmiu godzin od odebrania maszyny Enigma, więc warto będzie rzucić okiem na te taśmy, na wypadek gdyby któryś z pasażerów pasował do opisu pamięciowego.

– Kiedy ostatnio spałeś? – zaciekawił się Carter.

– To był długi dzień – przyznał Bailey.

– I...?

– Jeden człowiek. Wsiadł do samolotu American Airlines do Zurychu pod nazwiskiem Arno Volker. – Bailey otworzył teczkę i wskazał niewyraźne zdjęcie z kamer systemu bezpieczeństwa, po czym położył obok portret pamięciowy. Było między nimi wyraźne podobieństwo.

– To może być on – powiedział Carter. – To jak najbardziej może być on. Dobra robota.

– Dziękuję, sir – powiedział Bailey z dumą.

– Jaki będzie twój następny ruch?

– Odnaleźć handlarza w Zurychu i wziąć go pod obserwację – Bailey odpowiedział bez wahania. – Jeśli Blondi dla niego pracuje, jest spora szansa, że się tam pojawi, biorąc pod uwagę, że jeszcze nie wie, że go szukamy.

Carter odchylił się na oparcie krzesła, rozważając zalety tego planu.

– W porządku – powiedział wreszcie. – Chcę, żebyś to poprowadził.

– Sir?

– Wiem, to trochę dziwne, zważywszy na twój brak doświadczenia, ale wierzę w obarczanie odpowiedzialnymi zadaniami tych, którzy dowiedli, że są w stanie je udźwignąć. Skontaktuję cię z moim kumplem z CIA w Zurychu. Nazywa się Ben Cody.

– Chce pan, żebym to ja leciał do Zurychu? – Bailey nie wierzył własnym uszom. Kilka minut temu był przekonany, że Carter odbierze mu odznakę.

– Żeby nie było niejasności – nie spuszczam cię ze smyczy. Chcę, żebyś obserwował i przysyłał mi raporty o wszystkim, czego się dowiesz, zrozumiano? Nic nie dzieje się bez mojej wiedzy i zgody.

– Tak, sir. Dziękuję, sir – Bailey miał nadzieję, że lekkie drżenie w jego głosie nie było tak oczywiste, jak mu się wydawało.

Carter nachylił się nad biurkiem i uścisnął mu rękę.

– A tak przy okazji – powiedział, gdy Bailey już się odwracał, by odejść – jak się nazywa ten handlarz z Zurychu?

Bailey zajrzał w notatki, zanim odpowiedział.

– Lasche. Wolfgang Lasche.

# ROZDZIAŁ 30

**Hauptbahnhof, Zurych**
**7 stycznia, godzina 19.12**

W piątkowy wieczór dworzec był pełen ludzi. Spora grupa nastoletnich snowboardzistów czekała pośrodku holu, aż ich pociąg pokaże się na monitorach powyżej. Skupiali się wokół przenośnego magnetofonu, jakby był obozowym ogniskiem. Nieprzerwane dudnienie jego basów tłumiło dźwięk megafonów odzywających się co chwila ostrym, przenikliwym jazgotem.

Kafejka, którą wybrał Tom, zapewniała mu dobry widok na perony, gdzie tłumy zmierzających do domu podróżnych wylewały się z pociągów. Sadowiąc się na krześle strategicznie ustawionym obok grzejnika, Tom zamówił u znudzonego kelnera mocną czarną kawę. To miejsce nadawało się do zabicia czasu jak każde inne. Ale jak tylko Tom dostał kawę, zadzwonił jego telefon. To był Turnbull.

– Coś nowego? – zapytał, najwyraźniej nie będąc w nastroju na czcze pogaduszki. Tomowi to odpowiadało: układ między nimi był transakcją opartą wyłącznie na wspólnych celach i korzyściach. Tom nie miał wątpliwości, że układ ten wygaśnie, jak tylko każdy z nich dostanie to, czego potrzebował.

– Tak. Ale to nie ma żadnego sensu.

Tom streścił to, co powiedział mu Lasche na temat Zakonu Trupiej Czaszki i zniknięcia jego członków w ostatnich dniach wojny.

– Jak to może nam pomóc? – reakcja Turnbulla dokładnie odpowiadała wnioskom, do jakich doszedł Tom. – Co ma z tym wszystkim wspólnego tajne stowarzyszenie nazistów?

– Sam chciałbym wiedzieć. Mam wrażenie, że teraz wiem jeszcze mniej niż na początku. I nadal nie rozumiem, do czego w tym wszystkim zmierzają Renwick i Kryształowe Ostrze.

– Czy Lasche wpadł na coś jeszcze?

– Tylko na to, że emblemat na czapce Weissmana jest symbolem Zakonu. I że niektórzy oficerowie SS mieli grupę krwi wytatuowaną na wewnętrznej stronie ramienia. Możliwe, że Weissman próbował zamaskować swój tatuaż tak, aby wyglądał na numer obozowy. To by wyjaśniało, dlaczego twoi ludzie od medycyny sądowej mieli problem z odczytaniem niektórych numerów.

– To by się zgadzało – głos Turnbulla brzmiał teraz bardziej optymistycznie.

– A co po twojej stronie? Jakieś nowe informacje o Weissmanie?

– Jak się domyślasz, wszystkie akta z tamtych czasów są raczej niepełne. Po raz pierwszy widziano go w północnych Niemczech. Jeden z oficerów śledczych prowadzących dochodzenie w sprawie zbrodni wojennych zanotował, że patrol poszukujący urzędników nazistowskich przejął Weissmana, na wpół zagłodzonego, w pobliżu polskiej granicy. Twierdził, że wyzwolono go z Auschwitz, ale wymknął się Rosjanom, żeby spróbować odnaleźć resztę swojej rodziny. Nasi chłopcy chcieli sprawdzić, czy nie pasuje do opisu kogoś, kogo poszukiwali. Nie pasował, a tatuaż niejako załatwił sprawę. Ostatecznie zaoferowano mu azyl w Stanach, Izraelu i Wielkiej Brytanii. Wybrał nas. Przed wojną studiował chemię, więc znalazł pracę w przedsiębiorstwie farmaceutycznym. A potem nic. Nawet mandatu za złe parkowanie. Płacił podatki. Żył cichym życiem. Wzór obywatela.

– Czy wyjeżdżał kiedyś za granicę?

– Trzy lata temu wznowił paszport. Pojechał do Genewy, jak twierdziła jego córka, na konferencję ornitologiczną. Oprócz tego pozostawał w ukryciu.

– Najwyraźniej jednak coś miał lub coś wiedział. Coś, czego Renwick i ci ludzie z Kryształowego Ostrza pragnęli na tyle mocno, by go zabić.

– Na to wygląda – Turnbull milczał przez chwilę, a potem zapytał: – A czy Connolly znalazł coś w Austrii?

Tom dopił kawę.

– Powiem ci za parę godzin. Jak tylko tu dotrze, idziemy na kolację.

# ROZDZIAŁ 31

**Restauracja Zunfthaus zur Zimmerleuten, Niederdorf, Zurych**
**7 stycznia, godzina 21.02**

Tom i Archie mieli się spotkać w restauracji na starym mieście. Od dworca dzieliła ją odległość krótkiego spaceru. Sam budynek, pierwotnie siedziba cechu stolarzy, powstał w 1336 roku. Z zewnątrz przypominał niewielki zameczek na brzegu rzeki. Miał nawet wieżyczkę i maszt, z którego zwisała flaga.

Wewnątrz barokowa klatka schodowa prowadziła do okazale urządzonej jadalni z dębowymi okładzinami na ścianach. Wykuszowe okna, przedzielone kamiennymi kolumienkami, zdobiły witraże przedstawiające rozmaite herby szlacheckie.

– Whisky – zawołał Archie od wejścia, idąc w kierunku stołu, przy którym siedział Tom. – Bez lodu.

Kelner spojrzał na Toma z konsternacją.

– *Ein Whisky* – przetłumaczył Tom. – *Ohne Eis. Danke.*

Archie rzucił torbę na podłogę i usiadł z westchnieniem ulgi. Kelner zniknął.

– Jak lot?

– Opóźniony, a stewardesa miała wąsy. Oprócz tego było idealnie.

Tom roześmiał się.

– A co miał do powiedzenia Lammers?
– Niewiele. Dwa metry ziemi i nagrobek musiały skutecznie przytłumić dźwięk jego głosu.
– Nie żyje? – wykrzyknął Tom.
– Trzy lata temu. W pożarze domu.
– Cholera! – Tom z rozżaleniem potrząsnął głową. – Czyli jesteśmy z powrotem w punkcie wyjścia.
– Niezupełnie – uśmiechnął się Archie. – Okazuje się, że w tym samym domu mieszka teraz jego siostrzenica. Pokazałem jej zdjęcia obrazów, a ona zaprowadziła mnie do tego... – wyjął z kieszeni aparat cyfrowy i podał go Tomowi.
– To ten sam zamek, który jest na obrazie – powiedział Tom, przeglądając zdjęcia.
– Myślę, że witraż jest dokładną kopią obrazu. Lammers ofiarował go kościołowi w latach pięćdziesiątych, po tym jak jego żona zmarła na raka.
– Co znaczy, że musiał mieć dostęp do oryginalnego obrazu.
– Właśnie. Pytanie brzmi, gdzie on jest teraz. Zakładając oczywiście, że przetrwał pożar – Archie pociągnął nosem. – Masz coś przeciwko...? – pytającym gestem wyciągnął w jego kierunku czerwoną paczkę marlboro. Tom potrząsnął głową przecząco, więc Archie zapalił.
– Chciałbym wiedzieć, co tak ważnego jest w tym obrazie, że Lammers kazał na jego podstawie wykonać witraż.
– Przypuszczam, że nie zrobił tego dlatego, że obraz mu się zwyczajnie podobał – powiedział Archie, krzywiąc się na myśl o tak nieprawdopodobnej możliwości.
– A co z jego siostrzenicą? Czy ona o czymś wiedziała?
– Ode mnie usłyszała o tym wszystkim po raz pierwszy. Trzeba było zobaczyć jej minę, kiedy pokazałem jej zdjęcie Weissmana i dwóch pozostałych panów w mundurach. Zgadnij, kogo na nim rozpoznała?
– Wujka Manfreda?
Archie przytaknął.

– Nie przyjęła tego dobrze. Ale dała mi to... – sięgnął do torby i wyjął z niej pudełko z orzechowego drewna. – Powiedziała, że nie chce dłużej mieć tego w domu. Otwórz je – Tom przekręcił w zamku kluczyk i podniósł wieczko. – To Krzyż Żelazny – powiedział Archie, głęboko zaciągając się papierosem.

– Niezupełnie... – Tom wyjął odznaczenie z pudełka i przyglądał mu się intensywnie. Złowrogi czarny kształt pulsował w jego dłoni, odbijając błękitną poświatę świecy. Potarł medal kciukiem, wyczuwając wypukłość swastyki i datę 1939 poniżej. – To Krzyż Rycerski Krzyża Żelaznego – powiedział.

– Widziałem już je wcześniej. Wyglądają mniej więcej tak samo, ale mają inne wykończenie. Zamocowanie wstęgi jest bardziej ozdobne, obwódka nie jest gładka, tylko żebrowana, a rama nie jest lakierowana na srebrny kolor, lecz wykonana z prawdziwego srebra.

– Czyli to wyższe odznaczenie?

– Jedno z najwyższych, jakie mogła przyznać Trzecia Rzesza. Sądzę, że otrzymało je jedynie jakieś siedem tysięcy osób, w przeciwieństwie do milionów zwykłych Krzyży Żelaznych. Są rzadkością.

– Co znaczy, że albo Lammers był kolekcjonerem, albo...

– Albo Krzyż należał do niego, a on sam zrobił coś, co zasługiwało na szczególne wyróżnienie. – Tom odwrócił medal i podniósł na Archiego zaskoczony wzrok. – Dziwne.

– Co?

– Takie medale zwykle mają wygrawerowaną na odwrocie datę 1813 – rok, kiedy zaczęto je przyznawać w czasie wojen napoleońskich.

– A co ma ten tutaj? Chyba nie sprawdzałem.

– Sam mi powiedz – Tom wyciągnął medal w jego kierunku odwrotną stroną do góry. Pokrywała ją pozornie przypadkowa kombinacja kręgów oraz prostych i zakrzywionych linii, które do złudzenia przypominały bezmyślne bazgroły dziecka.

– Wiesz, podobny medal wisiał na szyi tego manekina w domu Weissmana. Musiałem go odpiąć, żeby móc zdjąć z niego mundur.

– Warto to sprawdzić – przyznał Tom. – Jest tu coś jeszcze? – podniósł pudełko i potrząsnął nim.

– Nie sądzę – powiedział Archie z półuśmieszkiem. – Ale sprawdź sam.

Tom ponownie otworzył pudełko i uważnie obejrzał jego wnętrze. Nie znalazłszy tam nic ciekawego, palcem wskazującym zmierzył jego głębokość. Po wewnętrznej stronie ścianka pudełka sięgała do drugiego stawu.

– A to dziwne – wymamrotał, marszcząc brwi.

Przyłożył palec do zewnętrznej ściany pudełka. Tym razem jej wysokość była równa długości całego palca. Pudełko było o dwa i pół centymetra płytsze, niż powinno.

– Ma podwójne dno – oznajmił Tom.

– Też tak myślę – zgodził się Archie. – Ale Bóg jeden wie, jak je otworzyć. Pomyślałem, że może widziałeś już kiedyś coś takiego i nie majstrowałem przy nim za dużo. Nie chciałem go zniszczyć.

– To wygląda jak któreś z tych rosyjskich pudełek ze skrytką. Zazwyczaj trzeba przesunąć jeden z kawałków drewna, żeby ją otworzyć.

Lśniący, równy fornir na powierzchni pudełka pozbawiony był jakichkolwiek zagłębień czy szczelin, więc na pierwszy rzut oka trudno było zgadnąć, który fragment może się poruszyć. W tej sytuacji Tom eksperymentował z każdą ścianką po kolei, naciskając kciukiem drewno tuż powyżej dolnego skraju i starając się odepchnąć je od siebie.

Nic.

Powtórzył procedurę w kierunku odwrotnym, tym razem próbując przyciągnąć ścianki pudełka ku sobie. Początkowo nic się nie poruszyło, ale w końcu jego starania zostały nagrodzone. Dolny fragment prawej ścianki poruszył się może o pół centymetra, odsłaniając szczelinę grubości włosa. Ale w tym miejscu utknął. Bez względu na to, jak mocno Tom ciągnął za wystający kawałek drewna, nic się nie poruszało.

– Spróbuj po przeciwnej stronie – podpowiedział Archie. – Może to jakiś mechanizm zamykający. Mógł poluzować panel po przeciwnej stronie.

Tom spróbował przesunąć przeciwległą ściankę pudełka na boki, w dół, a w końcu w górę. Przy ostatniej próbie drewno gładko podniosło się o jakieś pięć centymetrów, odsłaniając niewielką szufladkę z uchwytem z kości słoniowej. Tom otworzył ją z błyskiem zaciekawienia w oku.

– Co tam jest? – zapytał Archie, nachylając się, by lepiej widzieć.

Tom podniósł wzrok. Jego oczy lśniły.

– Myślę, że to klucz.

Szufladka, podobnie jak główna część pudełka, była wyłożona czerwonym aksamitem. W przyćmionym świetle restauracji przedmiot w środku połyskiwał jak stare srebro. Archie sięgnął i chwycił go. W jego kanciastych palcach metal wyglądał solidnie.

– Jakiś dziwny ten klucz.

Miał mniej więcej pięć centymetrów długości i był bardziej kwadratowy niż płaski. Nie miał ząbków, a zamiast nich na każdej z lśniących powierzchni wygrawerowano serię niewielkich sześciokątnych znaków.

– Myślę, że to klucz do zamka cyfrowego. Pamiętasz, takiego jak w tym prywatnym banku w Monte Carlo.

– I co jesteś w stanie z niego wywnioskować?

Gładka stal klucza była osadzona w brzydkim trójkątnym uchwycie uformowanym z gumy. Po jednej jego stronie był niewielki guzik, ale nic się nie stało, kiedy Archie go nacisnął. Po drugiej stronie splatało się kilka wykaligrafowanych liter. Tom zdołał rozróżnić V i C, ale nie był tego całkowicie pewien.

– Inicjały właściciela? Logo producenta? To może być cokolwiek.

– Jak możemy to sprawdzić? – zapytał Archie, wkładając kluczyk z powrotem do ukrytej szufladki i zamykając ją.

– Jesteśmy w Zurychu. Myślisz, że jak zamierzam to sprawdzić? – uśmiechnął się Tom.

– Nie mówisz poważnie.

– Dlaczego nie?

– Radż? – głos Archiego był mocno podejrzliwy.

– A któż by inny?

– Możemy mu zaufać?

Tom wzruszył ramionami.

– Sądzę, że jest tylko jeden sposób, żeby się przekonać.

## ROZDZIAŁ 32

**Wipkingen, Zurych**
**7 stycznia, godzina 22.40**

Z dala od centrum rzeka Limmat skręcała półkolem na północny zachód, płynąc przez dzielnicę przemysłową miasta – bezbarwną aglomerację parterowych magazynów oraz wysokich betonowych fabryk krytych przytłaczającymi czarnymi dachówkami i ze ścianami o barwie popiołu. Z licznych kominów bił w niebo dym.

Tom i Archie przeszli przez most Wipkingen, następnie podążyli przez Breitensteinstrasse i w lewo na Amperestrasse. Pokonali strome schody prowadzące w dół do słabo oświetlonego chodnika biegnącego wzdłuż rzeki.

– Jesteś pewien, że to tutaj? – głos Archiego sugerował, że uważa to za mało prawdopodobne. Ceglane obwałowanie nadbrzeża wznosiło się niemal dziesięć metrów ponad nimi. Jego niższą część pokrywała dziesięcioletnia warstwa graffiti i ulotek. Na drugim brzegu rzeki matowe światła w kilku brudnych oknach odznaczały się na tle tylnej ściany fabryki jak otwory strzelnicze w murach zamku.

– Poprzednio to było tutaj – odparł Tom.
– Już tu byłeś? Kiedy?
– Trzy, cztery lata temu. Pamiętasz tę robotę w Wenecji?

– O, tak – zachichotał Archie. – Żeby tylko to tak wyglądało za każdym razem.

– Gdyby nie Radż, musiałbym otwierać tamten sejf wiertarką.

– No dobra, w porządku – przyznał Archie. – Jest świetnym ślusarzem.

– Jest najlepszy w tym fachu i doskonale o tym wiesz.

Archie wzruszył ramionami i mruknął coś niezobowiązująco.

Tom westchnął. Sześć miesięcy, które minęło od czasu, kiedy wycofali się z gry, w żaden sposób nie przytępiło naturalnej podejrzliwości Archiego wobec niemal każdej żywej istoty, którą spotykał. Podejrzliwość ta objawiała się z szczególną siłą, jeśli chodziło o pieniądze. Dhutta wciąż był im winien kilka tysięcy dolarów za informacje, których mu dostarczyli kilka lat wcześniej. Od tamtej pory był podejrzanie nieuchwytny. Stąd wzięła się niechęć Archiego, który uważał, że dłużników, zwłaszcza własnych dłużników, należy traktować ze szczególną ostrożnością.

Tom zatrzymał się obok stalowych drzwi w murze. Ich pierwotny czarny kolor był ledwie widoczny pod grubą warstwą plakatów reklamujących imprezy techno, dyskoteki i inne lokalne atrakcje. Jaskrawożółty znak powyżej przedstawiał błyskawicę w czarnej trójkątnej obwódce.

– Chyba żartujesz! – Archie roześmiał się ze zniecierpliwieniem. – Tutaj?

– Wiesz, jakiego on ma świra na punkcie własnego bezpieczeństwa. Ten znak sprawia, że większość ludzi trzyma się z daleka.

Tom przesunął ręką po cegłach na prawo od drzwi, mniej więcej na wysokości swojego pasa. W końcu znalazł to, czego szukał – pojedynczą cegłę wystającą nieco do przodu w stosunku do pozostałych. Lekko zapadła się pod dotykiem, a potem wskoczyła na poprzednie miejsce. Gdzieś w głębi muru usłyszeli dzwonek.

- Chcę, żebyś się grzecznie zachowywał, Archie. Nie zaczynaj. Radż jest dostatecznie nerwowy sam z siebie, nie musisz robić zamieszania.

Odpowiedź Archiego przerwał szum niewidocznego domofonu.

- Tak, słucham - odezwał się wysoki, niemal kobiecy głos.
- Tutaj Tom Kirk i Archie Connolly.

Nastąpiła długa chwila ciszy.

- Czego chcecie?
- Porozmawiać.
- Słuchajcie, ja nie mam tych pieniędzy, jeśli o to wam chodzi. Ale mogę je zdobyć. Jutro. Będę je miał jutro. Dzisiaj nic z tego. Jestem zajęty. Jestem bardzo, bardzo zajęty. Jutro, dobra?

Dhutta mówił szybko, z wyraźnym hinduskim akcentem, i niemal nie robił przerw między zdaniami.

- Zapomnij o pieniądzach, Radż - powiedział Tom, ignorując gniewne spojrzenie Archiego. - Potrzebujemy twojej pomocy. Zrobisz coś dla nas i będziemy kwita.

Nastąpiła kolejna, dłuższa chwila ciszy, a potem domofon zaszumiał, sygnalizując otwarcie drzwi.

- Nie zapominaj, że połowa tych pieniędzy jest moja - przypomniał mu Archie, gdy wchodzili do środka. - Następnym razem mógłbyś mnie zapytać, zanim je wydasz.
- Przepuszczasz dużo więcej za każdym razem, kiedy bierzesz do ręki karty - powiedział Tom cicho. - Myślę, że nie będzie ci ich szczególnie brakowało.

Znaleźli się za żelazną kratą, oślepieni potężnymi światłami skierowanymi na nich z drugiego końca pomieszczenia. Kilka nieruchomych ciemnych kształtów majaczyło po obu stronach, a z wilgotnej betonowej podłogi unosił się zapach zgnilizny.

- Radż? - zawołał Tom, podnosząc dłoń na wysokość twarzy i spoglądając przez palce, by móc cokolwiek dostrzec w oślepiającym świetle. Przed reflektory wysunął się cień postaci.

– Kwita? – zapytał ponownie cienki głos.

– Tak jest – potwierdził Archie. – Nie jesteśmy tu po to, żeby sprawiać ci kłopoty. Potrzebujemy twojej rady.

Światła zgasły z trzaskiem. Tom dostrzegł zbliżającą się do kraty drobną postać, która przebierała w ogromnym pęku kluczy. Radż Dhutta był gibkim, niewysokim mężczyzną o smukłych ramionach i kościstych nadgarstkach. Miał wąską, kocią twarz i czarne faliste włosy z równiutkim przedziałkiem po lewej stronie głowy. Jego wzrok ukradkiem przeskakiwał od Toma do Archiego, a jego czarne wąsy drgały nerwowo.

Wybrał z pęku jeden klucz i włożył go do zamka. Podobnie postąpił z drugim, a potem trzecim zamkiem. Zawahał się przed ostatnim obrotem klucza.

– Mamy dżentelmeńską umowę? – zapytał. Jego głos wciąż był podejrzliwy.

– Tak, mamy umowę – przytaknął mu Tom.

– Świetnie – twarz Dhutty rozpromienił szeroki uśmiech. – Świetnie.

Drzwi z kraty otworzyły się i Tom i Archie mogli w końcu wejść do środka. Dhutta natychmiast zatrzasnął je i zaryglował za nimi.

– Przybijmy to – chwycił rękę Toma i przez chwilę energicznie potrząsał nią w górę i w dół. Jego chwyt był zaskakująco mocny.

– Wy dwaj spotykacie się po raz pierwszy, prawda? – zapytał Tom, uwalniając rękę.

– Tak, faktycznie – Dhutta skierował teraz swój uśmiech w kierunku Archiego. – Miło mi wreszcie pana poznać, panie Connolly.

Nieco niezgrabnie uścisnęli sobie dłonie, jak gdyby odnawiali mgliście pamiętaną znajomość.

– Gdzie możemy porozmawiać? – spytał Tom.

– Proszę mi wybaczyć – Dhutta skłonił się lekko. – Doprawdy marny ze mnie gospodarz. Proszę, proszę.

Podreptał na przeciwległy koniec pomieszczenia. Tom i Archie widzieli teraz, że ciemne kształty, które zauważyli wcześniej, to duże elementy rdzewiejącej maszynerii, dawno już wycofanej z użycia.

– Co to za miejsce? – zapytał Archie, uważnie patrząc pod nogi. – Lub raczej co to było za miejsce?

– Stara podziemna stacja elektryczna.

Dhutta poprowadził ich krótką klatką schodową do jeszcze jednych stalowych drzwi, które otworzył kolejnym zestawem kluczy.

– Mieszkasz tutaj? – zaciekawił się Archie.

– Nie, nie, nie. To tylko mój warsztat. Mieszkam na ulicy powyżej. Można się tu dostać przez piwnicę, więc nigdy nie muszę wychodzić na zewnątrz. Proszę, proszę – zachęcał, przechodząc przez drzwi.

W czasie swojej poprzedniej wizyty Tom nie został zaproszony do tej części kompleksu. Dhutta kazał mu czekać w dusznym, mrocznym przedpokoju, z którego właśnie wyszli. Teraz zobaczył, że drzwi otwierały się na ogromne pomieszczenie, którego półkolisty ceglany sufit wznosił się dobre sześć metrów ponad ich głowami. Wisiały na nim rozmieszczone w regularnych odstępach lampy o stalowych abażurach wielkich jak parasolki. Bieloną betonową podłogę pokrywała nierówna mozaika dywanów, miękkich i ciepłych pod ich stopami.

– Herbaty? – zapytał Dhutta. – Mam wiele różnych rodzajów od wujka z Kalkuty: Earl Grey, Darjeeling, Assam, Nilgiri... cokolwiek sobie zażyczycie. Właśnie zagotowałem wodę.

– Earl Grey – odparł Archie nieobecnym głosem, wciąż rozglądając się po pokoju.

– Kawa. Czarna – powiedział Tom, ku wyraźnemu niezadowoleniu Dhutty.

– Jak sobie życzycie. Rozgośćcie się, proszę.

Machnięciem ręki wskazał im dwie zniszczone i wytarte sofy rozstawione po lewej stronie pomieszczenia wokół starej skrzyni na herbatę. Sam popędził w kierunku zlewu i zajął się kubkami i mlekiem. Tom i Archie położyli swoje niewielkie torby podróżne na podłodze przy drzwiach i usiedli.

– Muszę przyznać, że jestem zaskoczony, widząc pana, panie Tomie. Słyszałem, że już więcej nie będzie pan potrzebował moich usług.

– To prawda. Archie i ja wycofaliśmy się.

– Coraz mniej jest dżentelmenów w tym biznesie – westchnął Dhutta. – A ta młodzież, której udaje się utrzymać w branży, niczego nie szanuje.

– Świat się zmienia, Radż – przyznał Tom.

– W hinduizmie powiedzielibyśmy, że wkroczyłeś w etap życia zwany *wanaprastha*, czyli odosobnienie. Przekazałeś obowiązki młodszemu pokoleniu, a sam oddałeś się bezinteresownej służbie społecznej – powiedział Dhutta uroczyście.

– A potem? – zapytał Tom z udaną powagą.

– *Sannjasin*. Całkowite wyrzeczenie się świata, by osiągnąć jedność z Bogiem.

Tom roześmiał się.

– Myślę, że do obu tych etapów brakuje mi jeszcze ładnych paru lat.

Dhutta podał im kawę i herbatę, po czym usiadł naprzeciw.

– A ty niczego się nie napijesz? – zapytał Archie.

– Tylko tego – Dhutta sięgnął za siebie po buteleczkę kolorowego syropu przeciwkaszlowego. Tom i Archie patrzyli z niedowierzaniem, jak zdejmuje białą nakrętkę i pociąga długi łyk, opróżniając niemal ćwierć butelki.

– To nie może być zdrowe – skomentował Archie, krzywiąc się.

– Lepiej zapobiegać, niż leczyć – Dhutta ruchem głowy wskazał im półkę nad zlewem, zastawioną buteleczkami pigułek, witamin i innych niezidentyfikowanych specyfików, nie wspominając już o syropach i płynach we wszystkich kolorach tęczy.

– Może chcecie czegoś spróbować? – Dhutta zaproponował ochoczo. – Coś na katar sienny albo malarię?

– Potrzebujemy jedynie informacji – przypomniał mu Tom.

– Informacji? – Dhutta z żalem oderwał wzrok od półki i spojrzał na Toma. – Jakich informacji?

– Jest coś, co chciałbym ci pokazać – powiedział Tom. – Rozumiem, że to, o czym będziemy rozmawiali, nie wyjdzie poza ten pokój.

– Oczywiście.

Tom położył na chropowatej powierzchni stołu pudełko z orzechowego drewna.

# ROZDZIAŁ 33

**Wipkingen, Zurych**
**7 stycznia, godzina 23.31**

Dhutta przyciągnął pudełko ku sobie. Zawahał się przez moment, zanim je otworzył. Jego palce musnęły dwunastoramienną swastykę na wieczku.
– Chodzi o to?
– Nie. O zawartość.
Dhutta otworzył pudełko i skrzywił się, widząc, że jest puste. Podniósł je i potrząsnął, a potem znów przyjrzał mu się uważnie. Tom spoglądał na niego z rozbawieniem, zastanawiając się, ile czasu zajmie mu odkrycie, że pudełko ma podwójne dno, i dostanie się do skrytki. Jednak Dhutta czterema precyzyjnymi ruchami przesunął połączone ze sobą elementy i odsłonił ukrytą szufladkę.
– Widzę, że nie straciłeś wyczucia – powiedział Tom z uśmiechem.
Ale Dhutta nie słuchał. Wysunął szufladkę, porwał z niej klucz i przez chwilę obracał go w palcach. Potem spojrzał na nich, poruszając wąsami.
– No, no! – wykrzyknął. – Interesujące. Bardzo interesujące. Czy mogę wiedzieć, skąd pan to ma, panie Tomie?
Tom uniósł brwi i zacisnął usta. Na tym etapie nie był skłonny wchodzić w szczegóły. Dhutta wzruszył ramionami.

– Nie wszystko się zmieniło, jak widzę – zauważył kwaśno.
– Jak myślisz, od czego jest ten klucz?
– Od sejfu? Skrzynki depozytowej? Czegoś w tym rodzaju. Na pewno czegoś o najwyższych standardach bezpieczeństwa.
– A te inicjały? Myślisz, że coś znaczą?

Mrużąc oczy, Dhutta przyjrzał się literom wybitym na gumowym uchwycie klucza.

– Wygląda jak V i C. Ale to niemożliwe.
– Dlaczego niemożliwe?
– To logo Völz et Compagnie, tego prywatnego banku. Ale oni nie oferują skrzynek depozytowych. Już nie.
– Nigdy o nich nie słyszałem – przyznał Tom.
– Nie można o nich usłyszeć, chyba że ma się tam rachunek – Dhutta zakręcił kluczykiem w dłoni. – Mają siedzibę tu, w Zurychu. To bardzo prestiżowy bank. I bardzo tajemniczy. Nie reklamują się, nie mają nawet oznaczeń na budynku. Jeśli uważają, że jesteś odpowiednim klientem, sami cię znajdą.
– No, ale jeśli na kluczu jest ich logo, to znaczy, że musi on być w jakiś sposób z nimi związany – upierał się Tom.
– Pozwólcie, panowie – Dhutta zerwał się, podrzucając klucz w powietrze i zręcznie go łapiąc. – Chcę coś sprawdzić.

Pomieszczenie dzieliło się na trzy części. Najmniejsza była ta, z której właśnie wyszli – rodzaj zaimprowizowanego salonu po lewej. Od reszty oddzielała go trzymetrowa barykada stalowych regałów. Przejściem pomiędzy nimi Dhutta poprowadził ich do pracowni.

Ta część pomieszczenia była pełna maszyn do obróbki metalu – wiertarek, szlifierek, pił i tym podobnych – wolno stojących lub przykręconych do niskiego warsztatu. Pod stopami skrzypiały sterty opiłków. Półki zapełniały kosze z następnymi przyrządami do cięcia, kształtowania i spawania. Na ogromnych czarnych tablicach przykręconych do regałów na przeciwległym końcu pracowni wisiało tysiące kluczy: klucze do domów, do sklepów, do sejfów, kluczyki samochodowe.

Wszystkie możliwe kombinacje rozmiarów, kształtów i kolorów lśniły w świetle lamp jak pojedyncze ogniwa gigantycznej kolczugi.

Nie zatrzymując się, Dhutta poprowadził ich do przejścia w kolejnym murze półek, a potem dalej, aż do trzeciej części pomieszczenia. Oczy Toma rozszerzyły się ze zdumienia. O ile warsztat był prymitywny, brudny i śmierdzący smarem, o tyle tutaj wszystko było symbiotycznym stopem nierdzewnej stali i silikonu.

Ścianę na wprost zajmowało pół tuzina monitorów ciekłokrystalicznych, każdy podłączony do innego urządzenia. Ich ekrany tworzyły małe kałuże światła. W lewym rogu dwa duże stojaki uginały się pod ciężarem komputera i sprzętu telekomunikacyjnego. Skanery, drukarki, nagrywarki walczyły o przestrzeń na prawej ścianie, migając diodami niczym billboard na Times Square. Ścianę po lewej zajmowały trzy ekrany plazmowe, każdy nastawiony na inny kanał informacyjny. Jeden, jak zauważył Tom, pokazywał mecz krykieta. Dhutta dostrzegł jego zaskoczony wyraz twarzy.

– Trzeba iść z postępem – wyjaśnił, ogarniając pokój zamaszystym gestem ręki. – W dzisiejszych czasach ludzie wolą pokładać ufność w hasłach i firewallach zamiast w sprężynkach i zapadkach. Ale zamek to zamek i w tej grze muszę wyprzedzać ich o krok bez względu na to, czy klucz zrobiony jest z metalu czy z kodu binarnego.

Wysunął spod blatu krzesło i włączywszy lampę, dokładnie obejrzał klucz.

– Jest tak, jak myślałem – oznajmił po kilku sekundach. – To trójwymiarowy klucz laserowy o zmiennej matrycy. – Wyraźnie był pod wrażeniem.

– A co to konkretnie znaczy? – spytał Archie.

Dhutta z uśmiechem odwrócił się w jego stronę.

– Jak widać, ten klucz nie ma ząbków, panie Archie. Zamiast tego, kiedy wkłada się go do zamka, cztery osobne elektroniczne czytniki sprawdzają te wypalone laserem oznaczenia, by upewnić się, że mają one właściwy kształt i położenie. Podrobienie takiego klucza jest niemal niemożliwe.

Tom i Archie wymienili spojrzenia.

– I jeśli się nie mylę... – Dhutta skierował klucz w stronę czarnej skrzynki przytwierdzonej do ściany i nacisnął guziczek w gumowym uchwycie. Prawie natychmiast przez ekran obok popłynęła długa seria liczb.

– Co to? – zapytał Tom.

– Kiedy klucz zostaje włożony do zamka i poprawnie odczytany przez lasery, naciśnięcie tego guzika powoduje wymianę danych przez podczerwień z mechanizmem zamka. Sądząc po tym – wskazał liczby wyświetlające się na ekranie – jest to algorytm, prawdopodobnie klucz studwudziestoośmiobitowy. Trudny do złamania. Złożona formuła matematyczna zmienia kod w regularnych odstępach czasu: codziennie, co tydzień, w zależności od tego, jak zostało to zaprogramowane. Jeśli kody nie pasują, zamek się nie otworzy.

– Widziałeś już kiedyś coś takiego?

– Tylko raz, w systemie stworzonym dla wojska izraelskiego, broniącym dostępu do ich podziemnych wyrzutni rakietowych. Tylko że oni nalegali na dodanie jeszcze jednego poziomu zabezpieczeń.

– A mianowicie?

– Klucz można zgubić, a nawet ukraść – błysnął zębami w uśmiechu i mrugnął znacząco. – Uznano więc, że jako dodatkowe zabezpieczenie jest konieczna analiza biometryczna, mająca zagwarantować, że to właściwa osoba włoży klucz do zamka.

– Analiza czego?

– W wypadku Izraelczyków – odcisków dłoni.

– A więc nie ma sposobu, żebyśmy tam weszli bez...

– Radż – przerwał Archie – ile cyfr ma typowy szwajcarski rachunek bankowy?

– Od ośmiu do szesnastu. To zależy od liczby rachunków i rodzajów zabezpieczeń.

– Seria na przykład dziesięciu cyfr może więc być numerem rachunku?

– Z pewnością – potwierdził Dhutta.

– O czym myślisz? – zapytał Tom zaciekawionym głosem, podchodząc o krok bliżej do Archiego.

– Myślę, że chyba teraz już wiemy, po co Kasjusz potrzebował ręki Weissmana. Ten tatuaż musiał być numerem rachunku bankowego, a nie numerem obozowym.

– Tylko czemu Weissman miałby mieć numer rachunku, ale nie klucz? – zapytał Tom.

– To, że nie znaleźliśmy klucza, nie znaczy, że Weissman go nie miał.

– Podobnie jak nie wiemy na pewno, że Lammers miał klucz, ale nie miał numeru rachunku – powiedział Tom, podchwytując jego tok rozumowania. – Prawdopodobnie obaj mieli do niego dostęp.

– To ma sens – zgodził się Archie. – Zwłaszcza jeśli ukrywali coś wartościowego. Jedyny problem polega na tym, że obaj nie żyją. A więc nawet jeśli mamy rację co do klucza i numeru rachunku, w żaden sposób nie zdołamy się dostać do tej skrytki.

Tom uśmiechnął się.

– W żaden sposób?

# ROZDZIAŁ 34

**Dzielnica Au-Haidhausen, Monachium**
**7 stycznia, godzina 23.55**

Warsztat samochodowy był niewielki, ale dobrze wyposażony. W podłodze miał kanał z wbudowanym zbiornikiem na zużyty olej, na ścianach wisiały starannie uporządkowane narzędzia. W głębi stały dwa wielkie podnośniki hydrauliczne, przysadziste niczym czołgi. Tłoki z nierdzewnej stali lśniły w przytłumionym świetle.

– Czemu nie mogliśmy się spotkać tutaj, a nie w hotelu? – spytał Renwick ze złością. – Wtedy uniknęlibyśmy całego tego cyrku.

Choć ich ucieczka przebiegła w miarę sprawnie, Renwick zdążył od tamtej pory przemyśleć wydarzenia tego wieczoru. Teraz zdawał sobie sprawę, że błędem było powierzenie swojego bezpieczeństwa ludziom, których nie znał i którym nie ufał. Wystawił się w ten sposób na atak.

– Ponieważ wciąż byliby tu pracownicy – wyjaśnił cierpliwie Hecht. – Właściciel z nami sympatyzuje. Jeśli tego potrzebujemy, pozwala nam używać swojego lokalu po godzinach pracy, ale to wszystko – milczał przez chwilę. – Poza tym Dimitri jest ostrożny... – ton Hechta był teraz przepraszający. – Woli trzymać osoby postronne z dala od naszych działań.

– Przez tę jego ostrożność niemal nas schwytano – odwarknął Renwick, rozmasowując sobie ramię w miejscu, gdzie łączyło się z protezą i pulsowało bólem od wilgoci i chłodu. – Następnym razem to ja wybiorę miejsce spotkania i będziecie mogli darować sobie przebieranki – machnął ręką w kierunku munduru strażaka, który właśnie zdjął.

– Następnym razem nie będzie takiej potrzeby – zapewnił go Hecht. – Jesteś teraz z nami.

– Nie jestem z nikim – poprawił go Renwick. – Mamy umowę. Nic więcej.

– Jak chcesz – zgodził się Hecht. – A twój plan... Jesteś pewien, że zadziała?

– Jeśli mam rację, że obraz ugrzązł w jakiejś prywatnej kolekcji, to on z pewnością go znajdzie.

– Skąd ta pewność?

– Ponieważ on jest najlepszy. I ponieważ ma najlepszą motywację, by go znaleźć.

– Jaką motywację?

– Powstrzymanie mnie. Wszystko, co musimy zrobić, to wykonać ruch na czas – Renwick spojrzał na wyciągnięty z kieszeni złoty zegarek. – A skoro już mówimy o czasie... Co ich zatrzymuje?

– Nie wiem – Hecht zmarszczył brwi. – Powinni już tu być... O, właśnie.

Na zewnątrz zatrzymał się samochód. Żółty przebłysk świateł przebił się przez szczeliny po bokach stalowej rolowanej bramy, a potem zgasł. Rozległy się dźwięki otwieranych i zamykanych drzwi, niewyraźne głosy, a po nich odgłos kroków i wleczenia czegoś ciężkiego po ziemi. Po minucie lub dwóch brama odezwała się metalicznym szczękiem, gdy ktoś załomotał do wbudowanych w nią wąskich drzwi.

Hecht otworzył. Pierwszy wszedł do środka Konrad, a za nim dwaj mężczyźni z hotelu, Karl i Florian, wciągnęli spory worek, rozmazując na podłodze smar i kurz. Wszyscy trzej wciąż mieli na sobie strażackie spodnie, ale zdjęli już bluzy od mundurów. Spod podkoszulków wyglądały gobeliny wściekle wijących się tatuaży, zdobiących śliskie od potu ramiona i torsy.

– Jakieś problemy? – zapytał Hecht.

– *Nein* – odparł Konrad. – Oprócz tego, że płacze jak dziewczynka.

Karl i Florian wybuchli śmiechem, dźwigając worek do pozycji pionowej. Konrad wydobył z cholewy buta ciężki myśliwski nóż i przeciął linę wiążącą worek od góry. Materiał spłynął na podłogę jak ciężka kurtyna, odsłaniając recepcjonistę z hotelu, z ustami zalepionymi taśmą i twarzą skrzywioną ze strachu. Konrad pchnął go na drewniane krzesło. Za pomocą tej samej taśmy sprawnie przymocował kostki portiera do nóg krzesła, a nadgarstki do szerokich oparć.

Hecht podszedł bliżej. Bez słowa uderzył go pięścią. Potężny cios sprawił, że głowa mężczyzny odskoczyła w bok jak na sprężynie. Kiedy z powrotem odwrócił twarz, by na nich spojrzeć, jego oczy były rozszerzone z przerażenia, a z rozbitej wargi obficie płynęła krew. Hecht uderzył ponownie, tym razem tak mocno, że krzesło przewróciło się, a recepcjonista z impetem uderzył w zimną betonową podłogę. W powietrzu rozszedł się ostry zapach moczu.

– Zlał się – zarechotał Karl. – Brudna świnia.

– Podnieś go – warknął Hecht. Uśmiech natychmiast zniknął z twarzy Karla, który posłusznie dźwignął krzesło.

– A teraz, skoro już mnie słuchasz... – Hecht pochylił się nad recepcjonistą, tak że ich twarze dzieliło tylko kilka centymetrów. – Zadam ci kilka pytań i chcę, żebyś mi na nie odpowiedział. Za każdym razem kiedy pomyślę, że kłamiesz (jeśli przed odpowiedzią zawahasz się choć przez sekundę), Konrad obetnie ci palec. Kiedy skończą nam się palce, przejdziemy do bardziej wrażliwych organów... – tu wskazał na mokrą plamę na jego spodniach. – Rozumiemy się?

Recepcjonista przytaknął gorączkowo, mrugając oczami, by strącić z rzęs łzy.

– To dobrze – Hecht skinął na Konrada, który zerwał taśmę z ust jeńca. Zawisła bezwładnie, wciąż przyklejona do jednego policzka, powiewając przy każdym oddechu jak wstążka na wentylatorze.

– Jak się nazywasz?

– Nikolas – odpowiedział drżącym głosem. – Nikolas Ganz.

– Powiedz mi więc, Nikolasie Ganz, w jaki sposób ci ludzie znaleźli nas dzisiaj? Zadzwoniłeś do nich?

Recepcjonista przytaknął i rozpłakał się.

– Przepraszam.

– W porządku – powiedział Hecht kojąco. – Dlaczego do nich zadzwoniłeś?

– Kilka dni temu do hotelu przyszło dwóch ludzi – wyjąkał, dławiąc się szlochem. – Pokazali mi zdjęcie i powiedzieli, że zapłacą mi dziesięć tysięcy euro, jeśli zobaczę osobę, której szukali, i zadzwonię do nich.

– Kto to był? Policja, wywiad, Interpol?

– Nie... nie wiem – wyszeptał łamiącym się głosem. – Nie powiedzieli mi.

Hecht wstał i skinął głową na Konrada, który z powrotem zakleił usta Ganza taśmą i chwycił jego prawą rękę. Gwałtownie potrząsając głową, Ganz próbował zacisnąć dłoń w pięść, ale Konrad rozwarł mu palce i przycisnął jego dłoń do płaskiej poręczy krzesła. Recepcjonista zaczął krzyczeć. Zduszony głos rozlegający się echem w ciszy warsztatu brzmiał niemal nieludzko.

Konrad oparł nóż o palec wskazujący Ganza, tuż powyżej knykcia, i wbił ostrze. Na widok krwi Ganz zemdlał i bezwładnie osunął się do przodu. Mimo to Konrad nie ustąpił. Oparł drugą dłoń na tępej stronie noża i powoli przechylał ostrze z jednej strony na drugą, dociskając je z całej siły. Ganz odzyskał przytomność kilka sekund później, dokładnie w chwili kiedy nóż w końcu przebił się przez kość i odciął palec z przyprawiającym o mdłości chrupnięciem.

Hecht podniósł krwawy strzęp na wysokość oczu Ganza. Na ten widok Ganzem zatrzęsły torsje i kiedy Hecht zerwał mu taśmę z ust, recepcjonista zwymiotował sobie na koszulę.

– Dajcie mu wody – zarządził Hecht. Podano mu szklankę, którą przytknął do ust Ganza.

– Już dobrze, Nikolasie? – zapytał Hecht. Ganz przytaknął, z trudem chwytając oddech. Usta mu drżały. – Świetnie. Oddychaj głęboko, to powinno pomóc. A teraz zapytam jeszcze raz. Kto to był?

– Nie powiedzieli! – Ganz na wpół krzyknął, na wpół załkał w odpowiedzi. – Tylko pokazali mi zdjęcie i kazali zadzwonić. Nie pomyślałem, żeby zapytać. Nie obchodziło mnie to. O mój Boże, mój palec. Mój palec!

– A kto był na zdjęciu? Ja? – Ganz przecząco potrząsnął głową. – On? – Hecht wskazał na Konrada, wciąż trzymającego ociekający krwią nóż.

– Nie.

– Nie kłam! – zniecierpliwił się Hecht.

– Nie kłamię! – wrzasnął recepcjonista, gdy Konrad znów chwycił go za nadgarstek.

– To był on! – zakrwawiony kikut palca szarpnął się gorączkowo, kiedy Ganz próbował wskazać, nie mogąc poruszyć rękoma. – To był on: *Herr* Smith!

Renwick podniósł się zaskoczony.

– Ja?

– Tak, tak, na Boga, tak – jęczał Ganz.

Hecht podszedł do Renwicka.

– Co to ma znaczyć? – zapytał przyciszonym głosem.

– To znaczy, że mam własne problemy – powiedział Renwick, wzruszając ramionami. – To nie wasza sprawa.

– To jest nasza sprawa, jeśli naraża nasze bezpieczeństwo – odparował Hecht.

– Ktoś miał szczęście i tyle. To dowodzi jedynie, że od tej pory musimy pozostawać w ukryciu.

– No, przynajmniej co do tego jesteśmy zgodni.

– Hej, szefie, co mamy z nim zrobić? – zawołał Konrad. Ganz właśnie znów zwymiotował.

– Zabić go – powiedział Renwick cicho.

– Zabić go? – ton Hechta jasno dawał do zrozumienia, że nie przychylał się do tej decyzji. – Po co?

– Widział mnie, widział ciebie, widział to miejsce. Kto wie, co usłyszał. Zabić go.

– Nie potrzeba nam jeszcze policji na karku...

Renwick parsknął zdegustowany, przepchnął się obok Hechta, wyrwał Konradowi nóż i chwycił Ganza za włosy, odciągając jego głowę w tył. Potem jednym płynnym ruchem przeciął mu gardło. Ostrze wbiło się głęboko w tchawicę i otworzyło na jego odsłoniętej szyi sinoczerwoną bruzdę.

Recepcjonista szarpnął się gwałtownie trzy czy cztery razy, unosząc się na krześle, jak gdyby został porażony prądem. W końcu osunął się bezwładnie, głowa opadła mu na ramię, a z szyi popłynęła kaskada krwi.

Renwick wręczył Hechtowi nóż, a oczy mu płonęły.

– Od tej pory załatwiamy sprawy po mojemu, Johann. Żadnych świadków. Żadnego ryzyka. Żadnych niedoróbek.

## ROZDZIAŁ 35

**Park Monceau, Paryż**
**8 stycznia, godzina 7.46**

Dwaj mężczyźni podeszli do odrapanej zielonej ławki z przeciwnych stron. Starszy z nich usiadł i wyjął bieżący numer „L'Equipe". Tytuł na pierwszej stronie ogłaszał, że klub Paris Saint-Germain ma właśnie podpisać kolejny milionowy kontrakt. Drugi, młodszy mężczyzna minął ławkę i przeszedł jeszcze jakieś dwadzieścia metrów. Zatrzymał się, obejrzał, a potem wrócił po własnych śladach i przysiadł obok tego pierwszego.

Obaj mieli na małym palcu lewej ręki identyczne złote sygnety. Na każdym wygrawerowano kratkę o dwunastu polach, z osadzonym w jednym z nich niewielkim diamentem. Różniły się jedynie umiejscowieniem kamienia: w sygnecie starszego znajdował się on w lewym dolnym rogu, u młodszego – w prawym górnym.

– Dlaczego mnie tu wezwałeś? – wymamrotał pierwszy mężczyzna zza gazety.

– Sytuacja się pogorszyła – odparł drugi. Jego usta poruszały się niemal niedostrzegalnie, kiedy wpatrywał się w jeziorko otoczone rzymską kolumnadą. – Sądzę, że będziesz chciał usłyszeć to osobiście.

– Dzwonisz do mnie tylko, kiedy masz złe wiadomości – poskarżył się ten pierwszy. – Nie rozumiem czemu właściwie...

– Kirk robi postępy.

Starszy mężczyzna parsknął lekceważąco.

– Jakie postępy?

– Na tyle duże, że jeden z jego współpracowników złożył wczoraj wizytę siostrzenicy Lammersa.

Zapadła cisza. W oddali rozbrzmiewała muzyką kolorowa karuzela i wybuchały salwy dziecięcego śmiechu. Jaskrawo pomalowane koniki podnosiły się i opadały w swoim nieustannym pościgu.

– Ona niczego nie podejrzewa – powiedział w końcu starszy mężczyzna. – Poza tym przewróciliśmy to miejsce do góry nogami, zanim je podpaliliśmy. Nic tam nie znaleźliśmy. Było czyste.

– Z wyjątkiem witraża w miejscowym kościele.

– Jakiego witraża? – mężczyzna odłożył gazetę, zapominając natychmiast o wszelkich próbach kamuflażu.

– Witraża, który zamówił Lammers.

– Dlaczego o tym nie wiedzieliśmy?

– Bo kazałeś go zabić, zanim nam powiedział.

– Co ten witraż przedstawia? – w głosie starszego pojawił się cień niepokoju.

– Zamek. Trójkątny zamek.

– *Merde*!

– To nie wszystko. Ona coś mu dała. Nie udało nam się zobaczyć co, ale przyjechał z pustymi rękami, a wyszedł z reklamówką.

Pierwszy mężczyzna w milczeniu rozważał to, co właśnie usłyszał.

– Gdzie on teraz jest, ten współpracownik? I skoro już o tym mowa, gdzie właściwie jest Kirk?

– W Zurychu. Wczoraj widział się z Wolfgangiem Laschem.

– Lasche! – wykrzyknął starszy mężczyzna z oburzeniem. – Ten stary głupiec nigdy nie...

– Jeśli pozwolisz – przerwał mu młodszy – myślę, że nadszedł czas, by podjąć bardziej... radykalne kroki. Nie wystarczy nam już ufać Bożej opatrzności i ludzkiej niekompetencji.

– Co masz na myśli?

– Kirk odkrył ślad prowadzący od Weissmana do Lammersa w ciągu czterdziestu ośmiu godzin. Żeby pójść tym samym tropem w przeciwnym kierunku, my potrzebowaliśmy trzech lat. Kirk odnalazł witraż. My nie wiedzieliśmy nawet o jego istnieniu. Skontaktował się z Laschem. Cokolwiek by o nim myśleć, Lasche jest człowiekiem, który wie o tamtych czasach więcej niż ktokolwiek inny. Ile jeszcze mamy czasu, zanim zacznie dostrzegać powiązania? Zanim mu się uda?

– A Kasjusz? – zapytał starszy mężczyzna ponuro. – Dostaliście przynajmniej jego?

– Nie – odparł ten drugi, odwracając głowę. Truchtem minął ich jakiś nieduży pies i załatwił się na środku żwirowej alejki. Jego właściciel nadszedł niespiesznie za nim, paląc papierosa i gawędząc z kimś przez telefon. Starannie ignorował tabliczki sugerujące grzecznie, by posprzątał po swoim pupilu i trzymał go na smyczy. – Wczoraj w Monachium prawie go mieliśmy, ale nam się wyrwał. Wygląda na to, że już nie działa sam.

– Słusznie zrobiłeś, dzwoniąc do mnie – przyznał starszy niechętnie. – Jeśli Kirk dowie się, co tam tak naprawdę jest, będzie tylko bardziej zdeterminowany. Musimy zacząć działać. Sytuacja wymyka się spod kontroli. Jeśli teraz nie podejmiemy zdecydowanych kroków, może być za późno.

– Jakich kroków?

– Witraż trzeba zniszczyć.

– Oczywiście. A Kirk?

– Z nimi również musimy się rozprawić – z nim, z jego współpracownikiem, z każdym, z kim mieli kontakt. Znajdźcie ich i zabijcie. Nie możemy dłużej ryzykować.

## ROZDZIAŁ 36

**Wipkingen, Zurych**
**8 stycznia, godzina 9.35**

Tom źle spał. Chociaż dwie sofy, które udostępnił im na tę noc Dhutta, były wystarczająco wygodne, nadmierna aktywność jego własnego umysłu nie pozwoliła mu zasnąć aż do wczesnych godzin rannych, a potem znów rozbudziła go krótko po szóstej. Renwick, Weissman, Lammers, Bellak... Co ich wszystkich łączyło? Co takiego wiedzieli na temat Zakonu?

W końcu, nie mogąc już dłużej znieść równego chrapania Archiego, Tom wstał, wziął prysznic i włożył swoje codzienne dżinsy i czystą koszulę. Poczekał do wpół do dziesiątej i obudził Archiego, podając mu kubek kawy. Archie przyjął go niechętnie, narzekając na wczesną godzinę. Tom wiedział, że jego wspólnik nie jest rannym ptaszkiem. Rzadko zdarzało mu się docierać do biura przed południem, ale za to często pracował do późnych godzin nocnych. W przypadku Toma było dokładnie na odwrót.

– Skąd ten pośpiech? – powiedział Archie z wyrzutem, owijając się kołdrą i tuląc kubek z kawą w obu dłoniach.

– Dodzwoniłem się wczoraj wieczorem do Turnbulla i opowiedziałem mu, czego udało nam się dowiedzieć. Zgodził się natychmiast przesłać nam rękę Weissmana pocztą kurierską. Powinna tu być lada chwila.

– I wyciągasz mnie z łóżka ze względu na kuriera? – zaprotestował Archie.

– Tylko nie mów mi, że na tym czymś jest ci wygodnie – Tom kopnął sofę, wzbijając z poduszek chmurę kurzu.

– Punkt dla ciebie – zgodził się Archie.

Zadzwonił dzwonek i po chwili pojawił się Dhutta z wąsami lśniącymi od pomady i włosami jeszcze mokrymi po prysznicu. W ręku trzymał nieduży sznurek bursztynowych paciorków, który nerwowo obracał w palcach.

– Dzień dobry, panowie – wykrzyknął radośnie. – Mam nadzieję, że spaliście dobrze. Wybaczcie, proszę, ale wygląda na to, że mam gościa.

– Szczerze mówiąc, myślę, że to do mnie – przyznał Tom.

– Tak? – Tom wyczuł w głosie Dhutty cień niepokoju.

– Potrzebowałem, by mi coś dostarczono, więc wytłumaczyłem im, jak dostać się do tylnych drzwi. Nie przejmuj się – dodał, widząc minę Dhutty. – Można im zaufać.

– Wytłumaczyłeś firmie kurierskiej, jak się tutaj dostać? – roześmiał się Archie. – A co właściwie im powiedziałeś? Druga cegła po prawej i prosto aż do samego rana?

– Coś w tym rodzaju – uśmiechnął się Tom. Zwrócił się z powrotem do Dhutty, gdy dzwonek znowu zadzwonił. – Przepraszam, powinienem powiedzieć ci wczoraj, ale nie chciałem sprawiać ci jeszcze więcej kłopotu.

Dhutta zbył przeprosiny machnięciem ręki, ale Tom poznał po sztywności jego ramion, że był zdenerwowany. Niefortunne, ale w tych okolicznościach nie do uniknięcia.

– Jeśli mówi pan, panie Tomie, że można im zaufać, to mnie to wystarczy. Pójdę im otworzyć.

Archie wstał i ziewnął. Miał na sobie niebieskie bokserki i biały podkoszulek, równie zmięty i pomarszczony jak jego twarz, na której odcisnął się ślad poduszki. Tom nagle zdał sobie sprawę, że był to może drugi raz, kiedy widział Archiego bez garnituru. Wyglądał bez niego dziwnie niestosownie.

Przez otwarte drzwi dobiegł ich dźwięk dwóch zbliżających się głosów. Jeden z nich należał do Dhutty, a drugi był ewidentnie głosem kobiety. Archie podniósł na Toma zaskoczony wzrok.

– Tędy, proszę – usłyszeli stłumione wskazówki Dhutty.

Chwilę później do pokoju weszła Dominique. Jasne włosy, podtrzymywane srebrną spinką, zwijały się na jej głowie jak jedwabny sznur. Archie zasłonił się porwanym z sofy prześcieradłem.

– Dom? – jęknął zaskoczony.

– Dzień dobry, chłopaki – uśmiechnęła się szeroko. – Archie, mam dla ciebie mały prezent. Łap! – rzuciła mu karton bezcłowych papierosów. Instynktownie wyciągnął ręce, by go złapać, i puścił prześcieradło, które opadło na podłogę.

– Mam cię! – roześmiała się Dominique.

– Bardzo zabawne – wymamrotał Archie, schylając się, by podnieść prześcieradło i znów się nim owinąć.

– Ale masz minę! – Tom wybuchnął śmiechem.

– Ale z was dwojga jest cholerna para dzieciaków – Archie z głębokim wyrzutem potrząsnął głową. Chwycił garnitur z wieszaka i podreptał do łazienki, starając się utrzymać na sobie prześcieradło.

– Właśnie zrobiłem kawę – powiedział Tom, kiedy Archie zniknął za drzwiami, rzucając im ostatnie oskarżycielskie spojrzenie. – Napijesz się?

– Jasne – Dominique wyplątała się z grubej kurtki narciarskiej i cisnęła ją na oparcie sofy.

– Rozumiem, że ty nie chcesz kawy, Radż?

– Nie – Dhutta spojrzał na niego z dezaprobatą i zniknął w warsztacie.

– Nikt cię nie śledził?

– Nie – odparła Dominique. – Zawróciłam kilka razy, żeby się upewnić, ale nikogo nie widziałam.

– A Turnbull czekał na ciebie na lotnisku, tak jak się umówiliśmy?

– Tak, chociaż chyba był troszkę zaskoczony, że jestem kobietą.

– To dlatego, że nie wiedział, co z ciebie za kobieta – Tom wyszczerzył zęby w uśmiechu. – Żadnych problemów z celnikami?

– Najmniejszych – podziękowała uśmiechem, kiedy podał jej kubek z kawą. – Nigdy nie przypuszczałam, że tak łatwo jest wozić części ludzkiego ciała po Europie.

– O, tak – Tom usiadł obok niej. – To genialny kamuflaż. Archie i ja używaliśmy go cały czas. Jeśli tylko papiery się zgadzały, nie próbowali nawet dotknąć walizki. Ostatnia rzecz, jakiej chcieli, to żeby jakiś biedny dzieciak, czekający na przeszczep organu, umarł, ponieważ ktoś zanieczyścił jego nowe serce lub nerkę. A co z medalami?

– Turnbull dał mi również medale. Archie miał rację. Weissman naprawdę miał Krzyż Rycerski.

Wyciągnęła z kieszeni kopertę i podała ją Tomowi, który wyjął medal i położył sobie na dłoni, potem przekręcił go, by obejrzeć odwrotną stronę, a w końcu z zadowoleniem skinął głową.

– Ma takie same znakowania jak ten, który dostaliśmy od siostrzenicy Lammersa – upewnił się. – Radż! – zawołał. – Chodź tu na chwilę i popatrz na to.

Dhutta wyłonił się z warsztatu, z zainteresowaniem wziął medal z ręki Toma i przyjrzał mu się dokładnie.

– Przywiozłam też obraz Bellaka – dodała Dominique. – Pomyślałam, że może się przydać.

– Słuszny wniosek.

– A tak przy okazji, zauważyłeś w nim dziury?

– W obrazie? Tak. Co z nimi?

– Tylko tyle, że wydają mi się dziwne. Są bardzo równe – wszystkie dokładnie tej samej wielkości. Nie wyglądają na przypadkowe.

– Po co ktoś miałby specjalnie dziurawić obraz? – skrzywił się Tom. – Chyba że chciał go uszkodzić.

Archie wyszedł z łazienki. Włożenie garnituru najwyraźniej pomogło mu odzyskać zimną krew.

– Chciałem zapytać, panie Tomie, co to jest? – Dhutta wskazał wzór na pudełku z orzechowego drewna, w którym ukryty był klucz.

– Symbol nazistowski – wyjaśnił Tom. – Rodzaj swastyki o dwunastu ramionach zamiast czterech, każde z nich oznaczające jednego z dwunastu ludzi. Nazywano go czarnym słońcem. Czy gdzieś go już widziałeś?

– Nie... – Dhutta potrząsnął głową, muskając palcem fornir. – Ale w hinduizmie swastyka od tysięcy lat jest symbolem religijnym. Pojawia się w architekturze na całym świecie, od ruin starożytnej Troi, po posadzkę w katedrze w Amiens. Rudyard Kipling ozdabiał nią obwoluty wszystkich swoich książek, by przyniosła mu szczęście.

– Jak to się stało, że zaczęli jej używać naziści? – zapytał Archie.

– Jeśli dobrze rozumiem, Hitler uważał Ariów z dawnych Indii za pierwowzór białych najeźdźców. Widział w swastyce nierozerwalne ogniwo łączące naród niemiecki z jego aryjskimi początkami – wyjaśnił Dhutta. – U nazistów swastyka to *Hakenkreuz*, hakowaty krzyż, symbol aryjskiej rasy panów.

– Czy samo słowo „swastyka" coś znaczy? – zaciekawił się Tom.

– To słowo pochodzi z sanskrytu. W dosłownym tłumaczeniu znaczy „przynoszący szczęście". W świętych tekstach może odnosić się do Brahmy i oznaczać szczęście lub sansary, czyli kołowrotu wcieleń – podniósł wzrok i odezwał się nieoczekiwanie zamyślonym głosem: – Zastanawiam się, czym ona okaże się dla pana, panie Tomie.

# ROZDZIAŁ 37

**Dzielnica finansowa Zurychu**
**8 stycznia, godzina 12.42**

Siedziba Banque Völz et Compagnie zajmowała narożną posesję w jednej z najdroższych dzielnic Zurychu. Neoklasycystyczny budynek powstał prawdopodobnie w połowie dziewiętnastego wieku, chociaż wykonano go niekonsekwentnie: w potężnych kamiennych kolumnach portyku styl joński przeplatał się z koryncki, dając w efekcie niemiły architektoniczny zgrzyt.

    Jednak dużo bardziej wymowna była sama wysokość budynku. Lawinowo rosnące koszty nieruchomości zmuszały właścicieli sąsiednich działek, by budowali coraz wyżej i zwiększali w ten sposób osiągane zyski. Natomiast siedziba banku Völz niezmiennie liczyła jedynie dwa piętra i ginęła w cieniu górujących nad nią sąsiednich budowli. Świadczyło to o jego bogactwie i potędze dobitniej niż najwyższy drapacz chmur.

    Elegancki mężczyzna w lekkim niebieskim garniturze powitał Toma i Archiego w niewielkim przedsionku wyłożonym marmurem, przywodzącym na myśl bardziej prywatną rezydencję niż bank. Po obu stronach okazałych drzwi z brązu prowadzących, jak zakładał Tom, do głównego holu stały dwa stoliki. Blaty z trawertynowego marmuru wspierały się na hebanowych nogach rzeźbionych w złote liście. Na każdym stole spoczywała duża żelazna urna.

– *Guten Morgen, meine Herren.*

– *Guten Morgen* – odpowiedział Tom i przeszedł na angielski. – Chcemy zobaczyć się z panem Völzem.

Mężczyzna skrzywił się i zlustrował ich od stóp do głów, zatrzymując sceptyczne spojrzenie na spranych dżinsach i tenisówkach Toma.

– Jesteście panowie umówieni?

– Nie.

Kącik jego ust drgnął lekko, jak gdyby właśnie usłyszał umiarkowanie śmieszny dowcip.

– Bardzo mi przykro, ale *Herr* Völz jest bardzo zajęty. Jeśli zostawicie nazwisko i telefon, poproszę kogoś, żeby do panów zadzwonił – ruchem głowy wskazał im drzwi, sugerując, że powinni wyjść.

– Mamy tu skrytkę depozytową. Chcemy ją natychmiast sprawdzić.

Tym razem mężczyzna otwarcie się roześmiał.

– Tu nie ma skrytek depozytowych. Jesteśmy bankiem, a nie przechowalnią bagażu.

– Proszę powiedzieć panu Völzowi, że mamy klucz – upierał się Tom, wymachując nim przed oczyma portiera – i że nie odejdziemy, dopóki się z nami nie zobaczy.

Mężczyzna przez chwilę milczał, wpatrując się w klucz niepewnie.

– Poczekajcie tutaj – warknął w końcu. Podszedł do stolika po lewej i wydobył zza urny nieduży czarny telefon. Nie spuszczając z nich wzroku, wybrał trzycyfrowy numer.

– *Herr* Völz? – Odwrócił się od nich, by nie mogli go usłyszeć. Mówiąc szybko do telefonu, w pewnym momencie rzucił okiem na klucz, który Tom cały czas trzymał w wyciągniętej ręce. Przytaknął w milczeniu, słuchając odpowiedzi, a ramiona wyraźnie mu zesztywniały. Po chwili odłożył słuchawkę i zwrócił się znów do nich. W jego twarzy dostrzegli niewypowiedziane na głos przeprosiny.

– *Herr* Völz natychmiast zobaczy się z wami, panowie. Proszę tędy.

Zamaszyście otworzył brązowe drzwi i wprowadził ich do środka. Jak Tom słusznie przypuszczał, otwierały się one na główny hol, którego ściany zdobił szereg posępnie wyglądających portretów. Odgłos kroków Toma i Archiego na marmurowej posadzce rozlegał się echem, kiedy szli za portierem do niewielkiego biura. Dwie sekretarki przepisywały coś gorączkowo. Płaskie ekrany komputerów osadzono w obudowach z mahoniu i brązu, jak gdyby widok nagiego plastiku mógł naruszyć arystokratyczny wizerunek banku.

– Poproszę o płaszcze – portier zniżył głos do nabożnego szeptu. Wziął od nich okrycia i starannie powiesił je na żeliwnym wieszaku. Gestem poprosił o walizkę Toma, który jednak wyperswadował mu to, zdecydowanie kręcąc głową i posyłając mu chłodne, nieustępliwe spojrzenie. Portier zapukał więc do masywnych drewnianych drzwi pomiędzy biurkami sekretarek. Zawiły ozdobny napis na mosiężnej tabliczce głosił, że właścicielem tego biura jest Rudolf Völz, *Direktor*.

Zza drzwi nie nadeszła żadna odpowiedź i Tom podążył za wzrokiem mężczyzny do miniaturowego sygnalizatora świetlnego umieszczonego na lewo od wejścia. Paliło się na nim czerwone światło, więc stali tam, czekając cierpliwie. Stukot palców sekretarek na klawiaturze brzmiał jak ogień z broni maszynowej. W końcu światło zmieniło się na zielone. Portier otworzył, gestem nakazał im, by weszli, a potem zamknął za nimi drzwi.

Biuro Völza urządzone było w takim samym tradycyjnym stylu jak reszta budynku: miękki czerwony dywan pod nogami, książki wzdłuż jednej ze ścian, ogromny portret spoglądający obojętnym wzrokiem znad ozdobnego marmurowego kominka. Blade zimowe słońce wlewało się przez okno po lewej i dzieliło pokój na dwie połowy – jedną spowitą w cień i drugą skąpaną w oślepiającym świetle.

– Czego chcecie? – zapytał ktoś wyraźnie wrogim głosem pełnym ostrych, urywanych dźwięków. Tom zmrużył oczy, starając się dostrzec, skąd on dochodził. Gdy jego wzrok w końcu przystosował się do światła, zobaczył ciemny zarys postaci za biurkiem na przeciwległym końcu pokoju.

– *Herr* Völz? – Tom ruszył w kierunku biurka, ale Archie pozostał z tyłu.

– Kim jesteście? Dziennikarzami? Pismakami starającymi się zrobić karierę kosztem dobrego imienia mojej rodziny? – Postać wstała, ignorując wyciągniętą rękę Toma. – Czy kolejnymi łowcami sensacji chcącymi zarobić na naszej ciężkiej pracy?

– Zapewniam pana, że nie jestem nikim takim.

– Skrytek już dawno nie ma. To była niefortunna strategia dywersyfikacyjna wprowadzona przez mojego dziadka w czasie wojny. Mój ojciec zlikwidował je w latach sześćdziesiątych, przy pełnej współpracy Szwajcarskiej Komisji Bankowej – o czym wiedzielibyście, gdybyście sprawdzili fakty. Nie macie tu czego szukać.

Mężczyzna pochylił się do przodu dla zaakcentowania swoich racji i tym razem Tom zdołał zobaczyć jego twarz. Rudolf Völz, wciąż stosunkowo młody, prawdopodobnie niewiele po czterdziestce, miał to samo nieustępliwe spojrzenie i dumną postawę, które Tom widział wcześniej na portretach w holu. W ciemnobrązowych, starannie przystrzyżonych włosach widoczny był cień siwizny. Krótko przycięta broda pokrywała równym paskiem linię szczęki i otaczała usta o wąskich, ściągniętych wargach. Podbródek i chude, zapadnięte policzki były gładko ogolone. Nosił pozbawione oprawek okulary z przezroczystego plastiku.

– W latach sześćdziesiątych? – Tom rzucił mu na biurko klucz, który znaleźli w pudełku z orzechowego drewna. – Na wypadek gdyby pan nie zauważył, na kluczu jest wasz znak firmowy. I jeśli się nie mylę, zamek, który ten klucz otwiera, to najnowsze cudo techniki.

Völz opadł z powrotem na krzesło i wbił wzrok w leżący na biurku klucz.

– Macie numer rachunku?

Tom przytaknął.

– Proszę mi go podać.

Tom wyrecytował liczby, które poprzedniego wieczora podał mu Turnbull.

Völz zdjął okulary i mrużąc oczy, wpisał cyfry do komputera, po czym nacisnął enter. Po krótkiej chwili spojrzał na nich z uśmiechem.

– Witam w Banque Völz, panowie.

# ROZDZIAŁ 38

**Dzielnica finansowa Zurychu**
**8 stycznia, godzina 13.10**

– Najmocniej przepraszam. Proszę mi wybaczyć wcześniejsze nieporozumienie.

Lodowate powitanie, które zgotował im Völz, ustąpiło miejsca uprzejmym uśmiechom i strumieniowi serdecznych przeprosin.

– Proszę się nie martwić – powiedział Tom, popijając kawę. Völz uparł się, by ją dla nich zamówić.

– Chodzi o to, że tak wielu ludzi pojawia się tutaj, by spróbować szczęścia, że musimy być ostrożni.

– Czego oni tu szukają? – zapytał Archie.

– A czego wszyscy szukają w Szwajcarii? Pieniędzy. W naszym wypadku rachunków pozostawionych przez ofiary Holokaustu lub czegokolwiek innego, o co można by nas pozwać. Mój ojciec był na tyle mądry, by zlikwidować skrytki depozytowe, a nieodebrane środki przeznaczyć na pomoc ocalałym z Holokaustu. Zdołał w ten sposób zapobiec przyszłym... komplikacjom.

– Ale nie wszystkie skrytki zlikwidowano? – odezwał się ponownie Archie.

– Oczywiście, że nie – Völz uśmiechnął się z dumą. – W końcu jesteśmy bankiem. Mamy zobowiązania przede wszystkim wobec naszych klientów, a dopiero potem wobec żydowskiego lobby. – Tom przygryzł wargi. – Tutaj, w Banque Völz nigdy o tym nie zapominamy.

– Miło mi to słyszeć. A nasz rachunek...?

– Dokładnie tak jak nam początkowo polecono – niczego nie dotknięto.

– Doskonale.

– Przynajmniej od czasu kiedy po raz ostatni otwarto skrytkę.

– Kiedy dokładnie to było? – spytał Archie.

Völz zdjął okulary i sprawdził informacje na ekranie komputera.

– W maju 1958 roku.

Tom i Archie wymienili spojrzenia. W tym samym roku, sądząc z daty stempla pocztowego, Lammers przesłał Weissmanowi zdjęcia trzech obrazów Bellaka.

– Minęło dużo czasu – powiedział Tom. – Tym lepszy mamy powód, jeśli pan pozwoli, *Herr* Völz, by teraz nie zwlekać ani chwili dłużej.

– Oczywiście, oczywiście – Völz zerwał się na nogi. – Proszę za mną, panowie.

Poprowadził ich przez sekretariat do holu i dalej przez kolejne drzwi prowadzące na kwadratową klatkę schodową. Trzy rzędy schodów połączone szerokim półpiętrem pięły się w górę na pierwsze, a potem na drugie piętro. Powyżej ołowiane niebo patrzyło na nich groźnie przez przeszkloną kopułę.

W ścianie pod klatką schodową znajdowały się drzwi, i to właśnie do nich podszedł Völz. Otworzył je wyjętym z kieszeni kluczem i sięgnął do wnętrza, by zapalić światło. Z mroku wyłoniły się wąskie brudne schody.

– Piwnica na wino – wyjaśnił.

Schody prowadziły w dół do niskiego pomieszczenia, długiego na sześć metrów i szerokiego na jakieś pięć. W powietrzu unosił się zapach stęchlizny. Jedyne światło pochodziło z kilku słabych żarówek zwisających smętnie z niewykończonego sufitu. Pokój wypełniony był stojakami na wino, mieszczącymi rzędy omszałych butelek o zatartych i poplamionych etykietach.

– Ładną macie tu kolekcję – powiedział Archie z uznaniem, zdejmując ze stojaka butelkę Château La Fleur rocznik '61.

Völz podszedł do regału na tylnej ścianie piwnicy i pociągnął go ku sobie. Półki przesunęły się do przodu, odsłaniając duże stalowe drzwi. Völz otworzył je, wyjąwszy z kieszeni kolejny klucz.

Otwarcie drzwi zapaliło wewnątrz światła, ukazując pomieszczenie, które od linoleum na podłodze po ściany i sufit urządzono w sterylnej bieli. Było prawie puste, jeśli nie liczyć umieszczonego na środku stołu z nierdzewnej stali, osadzonego w przeciwległej ścianie płaskiego ekranu komputera, a po jego prawej stronie czegoś, co wyglądało jak stalowa szuflada. Co dziwne, w pokoju nie było żadnych ostrych krawędzi: każdy kąt i narożnik był delikatnie zaokrąglony, jak gdyby przez tysiąc lat wygładzały go topniejące wody lodowca.

– Ile macie tu skrytek? – zapytał Tom, starając się zachować swobodny ton.

Völz w zamyśleniu potarł policzek.

– Rachunków takich jak wasz? Jakieś dwieście z tych założonych w czasie wojny jest wciąż aktywnych.

– Co rozumie pan przez rachunki „aktywne"?

– Takie, do których wciąż mamy adresy kontaktowe – przeważnie skrytki pocztowe – wskazanych posiadaczy rachunków. Tam właśnie przesyłamy istotne informacje, takie jak nowe klucze, które rozesłaliśmy, kiedy około trzech lat temu ulepszyliśmy system zabezpieczeń. Jeśli klucza nie zwrócono, uznajemy rachunek za aktywny.

– A jeśli został zwrócony?

– Zazwyczaj oznacza to, że pierwotny posiadacz lub zarządca rachunku zmarł, a wraz z nim odeszła wiedza o istnieniu skrytki. Wciąż jednak przechowujemy skrzynkę, na wypadek gdyby ktoś się z nami skontaktował. Widzicie, panowie, większość tych skrytek została wydzierżawiona na dziewięćdziesiąt dziewięć lat i opłacona z góry, więc mamy obowiązek zachować je do tego czasu. Kiedy dzierżawa wygaśnie... Powiedzmy, że najprawdopodobniej nie będzie to już mój problem.

Roześmiał się i podszedł do komputera. Lekko zastukał palcem w ekran, który natychmiast ożył i zapulsował światłem. Na jego ciemnej powierzchni pokazało się dziesięć białych znaków zapytania. Völz znowu zwrócił się w ich stronę.

– Jeszcze raz poproszę o numer rachunku.

Tom wpisał kod odzyskany z ręki Weissmana, wybierając numery z listy na dole ekranu. Ekran przez chwilę pozostał pusty, a potem zabłysło na nim powitanie:

*Willkommen.*
*Konto: 1256093574.*
*Konto Name: Werfen.*
*Bitte Schlüssel einführen.*

„Nazwa rachunku *Werfen*", zastanawiał się Tom. Kto to był? Albo co to było? Völz przerwał jego rozmyślania.

– Proszę włożyć klucz – przetłumaczył, wskazując niewielki kwadratowy otwór pod ekranem. Tom umieścił w nim klucz i po kilku sekundach na monitorze pojawił się obraz otwierającej się kłódki, potwierdzający, że klucz został poprawnie odczytany przez lasery.

– Teraz podczerwień – podpowiedział Völz.

Tom nacisnął guzik w gumowej rączce klucza, a kolejna animacja, tym razem przedstawiająca otwierające się drzwi, potwierdziła, że algorytmy się zgadzają. Jak dotąd wszystko dobrze.

– W porządku, panowie. Wasz klucz pasuje do rachunku. Wszystko, co pozostaje nam zrobić, to zeskanować odcisk dłoni.

– *Herr* Völz – powiedział Tom, zwracając się w jego kierunku – zastanawiam się, czy mógłby pan zostawić nas samych?

– Oczywiście – zgodził się Völz bez mrugnięcia okiem. Był w końcu profesjonalnym szwajcarskim bankierem. – Proszę po prostu oprzeć dłoń na tym panelu – wskazał im po lewej stronie komputera szklaną płytkę, której Tom wcześniej nie zauważył. – System automatycznie wyszuka waszą skrzynkę i umieści ją tutaj – skinął w kierunku szuflady. – Kiedy już skończycie, włóżcie skrzynkę z powrotem, a system zwróci ją na miejsce i powróci do ustawienia wyjściowego. Wrócę tu na dół i osobiście zamknę pomieszczenie po waszym wyjściu.

– Dziękujemy panu za pomoc – Tom uścisnął mu rękę.

Gdy tylko odgłos kroków bankiera ucichł na schodach, Tom położył walizkę na stole i otworzył ją. Włożyli rękę Weissmana do lodu w szczelnie zamkniętej plastikowej torbie, którą również obłożyli kolejnymi workami z lodem. Pomimo to, znajdując się poza chłodnią, ręka zaczęła wydzielać okropny zapach i przybrała dziwny żółtawy odcień.

– Chryste! – wymamrotał Archie, zaglądając przez ramię Toma. – Ależ to cuchnie.

Starając się oddychać przez usta, Tom sięgnął do wnętrza torby, chwycił rękę tuż powyżej nadgarstka i wyjął ją spod lodu. W dotyku była twarda i śliska jak martwa ryba. Zbliżył się do szklanego panelu i umieścił na nim martwą rękę. Siatka czerwonych promieni zapaliła się w głębi pod szkłem i przesunęła się po powierzchni dłoni. Ekran błysnął ostrzegawczo.

– Skanowanie nieudane – przetłumaczył Tom ponuro.

– Ile razy możemy próbować?

– Jeszcze dwa. Potem system się zamknie.

– Mam nadzieję, że wydedukowaliśmy to prawidłowo.

– Turnbull powiedział mi, że Weissman wyjechał za granicę tylko raz – na jakąś konferencję w Genewie trzy lata temu. Zgodnie z tym, co właśnie powiedział nam Völz, w tym samym czasie zaostrzyli tutaj standardy bezpieczeństwa. Nie sądzę, żeby to był przypadek. Weissman mógł z łatwością przyjechać tu pociągiem, zeskanować dłoń na potrzeby systemu i wrócić do Genewy na obiad. Nikt by nic nie podejrzewał.

– Może trzeba mocniej docisnąć palce do szkła? – zasugerował Archie.

Tom przyłożył własną rękę do dłoni Weissmana, rozpłaszczając ją na szkle. Wiązka czerwonych promieni rozbłysła ponownie, potem zgasła.

– Skanowanie nieudane – Tom wzruszył ramionami z rezygnacją. – Myślę, że czytnik chwyta końce moich palców, tam gdzie się nakładają na palce Weissmana. Może ty powinieneś spróbować. Masz trochę mniejsze dłonie niż ja.

– W porządku – Archie wziął od niego rękę i przycisnął swoją dłoń do dłoni Weissmana, tak że palce rozłożyły się płasko na płytce czytnika. Ponownie przebiegła po niej siatka laserów. Ekran zgasł, a potem wyświetlił inną wiadomość.

– Skanowanie zakończone – odetchnął Tom.

Trzymając rękę końcami palców możliwie jak najdalej od siebie, Archie wrzucił ją do plastikowej torby, zakleił i z ulgą zamknął walizkę.

Zza ściany rozległ się warkot maszynerii. Tom i Archie wymienili spojrzenia. Obaj wiedzieli, co się dzieje, gdyż wielokrotnie badali działanie tego typu systemów. Gdzieś głęboko poniżej miejsca, w którym w tej chwili stali, setki skrzynek oznaczonych kodami kreskowymi spoczywały na płytkich półkach w skarbcu odpornym na bomby i ogień. Automatyczne ramię dopasowało ich dane do jednej z nich, po czym wyjęło ją z obudowy i umieściło na tacy, która z kolei dostarczyła skrzynkę do szuflady w ścianie. W odpowiednim momencie szuflada wydała buczący sygnał i wysunęła się kilka centymetrów do przodu. Archie pociągnął ją ku sobie. Zawierała poobijaną metalową skrzynkę, którą wyjął i umieścił na stole. Miała około metra długości, trzydzieści centymetrów szerokości i była głęboka na jakieś piętnaście centymetrów.

– Gotowy? – zapytał Tom, uśmiechając się z niecierpliwością.

Powoli podniósł wieko i obaj zajrzeli do wnętrza.

# ROZDZIAŁ 39

**Centrum operacyjne CIA w Zurychu**
**8 stycznia, godzina 14.20**

– Jedynka, tu centrala. Odezwij się, proszę.
– Słucham cię, centrala – przez szum i trzaski przebiła się odpowiedź.
– Jesteś na miejscu, Roberts? – agent Ben Cody pochylił się nad ramieniem operatorki i odezwał się do jej mikrofonu.
– Tak. Czekajcie na transmisję.
Kilka sekund później ożył jeden z trzech płaskich monitorów przed nimi. Umieszczony wysoko ekran pokazywał obraz przekazywany na żywo przez satelitę. Położenie agenta oznaczała mrugająca czerwona kropka. Pięć innych kropek pulsowało wokół niej, wskazując, że reszta zespołu również czekała na wyznaczonych pozycjach.
– Jesteś tego pewien? – zapytał Cody.
– Pewien czego? – wobec wyraźnego sceptycyzmu Cody'ego Bailey nie zdołał powstrzymać defensywnego tonu.
– Ściągnąłem ludzi z trzech innych zespołów, żeby obsadzić tę operację – Cody objął szerokim gestem pokój wypełniony gorączkową aktywnością. Czterech łącznościowców monitorowało transmisje przekazywane przez sześciu agentów w terenie. Za nimi jeszcze dwóch jego ludzi przyjmowało rozmowy

telefoniczne przy akompaniamencie ciągłego szumu komputerów i wysokiego pisku zakodowanych faksów. Przy drzwiach otwieranych kartą magnetyczną stał uzbrojony strażnik.

– Nie zrobiłbym tego dla nikogo innego niż Carter. Jest dobrym człowiekiem. Jednym z najlepszych. Ale muszę przyznać, że już tyle razy widziałem, jak Biuro porywa się z motyką na słońce, że powinno mi wystarczyć do końca tego życia i na kilka następnych.

– Nic nie mogę obiecać – powiedział Bailey. – Postawmy sprawę jasno, działamy tu na wyczucie. Ale Carter nie przysłałby mnie, gdyby nie uważał, że warto spróbować.

– Jak przypuszczam, wkrótce się okaże, czy macie rację – westchnął Cody. – Tak czy inaczej, ustalimy, kto wchodzi do tego hotelu i wychodzi z niego. Jeśli pokaże się człowiek, którego szukacie, przyszpilimy go.

## ROZDZIAŁ 40

**Wipkingen, Zurych**
**8 stycznia, godzina 14.32**

– I to wszystko?
Tom doskonale rozumiał zawód w głosie Dominique. Wszystkie te starania, których dołożyli Weissman i Lammers, żeby zabezpieczyć skrytkę depozytową, sprawiły, że gorączkowo spekulowali, co właściwie mogło znajdować się w środku.
I wszyscy się mylili.
Żadnego złota. Żadnych diamentów. Żadnego dawno zaginionego obrazu Vermeera. Ostatecznie okazało się, że skrytka zawierała jedynie cienką, popękaną wzdłuż szwów teczkę z brązowej skóry, którą Tom właśnie położył przed nimi na skrzyni po herbacie.
– Ktoś ma niezły ubaw – Archie jak zwykle zinterpretował sytuację bez ogródek. – To musi być jakiś żart.
– Przepraszam, a co jest w środku? – zapytał Dhutta, poruszając wąsami.
– Mapa – Tom otworzył teczkę i wydobył z niej pożółkły dokument, który zwinięto kilkakrotnie, żeby zmieścić go do jej wnętrza. – Gdzie możemy ją rozwiesić?
– Mam odpowiednie miejsce – Dhutta niecierpliwie oblizał wargi. – Tędy, proszę.

Popędził do swojej pracowni komputerowej i wskazał im pustą przestrzeń na ścianie powyżej drukarek i skanerów.

– Myślę, że tutaj się zmieści.

Tom wspiął się na krzesło. Za pomocą pinezek przyczepił wszystkie cztery rogi mapy do ściany i zeskoczył z powrotem na podłogę.

– *Deutsche Reichsbahn*: Niemieckie Koleje Państwowe – przetłumaczyła Dominique. – To mapa hitlerowskich linii kolejowych.

– Zgadza się – potwierdził Archie. – Różne kraje okupowane przez Rzeszę są zaznaczone tym samym kolorem co Niemcy: Austria, Luksemburg, Czechosłowacja, Polska...

– Czerwiec 1943 – powiedziała Dominique, wskazując datę w prawym dolnym rogu.

Tom podszedł do mapy, by się jej dokładniej przyjrzeć.

– Przedstawia wszystkie miasta i większe miasteczka. Grube czarne kreski to linie kolejowe. Te cieńsze kreski muszą oznaczać bocznice lub coś w tym rodzaju.

– A kropki to stacje – uzupełnił Archie.

– Po co ją zachowali? – Dominique zmarszczyła brwi.

– Dobre pytanie – zgodził się Archie. – W czasie wojny najprawdopodobniej wydrukowano dziesiątki tysięcy takich map.

Tom w zamyśleniu potarł nos.

– Ta musi się w jakiś sposób różnić... Radż? – Dhutta podskoczył na dźwięk swojego imienia. – Masz tu może projektor?

– Oczywiście.

– Świetnie. Dom, sprawdź, czy uda ci się znaleźć w Internecie mapę niemieckich linii kolejowych z 1943 roku. Powiększymy ją do tego samego rozmiaru i nałożymy na siebie te dwa obrazy. W ten sposób, jeśli są między nimi jakieś różnice, powinniśmy być w stanie je zauważyć.

Dominique zajęła się komputerem, podczas gdy Tom przygotował projektor. Podniósł go na wysokość mapy, by nie zniekształcić obrazu. Kilka minut później Dominique odwróciła się do nich z uśmiechem.

– Masz ją? – zapytał Archie.

Przytaknęła.

– Miałeś rację: wydanie z 1943 roku jest wersją wzorcową. Znalazłam kopię na stronie uniwersyteckiej. Możliwe, że trzeba będzie troszkę pobawić się wymiarami, ale powinno nam się udać.

Kiedy obraz pojawił się na ścianie, Tom regulował ostrość i odległość od projektora, dopóki nie uznał, że obie mapy pasują do siebie tak dokładnie, jak to tylko możliwe. Wtedy wszyscy czworo zbliżyli się do nałożonych obrazów i zaczęli studiować je z uwagą.

Minęło niemal dziesięć minut, zanim ktoś się w końcu odezwał. Jak można się było spodziewać, był to Archie.

– Jeśli one czymś się różnią, to ja tego nie widzę.

– Ja też nie – Tom potarł zmęczone oczy.

– U mnie to samo – zawtórowała im Dominique.

– A może by tak ultrafiolet? – radośnie zaproponował Dhutta. – To może nam coś pokazać. Mam tutaj lampę Wooda.

– Promienie UV? – zdziwił się Archie. – A znali je w tamtych czasach?

– Johann Ritter odkrył promieniowanie ultrafioletowe na początku dziewiętnastego wieku – potwierdziła Dominique.

Archie wzruszył ramionami, najwyraźniej nauczony doświadczeniem, by nie kwestionować podawanych przez Dominique faktów.

– Masz coś, żeby ją podłączyć, Radż? – zapytał Tom.

Dhutta zniknął w warsztacie i pojawił się chwilę później z ręczną lampą fluorescencyjną, ciągnąc za sobą długi przewód elektryczny. Dominique wyłączyła światła. Tom wziął lampę z rąk Dhutty i zaczął przesuwać ją nad powierzchnią mapy, zalewając arkusz nienaturalnym fioletowym światłem. Prawie natychmiast pojawiły się na niej czarne znaki – niewielkie kręgi dookoła nazw niektórych miejscowości, a obok nich liczby.

– Czy wy też to widzicie?! – wykrzyknął podekscytowany Tom.

Archie przytaknął.

– Poczekajcie, przeczytam je.

Chwilę później Dominique miała już gotową listę nazw, które podał Tom.

– Jest tu jeszcze taki dziwny symbol – Tom wskazał spory znak w kształcie litery L, narysowany w lewej dolnej ćwiartce mapy. Zaznaczył go ołówkiem.

Dhutta z powrotem zapalił światło.

– Przeczytaj je jeszcze raz – zaproponował Archie.

– Uporządkowałam je alfabetycznie – powiedziała Dominique. – Brennberg 30/3, Brixlegg 21/4, Budapeszt 15/12, Györ 4/2, Hopfgarten 15/4, Linz 9/4, Salzburg 13/4, Werfen 16/5, Wiedeń 3/4.

– Werfen? – Archie spojrzał na Toma. – Czy nie taka była nazwa tego rachunku depozytowego?

– Zgadza się – potwierdził Tom.

– A więc jak myślisz, co to jest?

– Może te numery to daty – zasugerował Tom. – Wiesz, pierwsza liczba to dzień, a druga to miesiąc. Co się stanie, jeśli ułożymy je w takiej kolejności?

Dominique szybko przepisała nazwy i odczytała je ponownie.

– Budapeszt 15/12, Györ 4/2, Brennberg 30/3, Wiedeń 3/4, Linz 9/4, Salzburg 13/4, Hopfgarten 15/4, Brixlegg 21/4, Werfen 16/5.

– Popatrzcie – każde wyczytane miejsce na mapie Tom oznaczał małą pinezką – przesuwamy się ze wschodu na zachód. Myślę, że to jakiś rodzaj planu, trasa odbytej lub zaplanowanej podróży z Budapesztu przez Europę aż do... popatrzcie, w jakim kierunku zmierzali, aż do momentu kiedy dotarli do Brixlegg – Tom wskazał granicę jakieś sto pięćdziesiąt kilometrów od wioski.

– Szwajcaria – tym razem odezwał się Archie.

– I z tego, co widzę, prawie im się udało, ale potem zawrócili do Werfen – Tom postukał w mapę równo przyciętym paznokciem. – Powinniśmy jeszcze raz odwiedzić Laschego i sprawdzić, czy coś o tym wie.

– A co z tym? – Archie wskazał na znak w kształcie litery L, który Tom obrysował ołówkiem na mapie cienką kreską.

– O to również go zapytamy.

– Cokolwiek Lasche wie, nie sądzę, aby mogło to wyjaśnić, dlaczego właściwie system zabezpieczeń o najwyższym standardzie chronił mapę, na której kilka miasteczek zaznaczono niewidzialnym atramentem – zauważyła Dominique.

– To nie jest niewidzialny atrament – powiedział Dhutta nieoczekiwanie poważnym tonem. – Chociaż kolor z czasem wyblakł, znam tylko jedną substancję, która fosforyzuje mniej od otoczenia, a jednocześnie jest tak dobrze widoczna w promieniach ultrafioletowych.

– A mianowicie? – zapytał Archie.

– Krew.

# ROZDZIAŁ 41

**Hotel Drei Könige, Zurych**
**8 stycznia, godzina 16.04**

Tom pamiętał, jakim nabożnym lękiem napawał go ten widok: wiszące u krokwi bitewne flagi, bukiety napoleońskich szabli na ścianach, wypolerowane do połysku pistolety spoczywające w gablotach niczym ozdobna biżuteria. Jednak dla Archiego wszystko to było zupełnie nowe i przeskakiwał od jednego eksponatu do drugiego jak podekscytowane dziecko.
– Skąd on ma to wszystko?
Archie starał się mówić szeptem, ale nie udawało mu się, a jego coraz bardziej podekscytowany głos rozlegał się głośno w ciszy pomieszczenia. Tom rozumiał, dlaczego partner przynajmniej próbował. W czasie poprzedniej wizyty uderzył go paradny wojenny majestat otoczenia. Tym razem poraziła go przyczajona w nim mroczna, bezduszna siła.
Teraz widział, że pokój ma jakiś dziwny ołowiany ciężar, który przywodził mu na myśl obrazy El Greca. Był przesiąknięty natarczywym tchnieniem śmierci, jednak Tom nie nazywał jej po imieniu. Czuł się tu dziwnie nie na miejscu, jak gdyby zabłądził przypadkiem do zakazanej części jakiejś tajemnej biblioteki i wahał się między chęcią ucieczki a obezwładniającym pragnieniem studiowania jej zawartości tak dłu-

go, jak to tylko możliwe, zanim zostanie przyłapany. W tych okolicznościach pokój domagał się co najmniej szeptu.

– A to widziałeś?

Zbroja, przed którą zatrzymał się Archie, była co najmniej intrygująca. Wyeksponowano ją w pozycji siedzącej, a nie stojącej. Czarna emalia, którą pierwotnie była pokryta, dawno już popękała i wykruszyła się, ale wyblakłe resztki zawiłych złotych znaków wciąż były widoczne na szerokim, groźnie wyglądającym hełmie i napierśniku. Naramienniki i osłonę gardła również wykonano z metalu, szerokich, płaskich płytek połączonych kolorowym sznurkiem. Jednak reszta zbroi wyglądała na wykonaną z bambusa i ozdobnych tkanin.

– To zbroja samurajska – wyszeptał Archie z zapartym tchem, choć Tom sam już się tego domyślił. – Sądząc po kształcie hełmu, z okresu Muromachi. Piętnasty, może czternasty wiek. Musi być warta niedużą fortunę.

– Jeśli mam być szczery, całkiem dużą fortunę, panie Connolly.

Niezauważony przez nich, Lasche znalazł się w pokoju i teraz zbliżał się do nich szybko na swoim elektrycznym wózku. Archie odwrócił się gwałtownie, wyraźnie zaskoczony faktem, że gospodarz zna jego nazwisko.

– Tak, wiem, kim pan jest – Lasche zaśmiał się chrapliwie. – Gdy wydaje się tyle co ja na powiększenie swojej kolekcji, istotne jest, by znać wszystkich kluczowych graczy. Pan, jak rozumiem, jest jednym z najlepszych.

– Byłem. Wycofałem się już. Obaj się wycofaliśmy. Prawda, Tom?

Tom nie odpowiedział. Zauważył, że głos Laschego był zaskakująco mocny w porównaniu z ich poprzednim spotkaniem, a jego oddech, choć wciąż ciężki i świszczący, brzmiał dużo lepiej, niemal normalnie.

– Miło, że zechciał pan znowu się ze mną zobaczyć, *Herr* Lasche. Wygląda pan... dużo zdrowiej.

— Pełna transfuzja krwi — Lasche uśmiechnął się czerwonymi dziąsłami. — Robią mi taką co cztery tygodnie. Przez kilka dni znów czuję się niemal jak człowiek.

Pogładził przód marynarki i Tom zauważył, że zmienił piżamę i szlafrok na garnitur i krawat, choć ostatni guzik koszuli pozostał niezapięty, by nakrochmalony materiał mógł pomieścić mięsiste fałdy szyi Laschego.

— Po co on tu wrócił? — warknął pielęgniarz Laschego, pojawiając się w drzwiach.

— Wybaczcie Heinrichowi — Lasche lekko potrząsnął głową. — Jest nadopiekuńczy. Jednakże jego pytanie jest jak najbardziej na miejscu. Po co pan wrócił, panie Kirk? Mam nadzieję, że nie chodzi o Zakon, bo w takim wypadku pana podróż okaże się daremna. Zdążył pan już wyczerpać skromny zasób mojej wiedzy.

— Zapewniam pana, że sprawa, z którą przyjechałem, jedynie pośrednio dotyczy Zakonu. Chodzi o mapę. A ściśle rzecz biorąc, o podróż. Podróż pociągiem.

— Podróż pociągiem? — Lasche oblizał blade wargi. — Z pewnością potrafi pan zaintrygować. Wygląda na to, że będę musiał pana wysłuchać, jeszcze jeden, ostatni raz.

Lasche skierował wózek na drugą stronę pokoju i zatrzymał się za biurkiem, zapraszając ich gestem, by usiedli naprzeciw. Makabryczna lampa wciąż promieniowała mdłym światłem.

— A teraz proszę mi opowiedzieć o tym pociągu.

— Znaleźliśmy mapę. Kolejową. Wygląda na to, że zaznaczono na niej trasę pociągu z czasów wojny.

— I bez wątpienia sądzi pan, że zaprowadzi ona pana do jakiegoś bajecznego skarbu — powiedział Lasche lekceważąco. — Do jakiegoś z dawien dawna zaginionego arcydzieła.

— Dlaczego pan to mówi? — Tom nie starał się ukryć zaskoczenia. Czyżby Lasche wiedział więcej, niż był skłonny wyjawić?

– A z jakiego innego powodu to właśnie pan się tu znalazł, panie Kirk? Zna pan historię. Wie pan, że Hitler rozumiał kulturową wagę sztuki, jej emocjonalne oddziaływanie na ludzką wyobraźnię i poczucie tożsamości. Wojna była dla niego szansą na przekształcenie sposobu, w jaki świat odbierał wielkie dzieła sztuki. Za każdym razem kiedy naziści planowali inwazję na jakiś kraj, tworzyli listy wszystkich dzieł sztuki w muzeach czy w prywatnych kolekcjach, które chcieli skonfiskować lub zniszczyć.

– Mówi pan o *Sonderauftrag Linz*, prawda? – domyślił się Tom. – Operacji mającej na celu stworzenie kolekcji, która miała obrazować wszystko, co najlepsze w aryjskiej sztuce.

– Tak, o *Sonderauftrag Linz*, ale również o działalności *Einsatzstab Reichsleiter Rosenberg* i o *SS-Ahnenerbe*. Wszystko to składało się na najbardziej wyrafinowany, najlepiej zaplanowany i najdokładniej przeprowadzony rabunek w dziejach. Ludobójstwo i plądrowanie Europy szły ręka w rękę. Zagrabiono miliony dzieł sztuki. Dziesiątków tysięcy z nich nie odnaleziono do dziś. Setki odnajdują się co roku, dotychczas niezwrócone prawowitym właścicielom. Jak podejrzewam, myśli pan, że mógł pan znaleźć mały okruch z ich stołu.

– Na razie wszystko, co znaleźliśmy, to trasa pociągu – powiedział Tom zdecydowanie. – Mieliśmy nadzieję, że może pan coś o niej wiedzieć. Może gdybyśmy przeczytali panu nazwy miejscowości, przez które przejechał ten pociąg...

Lasche podrapał się po głowie. Różowa skóra złuszczyła się w kilku miejscach pod dotykiem, a drobne płatki opadły mu na kołnierz.

– Bardzo w to wątpię. Dlaczego ta jedna trasa miałaby znaczyć więcej niż miliony innych, którymi przemieszczały się w tym czasie pociągi?

– Ponieważ sądzimy, że ta jedna mogła być wyjątkowa – upierał się Tom, jednocześnie z bólem serca zdając sobie sprawę, że Lasche prawdopodobnie miał rację, a ich domysły były jeszcze bardziej nieprawdopodobne, niż się początkowo obawiał.

– Ależ proszę, niech pan czyta – wzruszył ramionami Lasche. – Ale na pana miejscu nie żywiłbym zbytnich nadziei.

Tom zaczął odczytywać listę, którą przygotowała Dominique.

– Budapeszt, Györ, Brennberg, Wiedeń, Linz... – twarz Laschego pozostała niewzruszona. Z każdą kolejną nazwą sygnalizował jedynie lekkim skinieniem głowy, że nic mu one nie mówiły. – ... Salzburg, Hopfgarten – kontynuował Tom. – Brixlegg, Werfen.

Oczy Laschego zwężyły się.

– Werfen? Powiedział pan Werfen?

– Tak – Tom przytaknął gorliwie.

– Chce pan dowiedzieć się czegoś o pociągu, który wyjechał z Budapesztu i zakończył bieg w Werfen?

– A czy to coś panu mówi?

– Zmusza pan starego człowieka, by sięgał granic swojej pamięci. – Lasche zwrócił się w kierunku pielęgniarza, wciąż stojącego w głębi pokoju. – Heinrich, podejdź, proszę, i przynieś mi teczkę numer piętnaście. Och, i szesnaście również. To musi być w którejś z nich.

## ROZDZIAŁ 42

**Hotel Drei Könige, Zurych**
**8 stycznia, godzina 16.30**

Tom i Archie wymienili pytające spojrzenia, ale Lasche nie dał się sprowokować. Wpatrywał się w zamyśleniu w sufit, aż do momentu kiedy pielęgniarz powrócił kilka minut później, ściskając dwie duże teczki związane sznurkiem. Lasche otworzył pierwszą, przewertował jej zawartość, by po chwili zająć się drugą. W końcu chyba odnalazł to, czego szukał.

– Proszę jeszcze raz przeczytać mi te nazwy – zażądał z nosem w teczce.

– Budapeszt, Györ, Brennberg, Wiedeń... – zaczął Tom.

– Linz, Salzburg, Hopfgarten, Brixlegg, Werfen – dokończył Lasche niedbale i podniósł wzrok. Kiedy ponownie się odezwał, jego głos był zaciekawiony. – No więc wygląda na to, że jednak mogę coś wiedzieć o waszym pociągu. To, co mi właśnie opisaliście, to dokładna trasa węgierskiego Złotego Pociągu.

– Złotego Pociągu? – spytał Archie z przejęciem, wbijając w Toma podekscytowany wzrok.

– Jak dużo wiecie o tym, co działo się na Węgrzech w ostatnich dniach wojny?

– Niewiele – przyznał Tom.

– Dobrze więc, pozwólcie, że nakreślę wam tło – powiedział Lasche, nalewając sobie szklankę wody i upijając łyk. – W grudniu 1944 roku Budapeszt był prawie całkowicie okrążony przez przeważające siły Rosjan. Niemców ogarnął chaos, ich tysiącletnia Rzesza waliła im się na głowy. Na wyraźny rozkaz Adolfa Eichmanna przygotowano więc pociąg.

– Adolfa Eichmanna? – Archie zmarszczył brwi. – Czy to nie był ten gość, którego Izraelczycy porwali z Argentyny i powiesili?

– Ten sam – potwierdził Lasche. – Znany głównie jako twórca ostatecznego rozwiązania kwestii żydowskiej, kierował wtedy deportacją węgierskich Żydów do Auschwitz. Pociąg, który zarekwirował, miał zabrać ogromne skarby zagrabione węgierskim Żydom, których posłał na śmierć, i wywieźć je poza zasięg nacierających wojsk radzieckich.

– Jakie skarby? – tym razem odezwał się Tom.

– Oczywiście złoto. Ponad pięć ton złota, od sztab zrabowanych z państwowych banków po wyrwane złote zęby. Podobno same ślubne obrączki zdarte z palców ofiar zapełniły trzy skrzynie. Oprócz tego...

Lasche zajrzał do teczki i odczytał:

– Ponad trzysta kilogramów pereł i diamentów, tysiąc dwieście pięćdziesiąt obrazów, pięć tysięcy orientalnych i perskich dywanów, ponad osiemset pięćdziesiąt skrzyń sreber, porcelana, rzadkie znaczki, kolekcje monet, futra, zegarki, budziki, aparaty fotograficzne, płaszcze, maszyny do pisania, a nawet jedwabna bielizna. Lista ciągnie się w nieskończoność – podniósł wzrok. – Łupy wojenne. Owoce mordu.

– To musiało być warte miliony.

– Dokładnie dwieście sześć milionów dolarów w 1945 roku. Dzisiaj kilka miliardów.

– I wszystko to w jednym pociągu?

– Jednym pociągu składającym się z pięćdziesięciu dwóch wagonów, z czego – Lasche ponownie sprawdził zawartość teczki – dwadzieścia dziewięć stanowiły wagony towarowe. Ciężkie wagony towarowe, w niektórych wypadkach specjalnie wzmocnione. Najlepsze, jakie hitlerowcy byli w stanie wtedy zdobyć.

– Udało im się uciec? – zapytał Archie. – Rosjanie go nie przejęli?

– Pociąg opuścił Budapeszt piętnastego grudnia. – Kiedy Lasche mówił, Tom zerknął na swoją listę. Data odjazdu pociągu zgadzała się z tą zaznaczoną na mapie. – Potem zatrzymał się w Györ, gdzie do ładunku dołączono około stu obrazów starych mistrzów zabranych z miejscowego muzeum miejskiego. Przez kolejne trzy miesiące pociąg przebył zaledwie około stu pięćdziesięciu kilometrów, zatrzymywany przez szalejące wokół bitwy i dziesięć nieudanych napadów. Dziewięciu z nich dokonali renegaci z szeregów SS. Wszystkie zostały jednak skutecznie odparte przez węgierskich żołnierzy przydzielonych do ochrony tego szczególnego ładunku.

– Dokąd zmierzał pociąg? – ponownie odezwał się Archie.

– Wszystko wskazuje na to, że do Szwajcarii. Ale kiedy dotarł do przedmieść Salzburga, wojna już się prawie skończyła. I chociaż pociąg zdołał prześcignąć Rosjan, alianci szybko zajmowali terytorium Austrii. Dwudziestego pierwszego kwietnia czterysta piąty dywizjon piętnastej brygady powietrznej zniszczył most kolejowy w Brixlegg, a kilka dni później Siódma Armia połączyła się z Piątą Armią na przełęczy Brenner. Austria została skutecznie podzielona, a droga do Szwajcarii zamknięta.

– A więc pociąg został odbity?

Lasche uśmiechnął się.

– Myślę, że bardziej odpowiednie byłoby słowo „odnalezieni". Piętnasty pułk piechoty trzeciej dywizji natrafił na pociąg w tunelu Tauern, gdzie pozostawili go Niemcy, zaledwie kilka kilometrów od Brixlegg. Wciąż był wypełniony drogocennym ładunkiem. Amerykanie zabrali go do Werfen, a stamtąd do Camp Truscott na przedmieściach Salzburga, gdzie rozładowano wszystkie dwadzieścia siedem wagonów i umieszczono ich zawartość w strzeżonych magazynach.

– A co później stało się z ładunkiem? – spytał Tom.

Lasche z goryczą potrząsnął głową, a jego głos nagle stwardniał.

– Wiadomo było, że majątek, który przewoził Złoty Pociąg, należał pierwotnie do węgierskich Żydów. Jednak został on zakwalifikowany jako „niezidentyfikowana własność wroga", co umożliwiło wysokim urzędnikom armii amerykańskiej zarekwirowanie całego ładunku.

– Zarekwirowanie? – zdziwił się Archie.

– Eufemizm na określenie zalegalizowanej grabieży. Zgodnie z prawem pozostawione dobra powinny zostać przekazane państwu węgierskiemu, by mogły być zwrócone ocalałym lub rodzinom tych, których ograbiono i zamordowano. Zamiast tego chciwi i pozbawieni skrupułów oficerowie amerykańscy zwyczajnie wzięli sobie to, co chcieli, zdobiąc swoje sztaby polowe niczym armia zdobywców, a resztę wysyłając do domu do Stanów – głos Laschego brzmiał teraz niemal gniewnie. – Amerykanie przekazali ponad tysiąc dzieł sztuki austriackiemu, a nie węgierskiemu rządowi, a pozostałe sprzedali na aukcjach w Nowym Jorku.

Tom potrząsnął głową.

– Pan wybaczy, że zapytam, *Herr* Lasche – powiedział podejrzliwym tonem – ale jest pan wyjątkowo dobrze poinformowany o losach tego konkretnego pociągu...

– Zapomina pan, panie Kirk, że zanim upadłem tak nisko, by sikać do woreczka – Lasche z przygnębioną miną poklepał się po nodze – skarżyłem zagraniczne przedsiębiorstwa i rządy w imieniu ofiar Holokaustu. Moja praca polegała na zbieraniu informacji o tego typu incydentach – postukał palcem w okładkę teczki. – Plotki o Złotym Pociągu krążyły od lat, ale dopiero po moim przejściu na emeryturę specjalna prezydencka komisja do spraw pożydowskiego majątku w końcu potwierdziła to, co wam właśnie powiedziałem. Do sądu natychmiast trafił pozew zbiorowy. Amerykański Departament Sprawiedliwości, co było do przewidzenia, sprzeciwił się wszelkim próbom uzyskania odszkodowań, najpierw zaprzeczając zarzutom, a potem twierdząc, że wydarzenia te miały miejsce zbyt dawno, by mogły być rozpatrywane przez współczesny sąd. Ale sąd rozpatrzył sprawę na korzyść ocalałych z Holokaustu i wypłacono im prawie dwadzieścia pięć milionów dolarów. Niewielki ułamek tego, co im się faktycznie należy.

– Zaraz, chwileczkę – od kilku sekund Archie marszczył brwi w skupieniu. – Przed chwilą powiedział pan, że jankesi rozładowali wszystkie dwadzieścia siedem wagonów towarowych? Ale wcześniej mówił pan o dwudziestu dziewięciu.

– Zgadza się – Lasche zwrócił się do Archiego, najwyraźniej pod wrażeniem jego czujności. – Ponieważ wygląda na to, panie Connolly, że gdzieś pomiędzy Budapesztem a Werfen zniknęły dwa wagony.

– Zniknęły? – skrzywił się Archie. – Dwa wagony kolejowe nie mogły po prostu rozpłynąć się w powietrzu!

– W rzeczy samej, na to wskazywałaby logika. Jednak pozostaje faktem, że ich nie odnaleziono. A gdzie się teraz znajdują i co w nich było – tego, obawiam się, nigdy już się nie dowiemy.

## ROZDZIAŁ 43

**Centrum operacyjne CIA w Zurychu**
**8 stycznia, godzina 16.51**

– To on! – wykrzyknął Bailey, gorączkowo stukając w ekran palcem. – To musi być on!
– Jesteś pewien? – naciskał Cody. – Mamy tylko jedno podejście. Jeśli zdecydujemy się go śledzić, a pojawi się ktoś inny, zgubimy ich obu.
– Tak pewien, jak tylko się da. Krępy, krótko przycięte jasne włosy, tuż po czterdziestce, pali. Dokładnie pasuje do naszego opisu. W dodatku, jak twierdzi wasz człowiek wewnątrz, właśnie zjechał z piętra, na którym mieszka Lasche.
– W porządku. Przekaż zdjęcie do laboratorium i niech przeszukają system – poinstruował Cody stojącą obok dziewczynę. – Może mają tam coś na jego temat.
– A co z jego kumplem? – zapytał Bailey, lekko przekrzywiając głowę i wpatrując się w migający obraz przekazywany przez agenta znajdującego się naprzeciwko głównego wyjścia z hotelu. – Jego też trzeba by sprawdzić.
– Dobry pomysł – zgodził się Cody. – Jest szansa, że nie działa sam.
Dziewczyna skinęła głową i zniknęła w pokoju obok.
– Co mamy robić, sir? – spytała jedna z operatorek, patrząc na niego przez ramię.

– Nasz przyjaciel z FBI twierdzi, że ten człowiek pasuje do opisu – mrugnął do Baileya – więc powiedz Robertsowi, żeby ruszał.

Odwróciła się z powrotem do ekranu.

– Jedynka, tu centrala. Obiekt został rozpoznany jako nasz główny cel. Masz go śledzić, zachowując odległość.

Obraz na monitorze drgnął i zachwiał się, kiedy agent z ukrytą kamerą ruszył z miejsca. Czerwona kropka na ekranie plazmowym nad ich głowami potwierdzała, że się przemieszczał.

– Do wszystkich agentów – kontynuowała operatorka – główny cel opuszcza hotel i zmierza na północ w kierunku rzeki. Wchodzicie i przejmujecie go w umówionym punkcie...

– Poprawka, centrala – zasyczał mikrofon. – Główny cel skręcił na wschód. Powtarzam, główny cel skręcił na wschód w kierunku Bahnhofstrasse.

– Bahnhofstrasse? Cholera – wymamrotał Cody, wracając na swoje poprzednie miejsce nad krzesłem operatorki. – Kogo tam jeszcze mamy?

– Dwójka i Trójka są...

– Jezus, nazwiska! Dawaj nazwiska – warknął Cody. – Nie mam czasu na całe te wygłupy z kodowaniem.

– Marquez i Henry mogą tam być w ciągu sześćdziesięciu sekund. Jones, Wilton i Gregan będą potrzebować jakichś dwóch minut, żeby zająć pozycje.

– Dawaj ich tam wszystkich, biegiem. Potrzebuję tam wszystkich par oczu, jakie mamy.

– Mamy jakiś problem? – spytał Bailey.

– Problem polega na tym, że Bahnhofstrasse wygląda w tej chwili tak, jak Piąta Aleja w pierwszym dniu zimowych wyprzedaży – odparł Cody, nerwowo potrząsając głową. – Jeśli nie przytulimy się do niego jak chłopak do dziewczyny na szkolnym balu, to zginie nam w tłumie.

Bailey rzucił okiem na ekran plazmowy. Sześć czerwonych kropek szybko zbliżało się do Bahnhofstrasse.

– Dobra, mamy go – Cody westchnął ponuro, gdy obraz z kamery pokazał mu plecy dwóch mężczyzn przeciskających się przez gęsty tłum ludzi robiących zakupy lub udających się gdzieś w godzinach szczytu. – Trzymaj się go, Roberts – mruknął. – Nie zgub go.

Człowiek zidentyfikowany przez Cody'ego jako Roberts trzymał się blisko. Przesyłany do centrali obraz sugerował, że był jakieś pięć metrów za śledzonymi. Była to odległość dużo mniejsza niż ta, którą zazwyczaj uważa się za rozsądną czy bezpieczną, ale w tej sytuacji ryzyko było nie do uniknięcia. Jeszcze dwóch agentów zbliżyło się do celów z obu stron. W efekcie mieli teraz na monitorach przed sobą obrazy z trzech kamer, pokazujących tę samą scenę pod odrobinę innym kątem.

Obaj mężczyźni zatrzymali się przed jednym z niezliczonych sklepów jubilerskich. Po chwili uścisnęli sobie ręce i rozdzielili się, zmierzając energicznie w przeciwnych kierunkach.

– Co chcesz teraz zrobić? – Cody szybko zwrócił się do Baileya.

– Cholera! – Bailey nerwowo potarł grzbiet nosa. – Nie wiem. Muszę zapytać Cartera.

– Cartera tutaj nie ma. Decyzja należy do ciebie.

Bailey zamilkł, zastanawiając się, co robić. Carter powiedział mu, że ma wyłącznie obserwować i nie podejmować żadnych decyzji, ale jeśli w tej chwili nie zadecyduje, obaj mężczyźni im się wymkną.

– Czas leci, Bailey – ponaglił go Cody.

– Blondi. Idźcie za Blondim.

– Na pewno?

– To jego szukaliśmy – powiedział Bailey, mając nadzieję, że instynkt go nie mylił. – Nie możemy go teraz zgubić.

– Załatwione. Roberts, Marquez, Henry, trzymajcie się głównego celu – wyrecytowała operatorka. – Jones, Wilton, Gregan, zajmijcie pozycje i bądźcie gotowi zmienić pozostałych, kiedy będą przechodzić. Nie chcę, żeby zobaczył tę samą twarz więcej niż raz.

– Zrozumiałem – usłyszeli przytłumioną trzaskami odpowiedź.

Człowiek znany jako Blondi zmierzał naprzód, od niechcenia spoglądając w okna sklepów. W pewnym momencie zatrzymał się na chwilę przed jedną szczególnie krzykliwą wystawą. A potem, bez ostrzeżenia, dokładnie w chwili gdy podjechał tramwaj, zerwał się do biegu.

– Cholera, zobaczył nas – wykrzyknął Cody. – Dobra, wszystkie jednostki, wchodzimy. Powtarzam, wchodzimy. Zdejmujemy go.

– Jak to, zobaczył nas? – Bailey postąpił jeden nerwowy krok w kierunku ekranu. – Jak mu się to udało?

– Bo jest dobry.

– Wsiada do tramwaju – zatrzeszczał mikrofon.

– To wsiadajcie za nim. Nie zgubcie go.

Obrazy na monitorach zaczęły gwałtownie podskakiwać, gdy trzej agenci ruszyli biegiem. Pokój napełnił się odgłosem ich oddechów. Nikt nic nie mówił. Oczy i uwaga wszystkich skupiły się na ekranach. Dopadając tramwaju, wszyscy trzej wskoczyli do środka, a drzwi zamknęły się tuż za nimi.

– Gdzie on jest? – wydyszał Bailey.

– Znajdźcie go i wyciągnijcie z tego tramwaju – zarządził Cody.

Monitory pokazywały im wnętrze pojazdu i zbliżenia zaskoczonych twarzy pasażerów. Ale ani śladu mężczyzny, którego śledzili.

– Tam! – wykrzyknął Cody, uderzając palcem w ekran. Na jednym z monitorów dostrzegli przez okno tramwaju mężczyznę stojącego na chodniku i machającego im na pożegnanie.

– Jak on to zrobił? – szepnął Bailey z niedowierzaniem.

– Jest zawodowcem – Cody uderzył rozłożoną dłonią w stół. – Jezu, zupełnie jakby wiedział, że będziemy na niego czekać.

– Może rzeczywiście wiedział, sir – wracając z sąsiedniego pomieszczenia, młoda operatorka wręczyła mu kartkę papieru.

– Co to? – zapytał Bailey.

– Austriacka policja wystosowała list gończy za człowiekiem poszukiwanym w związku z morderstwem kobiety, Marii Lammers, i podłożeniem bomby w kościele w Kitzbühel w Alpach Austriackich dzisiaj wczesnym rankiem – odpowiedział Cody, czytając z kartki.

– A co to ma wspólnego z tą sprawą?

– Poprzedniego dnia kilku świadków widziało ofiarę z obcym mężczyzną. Byli w stanie go opisać.

Cody wyciągnął przed siebie portret pamięciowy przesłany faksem przez austriacką policję i przyłożył do niego zdjęcie Blondiego wychodzącego z hotelu Drei Könige.

Nie ulegało wątpliwości, że był to ten sam człowiek.

## ROZDZIAŁ 44

**Wipkingen, Zurych**
**8 stycznia, godzina 17.17**

– Coś nie tak?
Ogromne oczy Dominique patrzyły na Toma z niepokojem.
– Archie już wrócił? – spytał z napięciem w głosie, starając się złapać oddech.
– A coś się stało? Dobrze się czujesz? Nic ci nie jest?
– Nie, ze mną wszystko w porządku. Martwię się o Archiego. Ktoś nas śledził, kiedy wyszliśmy z hotelu, więc się rozdzieliliśmy – Tom zdjął płaszcz i rzucił go na zniszczone oparcie sofy. – Ktoś na nas czekał. – Zwrócił się do Dhutty: – Mówiłeś komuś, że tu jesteśmy?
– Nie, panie Tomie. Zapewniam pana, że...
– Dla twojego własnego dobra lepiej, żebyś mówił prawdę – wycedził Tom zimno. – Przychodzi mi na myśl kilka osób, które mogłyby być bardzo zainteresowane naszym obecnym miejscem pobytu. Jeżeli pisnąłeś komuś o nas choć słowo...
– Mamy umowę – tłumaczył Dhutta, gorączkowo obracając w palcach jakiś niewidzialny przedmiot. – Nigdy nie zawiódłbym waszego zaufania. To wszystko, co pozostało ludziom takim jak my.
Zapadła długa, niezręczna cisza, którą w końcu przerwał ostry dźwięk dzwonka do drzwi.

– Może to on – powiedziała Dominique, uśmiechając się z nadzieją.

Dhutta z ulgą wyślizgnął się z pokoju i po chwili pojawił się ponownie w towarzystwie Archiego.

– Przepraszam za spóźnienie – Archie ciężko usiadł na sofie. – Zawracanie głowy. Rozumiem, że Tom wam wyjaśnił.

Dhutta ruszył prosto do szafki z lekarstwami. Przebiegł palcami długi rząd brązowych buteleczek, wybrał jedną, otworzył, pociągnął długi łyk i odstawił ją na miejsce. Cokolwiek w niej było, najwyraźniej podziałało kojąco na jego nerwy.

– Wiesz może, kto to był? – spytała Dominique.

– Nie miałem szczególnej ochoty zostać i sprawdzić.

– Czego on, do diabła, od nas chciał? – zdenerwował się Tom.

– Chciałeś powiedzieć „oni" – zauważył Archie sucho. – Doliczyłem się co najmniej trzech. I na wypadek gdybyś nie zauważył: śledzili mnie, a nie ciebie.

– Czy jest coś, o czym powinienem wiedzieć? – Tom rzucił Archiemu podejrzliwe spojrzenie. – Nigdy jeszcze nie było wokół ciebie tak gorąco.

– Oczywiście, że nie – Archie wydawał się urażony.

– Na przykład twoja ostatnia wycieczka do Ameryki. Nigdy nam nie powiedziałeś, o co w niej chodziło.

– Och, daj spokój – zaprotestował Archie. – Wycofałem się już z gry i doskonale o tym wiesz.

– A więc co tam robiłeś?

– Nic, co miałoby cokolwiek wspólnego z tym wszystkim. To ci powinno wystarczyć.

– Masz rację, przepraszam – ustąpił Tom. – Chyba zrobiłem się troszkę nerwowy. Tak czy inaczej, powiedziałbym, że już pora się stąd zbierać. Nie wiem jak ty, ale ja nie mam zamiaru kręcić się tu dłużej, żeby się przekonać, kim oni byli i czego od nas chcieli. Poza tym dostaliśmy już to, po co przyjechaliśmy.

– Dostaliśmy? – powątpiewał Archie. – W porządku, dowiedzieliśmy się, że Weissman i Lammers należeli do tajnego zakonu rycerskiego SS. Wiemy, że wydali fortunę, by chronić mapę, na której zakodowana była trasa ostatniej podróży pociągu wyładowanego skarbami zrabowanymi Żydom...

– Lasche wam to powiedział? – spytała Dominique z przejęciem.

Tom szybko zrelacjonował jej historię węgierskiego Złotego Pociągu. Dhutta z każdą nową informacją otwierał oczy coraz szerzej, a nerwowo obracany w palcach długopis wirował coraz szybciej, aż stał się niewyraźną plamą czarnego plastiku.

– Chodzi o to, że od tego pociągu odłączono dwa wagony, a my nie mamy zielonego pojęcia, co w nich było i co się z nimi stało – dokończył Archie z rezygnacją. – Dlatego nie jestem wcale pewien, czy faktycznie mamy to, po co przyjechaliśmy.

– Och, nie powiedziałabym... – szepnęła Dominique, a w kącikach jej ust zatańczył uśmiech.

Tom obejrzał się, rozpoznając ten szczególny ton w jej głosie.

– Znalazłaś coś, prawda?

– Przyszło mi do głowy, że mapa mogła nie być jedyną rzeczą ukrytą w tej skrytce depozytowej – powiedziała.

– I nie była? – Archie zmarszczył brwi.

– Było tam również to – podniosła postrzępioną skórzaną teczkę, w której przechowywano mapę.

– To zwyczajna teczka – powiedział Tom. – Niemiecka, lata czterdzieste. Musiało być takich miliony.

– No dobra, Dom – zniecierpliwił się Archie. – Do czego zmierzasz?

– Przez godzinę potrząsałam teczką i obracałam ją na wszystkie możliwe strony, ale nic nie znalazłam. Potem zauważyłam to... – wskazała klapkę zamknięcia.

– Szew? – Archie obejrzał ją dokładnie i podniósł na nich ożywiony wzrok. – Ma inny kolor.

– Jest nowszy od reszty, więc go rozprułam. I znalazłam coś w środku.

– Jeszcze jedną mapę? – spekulował Dhutta, z zaciekawieniem przysuwając się bliżej.

– Nie. Nic z tych rzeczy – wsunęła rękę pomiędzy dwa kawałki skóry, z których składała się przednia klapa teczki. Wyjęła mały, płaski kawałek czegoś, co na pierwszy rzut oka wyglądało jak pomarańczowo-brązowy plastik. Wręczyła go Tomowi, który obejrzał przedmiot i bez słowa przekazał go Archiemu.

– Jest oprawiony w złotą blaszkę – powiedziała Dominique.

– Nie – Archie potrząsnął głową, obracając ułomek w ręku. – Nie. To niemożliwe.

– Czemu nie – westchnął Tom. – To ma sens. To jak najbardziej ma sens. Z jakiego innego powodu Zakon mógłby zajmować się pociągiem? Oto, co było w tych zaginionych wagonach.

– Chryste! – Archie podniósł wzrok. Jego głos zawisł w pół drogi między czcią a obawą. – Zdajecie sobie sprawę, co to oznacza?

– Nie, panie Archie, obawiam się, że ja nie – Dhutta wyglądał na kompletnie zagubionego. – Przepraszam, a co to właściwie jest?

– To bursztyn – powiedziała Dominique powoli. – Jubilerskiej jakości bursztyn.

Tom przytaknął jej.

– Renwick szuka Bursztynowej Komnaty.

# ROZDZIAŁ 45

**Wipkingen, Zurych**
**8 stycznia, godzina 17.26**

W pokoju zapadła cisza. Przez dłuższą chwilę jedynym dźwiękiem był przytłumiony głos spikera komentującego mecz krykieta na jednym z ekranów plazmowych w sąsiednim pomieszczeniu. Wszyscy wbili wzrok w kawałek bursztynu spoczywający na szorstkiej dłoni Archiego. Milczenie pierwszy przerwał Dhutta.

– Proszę wybaczyć moją ignorancję, ale czym jest ta Bursztynowa Komnata?

Tom milczał chwilę. Jak ująć w proste słowa żywiczną esencję obiektu tak eterycznie pięknego, że zdaje się stworzony nie tyle przez ludzkie ręce, ile przez czystą potęgę wyobraźni?

– Wyobraź sobie komnatę tak bogatą, że nazwano ją ósmym cudem świata. Komnatę zamówioną przez Fryderyka I Hohenzollerna, podarowaną carowi Piotrowi I i ukończoną przez carycę Katarzynę Wielką. Komnatę stworzoną z ton bałtyckiego bursztynu, który w tym czasie był dwunastokrotnie droższy od złota. Nasączono go miodem, koniakiem i olejem lnianym, a następnie uformowano w setki tysięcy paneli, które oprawiono w złoto i srebro. Łącznie miały ponad osiemdziesiąt metrów kwadratowych powierzchni. Dodatkowo ozdobiono je diamentami, szmaragdami, rubinami, jadeitem i onyksem. A teraz wyobraź sobie, że ta komnata zaginęła.

– Zaginęła? – Dhutta pytająco uniósł brwi.

– W czasie blokady Leningradu w 1941 roku hitlerowcy zabrali komnatę z pałacu Katarzyny w Carskim Siole i przenieśli ją na zamek w Królewcu, by w 1944 roku ponownie ją zdemontować z obawy przez bombardowaniami aliantów.

– A potem zniknęła – kontynuował Archie. – Bez śladu. Aż do dziś, być może.

– Naprawdę sądzisz, że to ona właśnie była w pociągu? – spytała podekscytowana Dominique. – Sama Bursztynowa Komnata?

– A dlaczego nie? – powiedział Tom. – Była jednym z największych dzieł sztuki w dziejach. Musi być warta setki milionów dolarów. Cóż innego mogło zasługiwać na eskortę w postaci elitarnych oddziałów Himmlera? Cóż innego tak usilnie staraliby się ukryć?

– Pamiętasz, jak zafascynowany był twój ojciec historią Bursztynowej Komnaty? – przypomniała mu Dominique.

– Szukał jej, odkąd sięgam pamięcią – przytaknął Tom. – Miał nadzieję zasłyszeć jakieś pogłoski o jej losie, choćby najbardziej nieprawdopodobne. Marzył o wskrzeszeniu jej z martwych.

– Jeśli więc o to w tym wszystkim chodzi – powiedziała Dominique z przekonaniem – to obraz Bellaka musi w jakiś sposób wskazywać, gdzie ukryto Bursztynową Komnatę.

– Ale co ktoś taki jak Renwick czy jego koledzy z Kryształowego Ostrza mogliby zrobić z Bursztynową Komnatą? Nie będą w stanie jej sprzedać... – zauważył Archie.

– Nie w całości. Ale mogą ją podzielić i sprzedać we fragmentach – kawałek tu, kawałek tam. Może nawet ilość wystarczającą, by wyłożyć niewielki pokój. Nie brakuje ludzi, którzy zapłaciliby setki tysięcy za fragment Bursztynowej Komnaty, nie pytając przy tym, skąd pochodzi. Z łatwością można by w ten sposób zarobić na czysto pięćdziesiąt, może nawet sześćdziesiąt milionów.

– Dość, by Renwick mógł znów stanąć na nogi. Dość, by Kryształowe Ostrze mogło prowadzić swoją wojnę – podsumował Archie.

– I dlatego właśnie musimy ich zatrzymać – w oczach Toma zabłysła determinacja. – Zwłaszcza teraz. Tu już nie chodzi wyłącznie o Renwicka. Chodzi o to, by jeden z największych skarbów świata nie został zniszczony i utracony na zawsze.

– Jeśli Renwick ma portret, nigdy go nie dościgniemy – powiedział Archie z goryczą.

– Ale on go nie ma – przekonywał Tom. – Gdyby go miał, nie podrzuciłby mi ręki Weissmana i drugiego obrazu. Portret utknął zapewne gdzieś w prywatnej kolekcji, a Renwick próbuje posłużyć się nami, byśmy to my w tej łamigłówce połączyli kropki.

– Co powiedziałeś? – oczy Dominique zwęziły się, a jej czoło zmarszczyło w pytającym grymasie.

– Powiedziałem, że nie podrzuciłby nam ręki Weissmana i...

– Nie to. To o kropkach.

– Jakich kropkach?

– Połączyć kropki. Nie tak powiedziałeś?

– O czym ty, do diabła, mówisz, Dom? – warknął Archie zniecierpliwiony.

Nie odpowiedziała. Zamiast tego syknęła z irytacją i popędziła do ostatniego pokoju, by odpiąć mapę kolejową ze ściany. Podążyli za nią, wymieniając pytające spojrzenia.

– Proszę, rozłóż ją na podłodze – powiedziała, wręczając mapę Tomowi.

– Zastanawiałam się, po co były te otwory – kontynuowała, potrząsając głową.

– Jakie otwory? – spytał Archie.

– Otwory w obrazie – niecierpliwie pstryknęła palcami, gestem nakazując, by Archie podał jej zwinięty obraz Bellaka leżący na biurku. – Zrobiono je zbyt starannie, by mogły być przypadkowe. – Rozwinęła płótno i rozłożyła je płasko na mapie, dopasowując jego lewy dolny róg do znaku w kształcie litery L, który pojawił się, gdy naświetlili mapę ultrafioletem. – Dajcie mi ołówek.

Dhutta wyciągnął jeden z przyborów do pisania wpiętych równym rzędem w kieszeń koszuli i wręczył go Dominique.

Mocno ściskając w ręku ołówek, Dominique wcisnęła go w pierwszy otwór w płótnie i zakręciła, by zaznaczyć powierzchnię mapy poniżej. Postąpiła podobnie z każdą z pozostałych dziewięciu dziurek, a gdy już zamalowała je wszystkie, zdjęła płótno z mapy i pozwoliła, by z powrotem zwinęło się w rulon, odsłaniając znaki, które właśnie zrobiła ołówkiem.

Archie wydał długi, powolny gwizd.

– Wskazują tę samą trasę, którą odkryliśmy wcześniej – wykrzyknął Dhutta.

– Tak jak powiedziałeś – Dominique promieniowała dumą. – Połączyć kropki.

Tom w milczeniu wpatrywał się w mapę, nie mogąc uwierzyć w to, co widział. Dhutta miał rację, grafitowe kropki wypadały dokładnie w miejscu miasteczek zaznaczonych ultrafioletem i wymienionych przez Laschego jako trasa Złotego Pociągu.

Wszystkie oprócz jednej. Musiał wytężyć wzrok, by odczytać nazwę wioseczki w północnych Niemczech, gdyż grafit niemal całkowicie zakrył litery. Powyżej był niewielki symbol, który według legendy oznaczał zamek.

Zamek Wewelsburg.

# ROZDZIAŁ 46

**Centrum operacyjne CIA w Zurychu**
**8 stycznia, godzina 18.01**

– Zgubiliście go? – nawet dzielące ich setki kilometrów nie były w stanie ukryć zawodu w głosie Cartera.
– Tak, sir – Bailey skrzywił się, wyobrażając sobie wyraz jego twarzy. – I nie pojawia się w żadnej bazie danych.
– Przepraszam, Chris – westchnął Cody, pochylając się nad mikrofonem. – Przydzieliłem do tego moich najlepszych ludzi. Nie przyszło nam do głowy, że tak szybko nas przejrzy.
– Wiem, że zrobiłeś, co mogłeś – pocieszył go Carter. – I naprawdę doceniam twoją pomoc. Całą twoją pomoc.
– Przynajmniej następnym razem będziesz wiedział, do czego jest zdolny – dodał Cody. – Sugeruję, żebyście zdjęli go od razu, jak tylko go zobaczycie.
– Jeśli będzie następny raz – pokój wypełnił głuchy śmiech Cartera. – On był jedynym tropem, jaki mieliśmy.
– Niezupełnie – powiedział Bailey z namysłem. – Jest jeszcze Lasche. A oprócz niego ten drugi gość, którego widzieliśmy z Blondim. Ten pokazał się nam w bazie danych.
– Najwyższy czas – westchnął Carter z ulgą.
– Okazuje się, że mamy go w kartotece. To wysokiej klasy złodziej dzieł sztuki. Nazywa się Tom Kirk, znany również jako Feliks.

– Złodziej! – wykrzyknął Carter. – To ma sens. On też musi być w to zamieszany.

– Jeden mały szkopuł: wygląda na to, że w zeszłym roku Kirk współpracował z jedną z naszych agentek i w ramach podziękowania wybaczono mu dawne przewinienia i pozwolono zacząć od nowa z czystym kontem. Teraz powszechnie uważa się, że wrócił na dobrą drogę.

– Z którą agentką współpracował?

– Z Jennifer Browne. Zna ją pan?

– Nazwisko brzmi znajomo – powiedział Carter z wolna. – Była zamieszana w jakąś strzelaninę kilka lat wcześniej. Sprawdzę to.

– A w międzyczasie my możemy rozesłać jego nazwisko i zdjęcie na wszystkie lotniska i dworce kolejowe oraz do straży granicznej – powiedział Bailey. – W ten sposób, gdyby zdecydował się opuścić kraj, będziemy o tym wiedzieli. Przy odrobinie szczęścia Blondi będzie gdzieś w pobliżu.

– Odrobinę pomóżcie szczęściu – zasugerował Carter. – I następnym razem postarajcie się zatrzymać przynajmniej jednego z nich.

# ROZDZIAŁ 47

**Wewelsburg, Westfalia**
**9 stycznia, godzina 2.23**

Kiedy samochód powoli wspinał się po zboczu wzgórza, mieli okazję obserwować groźną sylwetkę zamku górującą nad okolicą.

Najbardziej zaskakujący był jego kształt. Wewelsburg był rzadkim przykładem zamku na planie trójkąta, z wielką okrągłą wieżą w północnym rogu i dwiema mniejszymi od południa. Połączono je wzmocnionymi murami. W czasie siedmiogodzinnej podróży z Zurychu Dominique zbierała informacje, kiedy tylko jej laptop miał dobry zasięg. Udało jej się ustalić, że niezwykły kształt był tylko jednym ze sposobów, w jakie zamek zrywał z konwencją.

W 1934 roku sam zamek i przylegające do niego tereny zostały wydzierżawione na okres stu lat. Kto był sygnatariuszem umowy? Niejaki Heinrich Himmler. Jego plan, który niezwłocznie wprowadzono w życie, polegał na uczynieniu zamku nie tylko aryjskim centrum naukowo-badawczym, lecz również duchową stolicą SS, miejscem tak świętym dla rasy aryjskiej jak średniowieczny Malbork dla zakonu krzyżackiego.

W tym celu każda komnata upamiętniała legendarnego bohatera nordyckiego lub punkt zwrotny w historii rasy aryjskiej. Jedną z komnat przeznaczono nawet na świętego Graala, w nadziei, że to ludziom Himmlera uda się w końcu go odnaleźć.

Osobiste kwatery Himmlera poświęcone były królowi Henrykowi I, założycielowi Pierwszej Rzeszy Niemieckiej. Najwyraźniej Himmler uważał się za jego kolejne wcielenie. Wierzył również, że posiądzie nadnaturalne moce, kiedy zdoła odnaleźć legendarną wyspę Thule i nawiązać kontakt ze „Starożytnymi" – zaginioną cywilizacją, na której próby zlokalizowania wydawał ogromne sumy.

W uszach Toma wszystko to brzmiało okropnie znajomo. Potwierdzało relację Laschego o ideologii nienawiści, którą stworzył Himmler i zainspirował nią SS, by wzniosło się na nowe wyżyny bestialstwa. Ale ta historia miała drugie, jeszcze bardziej mroczne dno. W pobliżu zamku stworzono obóz koncentracyjny, okrutny nawet według hitlerowskich standardów. Miał on być źródłem siły roboczej potrzebnej, by zamek mógł dorównać aspiracjom Himmlera. I choć nigdy nie ukończono zamku, krążyły plotki, że w jego murach odbywały się pogańskie, a nawet satanistyczne rytuały.

Jak gdyby dla podkreślenia tych ponurych myśli, zamek wybrał właśnie ten moment, by wyłonić się zza splątanych gałęzi. Jego okna rozbłysły jak oczy dzikiej bestii, gdy omiotły je żółte światła samochodu, a potem znów zapadły się w otaczającą je ciemność lasu.

Kształt niewielkiego kościółka zamajaczył na tle nocnego nieba. Jego iglica rzucała na ziemię strzelisty cień. Gdy mijali ostatni zakręt, Tom wyłączył światła i wrzucił luz. W świetle księżyca samochód potoczył się cicho przez ostatnie sto metrów. Zauważyli lisa wślizgującego się leniwie z powrotem w gąszcz. Zatrzymali się przed budynkiem, który Dominique zidentyfikowała jako starą wartownię SS, obecnie muzeum. Milczenie przerwał Archie.

– Na pewno jesteśmy we właściwym miejscu.

Tom przytaknął. Był to niewątpliwie ten sam zamek, który widzieli na fotografii obrazu Bellaka w tajnym pokoju Weissmana i na witrażu zamówionym przez Lammersa.

– Myślałem, że Himmler kazał go zniszczyć – zastanawiał się Tom.

– Tak, to prawda – odparła Dominique. – Przynajmniej próbował. Z jego rozkazu w marcu 1945 roku wysadzono zamek, ale sala ceremonialna i krypta w północnej wieży przetrwały niemal nienaruszone. Resztę zamku odbudowano po wojnie.

Tom spojrzał w oczy Archiego i Dominique, wpatrzonych w niego z nadzieją.

– Jesteście pewni, że zamek jest pusty?

– Dzisiaj jest to schronisko młodzieżowe i muzeum, ale nie ma tu ruchu o tej porze roku. Nikt się nie zjawi aż do rana.

Wysiedli z samochodu. Otoczyła ich ciężka, lodowata mżawka. Tom otworzył bagażnik i wyjął dwa duże plecaki. Jeden wręczył Archiemu, a drugi sam założył na plecy. Potem odwrócił się, by obejrzeć mury zamku.

Szeroka fosa, niewątpliwie stanowiąca niegdyś trudną do pokonania przeszkodę, dawno już wyschła i kryła teraz w sobie zadbany ogród. Wąski kamienny most wsparty na dwóch filarach prowadził ponad nim do głównej bramy zamku. Nad łukowatymi wrotami umieszczono rzeźbione wykuszowe okno. Jego kwieciste zdobienia kłóciły się wyraźnie z surowym wyglądem zamku, co pozwalało przypuszczać, że był to późniejszy dodatek.

Przeszedłszy przez most, dotarli do głównej bramy. Wykonano ją z solidnego, dębowego drewna wzmocnionego okuciami. Jak można się było spodziewać, wrota były zamknięte, więc Tom zajął się wstawionymi w nie wąskimi drzwiami. W ciągu kilku sekund prosty zamek otworzył się z trzaskiem.

Wkroczyli do krótkiego sklepionego korytarza prowadzącego na trójkątny dziedziniec. Żółty poblask kilku latarni roztapiał się w cieniach. Jeśli nie liczyć stłumionego szumu deszczu, panowała tu niesamowita cisza. Nawet wiatr zdawał się omijać to nieruchome, kamienne sanktuarium.

Dominique gestem wskazała im drzwi u podnóża północnej wieży, przysadzistego, kamiennego kształtu, który złowieszczo rysował się nad nimi na tle nocnego nieba. W porównaniu z nią dwie pozostałe wieże, ledwo widoczne nad spadzistym dachem, wyglądały na tak delikatne, że mogłyby się ugiąć pod mocniejszym uderzeniem wiatru.

Ruszyli w kierunku drzwi. Ściany zdawały się nachylać nad nimi coraz niżej, w miarę jak zbliżali się do miejsca, gdzie zbiegały się trójkątne ściany zamku. Umieszczona tu inskrypcja sugerowała, że było to kiedyś wejście do kaplicy. Drzwi nie były zamknięte, więc weszli do środka. Dalszą drogę blokowała im ciężka żelazna krata.

Tom sięgnął po latarkę. Snop światła skierowany przez kratę ukazał im przestronną salę. Otaczało ją dwanaście kamiennych kolumn połączonych arkadą niskich łuków, pod którymi widać było smukłe okna w murach wieży. Jednak wzrok Toma natychmiast przykuła posadzka. Pośrodku podłogi czarny marmur ułożono w dobrze już znany mu kształt: dysk otoczony przez dwa kolejne kręgi, z promieniującymi z niego dwunastoma runicznymi błyskawicami. Czarne słońce.

– To była sala ceremonialna – wyszeptała Dominique. – Miejsce, gdzie przywódcy SS odprawiali swoje rytuały.

– To brzmi niemal, jakby to była jakaś religia – zauważył Archie.

– Pod wieloma względami to była religia – zgodziła się Dominique. – Doktryna bezwzględnego posłuszeństwa, którą wyznawał Himmler, inspirowana była regułą zakonu jezuitów. SS bardziej niż organizację wojskową przypominało fanatyczną sektę, z Himmlerem jako papieżem i Hitlerem w roli Boga.

– Czy to wszystko jest oryginalne? – spytał Tom, zaskoczony doskonałym stanem komnaty.

– Zostało odrestaurowane.

– W takim razie czegokolwiek szukamy, tutaj tego nie będzie. Inaczej znaleźliby to już dawno w czasie remontu – zawyrokował Tom. – Gdzie jest ta krypta, o której wspominałaś?

– O ile dobrze pamiętam, bezpośrednio pod nami. Tylko że musimy wyjść z powrotem na zewnątrz, żeby się do niej dostać.

Dominique poprowadziła ich przez główną bramę, którą zamknęli za sobą, i przez most o dwóch filarach, pomiędzy którymi gwizdał wiatr. Za nim skręciła w lewo, na schody prowadzące na dno fosy, gdzie u podstawy wschodniej ściany zamku znajdowało się dwoje drzwi.

– To tutaj – wskazała na te po prawej.

Były zamknięte, ale otwarcie ich znowu okazało się dla Toma kwestią sekund. Ruszyli w głąb sklepionym korytarzem. Dominique wskazała im światłem latarki wąską klatkę schodową po prawej. Schody kończyły się kolejną żelazną kratą, którą Tom bez problemu otworzył. Zanim Dominique weszła za Tomem i Archiem do wnętrza, odnalazła włącznik światła na ścianie.

Okrągła krypta miała jakieś osiem czy dziesięć metrów średnicy. Wyglądała na solidną konstrukcję o ścianach z rzeźbionych bloków kamiennych i podłodze z wypolerowanego wapienia. Sklepienie wznosiło się pięć metrów nad ich głowami. W centrum sali znajdowało się okrągłe kamienne wgłębienie, z kolejnym płytkim zagłębieniem pośrodku.

Tom podszedł do tego właśnie mniejszego kręgu i zatrzymał się dokładnie w jego środku, pod punktem szczytowym sklepienia.

– Popatrz – Archie skierował latarkę w górę. Zarys swastyki wykonanej z barwnego kamienia był wyraźnie widoczny na zworniku nad ich głowami.

– Co to za miejsce? – zapytał Tom.

– Wygląda na to, że było czymś w rodzaju grobowca SS – wyszeptała Dominique. – Przypuszczalnie miejsce ostatniego spoczynku w centrum wszechświata dla zmarłych z Zakonu – jej głos miał dziwne głuche brzmienie. Pomimo zamkniętej przestrzeni pozbawiony był echa, jak gdyby mury pochłaniały każdy dźwięk.

Tom rozejrzał się z ciekawością. Wysoko w grubych murach wybito cztery wąskie szyby świetlne, które wznosiły się stromo w kierunku ciemnego nieba.

– Według Himmlera, środek świata nie znajdował się w Jerozolimie, w Rzymie czy w Mekce, ale tutaj, na wzgórzach Westfalii – wyjaśniła Dominique. – Himmler planował wybudować tu potężny kompleks SS, złożony z serii koncentrycznych fortyfikacji, koszar i domów, z punktem centralnym dokładnie w miejscu, w którym teraz stoisz.

Tom spojrzał na swoje stopy i poruszył się niepewnie.

– Dokładnie w tym miejscu miał zapłonąć wieczny ogień – ciągnęła Dominique. – I choć przewodniki nie wspominają o samym Zakonie, istnieje teoria, że prochy najwyższych przywódców SS miały spocząć tu... – zbliżyła się do ściany i wskazała niski kamienny postument, którego Tom wcześniej nie zauważył. Kiedy się rozejrzał, zobaczył, że wokół ścian krypty ustawiono łącznie dwanaście identycznych cokołów. – Najwyraźniej Zakon miał pozostać jednością po śmierci tak jak i za życia.

– A więc to tutaj zaczniemy – Tom tupnął w kamienną posadzkę. – Tu, gdzie miał zapłonąć ogień. Dokładnie pod swastyką. W centrum ich świata.

# ROZDZIAŁ 48

**Wewelsburg, Westfalia**
**9 stycznia, godzina 2.51**

Przykucnąwszy w zagłębieniu, Tom i Archie zabrali się do pracy. Wykuwali zaprawę otaczającą spory kamień wmurowany w centrum podłogi. Młotki ślizgały im się w spoconych dłoniach, a impet uderzeń był odczuwalny w stawach palców pomimo pasków gumy, którymi owinęli dłuta. Po pięciu czy dziesięciu minutach odgłos metalu uderzającego o kamień zastąpił inny, całkowicie nieoczekiwany dźwięk.

– Tam coś jest – powiedział Archie z przejęciem.

Podważyli i usunęli pierwszy kamień, potem zabrali się do kolejnych. W końcu oczyścili spory kawałek podłogi, odsłaniając zarys metalowej płyty o średnicy metra i grubości około centymetra.

– Weźcie to... – Dominique podała Tomowi długi metalowy pręt wydobyty z jednego z plecaków. Tom wbił go pod blachę, a następnie podważył ją na tyle wysoko, by Archie mógł chwycić skraj płyty palcami. Dźwignął ją w górę, podniósł do pozycji pionowej i przewrócił z trzaskiem na podłogę. Gdy opadła chmura kurzu, z ciemnego otworu w podłodze uniósł się gęsty, zatęchły smród.

Podpełzli na skraj otworu, by zajrzeć do środka. Zakrywając usta dłońmi, bezskutecznie próbowali powstrzymać duszący odór. Z wnętrza spojrzała na nich ciemna, nieprzenikniona pustka i przez chwilę wszyscy milczeli.

– Ja zejdę pierwszy – zaproponował Tom. Wydobył z plecaka linę, przywiązał jeden jej koniec do kraty, a drugi wrzucił do środka. Chwytając latarkę w zęby, powoli opuścił się w smolistą ciemność, pozwalając, by lina przesuwała mu się w dłoniach, a jednocześnie kontrolując szybkość nogami.

Podłoga była zrobiona z jakiegoś białego kamienia. Tom zdołał rozróżnić ciemny krąg w jej centrum, dokładnie poniżej otworu, przez który się tu dostał. Jednak dopiero kiedy dotknął go stopami, zdał sobie sprawę, że w rzeczywistości był to duży stół. Puścił linę i wziął do ręki latarkę.

Stół był drewniany. Stało wokół niego dwanaście krzeseł o wysokich oparciach, oznaczonych plakietkami z pociemniałego srebra. Każda z nich nosiła inny herb i nazwisko. Jednak wzrok Toma przyciągnęły nie tyle krzesła, ile siedzące na nich nieruchome postacie.

Dookoła stołu zebrało się, niczym makabryczni goście na jakiejś apokaliptycznej uczcie, dwanaście lśniących szkieletów w pełnych mundurach SS.

Starając się nie oddychać, Tom pozwolił światłu latarki zatańczyć na mundurach błyszczących od wstęg i orderów, a potem zsunąć się na lewe ramię jednego z nich, gdzie odnalazło haftowaną opaskę. Nazwa formacji rozbłysła złotem na czarnej tkaninie: *Totenkopfsorden*. Zakon Trupiej Czaszki.

## ROZDZIAŁ 49

**Hotel Drei Könige, Zurych**
**9 stycznia, godzina 2.51**

– Proszę bardzo – Lasche wskazał leżącą na biurku drewnianą skrzynkę rozmiarów maszyny do pisania. – Jak dotąd sprzedałem tylko jedną maszynę Enigma, kilka lat temu. Nabywcą był rosyjski kolekcjoner, o ile dobrze pamiętam.
– A pozostałe elementy? – głos był miękki i melodyjny, przywodził na myśl parne leniwe popołudnie na ganku domu gdzieś w Karolinie Południowej czy Luizjanie.
– Są już we wnętrzu maszyny. Oczywiście ostateczne ustawienia pozostawiłem panu, panie... Przepraszam, wyleciało mi z głowy pańskie nazwisko.
Dobroczynne efekty transfuzji krwi zaczynały już zanikać. Lasche czuł się zmęczony i rozkojarzony. Zważywszy na godzinę, było to nie do uniknięcia. Jego gość zjawił się praktycznie bez zapowiedzi – zadzwonił jedynie, by poinformować go, że dokona wymiany, i upewnić się, że Lasche jest sam.
– Foster. Kyle Foster. – Był wysokim, postawnym mężczyzną wyglądającym nieco nieokrzesanie. Gęsta broda stapiała się z nieuczesanymi jasnobrązowymi włosami, a stalowoszare oczy patrzyły chłodno i czujnie. Człowiek niebezpieczny, stwierdził Lasche. – Były jakieś problemy ze zdobyciem tego?

– Nie, żadnych. Mam swoje kontakty. Sprawdzeni ludzie do takiej roboty. Są solidni, dyskretni i trzymają się na uboczu. Poza tym utrzymywanie z nimi kontaktów to ostatnia rzecz, o jaką można by mnie podejrzewać.

– Synowie Wolności Amerykańskiej? – zapytał Foster z uśmiechem.

– Skąd pan to wie? – Lasche był jednocześnie zdumiony i wściekły. Zdumiony, że wiedzieli, i wściekły, ponieważ oznaczało to, że go śledzili. Że mu nie ufali.

– Kasjusz nie ryzykuje. To, że poprosił pana o zdobycie dla niego maszyny Enigma, nie znaczy, że nie sprawia mu różnicy, w jaki sposób pan ją zdobędzie. Jak tylko się upewnił, że pana człowiek Blondi, tak się nazywa? – Lasche przytaknął milcząco. – Jak tylko się upewnił, że pana człowiek Blondi przejął dostawę – Foster poklepał skrzynkę pieszczotliwie – i jest w drodze do domu, poprosił mnie, żebym tam pojechał i... spotkał się z pańskimi ludźmi.

Sekunda wahania i specyficzny ton, który Lasche wyczuł w jego głosie, sugerowały, że ta pozornie niewinna uwaga ma drugie, złowrogie dno. Lasche nie oparł się pokusie postawienia pytania, choć obawiał się, że już zna odpowiedź.

– Spotkać się z nimi? Co to znaczy?

– To znaczy, że zamknąłem ich wszystkich w pokoju-pułapce i dałem cynk federalnym, żeby to oni ją uruchomili – Foster uśmiechnął się lekko na to wspomnienie. – Będą zbyt zajęci obwinianiem się nawzajem, żeby kiedykolwiek dojść do tego, co się naprawdę stało.

– Wszystkich? – wydyszał Lasche, czując narastający ucisk w piersi. – Dlaczego?

– Niedoróbki... – Foster sięgnął do kieszeni i wyciągnął pistolet kalibru dziewięć milimetrów z tłumikiem. – Kasjusz nie toleruje niedoróbek. Co prowadzi nas do pana...

Lasche wbił wzrok w oczy Fostera. Zobaczył zimne, nieruchome spojrzenie i wymierzoną w siebie broń.

– Rozumiem, że nie ma możliwości zawieszenia wyroku? – jego głos pozostał chłodny i rzeczowy. Działał w tym biznesie dostatecznie długo, by wiedzieć, że żadne łzy czy napady histerii nie przyniosą efektu. – Ani takiej ilości pieniędzy, która przekonałaby pana do odłożenia broni i wyjścia stąd?

Foster uśmiechnął się kącikami ust.

– Wtedy to ja byłbym martwy, a nie pan.

– Rozumiem.

Milczenie.

– Ale mój pracodawca ma dla pana pewną propozycję.

– A mianowicie? – w głosie Laschego zabrzmiała iskierka nadziei.

– Może pan wybierać.

– Wybierać? – skrzywił się, zdezorientowany. – Wybierać co?

Foster skinieniem głowy wskazał gabloty wypełnione bronią.

– Jak pan umrze.

Lasche z goryczą potrząsnął głową. Głupotą było spodziewać się po Kasjuszu czegokolwiek innego. Zawsze było to jednak jakieś ustępstwo. Ustępstwo, za które był wdzięczny, gdyż dawało mu jakiś element kontroli nad swoim odejściem. Jakkolwiek absurdalnie by to brzmiało, naprawdę doceniał ten gest.

– Proszę mu powiedzieć... powiedzieć, że dziękuję.

Lasche wycofał wózek zza biurka i powoli przejechał wzdłuż gablot po lewej, oszacowując ich zawartość. Foster ruszył za nim z pistoletem w ręku. Jego kroki dudniły nieubłaganie, jak bęben rozbrzmiewający, gdy wózek skazańca toczył się w kierunku gilotyny.

Lasche przebiegał wzrokiem od jednego eksponatu do drugiego, ważąc ich zalety. Pierwszą możliwością był nóż kukri, należący kiedyś do jednego z Ghurków służących w armii brytyjskiej w czasie powstania sipajów w 1857 roku. Zakrzywione ostrze było zakryte – legenda głosiła, że nie wolno było dobyć kukri i nie przelać czyjejś krwi.

Kolejną możliwość stanowił elegancki wypolerowany pistolet użyty przez Aleksandra Puszkina w pojedynku stoczonym na brzegach Czarnej Rzeki w 1837 roku. Poeta bronił honoru żony przed niechcianymi zalotami szarmanckiego oficera. Śmiertelnie raniony, zmarł kilka dni później, a cała Rosja pogrążyła się w żałobie.

Był jeszcze Winchester M1873 – strzelba, która zdobyła Dziki Zachód swoją solidnością i precyzją. Lasche posiadał dwa szczególnie rzadkie egzemplarze. Współcześni balistycy potwierdzili, że były to dwa z ośmiu tego typu karabinów użytych przez Indian w bitwie pod Little Big Horn w 1876 roku.

Jednak minął je i posuwał się dalej, aż do chwili gdy wózek zatrzymał się naprzeciw samurajskiej zbroi. U jej stóp starannie ułożono na stojaku dwa miecze. Teraz widział, że ostatecznie był to jedyny możliwy wybór.

– Samuraj nosił dwa miecze – powiedział Lasche cicho. Czuł, że Foster stoi tuż za nim, ale nie obejrzał się. – Katanę i wakizashi. – Wskazał najpierw na dłuższy miecz, potem na krótszy, ułożony tuż nad nim. – Były one symbolem jego dumy i prestiżu. Jednym z trzech świętych skarbów Japonii, obok Ośmiobocznego Zwierciadła i Krzywych Klejnotów jest właśnie miecz, tak zwany Miecz-Trawosiecz.

– Jak stare są te? – głos Fostera był obojętny.

– Z okresu Edo, mniej więcej z roku 1795. Tak, są stare, ale nie tak stare jak zbroja.

– I tego właśnie pan chce? – Foster postąpił do przodu, tak że stał teraz obok Laschego. Jego głos był sceptyczny.

Lasche potwierdził swój wybór skinieniem głowy.

– W porządku – Foster nachylił się nad gablotą i rzucił mu pytające spojrzenie, nie wiedząc, który z dwóch mieczy ma wziąć.

– Czy słyszał pan o bushido? – zapytał Lasche.

– Nie – w głosie Fostera była irytacja. Najwyraźniej chciał mieć już sprawę za sobą.

Lasche zignorował to.

– Bushido to droga wojownika, kodeks, który rządził życiem samuraja. Uczy, że aby ocalić swój honor, samuraj może popełnić seppuku, rodzaj rytualnego samobójstwa.

– Chce pan sam sobie to zrobić? – Foster wyglądał na zaniepokojonego, tak jakby wykraczało to poza jego kompetencje. – Jest pan pewien?

– Całkowicie. A pan będzie moim kaishaku, pomocnikiem w umieraniu. Będziemy potrzebować obu mieczy.

Wzruszając ramionami, Foster zdjął oba miecze z ich hebanowej podstawy i podążył za Laschem na przeciwległy koniec pomieszczenia, gdzie zatrzymali się obaj naprzeciw dużej armaty.

– Zgodnie z tradycją miałbym na sobie białe kimono, przed sobą tacę, a na niej kartkę papieru washi, tusz, filiżankę sake i nóż tanto, choć wakizashi będzie musiał wystarczyć. Wypiłbym sake w dwóch łykach (mniej lub więcej nie oddałoby odpowiedniej równowagi między kontemplacją a determinacją), a następnie napisałbym stosowny wiersz w stylu waka. W końcu wziąłbym miecz – wyjął z rąk Fostera krótsze ostrze i dobył go, odrzucając na podłogę czarną pochwę z laki – i przyłożył go do ciała w tym miejscu – podniósł koszulę, ukazując miękką, zwiotczałą skórę po lewej stronie brzucha. Przycisnął do niej ostrze. – Wtedy, kiedy byłbym gotowy, pchnąłbym, a potem wykonał poziome cięcie z lewej strony na prawą.

Stojący za nim Foster dobył już dłuższego miecza i niecierpliwie ważył go w dłoni.

– Wtedy wkroczyłby pan jako mój kaishaku i ściął mi głowę. To miałoby na celu...

Nie dokończył. Z błyskiem stali Foster zdekapitował go. Impet uderzenia zrzucił ciało z wózka, tak że Lasche osunął się do przodu na potężny kadłub armaty, a jego głowa potoczyła się po podłodze.

– Za dużo gadasz, staruszku.

## ROZDZIAŁ 50

**Wewelsburg, Westfalia**
**9 stycznia, godzina 3.23**

– Oni tu są! – krzyknął Tom. Zeskoczył na podłogę pomiędzy dwoma szkieletami i obszedł stół dookoła, przerzucając promień latarki z jednych zwłok na drugie. Głowy kilku z nich zdążyły stoczyć się na posadzkę, ale większość zachowała się w stanie niemal nienaruszonym. Białe czaszki wciąż nosiły kanciaste czapki, puste oczodoły zdawały się śledzić każdy ruch Toma, niczym jakaś groteskowa karnawałowa dekoracja.
– Wszyscy tu są – wyszeptał, sam nie wiedząc, czy powinien odczuwać radość czy grozę z powodu tego odkrycia.
– Kto? – odkrzyknął mu Archie piętro wyżej.
– Zakon. – Tom zauważył niewielki otwór w prawej skroni jednego ze szkieletów. Takie same rany nosiły pozostałe czaszki. Potem zauważył leżący obok jednego z krzeseł pistolet. – Wygląda na to, że popełnili zbiorowe samobójstwo.
– Schodzę na dół – oznajmił Archie. Kilka sekund później jego masywna postać na moment przesłoniła krąg światła wpadającego z krypty powyżej i zsunęła się w dół po linie, lądując pośrodku stołu.
– Chryste! – wykrzyknął Archie, gdy światło jego latarki wydobyło z mroku szkielety nazistów i zamigotało na srebr-

nych plakietkach nad ich głowami. – Nie żartowałeś. – W jego głosie był autentyczny szok. – Nie sądziłem, że to możliwe, ale ta banda jest po śmierci jeszcze bardziej makabryczna niż za życia. Zebrali się na ostatnią wieczerzę jak dwunastu apostołów.

– Na pewno opuścili się tutaj, kazali komuś zamurować wejście, a potem pociągnęli za spust.

– I to im pozwoliło umrzeć łatwiejszą śmiercią niż wszystkim ich ofiarom – Archie zeskoczył ze stołu, potrząsając głową z odrazą. – Znalazłeś coś jeszcze?

– Na razie nie. Rozejrzyjmy się i sprawdźmy, dlaczego to miejsce było tak ważne.

– Zaczekajcie na mnie – Dominique bezgłośnie zjechała po linie i wylądowała na stole za ich plecami, trzymając w ręku latarnię.

– Umawialiśmy się, że będziesz nas ubezpieczać – skarcił ją Tom.

– I zostawię wam całą zabawę? – Dominique wyszczerzyła zęby w uśmiechu. Podniosła latarnię, by przyjrzeć się szkieletom. – Popatrzcie na nich. Wyglądają zupełnie tak, jak gdyby na nas czekali.

– Na nas lub na kogoś innego – zgodził się Tom. Zdał sobie sprawę, że głupotą było się spodziewać, że Dominique nie będzie chciała zejść na dół wraz z nimi. – Chodź, sprawdźmy, co jeszcze tutaj jest.

Dominique zeskoczyła ze stołu i cała trójka skupiła swoją uwagę na zbadaniu pomieszczenia. Sala miała mniej więcej dziesięć metrów średnicy i ściany zaokrąglone niczym wielka kamienna beczka. Szybkie oględziny potwierdziły, że jedynym wejściem była dziura w suficie, gdyż ściany pozbawione były jakichkolwiek innych otworów. Zebrali się ponownie na środku.

– Jeśli coś tu jest, to ja tego nie widzę – powiedział Archie ponuro, omiatając pomieszczenie światłem latarki.

– Racja – powiedział Tom. – Ale jest jeszcze jedno miejsce, którego nie sprawdziliśmy.

– Zwłoki – westchnęła Dominique. – Masz na myśli same zwłoki, prawda?

Nie czekając na odpowiedź, odwróciła się w kierunku stołu i obeszła go powoli z czołem zmarszczonym w skupieniu. Migocące światło latarni rzucało ruchliwe cienie na twarze szkieletów, tak że zdawały się nabierać życia. Raz po raz błysk zęba czy cień tańczący w pustym oczodole sprawiał wrażenie, że lada chwila mogą się ocknąć z długiego snu. W końcu Dominique zatrzymała się za jednym z krzeseł.

– Sprawdźmy najpierw tego.

– Czemu tego? – zaciekawił się Tom. Szkielet z pozoru niczym nie różnił się od innych. Wyglądał jedynie nieco bardziej groteskowo, gdyż dolna szczęka spadła mu na kolana, a jedno oko przesłaniała postrzępiona jedwabna opaska.

– Popatrzcie na stół.

Tom skierował promień latarki tam, gdzie wskazywała Dominique. Zobaczył, że powierzchnia stołu podzielona była na dwanaście równych części. Każda z nich, znajdująca się naprzeciwko jednego z rycerzy, inkrustowana była innym rodzajem drewna.

– Dąb, orzech, brzoza... – Dominique wskazywała je po kolei, a światło jej latarni poruszało się dookoła stołu jak reflektor – ... wiąz, wiśnia, tek, mahoń... – zamilkła na chwilę, gdy dotarła do fragmentu stołu przed krzesłem, za którym się zatrzymała. – Bursztyn.

– Warto spróbować – zgodził się Archie.

Zaciskając zęby, Dominique delikatnie rozpięła mundur szkieletu. Dwa srebrne guziki oderwały się jej w rękach, ponieważ zbutwiały przytwierdzające je nici. Przesuwając połę na jedną stronę, zaczęła przeszukiwać wewnętrzne i zewnętrzne kieszenie marynarki. Nic w nich nie znalazła.

– A może na szyi? – zasugerował Tom. – Mógł coś powiesić sobie na szyi.

Starając się trzymać twarz możliwie jak najdalej od szkieletu, Dominique rozpięła mu koszulę. Materiał przylgnął do wysuszonych żeber, gdzie ciało najpierw zgniło, a potem wyschło. Jednak ponownie nie znalazła tam nic, jedynie pustą przestrzeń klatki piersiowej i pozostałości serca, które spadło w dół i zaschło jak wielka śliwka.

– Znowu nic – powiedziała z zawodem w głosie. – Musiałam się pomylić.

– Nie sądzę – Archie spojrzał na lśniący zestaw medali zdobiących kurtkę, którą właśnie rozpięła. – On nosi Krzyż Rycerski.

Pociągnął za resztki wstęgi w czarne, białe i czerwone pasy, odpinając medal od munduru.

– Czy ma jakieś znaki na odwrocie? – zapytał Tom.

Archie odwrócił medal i skinął głową.

– Tak jak pozostałe.

– Dom, masz tamte dwa medale?

Przytakując, wyjęła je z kieszeni kurtki i umieściła na stole odwrotną stroną do góry, tak aby widać było wygrawerowane na nich znaki. Archie położył ten, który właśnie znaleźli, obok dwóch pozostałych.

– To musi coś znaczyć – wymamrotał Tom. – One muszą w jakiś sposób się łączyć.

– Może tworzą obraz – zastanawiała się Dominique. – Może linie składają się w jakiś kształt, którego nie widać, kiedy są osobno.

Chwyciła medale i zaczęła przesuwać je po stole, zestawiając w różnych pozycjach tak, aby sprawdzić, czy któreś z linii się łączą.

Jej wysiłek okazał się bezowocny. Po dziesięciu minutach wyczerpali wszystkie kombinacje, jakie przychodziły im do głowy. Tom już miał zasugerować, by dali sobie spokój, gdy Dominique nagle pstryknęła palcami.

– Oczywiście! To musi być trójwymiarowe.

– Co?

– Medale. Nie należy układać ich obok siebie, jak zwykłe płaskie puzzle. Trzeba ułożyć je jeden na drugim.

Chwyciła medale i ułożyła z nich piramidkę, przesuwając je na boki, by sprawdzić, czy pojawi się jakiś wzór. Zmieniła kolejność medali raz, a potem drugi, uzyskując trzecią kombinację, aż w końcu podniosła wzrok z uśmiechem.

– Proszę.

Umieszczając drugi medal na lewo od środka tego na spodzie, zdołała połączyć kilka linii. Potem wzięła trzeci medal i położyła go na wierzchu, przesuwając go w lewo i do góry w stosunku do drugiego. Gdy znalazł się w tym miejscu, linie złożyły się nagle w obraz widoczny jedynie wtedy, gdy patrzyło się nań z góry. Dwa ozdobne skrzyżowane klucze.

– Klucze świętego Piotra – westchnął Tom.

– Świętego Piotra? Chodzi o Rzym? – spekulował Archie. – Nie, to nie może być tam.

– Zgoda, to mało prawdopodobne – powiedział Tom w zamyśleniu. – Skrzyżowane klucze. Co jeszcze mogą oznaczać?

– Twój ojciec mówił, że portret był kluczem. Może chodzi o ten konkretny obraz? – zastanawiała się Dominique.

– A może chodzi o klucz na mapie? Takiej jak nasza mapa kolejowa? – zaproponował Tom.

– Dobrze, wy to sobie przemyślcie – powiedział Archie, przykucając, by podnieść latarnię, którą Dominique postawiła na podłodze. – A ja w tym czasie sprawdzę, czy nasi przyjaciele nie mają przy sobie jeszcze czegoś ciekawego. Nigdy nic nie wiadomo... Poczekajcie – przerwał i zamarł ze wzrokiem na wysokości blatu stołu. – Co to jest?

Wskazał na niewielki kształt w bocznej krawędzi blatu. Bardzo charakterystyczny kształt.

– Zastanawiam się... Dobra, dajcie mi jeden z nich.

Dominique wręczyła mu jeden z medali, a on przyłożył go do otworu w blacie. Pasowały idealnie, więc wsunął medal do środka.

– Założę się o każde pieniądze, że są tu jeszcze dwa takie otwory – powiedział z ożywieniem w głosie.

– Tu jest jeden – wykrzyknęła Dominique, wskazując część stołu po lewej stronie Archiego.

– I tutaj – potwierdził Tom, przesunąwszy się na przeciwną stronę stołu, tak że stali teraz wszyscy na rogach dużego trójkąta.

– Włóżcie je do środka – powiedział Archie, przesuwając medale w ich kierunku po powierzchni stołu.

Oboje tak zrobili i wyprostowali się, czekając, co się stanie. Nic się nie stało.

– No, coś muszą robić – upierał się Archie.

– Może je wciśniemy? – zaproponowała Dominique. – Mogą uruchamiać jakiś mechanizm.

Zrobili tak, jak powiedziała, lecz znowu nic się nie stało.

– Spróbujmy je wcisnąć równocześnie – powiedział Tom. Na trzy. Raz, dwa, trzy...

Kiedy ponownie nacisnęli medale, w komnacie rozległ się głośny mechaniczny trzask.

– Skąd doszedł? – zapytał Archie.

– Stół – powiedział Tom. – Spójrz na środek stołu.

Oświetlił latarką okrągły element pośrodku stołu, który wysunął się kilka milimetrów powyżej blatu. Tom klęknął na stole, wyjął nóż i podważył wystający krąg, odsłaniając wąską, ale głęboką szczelinę. Sięgnął w głąb i koniuszkami palców wydobył niewielki sztylet, który krył się we wnętrzu stołu. Z liczby ozdobnych runicznych symboli wygrawerowanych na ostrzu Tom wywnioskował, że sztylet musiał niegdyś pełnić jakąś dziś już zapomnianą ceremonialną funkcję. Dookoła rękojeści z kości słoniowej owinięto kawałek papieru. Archie i Dominique stłoczyli się wokół Toma, gdy zeskoczył na podłogę.

– Co tam jest napisane? – zapytał Archie.

Tom delikatnie rozwinął kartkę, nie chcąc jej uszkodzić.

– To telegram – powiedział. – Proszę, Dom, ty go przeczytaj. Twój niemiecki jest lepszy od mojego.

Wręczył jej kartkę i przyświecił latarką, by mogła ją przeczytać.

– „Wszystko stracone. Stop. Prinz-Albrechtstrasse zdobyta. Stop. Gudrun porwana. Stop". – Spojrzała na nich pytająco. – Gudrun? Czy nie tak nazywała się córka Himmlera? Ta na portrecie?

– Tak – skinął głową Tom. – A na Prinz-Albrechtstrasse mieściła się główna kwatera Himmlera. Co jeszcze tam jest?

– „Miejscem przeznaczenia najprawdopodobniej Ermitaż. Stop. *Heil Hitler*" – podniosła wzrok. – Jest datowany na kwiecień 1945 roku i adresowany do Himmlera.

– Ermitaż – wzmianka o słynnym muzeum sprawiła, że Tom ze zniecierpliwieniem potrząsnął głową. – Oto, co znaczyły klucze świętego Piotra. Nie miały nic wspólnego z mapami ani z Rzymem. Oznaczały, że mamy szukać w Sankt Petersburgu – wbił poruszony wzrok w oczy Archiego, a później Dominique. – Mój ojciec się mylił. Zaginionego Bellaka nie ma w prywatnej kolekcji. Jest w Ermitażu.

# CZĘŚĆ III

„Nie potrafię przewidzieć działania Rosji. To zagadka spowita w tajemnicę we wnętrzu Enigmy".
Winston Churchill, 1 października 1939 roku

# ROZDZIAŁ 51

**Newski Prospekt, Sankt Petersburg**
**9 stycznia, godzina 15.21**

Tom i Dominique szli Newskim Prospektem w kierunku Pałacu Admiralicji, masywnego gmachu miodowego koloru. Spod warstwy śniegu raz po raz wyglądały ciemne smugi chodnika. Minęli dwóch pijaków leżących bezwładnie w bramie. Każdy z nich czule tulił na wpół opróżnioną butelkę wódki. Przyplątał się do nich bezdomny pies i węszył ostrożnie wokół ich stóp, dopóki gwałtowny kopniak nie sprawił, że skowycząc, uciekł wzdłuż ulicy. Niebo uparcie zakrywała zasłona szarych chmur, przez którą sporadycznie przebijały się promienie brudnożółtego światła.

– Jak myślisz, kiedy Archie tu dotrze? – spytała Dominique, nie odrywając wzroku od drogi przed sobą.

– Już za nim tęsknisz? – spytał ze śmiechem Tom, głosem stłumionym przez gruby szalik. Chociaż według rosyjskich standardów zima była rzekomo łagodna, wciąż było przeraźliwie zimno. – Nie martw się, powinien się zjawić przed wieczorem.

– Nie jestem pewna, czy warto było podróżować osobno. Wydaje mi się, że jeśli ktoś go szuka, to równie dobrze może wytropić go samego jak z nami, prawda?

– Prawda – zgodził się Tom. – Ale on chyba myślał, że będzie miał większe szanse, jeśli będzie musiał się martwić wyłącznie o siebie.

– A Turnbull? Dodzwoniłeś się w końcu do niego?

– Powiedziałem mu o wszystkim, czego udało nam się dotąd dowiedzieć. A przynajmniej o wszystkim, o czym powinien wiedzieć. Przyjedzie tu jutro. Będę musiał w miarę delikatnie powiedzieć o tym Archiemu.

Dotarli do końca Newskiego Prospektu i skręcili w prawo na Plac Pałacowy. Złocona iglica wieńcząca budynek Admiralicji wyrastała z białej marmurowej kolumnady. Całość przypominała ozdobny wierzch weselnego tortu. Po prawej mieli kolumnę Aleksandra I, a znajdujący się za nimi gmach Sztabu Generalnego otulał ich cieniem swoich dwóch łukowatych ramion. Tu i ówdzie, pomiędzy budynkami lub ponad ich dachami, nieustępliwie przebłyskiwał beton. Miasto wciąż bezskutecznie starało się zabliźnić rany z czasów sowieckich.

Dominique ujęła Toma pod ramię. Pomimo zimnego wiatru uderzającego ją w policzki czuła dziwne zadowolenie i ciepło. Wydarzenia kilku ostatnich dni były wyczerpujące, ale jednocześnie ekscytujące. Zawsze trochę zazdrościła Tomowi i Archiemu, gdy opowiadali szalone historie o tym, gdzie byli i czego dokonali. Teraz, nie będąc już dłużej na uboczu, wreszcie czuła się częścią zespołu. Dawało jej to poczucie przynależności, którego nie doświadczyła już od dawna. Odkąd zmarł ojciec Toma.

– Byłeś już tu wcześniej, zgadza się?

– Nie.

– Nie? Dlaczego nie?

– Najwyraźniej nigdy się nie zmobilizowałem.

Coś w tonie jego głosu powiedziało jej, żeby nie wnikać w szczegóły. Przynajmniej nie teraz. Zdecydowała się zmienić temat.

– A więc to musi być tu – Ermitaż.

– Tak jest – potwierdził Tom.

– W takim razie to jest Pałac Zimowy – wskazała fantazyjny barokowy budynek po lewej. Jego pistacjowo-białą fasadę zdobiły rzeźby i zawiłe dekoracyjne wzory lśniące złotem jak tysiące małych świec.

– Tak myślę.

– Jest ogromny – potrząsnęła głową z niedowierzaniem.

– Czytałem, że gdyby spędzać tam osiem godzin dziennie, potrzeba by siedemdziesięciu lat, by choć rzucić okiem na każdy z eksponatów.

– Tak długo?

– Ponad dwadzieścia kilometrów galerii, trzy miliony dzieł sztuki... Właściwie wydaje mi się, że to krótki czas.

– I naprawdę myślisz, że jest tam ten zaginiony obraz Bellaka? – zapytała sceptycznie. Nawet teraz nie była do końca pewna, czy ich wspólna logika zaprowadziła ich we właściwe miejsce.

Dotarli już do brzegu rzeki i stali na Moście Pałacowym, spoglądając w kierunku Twierdzy Pietropawłowskiej. Tom oparł się o balustradę, zatopiony w myślach, i odpowiedział dopiero po chwili.

– Słyszałaś o złocie Schliemanna?

Dominique przytaknęła. Z tego, co pamiętała, Schliemann był w latach osiemdziesiątych dziewiętnastego wieku pionierem w dziedzinie archeologii. Miał obsesję na punkcie *Iliady* i wyruszył na poszukiwanie Troi, używając tekstu Homera jako mapy. W 1873 roku trafił w dziesiątkę – odkrył ruiny miasta i skarbiec pełen przedmiotów ze złota, srebra i brązu, który ochrzcił „Skarbem Priama", na pamiątkę legendarnego króla Troi.

– Tuż przed śmiercią – wyjaśnił Tom – przekazał znaleziony w Troi skarb Muzeum Narodowemu w Berlinie, gdzie ten pozostał do 1945 roku.

– Do 1945 roku? To znaczy, że zabrali go Rosjanie? – domyśliła się Dominique.

– Właśnie. Sowieci byli równie opętani żądzą zdobywania kosztowności i dzieł sztuki jak naziści. Kiedy upadł Berlin, Stalin wysłał specjalnie przeszkolony oddział, by odnaleźć i skonfiskować jak najwięcej hitlerowskich łupów wojennych. Znaleźli Skarb Priama w bunkrze pod berlińskim zoo razem z tysiącami innych cennych przedmiotów. Oczywiście aż do niedawna nikt o tym nie wiedział. Myślano, że skarb został zniszczony lub zaginął w czasie wojny. Dopiero w 1993 roku Rosjanie w końcu przyznali, że go mają, po to tylko, by domagać się przyznania im prawa własności w ramach odszkodowań wojennych. W tej chwili jest wystawiony w Muzeum Puszkina w Moskwie.

– I myślisz, że coś podobnego stało się z naszym obrazem?

– Z pewnością tak wynikało z telegramu – przytaknął Tom. – I na to wskazywałaby logika. Kwatera główna Himmlera musiała być jednym z ważniejszych celów strategicznych Rosjan. Jeśli Himmler nie zdobył się na zniszczenie portretu córki, bardzo prawdopodobne jest, że znaleźli go Rosjanie i zabrali ze sobą w charakterze trofeum. Jedynym problemem będzie teraz odnalezienie go.

– Dlaczego?

– Wiesz, że są tam trzy miliony dzieł sztuki? – Przytaknęła. – Tylko sto pięćdziesiąt tysięcy z nich jest wystawionych. Pozostałe dwa miliony osiemset pięćdziesiąt tysięcy leży w ogromnych magazynach na strychach i w podziemnych składach. Większość z nich jest tak pobieżnie skatalogowana, że prawdopodobnie oni sami nie wiedzą, co tam mają.

– Wciąż nie rozumiem, czemu Bellak miałby współpracować z Zakonem i ukrywać wiadomości w swoich obrazach.

Tom potrząsnął głową.

– O ile wiem, w chwili kiedy Złoty Pociąg wyruszył w drogę, Bellak już nie żył, więc nie mógł być w to osobiście zamieszany. Poza tym wskazówka, którą znalazłaś, nie była ukryta w samym obrazie, ale została dodana później poprzez zrobienie w nim tych otworów. Myślę, że wybrali jego obrazy właśnie ze względu na ich tematykę i osobę malarza. W końcu któż mógłby przypuszczać, że obraz synagogi namalowany przez żydowskiego artystę zaprowadzi nas do tajnej krypty SS?

Zapadła długa cisza. Dominique wpatrywała się w zamyśleniu w drugi brzeg rzeki. Nieoczekiwanie zdała sobie sprawę, że cała panorama miasta, z wyjątkiem samotnych strzelistych iglic Admiralicji i Pałacu Michajłowskiego oraz Twierdzy Piertropawłowskiej, jest zdominowana przez linie poziome, układające się jak warstwy skalne. Było to częściowo związane z równą linią dachów, utrzymywanych na poziomie Pałacu Zimowego lub niżej, ale przede wszystkim wynikało z nieprawdopodobnych ilości wody. Wszędzie gdzie płaskie powierzchnie czterdziestu rzek i dwudziestu kanałów Petersburga dotykały brzegu, tworzyły iluzję idealnie płaskich linii.

Właśnie miała zwrócić na ten fakt uwagę Toma, kiedy dostrzegła jego nieobecne spojrzenie i zmieniła zdanie.

– Tom, co właściwie powstrzymało cię przed przyjechaniem tutaj wcześniej?

Nie odpowiedział od razu. Jeszcze przez chwilę wbijał wzrok w odległy brzeg.

– Kiedy miałem osiem lat, mój ojciec kupił mi książkę o Petersburgu. Czytaliśmy ją razem – a tak naprawdę głównie oglądaliśmy zdjęcia. Powiedział mi, że pewnego dnia mnie tam zabierze. Że zorganizujemy sobie wycieczkę, tylko my dwaj. Że pokaże mi wszystkie tajemnice miasta. Chyba czekałem, aż on mnie zaprosi. Nigdy nie sądziłem, że przyjadę tu bez niego.

Dominique milczała. A potem, zaskakując siebie samą bardziej niż kogokolwiek innego, wspięła się na palce i pocałowała go w policzek.

## ROZDZIAŁ 52

**Plac Dekabrystów, Sankt Petersburg**
**9 stycznia, godzina 16.03**

Borys Kristenko czuł się winny. I nie chodziło tylko o fakt, że wymknął się z biura i jeśli jego szef się o tym dowie, Borys będzie musiał odpowiadać na pytania. Bardziej martwiło go, że sprawiał zawód kolegom. Zostały im tylko trzy tygodnie do wielkiego otwarcia nowej wystawy Rembrandta i pracowali pełną parą. Powinien być teraz w muzeum i koordynować rozwieszanie. Ale obiecał coś komuś, a obietnic należało dotrzymywać, zwłaszcza jeśli tym kimś była jego matka.

Podreptał więc dalej z pochyloną głową, starając się nie nawiązywać z nikim kontaktu wzrokowego, na wypadek gdyby rozpoznał go ktoś z muzeum. Choć równie dobrze to on mógłby wtedy zapytać, co tamten robi na zewnątrz. Ta świadomość dodała mu odrobinę odwagi. Podniósł wzrok, ale jednocześnie przyspieszył kroku, by zrekompensować sobie swoją śmiałość. Przekroczył Newę i ruszył wzdłuż bulwaru Schmidta.

Jego matka zażyczyła sobie trzech matrioszek. Widocznie nie mogła dostać odpowiednio ładnych lalek na przedmieściach, choć Kristenko wątpił, czy w ogóle szukała. Znał swoją matkę: to był jej sposób na skłonienie go, by zapłacił za zabawki i dostarczył je.

Nie żeby były przeznaczone dla niej, rzecz jasna. Miały być prezentami dla jej bratanic i bratanków w Ameryce, jako że jej brat już piętnaście lat temu zamienił długą rosyjską zimę na parne lato w Miami. Boże, jak Kristenko mu zazdrościł.

Sklep był niewielki, przeznaczony głównie dla turystów. Oferował spory wybór tradycyjnych rosyjskich pamiątek. Borys kupił lalki i wyszedł z powrotem na ulicę, patrząc na zegarek. Nie było go już od dwudziestu minut. Może jeśli teraz pobiegnie, to zdąży wrócić, zanim ktokolwiek zauważy jego nieobecność.

Pierwszy cios, w bok głowy, całkowicie go zaskoczył. Drugi zobaczył, lecz mimo to trafił go w żołądek i pozbawił oddechu. Padł na ziemię, z trudem chwytając powietrze. Potwornie dzwoniło mu w uszach.

– Dawać go tam – usłyszał czyjś głos, a potem poczuł, że wloką go za ramiona i włosy w kierunku zaułka. Nie miał siły ani ochoty, by z nimi walczyć. Wiedział, kim są, i wiedział, że nie może wygrać.

Rzucili go na bruk pełen gnijących odpadków i psich odchodów. Jego głowa uderzyła w ścianę i poczuł, jak przy zderzeniu z cegłą pęka mu ząb.

– Gdzie nasze pieniądze, Borysie Iwanowiczu? – zapytał głos.

Borys spojrzał w górę i zobaczył trzech z nich, majączących nad nim jak ustawione pionowo trumny.

– Są w drodze – wymamrotał, z trudem poruszając szczęką.

– Lepiej, żeby przyszły szybko. Dwa tygodnie. Masz dwa tygodnie. I następnym razem, tak żebyś wiedział, nie przyjdziemy po ciebie. Przyjdziemy po twoją matkę.

Jeden z nich kopnął go mocno, trafiając butem w nos. Kristenko poczuł, jak ciepły strumyk krwi spływa mu po twarzy. Cienie zniknęły, a ich okrutny śmiech jeszcze przez chwilę unosił się w powietrzu jak para.

Leżał z głową opartą o stary ceglany mur. Spojrzał na swoje posiniaczone kolana, zniszczony i zabrudzony płaszcz, zdarte buty pokryte psim gównem. Krew z rozbitego nosa kapała mu przez palce na pierś w jednostajnym rytmie zegara odmierzającego czas.

W samotności zaszlochał.

## ROZDZIAŁ 53

**Pałac Jekateryninski, Puszkin**
**9 stycznia, godzina 16.37**

Zapadał purpurowy zmierzch. Wydłużające się cienie prześlizgiwały się ukradkiem pomiędzy nagimi drzewami. Kiedy Tom przeszedł pod czarno-złotym filigranowym łukiem bramy Pałacu Jekateryninskiego, zapaliły się pierwsze uliczne światła.

W pewnym sensie cieszył się, że Dominique nie zdecydowała się wraz z nim na wycieczkę po przedmieściach. Potrzebował chwili samotności, by naładować baterie i dokonać bilansu. Chociaż wiedział, że starała się mu pomóc, skłaniając go, by mówił o swoim ojcu, ta rozmowa sprawiła, że czuł się nieswojo. Od czasu kiedy opowiedziała mu o swojej przeszłości i roli, jaką odegrał w niej jego ojciec, Tom zmagał się z gryzącym uczuciem zazdrości. Wciąż nie potrafił się pogodzić z tą nową, wcześniej nieznaną mu emocją.

Było dla niego jasne, że przez ostatnie pięć lat życia jego ojca łączyła z Dominique zażyłość, o jakiej on sam mógł jedynie marzyć. I nawet jeśli Dominique miała rację, mówiąc, że przygarnięcie jej było aktem zadośćuczynienia za to, że zawiódł własnego syna, Tom wciąż czuł się zdradzony. Zastanawiał się, czy domyślała się tego i czy to właśnie sprawiło, że go pocałowała. Na ogół nie miała w zwyczaju okazywać uczuć tak otwarcie.

Z pewnością nie pomagał mu fakt, że znalazł się w Sankt Petersburgu. Tom pamiętał wieczory, kiedy ojciec układał go do snu, opowiadając o tym olśniewającym mieście. Pamiętał jego nieobecny, rozmarzony wzrok, gdy mówił o bezcennym skarbie, którego kiedyś strzegło, jego historii i tajemniczym losie. Tom słuchał wtedy zafascynowany, wstrzymując oddech, by nie zniweczyć uroku opowieści.

Pałac wyłonił się z mroku. Łuki okienne na wszystkich trzech piętrach otoczone były ozdobnymi stiukami. Między oknami znajdowały się kolumny i rzeźby, powtarzające się z monumentalną symetrią na trzystumetrowej fasadzie, której biel i złoto szerokimi wstęgami przecinały pasy błękitu. Tom miał wrażenie, że budynek został specjalnie dla niego zapakowany jak prezent.

Wspiął się po schodach, wszedł głównym wejściem do holu i skręcił w lewo. Znał drogę. Nauczył się jej na pamięć z planu w książce, którą dostał od ojca. Przyspieszał kroku, w miarę jak się zbliżał. Poświęcił nie więcej niż przelotne spojrzenie Białej, Purpurowej i Zielonej Jadalni, których niepohamowany przepych w innych okolicznościach chłonąłby przez dłuższy czas. Nawet arcydzieła malarstwa wystawione w Sali Obrazów zdołały przykuć jego uwagę jedynie na czas potrzebny do przemaszerowania po wypolerowanym parkiecie. Z magiczną siłą przyciągały go znajdujące się w głębi drzwi. Drogę wskazywała mu złocista poświata wylewająca się z pomieszczenia za nimi. Bursztynowa Komnata.

Nie był to, rzecz jasna, oryginał, ale współczesna replika, wykonana dla uczczenia trzechsetnych urodzin miasta. Pomimo to rezultat był nie mniej olśniewający. Połyskujące ściany mieściły pełne spektrum odcieni żółci, od pomarańczowozłotej barwy topazu po najbledszą cytrynę. Choć większość paneli pozbawiona była dekoracji, niektóre z nich zdobiły delikatne figurynki, kwieciste girlandy tulipanów i róż oraz muszelki, które wyglądały tak, jak gdyby zostały zebrane na jakiejś odległej plaży lub w egzotycznym ogrodzie, a następnie zanurzone w płynnym złocie.

W środku prócz Toma był jeszcze tylko jeden zwiedzający. Podziwiał któryś z paneli na przeciwległej ścianie. Na wyłożonym aksamitem krześle w pobliżu wyjścia siedział kustosz o surowej twarzy.

Tom czuł, jak przenika go ciepło Bursztynowej Komnaty. Nagle zdał sobie sprawę, że pomimo całego tego przepychu w pewien sposób cieszy się, że jego ojciec nigdy nie znalazł się w miejscu, w którym on stoi teraz. Po całym życiu oczekiwania, kiedy wreszcie ją zobaczył, przyniosło mu to coś w rodzaju rozczarowania. Gdy Bursztynowa Komnata zaginęła w zawierusze wojennej, pozostawiając po sobie jedynie pogłoski i kilka wyblakłych fotografii, narodził się mit. Mit, który natychmiast przekroczył granice ludzkiego postrzegania i wkroczył w świat wyobraźni, gdzie wspaniałości Komnaty nic nie mogło przyćmić ani zakwestionować. Z tego tylko powodu jej reprodukcja, choć doskonała, nie mogła równać się ze wspaniałym obrazem wyczarowanym w ludzkich umysłach.

– To trwało dwadzieścia cztery lata... – człowiek z drugiego końca pomieszczenia przyłączył się do niego. Tom nie odpowiedział, zakładając, że tamten pomylił go z którymś ze znajomych turystów. – Odbudowanie jej zajęło dwadzieścia cztery lata. Zachwycająca, czyż nie? Spójrz, jak lśni, jak powierzchnia odbija światło, a jednocześnie zdaje się tak głęboka, że można by zanurzyć w nią ręce po łokcie.

Tom odwrócił się, by mu się przyjrzeć. Z boku ledwie rozróżniał jego profil, przysłonięty czarną futrzaną czapką, naciągniętą tak głęboko, że muskała materiał podniesionego kołnierza. A jednak w tym głosie było coś znajomego, co tańczyło jak iskierka na skraju jego pamięci, nie dając się do końca umiejscowić.

– Witaj, Thomas.

Mężczyzna odwrócił się powoli, wbijając w niego niewzruszone spojrzenie szarozielonych oczu. Oczu, które były jednocześnie znajome i całkowicie obce. Oczu, które budziły strach i nienawiść. I poczucie osamotnienia.

Oczu Harry'ego Renwicka.

– Harry? – wykrztusił Tom, gdy iskierka eksplodowała w nagły rozbłysk zrozumienia. – To ty?

Renwick, być może źle rozumiejąc ton jego głosu, wyciągnął przed siebie dłonie w rękawiczkach, otwarte w geście powitania.

– Mój drogi chłopcze!

Zaskoczenie Toma ulotniło się natychmiast, a jego miejsce zajął zimny, zaciekły gniew. Następne słowa nie pozostawiały cienia wątpliwości co do jego prawdziwych uczuć.

– Ty pieprzony... – zaciskając pięści, Tom postąpił krok do przodu.

– Ostrożnie, Thomas – powiedział Renwick cicho, odsuwając się. – Nie rób nic nieprzemyślanego. Nie chciałbym, żeby stała ci się krzywda.

Tom usłyszał chrobot drewna i odwrócił się. Zobaczył, jak dwóch ogolonych na łyso oprychów wywleka przerażonego kustosza na zewnątrz. Do środka weszło dwóch innych. Spod rozpiętych płaszczy wyglądała broń niedbale zatknięta za paski. Wyższy z nich podszedł prosto do Renwicka. Tom rozpoznał masywną postać mężczyzny z filmu nakręconego przez kamery szpitalne po morderstwie Weissmana. W tym samym czasie drugi podszedł do Toma i sprawnie go obszukał. Nie znalazłszy broni, wziął od Renwicka futrzaną czapkę i wycofał się na drugi koniec komnaty.

– Nie miałeś jeszcze, jak sądzę, przyjemności poznać pułkownika Hechta? – powiedział Renwick. – Jest moim... współpracownikiem.

– Czego chcesz? – zapytał Tom ponuro. Zważywszy na przewagę, jaką mieli, wiedział, że nie ma innego wyjścia, jak tylko wysłuchać tego, co Renwick ma mu do powiedzenia.

- Ach, Thomas - Renwick westchnął ciężko. Był jedyną osobą, która nazywała Toma jego pełnym imieniem. Zawsze gardził wszelkimi formami językowych skrótów. - Jakie to smutne. Żebyśmy po wszystkim, co wydarzyło się między nami, całym tym czasie spędzonym razem, nie mogli spotkać się i porozmawiać jak przyjaciele.

- Daruj sobie - wycedził Tom przez zęby. - Ta przyjaźń była zbudowana na twoich kłamstwach. W dniu, w którym mnie zdradziłeś, straciliśmy wszystko, co nas kiedykolwiek łączyło. Teraz nic dla mnie nie znaczysz. Zatem jeśli przyszedłeś mnie zabić, zrób to i skończmy z tym.

- Zabić cię? - Renwick roześmiał się i podszedł do ściany po lewej. Pozostawił za sobą Hechta, wbijającego w Toma nieruchomy wzrok. - Mój drogi chłopcze, gdybym chciał twojej śmierci, nie byłoby cię tutaj. Przed hotelem Drei Könige, w tej kawiarni na dworcu w Zurychu, dzisiaj rano, kiedy spacerowałeś Newskim Prospektem... Bóg jeden wie, ile miałem okazji w ciągu ostatnich paru dni. Nie, Thomas, twoja śmierć, choć niewątpliwie zaspokoiłaby moją potrzebę zemszczenia się za straconą rękę - podniósł protezę w rękawiczce i przyjrzał się jej beznamiętnie, jak gdyby tak naprawdę nie należała do niego - nie przysłużyłaby się moim zamiarom.

- Twoim zamiarom? - Tom zaśmiał się głucho. - Myślisz, że ci pomogę?

- Ależ już ogromnie mi pomogłeś, Thomas. Odzyskałeś klucz Lammersa, otworzyłeś skrytkę, zidentyfikowałeś przypuszczalną lokalizację zaginionych wagonów...

- Skąd, u diabła...? - zaczął Tom, zanim pojął, co to oznaczało. - Radż! Co z nim zrobiłeś?

- Ach, tak - westchnął Renwick. - Pan Dhutta - zdjął rękawiczkę z lewej dłoni i delikatnie dotknął jednego z paneli. - Niezwykle lojalny przyjaciel, jeśli mogę zauważyć. Do samego końca.

- Ty bezduszny draniu - rzucił Tom łamiącym się głosem. Radż był dobrym człowiekiem. Tom czuł się winny, że go w to wmieszał.

Renwick uśmiechnął się kącikami ust, ale nic nie powiedział, delikatnie gładząc jeden z kwiatowych ornamentów.

– A więc teraz wiesz to, o czym ja wiedziałem już od jakiegoś czasu – powiedział w końcu. – Rycerzy Zakonu wysłano, by chronili pociąg. Kiedy zdali sobie sprawę, że nie zdołają przedostać się do Szwajcarii, podjęli się zabrać i ukryć najcenniejszą część ładunku, powierzając jej sekret obrazowi spoczywającemu teraz w jakiejś prywatnej kolekcji.

Tom milczał, a jego myśli krążyły między strachem, gniewem i odrazą, kiedy patrzył, jak Renwick czule głaszcze bursztyn, i myślał o poskręcanych zwłokach Radża porzuconych gdzieś w zaułku czy jakimś ukrytym pokoju.

– Tylko pomyśl, Thomas: oryginalna Bursztynowa Komnata – oczy Renwicka rozbłysły. – Wreszcie odnaleziona po latach. Pomyśl o pieniądzach. Musi być warta dwieście, trzysta milionów dolarów.

– Myślisz, że zależy mi na pieniądzach? – Tom zawrzał wściekłością.

– Twój ojciec spędził pół życia na jej tropie. Wyobraź sobie, co by powiedział, gdyby mógł znaleźć się tu, gdzie jesteś teraz – tak blisko.

– Nie mieszaj w to mojego ojca – powiedział Tom lodowato. Postąpił krok do przodu, ignorując groźne spojrzenie Hechta. – Chciał ją znaleźć, żeby móc ją chronić. Wszystko, co ty chcesz zrobić, to ją zniszczyć.

– Twój ojciec już jest w to zamieszany, Thomas – Renwick uśmiechał się. – Jak myślisz, skąd wiedziałem o całej tej sprawie? On mi powiedział. Powiedział mi wszystko.

– To kłamstwo.

– Doprawdy?

– Nawet jeśli ci powiedział, zrobił to, ponieważ nie miał pojęcia, kim jesteś. Nie miał pojęcia, że chcesz ją zniszczyć.

– Naprawdę jesteś tego taki pewien? – Renwick potrząsnął głową, nagle zdenerwowany. – Taki pewien, że o niczym nie wiedział?

Tom poczuł, jak serce w nim zamiera.

– Do czego zmierzasz?

– Nie igraj ze mną, Thomas – Renwick wybuchnął krótkim, okrutnym śmiechem. – To do ciebie nie pasuje. Nie zaprzeczysz, że przynajmniej o tym pomyślałeś. Że zadałeś sobie to pytanie.

– Jakie pytanie? – wyszeptał Tom ze ściśniętym gardłem.

– Jak to się stało, że chociaż współpracowaliśmy przez dwadzieścia lat, a przyjaźniliśmy się jeszcze dłużej, on nigdy nie poznał o mnie prawdy? Czy była szansa, choćby niewielka, że nie tylko wiedział, ale pomagał mi? Pracował dla mnie?

– Nie mów tak. Nie możesz wiedzieć, jak...

– Nie masz pojęcia, o czym wiem – przerwał mu Renwick. – A nawet gdybyś wiedział, nigdy byś nie uwierzył. Tak jak wiem, że nie uwierzysz w to...

Wyciągnął z kieszeni zegarek i pomachał nim przed twarzą Toma. Złota koperta rozbłysła, odbijając światło. Tom rozpoznał go natychmiast – rzadki złoty czasomierz Patek Philippe z 1922 roku. Znał nawet jego numer seryjny: 409792. To był zegarek jego ojca.

– Skąd go masz? – zapytał szeptem. – Nie masz prawa...

– A jak myślisz? On mi go dał. Czy nie widzisz, Thomas? Byliśmy partnerami. Aż do samego końca.

# ROZDZIAŁ 54

**Lotnisko Pułkowo 2, Sankt Petersburg**
**9 stycznia, godzina 18.47**

Bailey czekał pod czerwonym neonem reklamującym miejscowy lokal ze striptizem. Grzecznie odpierał natarcie armii tragarzy, usiłujących zgarnąć jego bagaż do którejś z czekających taksówek. W końcu z ulgą zauważył, że na zewnątrz zatrzymał się czarny kształt, większy i czystszy od większości otaczających go pojazdów. Zarzucając torbę na ramię, wyszedł z budynku. W twarz uderzył go przenikliwy wiatr. Kiedy się zbliżył, bagażnik otworzył się z trzaskiem. Włożył bagaż do środka i zatrzasnął klapę, po czym podszedł do tylnych drzwi i wsiadł do samochodu.

– Stary, to miasto jest zimniejsze niż dupa grabarza!

Mężczyzna, który wyciągnął rękę na powitanie, przechylając się pomiędzy przednimi siedzeniami, wyglądał przy kierowcy trochę jak Flip przy Flapie: był wysoki chudy, o starannie przyczesanych brązowych włosach. Jego towarzysz był z kolei niewysoki i krzepki. Pas siwiejących blond włosów obejmował łysiejący czubek głowy jak opaska.

– Przepraszam za spóźnienie – kontynuował. – Jestem Bill Strange, a to Cliff Cunningham. Witamy w Rosji.

– Były paskudne korki – dodał Cunningham, łapiąc spojrzenie Baileya w lusterku.

– Nie ma sprawy – Bailey uścisnął wyciągniętą rękę. – Agent Byron Bailey. A wy, chłopaki, jesteście z Biura czy z Agencji?

– Z Biura – uśmiechnął się Strange. – Carter pomyślał, że będziesz chciał zobaczyć przyjazną twarz.

– I miał rację – powiedział z wdzięcznością. Cody był bardzo pomocny, ale Bailey był szczęśliwy, że znalazł się znowu wśród swoich. – Jak tam, mój gość już się pokazał?

– Czy ten ci kogoś przypomina? – Strange podał mu zdjęcie.

– Tak, to on – oczy Baileya rozbłysły. – Kiedy przyleciał?

– Jakąś godzinę temu. Samolotem z Bonn, tak jak powiedziałeś. Właśnie wprowadził się do hotelu Labirynt.

– Tam gdzie zatrzymał się również Kirk – dodał Cunningham. – To podła nora, ale właściciele rzadko zawracają sobie głowę zgłaszaniem wiz pobytowych, co ma swoje zalety, jeśli nie chcesz, żeby cię znaleźli. Zameldował się z młodą kobietą. W osobnych pokojach.

– Wygląda na to, że sprytnie to rozegrałeś – zauważył Strange.

– Miałem szczęście – poprawił go Bailey z uśmiechem. W pewnym sensie jednak Strange miał rację. Kiedy Blondi zniknął im z radarów, to Bailey wpadł na pomysł, żeby zamiast na Blondim skoncentrować się na Kirku. Miał nadzieję, że gdziekolwiek on się pojawi, Blondi nie pozostanie daleko w tyle. Jak tylko zdali sobie sprawę, że Kirk zarezerwował bilet do Sankt Petersburga, wystarczyło przesłać opis Blondiego na wszystkie większe europejskie lotniska oferujące loty do Rosji. Lotnisko w Bonn potwierdziło, że Blondi zrobił rezerwację, i Carter natychmiast wysłał za nim Baileya, choć trzeba przyznać, że na bardzo krótkiej smyczy. Nie żeby Bailey narzekał. Mimo wszystko to biło na głowę noszenie walizek za agentem Viggianem.

Rozsiadł się wygodnie na miękkim skórzanym siedzeniu. Cunningham włączył się do ruchu i skierował do centrum miasta.

# ROZDZIAŁ 55

**Hotel Labirynt, Sankt Petersburg**
**9 stycznia, godzina 19.22**

Prysznic składał się z pożółkłej zasłonki pokrytej czarnymi plamkami pleśni, zawieszonej na luźnym sznurku nad obitą wanną. Sama wanna była obudowana niedopasowanymi kafelkami i śliska od brudu. Ale woda była gorąca i Tom wkrótce zapomniał, gdzie się znajdował. Stojąc pod mocnym, pulsującym strumieniem, wracał myślami do Bursztynowej Komnaty.

Do Renwicka.

Do tego, co powiedział.

Oczywiście, miał rację. Przynajmniej częściowo. Odkąd Tom przejrzał Renwicka, miał wątpliwości co do prawdziwej natury jego przyjaźni z ojcem. Zastanawiał się, czy ojciec domyślał się prawdy. Ale nigdy dotąd, ani przez moment, nie dopuścił do siebie myśli, że jego ojciec miałby nie tylko wiedzieć o Renwicku, ale być bezpośrednio zamieszany w jego zbrodniczą działalność.

Tom był skłonny uczciwie przyznać, że nie znał swojego ojca tak dobrze, jak by chciał, a już na pewno nie tak dobrze, jak powinien. Ale wszystko, co o nim wiedział, wskazywało, że był człowiekiem uczciwym niemalże do przesady, który żywiłby jedynie głęboką pogardę dla Kasjusza i wszystkiego, co ten sobą reprezentował. Byli całkowitym przeciwieństwem.

Wyszedł spod prysznica, wytarł się ręcznikiem i ubrał. Zadzwonił telefon, ale Tom go zignorował, zgadując, że to jedna z miejscowych prostytutek, które recepcjonista powiadamiał, ilekroć do hotelu wprowadzał się samotny mężczyzna. Rozległo się pukanie.

– Proszę.

Zza drzwi wysunęła się głowa Archiego.

– Jest ktoś w domu?

– Dotarłeś! – Tom uśmiechnął się z ulgą. – Jakieś problemy?

– To był długi dzień – powiedział Archie, osuwając się na surowo wyglądający fotel. Z nierównego rozcięcia w brązowej winylowej tapicerce wyglądała żółta gąbka. – Gdzie Dominique? – rozejrzał się wokół siebie, jak gdyby oczekiwał, że dziewczyna wyskoczy zza firanki.

– Przebiera się. Będzie za dziesięć minut.

Archie wyciągnął nogi, wyraźnie się odprężając.

– Co porabiałeś?

– No wiesz, niewiele... – Tom wzruszył ramionami. – Przespacerowałem się Newskim Prospektem, poszedłem rzucić okiem na nową Bursztynową Komnatę, wpadłem na Renwicka...

Archie niemal zakrztusił się drinkiem.

– Kasjusz? On tu jest?

– Jak najbardziej. Właściwie jest z nami od samego Londynu. Przygląda się i czeka.

– Na co?

– Na to, żebyśmy wykonali za niego całą robotę i zlokalizowali ostatni obraz Bellaka.

– A więc wie?

– Wie wszystko, co zdołał wydusić z Radża.

– Co?

Archie zerwał się z miejsca z troską na twarzy, ale Tom uspokoił go gestem ręki.

– Wytropiłem go. Wygląda na to, że wyłowiono go z rzeki wczoraj wieczorem. Postrzelonego dwukrotnie, ale żywego. Ledwie.

– Czekaj, niech ja tylko dorwę drania w swoje ręce – Archie zawrzał gniewem. – Chyba go zabiję.

– Musiałbyś najpierw poradzić sobie z jego nowymi przyjaciółmi. Ma ze sobą Hechta. Pamiętasz go? To ten facet z Kryształowego Ostrza, którego Turnbull wskazał jako mordercę Weissmana.

Archie opadł z powrotem na krzesło i opróżnił szklankę.

– Czego właściwie chciał kochany wujaszek Harry?

Tom zamilkł, żeby zebrać myśli. Na razie wolał zachować dla siebie to, co Renwick powiedział o jego ojcu. Wiedział, że nie było to działanie w duchu zaufania i otwartości, na których Archie i on starali się opierać swoją współpracę. Jednak potrzebował czasu, by przemyśleć insynuacje Renwicka, zanim będzie mógł się nimi podzielić. Poza tym nie miały one nic wspólnego ze Złotym Pociągiem czy z Zakonem.

– Chciał sprawdzić, jak dużo wiemy.

– To znaczy, że nie jest bliższy odnalezienia Komnaty niż my.

– Powiedziałbym, że nawet dalszy – uśmiechnął się Tom. – Wciąż myśli, że ten Bellak jest w jakiejś prywatnej kolekcji.

– Ale nie potrwa długo, zanim odkryje, po co tu jesteśmy, prawda?

– Tak – zgodził się Tom. – Mam więc nadzieję, że masz jakiś plan.

– Nie martw się. To już załatwione – Archie sięgnął po papierosa, ale Tom go powstrzymał.

– Jeśli pozwolisz. Ja tu będę spał.

– Och – Archie z widocznym żalem schował papieros z powrotem do pudełka.

– Co konkretnie „załatwiłeś"?

– No, jeszcze niezupełnie załatwiłem. Ale załatwię. Jest taki jeden mój były klient. A właściwie nasz klient...

– Jaki były klient? – zapytał Tom sceptycznie.

Archie obronnym gestem podniósł do góry otwarte dłonie.

– Wiktor, oczywiście. Któżby inny?

– Wiktor? – Tom uniósł brwi. – Czy to nie dla niego kazałeś mi w zeszłym roku ukraść te jajka Fabergé? Ale później okazało się, że faktycznie były przeznaczone dla Kasjusza. W efekcie, o ile dobrze pamiętam, omal nas nie zabili.

– No dobra, nie rozgrzebujmy przeszłości – wymamrotał Archie zmieszany. – To wszystko stara historia, dużo wody upłynęło i tak dalej. Teraz za nic bym ci tego nie zrobił. Tym razem to naprawdę Wiktor. I nikt nikogo nie zabije.

## ROZDZIAŁ 56

**Lokalizacja nieznana, Niemcy**
**9 stycznia, godzina 21.00**

Było tam łącznie dwunastu ludzi. Każdy nosił złoty sygnet z wygrawerowaną na nim kratką o dwunastu polach. W jednym z pól osadzono pojedynczy diament.
 Nie używali nazwisk. Tak było bezpieczniej. Nie posługiwali się też numerami, gdyż sugerowałoby to między nimi jakąś hierarchię, jakąś kolejność, która kłóciłaby się z ich pierwotną koncepcją braterstwa równych sobie. Zamiast tego występowali pod nazwami miast. W ten sposób przynajmniej można było uniknąć pomyłek.
 – Nie ma powodu do paniki – Paryż, starszy mężczyzna siedzący u szczytu stołu, uniesieniem ręki uciszył pełen niepokoju gwar, który wzbudziły właśnie ujawnione informacje. – To bez znaczenia.
 – Bez znaczenia? Bez znaczenia? – Wiedeń, siedzący naprzeciw, parsknął z niedowierzaniem. – Nie słyszałeś, co właśnie powiedziałem? W zamku Wewelsburg odkryto kryptę. Tajemną kryptę, a w niej dwunastu generałów SS. Dwunastu! Mówią o tym we wszystkich wiadomościach. Stróż wszedł do środka i zobaczył wejście, starannie odkopane na samym środku podłogi. Krypta, o której istnieniu nie wiedzieliśmy. To Kirk. Jest na tropie. Jeśli to nie jest powód do paniki, to co?

Poparł go gwar poruszonych głosów. Świece na stole zamigotały od oddechów.

– Przyznaję, jest dużo sprytniejszy, niż początkowo sądziliśmy. Ale nie powinniśmy zapominać, że...

– A jeśli on coś tam znalazł? – przerwał mu Berlin. – Jak blisko musi się znaleźć, żebyś zaczął traktować go poważnie? Co będzie, gdy znajdzie Bellaka?

Na te słowa Paryż zbladł jak ściana, a wokół niego wybuchła kłótnia. Pokój napełnił się podniesionymi głosami, gdy pozostałych jedenastu usiłowało się nawzajem przekrzyczeć.

– Bracia, bracia! – Wiedeń powstał, pozostali zamilkli niechętnie. – Skończył się czas dyskutowania. Nadszedł czas, by działać.

– Słuchajcie, słuchajcie – wykrzyknął Kraków.

– Co sugerujesz? – zapytał Berlin.

– Dwie rzeczy. Po pierwsze, wyeliminować Kirka bez dalszej zwłoki. Zgubiliśmy go w Zurychu, ale dowiedziałem się właśnie z jednego z naszych źródeł, że poleciał do Sankt Petersburga. Jeśli uda nam się go tam zlokalizować, musimy działać.

– Ja się tym zajmę – powiedział Berlin. – Daj mi tylko znać, gdzie on jest.

– Po drugie, musimy wszystko przenieść.

– Przenieść? – wypluł z siebie Paryż. – Czy to jakiś żart?

– Obecna lokalizacja dobrze służyła naszym celom. Ale trudne czasy wymagają podjęcia radykalnych środków. Proponuję, żeby przerwać ogniwo. Wyeliminować wszelkie prawdopodobieństwo, że ktoś mógłby znaleźć obraz i pójść za wskazówkami. Przenieść wszystko do miejsca, gdzie nikt nigdy tego nie znajdzie. Miejsca, które znać będziemy tylko my.

– Ale to niedorzeczne! – przekonywał Paryż. – Mamy kodeks, który musimy zachować. Przysięgę, którą złożyliśmy wszyscy. Naszym obowiązkiem jest strzec wagonów i nigdy ich nie przenosić. To mogłoby ujawnić światu ich istnienie.

– Kodeks stworzono na inne czasy – nalegał Wiedeń. – Nie ma już sensu. Podobnie jak fakt, że jesteś jedyną osobą, która zna dokładną lokalizację. Musimy się zaadaptować, jeśli chcemy przetrwać.

– To szaleństwo – powiedział Paryż.

– Doprawdy? A może raczej szaleństwem jest ignorować to, co się dzieje? Polegać na kaprysach starca? Musimy się zmienić, zanim będzie za późno.

– Jest tylko jedna osoba, która konsekwentnie ostrzegała nas przed zagrażającym nam teraz niebezpieczeństwem, i jest to Wiedeń – naciskał Kraków. – On jest odpowiednim człowiekiem, by przechowywać nasz sekret i podjąć wszelkie konieczne kroki w celu ochronienia go.

– Tę tajemnicę można powierzyć tylko jednemu człowiekowi – powiedział Paryż stanowczo. – To ciężar, który dźwiga się do końca życia. Wasi poprzednicy zadecydowali, że tym człowiekiem powinienem być ja, i nie zamierzam zrzec się tego obowiązku.

– W takim razie domagam się głosowania – Berlin uderzył pięścią w stół. – Paryż i jego nieefektywne metody czy Wiedeń i działanie.

– To nie jest demokracja... – zaczął Paryż, ale jego protest utonął w okrzykach poparcia dla planu Berlina.

– To dla mnie zaszczyt, że rozważacie moją kandydaturę – powiedział Wiedeń, powstając. – Ale ostateczny wybór należy do was.

Pokój napełnił dźwięk odsuwanych krzeseł, gdy wszyscy wstali od stołu. Jeden za drugim ustawiali się za krzesłem Wiednia. Zawahało się jedynie trzech. Ich rozpaczliwe spojrzenia biegły od Paryża do ośmiu mężczyzn po przeciwnej stronie stołu. Paryż powoli skinął głową, a oni niechętnie przyłączyli się do pozostałych.

– To ciężar, który dźwiga się całe życie – powiedział Paryż cicho. – Mój ciężar.

– Już nie – odparł Wiedeń. – To jednogłośna decyzja całej grupy. Czas, by ktoś inny poniósł dalej pochodnię. Samotnie.

Oczy Paryża rozszerzyły się w zrozumieniu.

Na sygnał Wiednia Berlin sięgnął do kieszeni i wydobył niewielki notes oraz białą pigułkę. Podszedł do Paryża i umieścił notes przed nim na wypolerowanej powierzchni stołu. Następnie położył obok pigułkę, stawiając w zasięgu ręki szklankę wody. Kiedy to zrobił, odsunął się.

Paryż spojrzał na przedmioty przed sobą. Gdy podniósł wzrok na mężczyzn po drugiej stronie stołu, w jego oczach lśniły łzy.

– To błąd. Popełniacie błąd.

– Dobrze służyłeś sprawie – powiedział Wiedeń łagodnie. – Twój czas dobiegł jednak końca.

Powstrzymując łzy, Paryż wyjął pióro i napisał coś w notesie. Potem wydarł kartkę, złożył ją na pół i wręczył Berlinowi, który podszedł do Wiednia. Wiedeń z powagą rozwinął notatkę, przeczytał zawartość i przytknął papier do płomienia świecy. Kartka rozbłysła ogniem i równie szybko zgasła.

Jedenaście par oczu skupiło się na Paryżu. Ramiona mu drżały, kiedy zdejmował sygnet i kładł go na stole przed nimi. Potem sięgnął po białą pigułkę, położył ją na języku i popił łykiem wody.

Dwie minuty później był martwy.

# ROZDZIAŁ 57

**Klub nocny Tunel, Wyspa Pietrogradzka, Sankt Petersburg**
**10 stycznia, godzina 1.13**

Igor, ich kierowca, przyznał, że za dnia uczył w szkole. Jednak w nocy dorabiał jako *czastnik*, krążąc po co podlejszych ulicach miasta niezarejestrowaną taksówką w poszukiwaniu klientów, którzy nie pytali o ubezpieczenie, ogrzewanie czy domykające się okna.

Z licencją czy bez, taksówkarzowi nie trzeba było tłumaczyć, jak dostać się do klubu nocnego, w którym Archie umówił ich na spotkanie z Wiktorem. Igor korzystał z okazji, by ćwiczyć swój angielski, i kiedy przekraczali Newę, by dostać się na Wyspę Pietrogradzką, narzekał na pogodę, wyniki meczów piłki nożnej i korupcję miejscowych urzędników.

Z zewnątrz Tunel wyglądał nieciekawie: betonowa szopa na wąskiej błotnistej działce pomiędzy dwoma obskurnymi blokami mieszkalnymi. Wejścia pilnowało trzech masywnych strażników w czarnych beretach i paramilitarnych mundurach. Towarzyszył im przypominający wilka owczarek niemiecki. Solidne stalowe drzwi, grube na co najmniej dwadzieścia centymetrów, otwarto i zablokowano w tej pozycji rozbrojonym kałasznikowem. Widzieli przez nie strome betonowe schody z czerwonym awaryjnym oświetleniem.

– To dawny schron przeciwatomowy – wyjaśnił Archie, gdy Tom i Dominique przyglądali się wejściu podejrzliwie. – Wiktor jest jego właścicielem. Bez obawy, zaopiekują się nami.

Ochroniarze sprawdzili ich nazwiska na liście gości i wpuścili ich do wnętrza, przed całą kolejką zmarzniętych i żałośnie wyglądających ludzi.

Gdy tylko zaczęli schodzić po surowych schodach, uderzyła w nich fala ciepłego powietrza, niosąc duszny powiew wody po goleniu i alkoholu. Z każdym krokiem narastał rytmiczny łomot muzyki, jak stłumione bicie potężnego serca. Na dole były następne drzwi z grubej stali. Gdy się otworzyły, basy zagarnęły ich jak oceaniczna fala, wdzierając się do oczu i uszu.

Wewnątrz czekało dwóch kolejnych strażników obwieszonych paramilitarnym sprzętem – pałkami i granatami gazowymi. Machnięciem ręki wskazali im wejście. Piękna ciemnowłosa kobieta ubrana w niewiele więcej niż bieliznę przyjęła od nich pieniądze i płaszcze, nie przestając żuć gumy z obojętnym wyrazem twarzy. Potem postukała polakierowanym paznokciem w tabliczkę wiszącą za nią na ścianie. Napis był w języku rosyjskim, ale pod spodem ktoś ręcznie dopisał tłumaczenie.

„Żadnej broni. Proszę zostawić przy wejściu".

Pistolety i noże wszelkich kształtów i rozmiarów zapełniały ustawiony poniżej metalowy kosz. Każdy z nich oznaczono jaskraworóżowym numerkiem.

– Jak dobrze znasz tego Wiktora? – Tom zapytał Archiego.

– Robimy interesy od lat. Ma wielką kolekcję, jednak dość eklektyczną. Głównie Picasso i militaria.

– Miłe miejsce, nie powiem – Tom uśmiechnął się sarkastycznie.

– Lepiej, żeby goście musieli zostawić broń tutaj, niż żeby wnosili to dziadostwo do środka – odwarknął Archie.

Jego głos utonął w głośnym pisku. Ktoś uruchomił wykrywacz metalu umieszczony w progu. Jeden ze strażników zbliżył się do winowajcy, który niedbale rozsunął kurtkę, ukazując lśniące srebrne magnum w kaburze pod pachą. Strażnik popatrzył niepewnie na hostessę, która obrzuciła mężczyznę spojrzeniem i skinęła głową. Wpuszczono go do środka, nie dotykając broni.

– I to by było na tyle, jeśli chodzi o teorię – Dominique uśmiechnęła się krzywo.

Przeszli przez wykrywacz metalu do wnętrza klubu. Bunkier okazał się obszernym pomieszczeniem z półkolistym sklepieniem, które odbijało dźwięk, zmieniając muzykę i rozmowy w ogłuszający ryk. Na drugim końcu sali znajdowała się konsola didżeja. Po jej bokach dwie zgrabne kobiety wiły się wokół mosiężnych rur.

Błyskające światła i lasery omiatały parkiet i ciała podrygujące w pulsującym rytmie muzyki. Pod ścianami przytuliło się kilka skupisk stolików, ale i tak większość gości kręciła się w okolicach baru. Ich twarze spowijały gęste kłęby papierosowego dymu.

– Przyniosę coś do picia – krzyknął Tom. Przebijając się przez tłum, otarł się o piękną kobietę w czerwonej sukni, z ogromnym rubinem na opalonym dekolcie. Uśmiechnęła się i już miała coś powiedzieć, kiedy jej groźnie wyglądający towarzysz poprowadził ją dalej. Prostytutka, pomyślał Tom. Wiele z nich uśmiechało się do niego zapraszająco, gdy przepychał się do baru.

Bar składał się z dwóch stołów obsługiwanych przez trzy dziewczyny w skąpych bluzkach i minispódniczkach. Jeden stół był zastawiony butelkami stolicznej, drugi wysokimi kieliszkami i szampanem Cristal. Zapłatę przyjmowano wyłącznie w dolarach amerykańskich.

Tom zamówił szampana, zdobył trzy kieliszki i przedostał się z powrotem do przyjaciół.

– Nie mieli piwa? – skrzywił się Archie, kiedy zobaczył butelkę.

– Do wyboru było to albo wódka. Właśnie zapłaciłem za to trzy stówy, więc lepiej, żeby ci smakowało.

– Trzy stówy! – wykrzyknął Archie. – Jezu, równie dobrze mogliby cię obrabować przy wejściu.

– Dla tych ludzi to drobne – zauważyła Dominique.

Tom musiał przyznać jej rację. Kobiety obwieszone były złotem i drogą biżuterią. Większość miała na sobie wysokie szpilki i obcisłe ubrania odsłaniające płaskie, opalone brzuchy. Prawie wszystkie były blondynkami mniej lub bardziej naturalnymi.

Mężczyźni nosili garnitury, prawdopodobnie włoskie, a na pewno markowe. Na ich palcach i nadgarstkach błyszczało złoto. Raz po raz Tom dostrzegał rękojeść broni schowanej w kaburze lub wetkniętej za pasek.

– Stolik? – pojawił się przy nich kelner i wskazał im niewielki stół w kącie sali.

– A ile to kosztuje? – Archie przyjrzał mu się podejrzliwie.

Kelner zmarszczył brwi, jak gdyby nie dosłyszał pytania.

– Ile? Nic. Wiktor zaprasza.

– No, dobra – Archie zwrócił się do Toma z uśmiechem. – Widzisz, mówiłem, że się nami zaopiekują.

– A może tam? – Tom wskazał pusty stolik nieco dalej od sceny.

– O, nie... – w oczach kelnera przez chwilę błysnęła panika. – Wiktor mówi, ten stół. Proszę usiąść.

Tom wzruszył ramionami. Kelner z westchnieniem ulgi skierował ich do stolika i gdy usiedli, podał im nowe wiaderko z lodem. Dominique upiła łyk szampana.

– I co teraz? – spytała.

– Teraz czekamy – odparł Archie.

## ROZDZIAŁ 58

**Klub nocny Tunel, Wyspa Pietrogradzka, Sankt Petersburg**
**10 stycznia, godzina 1.51**

Tom zaczynał się niecierpliwić. Upłynęło pół godziny i nadal nie było ani śladu Wiktora. Nawet tancerki w klatce, dysponujące, zdawałoby się, nieskończonym zapasem energii i umiejętnością wyginania ciał w najbardziej nieprawdopodobne pozy, zaczynały słabnąć.

Właśnie miał zamiar zapytać jednego z kelnerów, gdzie się podział Wiktor, kiedy do ich stolika zbliżył się młody, na oko dwudziestoletni mężczyzna w towarzystwie jeszcze młodszej blondynki i wrzasnął coś po rosyjsku.

– Co? – odkrzyknął Tom.

– Mówi, że to jego stół – przetłumaczyła blondynka z wyraźnym akcentem.

– Jak jasna cholera – warknął Archie.

– On chce tu usiąść – nalegała dziewczyna.

– No, to będzie miał problem, bo jak widać, my tutaj siedzimy. Ale jest tu spory kawałek wolnej podłogi.

Dziewczyna przetłumaczyła, a na twarzy jej towarzysza pojawił się grymas niewiele mający wspólnego z uśmiechem. Powiedział coś, a dziewczyna znów przetłumaczyła.

– Mówi, że chętnie usiądzie na podłodze, jeśli może oprzeć stopy na twojej głowie.

Archie zerwał się na nogi, a tamten cofnął się odruchowo. W ułamku sekundy wpadł między nich inny mężczyzna. Prawą ręką sięgał już pod połę marynarki po broń, lewą wparł w pierś Archiego.

– W porządku... – Tom wstał i uśmiechnął się, unosząc ręce w pojednawczym geście. – Nasza pomyłka. Proszę, stolik jest cały twój. Daj spokój, Archie.

Klnąc pod nosem, Archie ruszył za Tomem i Dominique na drugą stronę sali.

– Pieprzony Dziki Zachód – wymamrotał, rzucając niedopałek papierosa na podłogę.

– Masz nie pakować się w kłopoty – przypomniał mu Tom. – Nie ma sensu dać się zastrzelić za stolik.

– No, dobra – zgodził się Archie i posłał wściekłe spojrzenie w kierunku stolika, który przed chwilą zajmowali. Mężczyzna i jego jasnowłosa towarzyszka zaśmiewali się z czegoś, podczas gdy ochroniarz rozlewał szampana.

Tom upił łyk z kieliszka i rozejrzał się po sali z nadzieją, że ten cały Wiktor w końcu się pojawi. Zawsze nienawidził czekania, a w tym momencie zmęczenie podróżą, zimno i popołudniowa konfrontacja z Renwickiem zaczynały dawać mu się we znaki.

Nagle jego uwagę zwróciło dwóch ludzi w pobliżu wejścia. W pierwszej chwili nie potrafił określić, czym właściwie się wyróżniali. Potem do niego dotarło: pomimo ciepła obaj mieli na sobie grube zimowe płaszcze.

Tłum zdawał się rozstępować przed nimi, kiedy maszerowali w kierunku stolika, przy którym młody mężczyzna i blondynka zderzali się kieliszkami pod czujnym okiem ochroniarza. Mężczyźni bez ostrzeżenia rozpięli płaszcze i każdy z nich jednym płynnym ruchem wydobył uzi. Zanim ktokolwiek z siedzących zdążył zareagować, otworzyli ogień, wystrzeliwując z bliska krótkie precyzyjne serie.

Na pierwszy odgłos wystrzałów pozostali goście z krzykiem padli na podłogę. Ci najbliżej drzwi rzucili się w kierunku wyjścia, przewracając się nawzajem w rozpaczliwej ucieczce.

Muzyka się urwała. Pulsowanie basów zastąpił mechaniczny trzask broni maszynowej, odbijający się echem od sufitu niczym seria grzmotów. Łuski po pociskach dzwoniły na posadzce, jak gdyby ktoś rozsypał garść monet. Absurdalne w tej sytuacji dyskotekowe światła wciąż migały rytmicznie. Źrenice Toma rejestrowały ruchy zabójców tak, jak gdyby odtwarzane były w zwolnionym tempie.

Opróżniwszy magazynek, jeden z mężczyzn sięgnął po pistolet i spokojnie strzelił w głowę każdej z ofiar. Usatysfakcjonowani, obaj ruszyli do wyjścia, nonszalancko przekraczając leżących na ziemi ludzi, po czym zniknęli na schodach.

Zaraz po ich wyjściu wybuchła prawdziwa panika. Kobiety wrzeszczały histerycznie, mężczyźni zaczęli krzyczeć. Tłum w popłochu ruszył do wyjścia, przewracając bar. Odłamki szkła posypały się po sali.

– Musimy się stąd wydostać – Tom usiłował przekrzyczeć hałas, podnosząc Archiego i Dominique na nogi – zanim zorientują się, że dostali niewłaściwych ludzi, i wrócą naprawić błąd.

– Myślisz, że...? – na twarzy Dominique odbiły się niedowierzanie i szok.

– Tak – powiedział Tom. – Myślę, że kelnerowi trochę za bardzo zależało, żebyśmy usiedli przy tym konkretnym stoliku. Trzy minuty wcześniej to my siedzielibyśmy tam zamiast nich.

# ROZDZIAŁ 59

**Klub nocny Tunel, Wyspa Pietrogradzka, Sankt Petersburg**
**10 stycznia, godzina 1.56**

Tłum popędził w kierunku schodów tylko po to, by równie szybko zawrócić, gdy błyskające niebieskie światła oznajmiły przybycie policji. Kobiety krzyczały, mężczyźni klęli, na podłogę z trzaskiem posypała się broń. W powietrzu szybowały małe koperty – goście starali się pozbyć potencjalnie obciążających dowodów. Niektóre otwierały się w locie, a biały proszek tańczył w nieustannie pulsujących dyskotekowych światłach i osiadał na podłodze jak warstewka świeżego śniegu.

– Tędy – wrzasnął Tom, wskazując grupę ludzi zmierzających w stronę drzwi obok stanowiska didżeja. – Tam musi być drugie wyjście.

Znaleźli się w wąskim korytarzu. Drzwi po lewej prowadziły do męskiej toalety, po prawej – do damskiej. Na końcu był nieduży składzik wypełniony miotłami, mopami i potężnych rozmiarów butlami detergentów. W jego ścianę wbudowano drabinę z wąskich żelaznych obręczy, prowadzącą na powierzchnię. Po szczeblach pełzł chaotycznie wijący się wąż ludzkich ciał.

– Dalej – krzyknął Tom. Przedarł się w kierunku drabiny, rozpychając tłum na tyle, by Archie i Dominique mogli wspiąć się przed nim. Potem sam podążył za nimi. Damski but, najwyraźniej zgubiony przez kogoś w górze, przeleciał mu koło twarzy. Poczuł przyprawiające o mdłości chrupnięcie czyichś palców pod podeszwą swojego buta.

Jakieś siedem metrów wyżej drabina kończyła się klapą przypominającą właz łodzi podwodnej. Wydostali się na wąski pas nieużytków. Po drabinie za nimi wciąż wspinali się ludzie. Kobiety wzdrygały się, gdy mroźne nocne powietrze zaczynało szczypać ich mocno odsłonięte ciała. Tom zarzucił marynarkę na ramiona Dominique.

– Chodźmy – zawołał. Rosnąca kakofonia syren powiedziała mu, że to kwestia minut, zanim policja zlokalizuje tylne wyjście i zgarnie wszystkich, których znajdzie w pobliżu.

Ruszyli biegiem. Dominique pędziła bez wysiłku długim, sprężystym krokiem. Archie dyszał ciężko już po kilkuset metrach. Parę zaciekawionych psów przyłączyło się do nich, szczekając, ale już po chwili jakaś wyjątkowo fascynująca latarnia sprawiła, że zatrzymały się w miejscu, zaciekle merdając ogonami.

– Myślałem, że Wiktor jest twoim przyjacielem – rzucił Tom w biegu. – Musiałeś zrobić coś, co go zdrowo wkurzyło.

– Nic nie zrobiłem – wydyszał Archie. – To nieporozumienie. To musi być jakieś nieporozumienie.

Dotarli do skrzyżowania i Tom zwolnił, usiłując odgadnąć swoje położenie wśród rzędów identycznych, rozsypujących się komunistycznych bloków, których klatki schodowe śmierdziały moczem i spleśniałym chlebem. Zanim jednak zdążył się zorientować, gdzie są, trzy czarne cadillaki escalade, rycząc silnikami, wypadły z uliczki za nimi i zatrzymały się z piskiem opon, otaczając ich nierównym półkolem.

Tylne drzwi środkowego samochodu otworzyły się. Wychylił się z nich kelner, który w klubie wskazał im stolik, zasłaniając sobą wnętrze pojazdu. W pobladłej twarzy lśniły rozszerzone oczy.

– Czego, do cholery, chcesz? – przywitał go Archie.

Usłyszeli huk wystrzału i twarz kelnera zniknęła w czerwonej eksplozji, a ciało bezwładnie osunęło się na siedzenie. Dominique stłumiła krzyk.

Czerwony bucik na obcasie wypchnął zwłoki na ulicę mocnym kopnięciem w plecy. Z auta wynurzyła się smukła opalona noga, a w ślad za nią ręka ściskająca wciąż dymiący pistolet. Wokół rękojeści zaciskały się palce o paznokciach skrzących się od cyrkonii. W końcu pojawiła się owalna twarz o wściekle niebieskich oczach, otoczona ciemnymi włosami, i pełny dekolt ozdobiony płomiennym rubinem. Tom natychmiast rozpoznał kobietę, która mrugnęła do niego, gdy otarł się o nią w drodze do baru.

– *Zdrastwujtie*, Archie – powiedziała z uśmiechem.

Tom posłał pytające spojrzenie Archiemu, ale ten wsiadł już do samochodu.

– *Zdrastwujtie*, Wiktor.

## ROZDZIAŁ 60

**Wyspa Pietrogradzka, Sankt Petersburg**
**10 stycznia, godzina 2.01**

Kiedy tylko znaleźli się w środku, samochód ruszył gwałtownie. Potężny silnik z rykiem zwiększył obroty. Tom siedział z przodu, Archie i Dominique z tyłu obok Wiktor. Prowadził posępny, brodaty typ, który zdawał się reagować na imię Maks. O orzechową okleinę deski rozdzielczej opierał się kałasznikow.

– Zatrzymaj samochód – zażądał Tom, gdy tylko uznał, że znaleźli się dostatecznie daleko od klubu. – Dość tych pieprzonych wygłupów. Co właściwie jest grane?

– Tom! – zaprotestował Archie, raz w życiu w nastroju ugodowym. – Daj spokój.

Tom mógł wyczytać ostrzeżenie z jego twarzy. Byli teraz na gruncie Wiktor i musieli być ostrożni. Ale Tom nie był w nastroju do uprawiania dyplomacji.

– Przed chwilą o mały włos nas nie zabili, Archie. Nie wiem jak ty, ale ja mam już dość niespodzianek. Ona najpierw zaprasza nas do swojego klubu – ruchem głowy wskazał Wiktor, ale mówił tak, jakby jej tam nie było – a potem upewnia się, że usiądziemy przy konkretnym stoliku, żeby dwóch bandytów mogło zrobić sobie z nas tarcze strzelnicze.

– Przyszpilił Wiktor spojrzeniem. – A tak przy okazji, kim był ten biedny drań, którym właśnie udekorowałaś chodnik?

– Mój pracownik. Zdrajca – mówiła z melodyjnym rosyjskim akcentem. Jej twarz pozostała niewzruszona, gdy kontynuowała. – Przepraszam za niego.

– Twierdzisz więc, że nie miałaś z tym nic wspólnego? – Tom parsknął z niedowierzaniem.

– *Niet* – zaprzeczyła ruchem głowy, potrząsając ciemnymi włosami. – Kazałam mu znaleźć dla was stolik, to wszystko. Musiał im wskazać, gdzie usiedliście.

– To tłumaczy, dlaczego nalegał, żebyśmy usiedli właśnie tam – przyszedł jej z pomocą Archie.

– I prawdopodobnie wyjaśnia również, dlaczego nie zdali sobie sprawy, że trójka siedzących tam ludzi nie była tymi, których mieli zabić – dodała Dominique z goryczą.

– Kim byli zabójcy? – zapytał Tom.

– Nie wiem, nigdy wcześniej ich nie widziałam – powiedziała Wiktor. – Najprawdopodobniej Czeczeńcy. Profesjonaliści. Wykonują robotę i znikają. Za pieniądze kupują broń na swoją wojnę.

– Ale dla kogo pracowali? – odezwał się Archie.

– Dla kogokolwiek, kogo na nich stać. Ale nie dla mnie. Mam własnych ludzi.

– A, to pocieszające – wymamrotała Dominique ponuro.

– Skąd wiedzieli, gdzie nas znaleźć? – naciskał Tom. – Mieli nawet czas, by odnaleźć i przekupić kelnera. Byłaś jedyną osobą, która wiedziała, że będziemy w tym klubie.

– To nie ja – powtórzyła Wiktor. – Umieściłam was na liście, ale to trzy nazwiska pośród stu innych.

– Telefon! – Archie pstryknął palcami. – Ktoś musiał założyć podsłuch. – Zwrócił się do Wiktor. – Umawialiśmy się przez telefon.

– Myślisz, że to Renwick? – Dominique spojrzała na Toma pytająco.

– Czemu Renwick miałby zaatakować mnie w zatłoczonym klubie nocnym, jeśli zaledwie kilka godzin wcześniej spotkaliśmy się sam na sam? – Tom potrząsnął głową. – Nie, to musiał być ktoś inny.

– Tak czy inaczej, nie możecie wrócić do hotelu – powiedziała Wiktor. – Zatrzymacie się u mnie. Poślę kilku ludzi po wasze bagaże.

– Nie – upierał się Tom. – Myślę, że lepiej poradzimy sobie sami.

– To nie była prośba – odparła Wiktor bez uśmiechu. – Mam tam trzech martwych klientów, a połowa policji z całego Petersburga rozpełzła mi się po klubie. Dopóki nie dowiem się, o co w tym wszystkim chodzi, zostajecie ze mną.

Zaczęli zwalniać, kiedy pierwsze auto w ich konwoju zatrzymało się na światłach. Nagle zobaczyli oślepiający rozbłysk, a zaraz po nim usłyszeli potworny huk. Samochód przed nimi uniósł się dwa metry w górę i z impetem przewrócił na bok. Poczuli siłę eksplozji, gdy fala uderzeniowa pchnęła ich pojazd do tyłu.

Jakaś postać zmaterializowała się wśród dymu przy oknie kierowcy, przylepiła coś do szyby i zniknęła. Tom natychmiast rozpoznał charakterystyczny kształt, zmieniony nieco taśmą, która mocowała go do okna.

– Granat! – krzyknął, nurkując pod deskę rozdzielczą.

Detonacja wstrząsnęła pojazdem. Mimo że szyby były najwyraźniej kuloodporne, odłamki szkła zasypały wnętrze jak szrapnele, wbijając się w siedzenia i tapicerkę. Postać pojawiła się znowu, tym razem otwierając ogień z broni automatycznej. Ogłuszony eksplozją kierowca nie miał najmniejszych szans. Kule przebiły się przez osłabione wybuchem szkło i trafiły go w głowę i w klatkę piersiową. Impet strzałów szarpnął jego ciałem.

Tom chwycił kierownicę i pochylając się, nacisnął martwą stopą kierowcy na pedał gazu. Samochód skoczył naprzód, przechylając się gwałtownie, gdy otarł się o płonący wrak pierwszego pojazdu. Gdy przyspieszali, na drzwiach i tylnej szybie zabębniły kule. Jak tylko Tom ocenił, że udało im się wyrwać, wyprostował się, otworzył drzwi od strony kierowcy i wypchnął jego ciało na ulicę. Sam usiadł za kierownicą i nadepnął na gaz.

– Weźcie to... – podał im kałasznikowa przez ramię. – Chyba nam się przyda.

Wiktor chwyciła broń i sprawdziwszy magazynek, odbezpieczyła ją z widoczną wprawą. Kopnięciem pozbywając się butów, przeskoczyła na przednie siedzenie obok Toma. Zauważył, że krwawiła z głębokiego rozcięcia na ramieniu.

– Nic ci nie jest?

– Przeżyję. Co z pozostałymi? – spytała. Tom zobaczył we wstecznym lusterku, że drugi samochód eskorty płonie, zmieniony w poskręcaną stertę stali, gumy i szkła.

– Chyba im się nie udało. Tamci musieli używać ładunków kumulacyjnych albo min przeciwczołgowych. Po prostu mieliśmy szczęście i nie najechaliśmy na żadną z nich.

– Dowiem się, kto to zrobił, i zapłaci mi za to – oczy Wiktor zabłysły wściekle, jej pełna pierś unosiła się w ciężkim oddechu. – Nikt się nie wymknie.

– Najpierw my musimy się stąd wymknąć – przypomniał jej Tom.

– Jedź na południe w kierunku rzeki – zarządziła.

Tom skinął głową. Uchwycił w lusterku ponure spojrzenie Archiego, a później wzrok Dominique, która uśmiechnęła się nerwowo. Trzymała się za szczękę, tak jakby uderzyła się o coś.

Nagle z przecznicy po lewej wypadł samochód. W jego oknach zabłysły ognie wystrzałów.

– Złap mnie za nogi – Wiktor udało się przekrzyczeć kanonadę.

Otworzyła okno i wychyliła się, kładąc się niemal płasko na ramie. Trzymając kierownicę lewą ręką, Tom złapał Wiktor za kostki, by nie wypadła. Zaczęła pakować w ścigający ich samochód krótkie trzystrzałowe serie.

– Celuj w koła – krzyknął Tom. Wystrzeliła ponownie i samochód za nimi sypnął iskrami, gubiąc rozdartą w strzępy lewą przednią oponę. Kierowca stracił kontrolę nad pojazdem, który zatańczył na oblodzonej drodze, uderzył w samochód jadący z naprzeciwka i wpadł na rząd zaparkowanych aut. Tom patrzył we wstecznym lusterku, jak przewraca się spektakularnie na dach, nie przestając wirować.

Wiktor wyjęła magazynek i spojrzała na niego z odrazą.

– Pusty – parsknęła, wyrzucając go przez okno. Dominique chwyciła pistolet pozostawiony przez Wiktor na tylnym siedzeniu, odbezpieczyła i podała jej.

– Weź to.

Wiktor skinęła głową w podziękowaniu. Broń wydawała się dziwnie nie na miejscu w zestawieniu z jej iskrzącymi paznokciami.

– Teraz dokąd? – zapytał Tom.

– Na most – wykrzyknęła Wiktor, wskazując drogę przed nimi. – Musimy dostać się na most. – Rzuciła okiem na zegarek, lśniący od diamentów rolex. – Jeszcze mamy czas.

Tom skierował samochód we wskazanym przez nią kierunku i minutę później widzieli już most Trocki i czekający przed nim długi sznur samochodów.

– Jedź lewą stroną – poinstruowała go Wiktor.

Tom skręcił na przeciwny pas. Z wyciem klaksonów i wściekłym mruganiem świateł nadjeżdżające z przeciwka samochody zjeżdżały na chodnik, by uniknąć zderzenia. Przed nimi opadły właśnie dwa duże szlabany, blokując ruch.

– Co się dzieje? – zapytał Tom.

– Podnoszą mosty, by przepuścić statki. Robią to co noc, chyba że rzeka zamarza. Kiedy już podniosą most, nie opuszczą go aż do trzeciej nad ranem. Jeśli zdołamy teraz przedostać się na drugą stronę, pościg tu ugrzęźnie.

Gdy zbliżyli się do bariery, Tom gwałtownie nadepnął na hamulec. Samochód odwrócił się bokiem.
– Stąd będziemy musieli pobiec.
Wyskoczył niemalże w biegu i przesadził szlaban. Pozostali ruszyli za nim.
– Tędy – przynagliła ich Wiktor.
Biegiem minęli gestykulującego strażnika i wpadli na most. Tom poczuł, jak jezdnia unosi się pod nimi.
– Nie zdążymy – wydyszał.
– Musimy. Popatrz... – Wiktor wskazała drogę za nimi. Pędził nią jeszcze jeden samochód. Wychyleni z okien mężczyźni zaczęli strzelać z broni półautomatycznej. Kule grzęzły w asfalcie wokół nich jak kamyki rozsypane na piasku.

Tom odwrócił się i wlokąc za sobą Archiego, pobiegł tak szybko, jak tylko mógł po pochyłości, która stawała się coraz bardziej stroma, w miarę jak most się wznosił. Ostatnim wysiłkiem dopadli krawędzi i przeskoczyli przez szczelinę, która otworzyła się pomiędzy dwoma połówkami mostu. Jedynie Wiktor zatrzymała się na szczycie. Chwyciła pistolet oburącz i opróżniła magazynek, mierząc w przednią szybę ścigającego ich samochodu, który skręcił gwałtownie, przebił balustradę i runął do rzeki.

Jednak te kilka sekund opóźnienia sprawiło, że szczelina stała się przepaścią. Wiktor wzięła rozpęd i rzuciła się na drugą stronę, wyciągając ramiona. Jakimś cudem jej palce zdołały uchwycić krawędź. Zawisła tam bezradnie. Pod nią otwierały się lodowate wody Newy. Czuła, że zaczyna się osuwać. Nagle czyjaś ręka zamknęła się na jej nadgarstku. Zobaczyła nad sobą twarz Toma, który sięgnął drugą ręką i przeciągnął ją na bezpieczną stronę. Potoczyli się bezwładnie po podniesionej części mostu i wylądowali splątaną stertą na dole.

– *Spasiba* – powiedziała Wiktor, podnosząc się. Jej nogi i łokcie były obtarte i posiniaczone od upadku.

– Nie ma o czym mówić – powiedział Tom i skrzywił się, czując w ramieniu nagłe ukłucie bólu.

– Trafili cię – wykrzyknęła, klękając obok niego.

– To nic takiego – sapnął Tom, spoglądając w dół na swoje palce, czerwone od krwi spływającej mu po ręce. Z niepokojem zdał sobie sprawę, że stracił w nich czucie.

# ROZDZIAŁ 61

**Nabrzeże Fontanki, Sankt Petersburg**
**10 stycznia, godzina 2.53**

Pomieszczenie przypominało nie tyle sypialnię, ile luksusowy dom publiczny. Olbrzymi żyrandol zwisał z wyłożonego lustrami sufitu, ściany były różowe, złocone krzesła pokrywały futra lampartów, a przed masywnym kominkiem z czarnego marmuru leżała niedźwiedzia skóra.

Tom wpatrywał się w swoje odbicie w lustrze nad łóżkiem, starając się nie myśleć o palącym bólu w ramieniu. Wiktor przysiadła obok niego. Przerwała to, co robiła, i spojrzała mu głęboko w oczy.

– Nie podoba ci się?

Tom skrzywił się.

– Nie w moim stylu.

– W moim też nie – powiedziała, siląc się na uśmiech. – Odziedziczyłam to. Zmieniłabym wystrój, ale w Rosji pokoje takie jak ten sprawiają, że ludzie cię szanują. Są ci posłuszni. Może nawet skłonni za ciebie zginąć – jej głos był zupełnie pozbawiony emocji. – Będzie bolało.

Zdążyła już oczyścić ranę, zmywając zaschniętą krew za pomocą gazy i ciepłej wody i odsłaniając niewielką dziurę w lewym ramieniu. Tom nie pamiętał, by poczuł trafienie. Kąt i miejsce postrzału sugerowały, że stało się to na początku, kiedy po raz pierwszy chwycił kierownicę i przyspieszył, by uciec z zasięgu mężczyzny strzelającego przez rozbite okno.

Zdaniem Wiktor, która ujawniła zadziwiającą znajomość ran postrzałowych i sposobów ich opatrywania, kula utkwiła w mięśniu w okolicy łopatki. Wyprawa do szpitala nie wchodziła w rachubę i chociaż Wiktor miała dostęp do innych, bardziej dyskretnych lekarzy, odradzała angażowanie kogoś z zewnątrz bez koniecznej potrzeby. Incydent z kelnerem w klubie udowodnił im wszystkim, że za odpowiednią cenę mogą ją zdradzić nawet ci, którym ufała. Tom przyznał jej rację, mimo iż wiedział, że oznacza to pozwolenie jej, by usunęła kulę bez znieczulenia.

– Gotowy? – zapytała, unosząc nad raną szczypce z nierdzewnej stali.

– Bardziej nie będę – powiedział Tom, zbierając siły.

Wsunęła szczypce w ranę i iskra bólu w jego ramieniu eksplodowała w gwałtowny pożar. Pokój zdawał się pogrążać w ciemności, kiedy ból przytępił wszystkie inne zmysły. Tom miał wrażenie, że dławi go jego własny oddech, wyrywający się przez zaciśnięte zęby poszarpaną serią syknięć.

– Doceniam twoją pomoc – jęknął, mając nadzieję, że rozmowa pozwoli mu chociaż w pewnym stopniu nie myśleć o bólu.

– Dopóki nie dowiem się, o co właściwie chodzi, jesteście dla mnie więcej warci żywi niż martwi – jej głos był twardy i pozbawiony emocji. – Nie dziękuj mi więc. Po prostu chronię własne interesy.

– I tak dziękuję... Robiłaś to już wcześniej?

– Wiele razy.

– Jesteś pielęgniarką?

– Nie – po jej twarzy przemknął uśmiech.

Nawet w swoim obecnym stanie Tom potrafił dostrzec, że była wyjątkową kobietą. Smukłe ciało promieniowało gibką siłą tancerki. Po wydarzeniach na moście jej czerwona suknia była brudna i podarta, opalona skóra poobcierana i posiniaczona, a krucze włosy w nieładzie. Ale to wszystko zdawało się jedynie uzupełniać dzikie, egzotyczne piękno jej twarzy i intensywną, urzekającą energię płonącą w jej ciemnych oczach. Jednak Tom widział w niej również twardość stali i niewypowiedziany ból, jak gdyby z rezygnacją przyjmowała ciężar własnego istnienia.

– Pracowałam – wzruszyła ramionami. – No, wiesz...
– Byłaś prostytutką? – zapytał nieśmiało. Archie szepnął mu coś o tym, kiedy dotarli do domu Wiktor, okazałego budynku na brzegu kanału Fontanka, ale Tom był zbyt obolały, by przyswoić tę informację.
– Tak.
– A więc jak?... – Tom skrzywił się z bólu, gdy przekręciła szczypce.
– Jak się tu znalazłam? – roześmiała się ponuro. – To długa historia.
– Nigdzie się nie wybieram.

Zapadła długa cisza. Gdy manewrowała szczypcami w ranie, starając się uchwycić kulę, Tom niemal zaczął żałować, że zadał to pytanie. Wyglądało na to, że wkroczył na zakazany teren, wtrącając się w tę część życia Wiktor, o której nie chciała rozmawiać. Ale po chwili odezwała się:

– Kiedy miałam szesnaście lat, rodzice sprzedali mnie człowiekowi o nazwisku Wiktor Czernowski. Był jednym z szefów tutejszej mafii. Na początku miałam szczęście. Nie pozwolił nikomu mnie dotknąć. Gwałcił mnie sam.

Tom wymamrotał niewyraźnie, że jej współczuje, ale zdawała się go nie słyszeć.

– Potem, kiedy się już znudził, oddał mnie swoim kolegom. To byli źli ludzie. A kiedy wracali ranni z jakiegoś napadu czy strzelaniny, to ja musiałam ich opatrywać. W ten sposób nauczyłam się to robić.

– A gdzie nauczyłaś się tak dobrze mówić po angielsku?
– Jeden z ludzi Wiktora był Amerykaninem. On mnie nauczył. Był jedynym, któremu naprawdę na mnie zależało. Myślę, że prawie go kochałam.
– Dlaczego po prostu nie odeszłaś?
– Nie odchodzi się z takiego życia. Albo w nim jesteś, albo umierasz. Poza tym – kontynuowała głosem bez wyrazu – zaszłam w ciążę. Wiktor dowiedział się i zmusił mnie, żebym ją usunęła. Kazał jednemu ze swoich ludzi zrobić to drucianym wieszakiem. Proszę... – wyciągnęła przed siebie szczypce, tak żeby Tom mógł zobaczyć zakrwawioną bryłkę metalu, nie większą od ziarnka grochu. Upuściła ją na stalową tackę obok łóżka. – Nie wygląda, żeby trafiła w coś ważnego.
– To dobrze.

Rana znowu zaczęła krwawić, więc przetarła ją roztworem jodyny, który zabarwił ramię Toma na fioletowo. Zapiekło. Tom skrzywił się i zapytał:
– A potem?
– Potem...? Potem mnie ukarał.

Wiktor zawahała się przez chwilę, patrząc mu w oczy. Odgarnęła włosy z lewej strony głowy. Tom zobaczył z przerażeniem, że w miejscu, gdzie powinno być ucho, znajdowała się jedynie dziura otoczona zaognioną czerwonawą blizną.
– A więc go zabiłam – powiedziała tak rzeczowym tonem, że w pierwszej chwili Tom pomyślał, że się przesłyszał. – Pewnej nocy, kiedy leżał na mnie, pocąc się i stękając jak zwierzę, dźgnęłam go w kark. A potem wrzuciłam do rzeki. Jak Rasputina – parsknęła krótkim śmiechem.
– A to wszystko...? – Tom ogarnął pokój ruchem ręki.
– Było jego. Jak powiedziałam, odziedziczyłam to.
– Tak po prostu? – w głosie Toma brzmiało niedowierzanie.
– Było kilku takich, którzy uważali, że kobieta nie powinna być głową rodziny. Ale w Rosji ludzie szanują siłę. Szybko

nauczyli się traktować mnie poważnie. Przyjęłam imię Wiktor, żeby złagodzić szok. Wielu ludzi myśli, że on wciąż gdzieś się tu kręci.

Skinęła na Toma, by usiadł i pozwolił jej zabandażować ramię.

– Jak masz naprawdę na imię? – zapytał.

Zamilkła.

– Wiesz, jesteś pierwszą osobą od prawie dziesięciu lat, która mnie o to zapytała.

– I...?

Zanim zdążyła odpowiedzieć, rozległo się pukanie do drzwi. Wiktor pośpiesznie zakryła włosami bliznę. Do pokoju weszli Archie i Dominique.

– Jak się czujesz? – spytała Dominique z troską.

– Nic mu nie będzie – powiedziała Wiktor. – Rano zdobędę antybiotyki. Teraz musi odpocząć.

– Było blisko – Archie przysunął sobie krzesło i usiadł. – Dobrze, że Wiktor zna się na opatrywaniu ran.

– Tak słyszałem – spojrzenia Toma i Wiktor spotkały się na moment, zanim odwróciła wzrok.

– Nie przejmuj się, rano już nas tu nie będzie – zapewnił ją Archie.

– Możecie się tu rozgościć – odparła. – Nikt stąd nie wyjdzie, dopóki nie wyjaśnicie mi, o co w tym wszystkim chodzi.

Archie potrząsnął głową.

– Ta sprawa cię nie dotyczy. Nie mam ci nic do powiedzenia.

– Nie dotyczy? Straciłam sześciu najlepszych ludzi. Wierzcie mi, bardzo mnie to dotyczy.

– Słuchaj, przykro mi, że...

– To ty przyszedłeś do mnie, pamiętasz? Nie interesują mnie przeprosiny. Po prostu powiedz mi, co tutaj robicie i dlaczego ktoś chce was zabić.

– To nie takie proste.

– To nie są negocjacje. Z waszego powodu zamkną mi klub na całe tygodnie. Tu chodzi o pieniądze. Moje pieniądze. Teraz macie wobec mnie dług. Rozumiecie, co to oznacza?

– To znaczy, że coś ci się od nas należy – powiedział Archie ponuro.

– Nie. To znaczy, że wy należycie do mnie. Należycie do mnie aż do odwołania. A więc cokolwiek planujecie, ja chcę mieć w tym udział.

– Nie tym razem. To niemożliwe.

– Ja o tym zadecyduję, nie wy. A teraz skoncentrujcie się, bo nie będę powtarzać. Co jest grane?

Archie spojrzał pytająco na Toma, który skinął niechętnie głową.

– Szukamy obrazu.

– Obrazu? Myślałam, że wycofałeś się z tego interesu.

– Zgadza się. Obaj się wycofaliśmy.

– Obaj? – przez chwilę Wiktor wyglądała na zbitą z tropu.

– Tom był moim wspólnikiem. Ten Matisse w holu. To on go dla ciebie zdobył.

Wpatrywała się w Toma, najwyraźniej nabierając do niego szacunku w świetle tej nowiny.

– Lubię ten obraz.

– Podobnie jak Muzeum Sztuk Pięknych w Buenos Aires – odparł z uśmiechem.

– Czyli chodzi o kolejną robotę?

– Nie – przyznał Archie. – W każdym razie nie o typową robotę. Sądzimy, że obraz może wskazać nam, gdzie coś ukryto.

– Czym jest to „coś"?

– Jeszcze nie jesteśmy pewni – wtrącił się Tom, nie chcąc ujawnić tajemnicy. – Ale to coś wartościowego.

– I chcemy powstrzymać kogoś, kto chce to znaleźć przed nami – dodała Dominique.

– I ten „ktoś" to ludzie odpowiedzialni za dzisiejszy wieczór?

– Możliwe – powiedział Archie. – Tego nie wiemy.
– A co właściwie wiecie? – zniecierpliwiła się Wiktor.
– Wiemy, że ktoś zadał sobie wiele trudu, by ukryć serię wskazówek prowadzących do obrazu, który, jak sądzimy, znajduje się w magazynach Ermitażu.
– Ermitażu? Zapomnijcie! – Wiktor przewróciła oczami. – Nigdy się tam nie dostaniecie.
– Tom może się dostać wszędzie – powiedziała Dominique z przekonaniem.
– Myślisz, że jesteś pierwszą osobą, która usiłuje okraść Ermitaż? – uśmiechnęła się Wiktor. – Władze można oskarżyć o wiele rzeczy, ale nie o głupotę. Może i nie mają pieniędzy, by zainwestować w kamery i czujniki laserowe, ale broń jest tania, a ludzie jeszcze tańsi. Ermitaż jest dobrze patrolowany. Żeby się tam dostać, trzeba być niewidzialnym.
– Wszystko po kolei – Archie zbył jej wątpliwości. – Najpierw musimy znaleźć obraz. Potem będziemy się martwić, jak go stamtąd wydostać. Jesteś w stanie nam pomóc?
– Być może – Wiktor wzruszyła ramionami. – To zależy.
– Zależy od czego?
– Co będę z tego miała.
Archie spojrzał na Toma, który lekko, niemal niezauważalnie potrząsnął głową. Nie potrzebował wspólnika. A na pewno nie takiego wspólnika jak Wiktor.

## ROZDZIAŁ 62

**Konsulat Stanów Zjednoczonych,
ulica Fursztadska, Sankt Petersburg
10 stycznia, godzina 3.12**

– Mamy tam regularną wojnę – agent Strange wszedł do małej, pozbawionej okien sali konferencyjnej. Z ulgą opadł na krzesło i wyciągnął nogi. Bailey zobaczył, że ma na sobie brązowe kowbojki z emblematem flagi amerykańskiej.
– Ile ofiar? – spytał Bailey.
– Troje. Dwóch mężczyzn i kobieta.
– Chyba nie...?
– Nie bój się. To nie byli twoi podejrzani.
– Tylko nasi – warknął agent Cunningham z drugiego końca pokoju. – Miejscowy gangster. Jeden z ludzi, których mamy pod obserwacją na zlecenie Agencji do Walki z Narkotykami. Zrobił karierę, wysyłając prochy i broń do Stanów przez Karaiby.
– Co się właściwie stało?
– Jakiś zamach – skrzywił się Strange. – Dwaj goście podeszli do ich stolika, zdjęli ich, a potem po prostu wyszli. Całkiem, cholera, na zimno.
– Miejscowi gliniarze pozwolili uciec połowie ludzi, którzy byli wtedy w klubie. Najwyraźniej było tam jakieś wyjście awaryjne. Druga połowa prawdopodobnie właśnie w tej

chwili wyciąga się z kłopotów za pomocą łapówek – narzekał Cunningham. – Przy odrobinie szczęścia gliniarze zdobędą portrety pamięciowe, ale nic więcej.

– A co z Blondim i pozostałą dwójką?

– Widzieliśmy, jak wchodzili, ale gliniarze ich nie wyprowadzili.

– No i oczywiście pozostaje jeszcze wysadzony samochód – Strange splótł dłonie na karku, pociągnął w prawo, potem w lewo. Kręgi zatrzeszczały głośno.

– Wysadzony samochód?! – wykrzyknął Bailey. Robiło się coraz ciekawiej.

– Konwój trzech cadillaków escalade wpadł w zasadzkę jakieś trzy kilometry od klubu.

– To standardowa zagrywka miejscowych cwaniaczków – wtrącił Cunningham. – Lubią się poczuć jak rodzina Soprano.

– To była profesjonalna robota. Na drodze zdalnie odpalany ładunek z semteksu, by unieruchomić pojazd, w pogotowiu strzelcy i granaty, by zająć się resztą – ciągnął Strange. – Ale środkowy samochód zdołał się przebić. Został później porzucony w pobliżu mostu Trockiego. Pasażerom udało się przedostać na drugą stronę dokładnie w chwili, gdy podnoszono most.

– Jacyś świadkowie?

– Z tego co uchwyciły kamery policyjne, było tam czterech ludzi. Dwóch mężczyzn, dwie kobiety. Trzy opisy pasują do Kirka, Blondiego i dziewczyny, która im towarzyszy.

– A właściciel tych samochodów to Wiktor – dodał Cunningham. – Nie musimy więc się specjalnie zastanawiać, kim była czwarta osoba.

– Wiktor? – zdezorientowany Bailey potrząsnął głową. – Czy nie powiedziałeś, że czwartą osobą była kobieta?

– Wiktor jest kobietą. Naprawdę nazywa się Katia Nikołajewna Mostow – Strange podsunął mu wyjętą z kartoteki teczkę. – Dziwka z Mińska, która zrobiła karierę, zabijając swojego chłopaka mafioso i przejmując jego działalność i imię. Klub nocny Tunel należy do niej.

– Jeśli ci goście przyłączyli się do niej, to znaczy, że siedzą w jakimś poważnym gównie – podsumował Cunningham. – I jeśli będą chcieli zniknąć, ona może im to zorganizować.

– Może więc powinniśmy wejść i zgarnąć ich teraz – zaproponował Bailey – zanim będą mieli okazję zniknąć. Czy wy, chłopaki, nie macie jakichś układów z miejscową policją?

– Jasne, ale te układy jej nie dotyczą – Strange roześmiał się głucho. – Wiktor praktycznie rządzi w mieście. Policja, sędziowie, politycy, ma ich wszystkich w kieszeni. To lepsze niż pieprzony immunitet dyplomatyczny.

– W dodatku jej dom to jedna cholerna forteca – dodał Cunningham. – Ma tam większą siłę ognia niż miejscowe koszary. Jeśli chroni Blondiego, to próba wejścia tam byłaby misją samobójczą.

– Najlepsze, co możemy w tej sytuacji zrobić, to obejść miejscowe władze, poczekać, aż Blondi wyjdzie na otwarty teren, i zgarnąć go – powiedział Strange powoli. – A potem będziemy się martwić, jak go przetransportować do domu. Nie jest to rozwiązanie idealne, ale robiliśmy to już wcześniej.

– A Kirk? – spytał Bailey. – Jego też powinniśmy aresztować. Sprawdzić, co wie.

– Nie mamy dość ludzi, żeby ścigać ich obu – przyznał Cunningham. – Chyba że chcesz poczekać parę dni. I będziesz potrzebował argumentów nie do odparcia, żeby Waszyngton choć podniósł słuchawkę, a co dopiero przysłał posiłki.

– Porozmawiam z Carterem i zobaczę, co powie – postanowił Bailey, choć z góry wiedział, jaka będzie odpowiedź. Na razie nie mieli na Kirka nic poza faktem, że zadawał się z Blondim. Z pewnością nie było to wystarczającym powodem do przysłania tutaj dodatkowego oddziału. – Tak czy inaczej, naprawdę chodzi tu o Blondiego – wzruszył ramionami. – To po niego mnie tu przysłali.

– Będziemy mieć dom Wiktor na oku – zapewnił go Strange. – Jeśli tylko któryś z nich wyjdzie, będziemy o tym wiedzieć.

– Dobra – powiedział Cunningham zdecydowanie. – Wkraczamy przy pierwszej stosownej okazji. Wierzcie mi, Blondi nie zdąży się zdziwić.

# ROZDZIAŁ 63

**Nabrzeże Fontanki, Sankt Petersburg**
**10 stycznia, godzina 18.18**

W końcu obudził go tętniący w ramieniu ból – tępe pulsowanie nasilające się z każdym ruchem i każdym oddechem. Patrząc na zegarek, zdał sobie sprawę, że przespał większość dnia. Wyczerpanie i środki przeciwbólowe w końcu go zmogły.

Wygrzebał się z czarnej satynowej pościeli i usiadł, zauważając przy łóżku nietkniętą tacę z jedzeniem. W tym pokoju nie było luster, żyrandoli ani też, dziękować Bogu, skór lamparcich. Sufit był czarny, a wszystkie większe gwiazdozbiory zaznaczono na nim złotem. Zastanawiał się, czy Wiktor zlitowała się nad nim i z rozmysłem umieściła go w bardziej powściągliwie urządzonym pokoju. Powściągliwie przynajmniej według jej standardów.

Nie próbując nawet zawiązać sznurówek, wyszedł z pokoju. Minął kilku uzbrojonych strażników, patrolujących szerokie korytarze, jak gdyby była to jakaś instytucja rządowa. Znalazł Archiego i Dominique w jadalni przy masywnym hebanowym stole.

– Tom! – wykrzyknęła Dominique na jego widok. – Jak się czujesz?

– Dobrze. A co u was?

– Wszystko świetnie, tylko Wiktor nie pozwala nam opuszczać domu – Archie wzruszył ramionami z rezygnacją. – Nie możemy nawet skorzystać z telefonu.

– Dobra wiadomość jest taka, że jedzenie jest pyszne – Dominique wyszczerzyła zęby w uśmiechu. – Zjadłbyś coś?

– Nie słuchaj jej, ją to wyraźnie bawi – mruknął Archie.

– Zawsze jakaś odmiana – stwierdziła Dominique. – Poza tym...

Właśnie w tej chwili wkroczyła do pokoju Wiktor, ubrana w beżowe bojówki i obcisłą czarną bluzkę. Za jej paskiem tkwił niklowany sig-sauer.

– Czujesz się lepiej – to było bardziej stwierdzenie niż pytanie.

– Dużo lepiej.

– Dobrze. Bo właśnie znaleźliśmy kogoś...

Od drzwi dały się słyszeć odgłosy szarpaniny i dwóch jej ludzi wciągnęło do pokoju zakapturzoną i zakutą w kajdanki postać.

– Zjawił się w waszym hotelu i zadawał pytania. Powiedział, że was zna. Chciałam to na wszelki wypadek sprawdzić, zanim sprawię, że zniknie.

Zdarła kaptur z głowy mężczyzny. Stał przed nimi Turnbull, mrugając zdezorientowany. Usta miał zaklejone taśmą.

Archie wstał i podszedł do niego, mrużąc oczy, tak jakby analizował jego twarz w najdrobniejszych szczegółach.

– Nie, nigdy wcześniej go nie widziałem – oznajmił w końcu, siadając z powrotem przy stole. – To musi być jeden z nich.

– Zabierzcie go do piwnicy – rozkazała Wiktor.

Turnbull spojrzał na nich rozszerzonymi oczami i zaczął się gwałtownie szarpać. Taśma tłumiła jego krzyki.

– W porządku – uśmiechnął się Tom. – Archie ma skrzywione poczucie humoru. On jest z nami.

– Och – Wiktor wyglądała na lekko zawiedzioną. Gestem nakazała swoim ludziom usunąć knebel.

– Bardzo zabawne – syknął Turnbull ze złością, gdy tylko mógł mówić.

Zwijające się w strąki włosy opadły mu na zaczerwienioną i spoconą twarz. Powiedział coś po rosyjsku. Wiktor wyraziła pozwolenie skinieniem głowy i jeden z jej ludzi zdjął mu kajdanki.

– Dobrze ci tak. Nie trzeba było nas szpiegować – odwarknął Archie.

– Nie szpiegowałem – Turnbull potarł obolałe nadgarstki. – Kirk powiedział mi, że się tam zatrzymaliście. Wiedział, że przyjdę.

– Wiedziałeś, że przyjdzie? – Archie zwrócił na Toma zaskoczony wzrok. – Niby po co?

– Ponieważ w przeciwieństwie do ciebie miał na uwadze fakt, że to ja was w to wciągnąłem. Mieliśmy pracować wspólnie, pamiętasz?

– Wspólnie? – Archie parsknął śmiechem. – To nie do ciebie wczoraj strzelali.

– To o was chodziło? – sapnął Turnbull. – Mówią o tym we wszystkich wiadomościach. Co się stało?

– Nie jesteśmy pewni – powiedział Tom. – Ktoś przyczepił się do nas w Zurychu i ani się obejrzeliśmy...

– Myślicie, że to Renwick?

– Nie... – Tom szybko streścił mu wydarzenia poprzedniego popołudnia, łącznie ze spotkaniem z Renwickiem w Pałacu Jekaterynińskim. – Gdyby Renwick chciał mojej śmierci, mógłby z łatwością zabić mnie właśnie wtedy.

– A więc Renwick wie o Bursztynowej Komnacie?

– O Bursztynowej Komnacie? – zapytała Wiktor skwapliwie, podchodząc krok do przodu. – Czy to o nią właśnie chodzi?

– Możliwe – powiedział Tom powoli, klnąc w duchu na nierozwagę Turnbulla.

– Ale to tylko mit.
– A co ty o niej wiesz? – zapytał Archie wyzywająco.
– Wiktor – dawny Wiktor – opowiedział mi o niej.
– Dlaczego się nią interesował?
– Miał obsesję na punkcie wojny. Mam tu na dole cały pokój pełen starych map, mundurów i flag. Kazał nawet odrestaurować sobie maszynę Enigma, by dla zabawy przesyłać wiadomości znajomym w Stanach. Ale Bursztynowa Komnata – to tylko legenda.
– Jak więc nazwiesz to?
Archie wręczył jej kawałek bursztynu, który znaleźli w teczce odzyskanej z banku Völza. Przyjrzała mu się podejrzliwie, ale kiedy znów się odezwała, jej głos, po raz pierwszy odkąd się spotkali, brzmiał niepewnie.
– To niemożliwe...
– Prawdopodobnie masz rację. Ale żeby się upewnić, musimy znaleźć ten obraz.
– I sądząc po uwadze, jaką nam poświęcają, szukamy we właściwym miejscu – powiedział Archie.
– Może jednak będę mogła wam pomóc – zgodziła się Wiktor.
– Rząd brytyjski nie współpracuje z gangsterami – parsknął Turnbull z pogardą.
– Rząd brytyjski, podobnie jak wszystkie rządy, współpracuje z każdym, kto wykona robotę – poprawił go Tom. – Chyba że chcesz teraz dać sobie spokój?
Turnbull zamilkł, rozważając alternatywę. W końcu zwrócił się do Wiktor:
– W jaki sposób możesz nam pomóc?
– Zastępca kustosza Ermitażu, Borys Kristenko, jest mi winien trochę pieniędzy. Dług karciany, którego nie jest w stanie spłacić. Będzie współpracować.
– Jesteś pewna?
– Trzeba go tylko trochę przycisnąć.

– Nikomu nie stanie się krzywda – zastrzegł Tom.
– Chcesz zdobyć informacje czy nie?
– Nie w ten sposób.
– Mówię tylko o zastosowaniu niewielkiej presji.
– Jakiej presji? – zapytał Tom podejrzliwie.
– Najskuteczniejszej w nakłanianiu ludzi do współpracy: strachu i chciwości.
– Strach polega na tym, że musi spłacić dług lub liczyć się z konsekwencjami?
– A chciwość podszepnie mu, że jeśli nam pomoże, zapłacę mu za fatygę. Pięćdziesiąt tysięcy powinno załatwić sprawę.

Tom skinął głową.

– W porządku. Jak to się stało, że nie wspomniałaś o nim wczoraj w nocy?
– Wczoraj dopiero się poznaliśmy. Dzisiaj jesteśmy starymi przyjaciółmi – uśmiechnęła się. – Poza tym wczoraj nie wspomniałeś o Bursztynowej Komnacie.

## ROZDZIAŁ 64

**Kanał Gribojedowa, Sankt Petersburg**
**10 stycznia, godzina 19.05**

Od klubu Grieszniki, czteropiętrowego gejowskiego lokalu nad Kanałem Gribojedowa, dzieliła ich jedynie krótka przejażdżka samochodem. Zdaniem informatorów Wiktor, Kristenko miał zwyczaj wstępować tam na drinka w drodze do domu.

Klub otwierano o szóstej. Plakaty na drzwiach obiecywały całonocny męski striptiz, nie rozkręcał się on jednak na dobre przed dziesiątą. Wtedy nadzy tancerze mieli zwyczaj mieszać się z tłumem, rozdając farby i pędzle i oferując własne ciała w charakterze płótna. Do ulubionych deseni należały numery telefonów.

Lokal wciąż był pusty, kiedy Tom i Wiktor weszli do baru na pierwszym piętrze, by tam zaczekać na Kristenkę. Wiktor kazała podać sobie butelkę wódki i dwa kieliszki, po czym napełniła je po brzegi.

– *Na zdorowie* – wzniosła toast. Gdy tylko wychyliła kieliszek, zaraz napełniła go ponownie. Tom poszedł za jej przykładem.

Czekali, siedząc w milczeniu na środku pustej sali. Rozglądając się wokół, Tom zauważył, że wszystko, od dywanów po ściany, sufit i meble, było czarne. Jedyny kolorowy akcent stanowiły ultrafioletowe światła za barem, które przeświecały przez różnobarwne butelki.

Jego zamyślenie przerwał znienacka głos Wiktor.

– Kto to jest Harry?

– Co? – w głosie Toma brzmiało zaskoczenie tym nieoczekiwanym pytaniem. Czyżby Wiktor znała Renwicka?

– Harry. Kiedy zajrzałam do ciebie wczoraj w nocy, mówiłeś przez sen. Coś o Harrym. Miałam wrażenie, że jesteś wściekły.

– To ktoś, kogo kiedyś znałem – Tom zbył ją, nie chcąc przeżywać snu ponownie. – Jest nikim.

Zapadła długa cisza.

– Wiesz, myślę, że jesteśmy do siebie podobni, ty i ja.

W jego umyśle pojawił się obraz tego, jak zastrzeliła kelnera, wywołując natychmiastową i zdecydowaną odpowiedź.

– Nie sądzę.

– A ja nie byłabym taka pewna.

Milczenie.

– Czemu tak mówisz? – zapytał w końcu.

– Jesteś wściekły, jak ja. Widzę to w twoich oczach. Słyszałam to w twoim głosie, kiedy mówiłeś przez sen.

– Tak? – znowu zamilkł. – Wściekły na co?

Wzruszyła ramionami.

– Powiedziałabym, że ktoś cię zranił. Zdradził, być może. Ktoś, o kim myślałeś, że możesz mu ufać. A teraz nie zależy ci na większości rzeczy, większości ludzi. Zwłaszcza na sobie samym. Jesteś zgorzkniały. Każdy dzień jest walką. Nienawidzisz samego siebie, nie wiedząc dlaczego. Żyjesz wewnątrz siebie.

– Kiedyś być może tak – powiedział Tom powoli, zaskoczony jej intuicją. – Ale teraz dużo mniej. Odkąd odszedłem.

– Nie możesz z dnia na dzień zmienić tego, kim jesteś.

– Mówisz o mnie czy o sobie?

– Ja wiem, czemu nienawidzę samej siebie – zdawała się go nie słyszeć. – Stałam się taka jak Wiktor. Stałam się dokładnie tym, czego kiedyś nienawidziłam. Ironia polega na tym, że jestem w pułapce. Teraz jestem więźniem dużo bardziej niż wtedy, kiedy on żył. Na pierwszą oznakę mojej słabości ktoś wystąpi przeciwko mnie i to mnie wyłowią z Newy. I nikogo to nie wzruszy.

Tom pomyślał o lamparcich skórach, żyrandolach i czarnych sufitach w jej domu. Zastanawiał się, czy wierzyła, jak prymitywne plemiona łowców głów, że w jakiś sposób wchłonie siłę i bezwzględność Wiktora, jeśli zachowa jego dom i imię. Ten totem w pewnym stopniu zadziałał, ukrywając jej wrażliwość. Ale teraz po raz pierwszy Tom odniósł wrażenie, że ta druga skóra nie leży dobrze na jej delikatnych ramionach.

– A czego się spodziewałaś? – zaryzykował. – Że można prowadzić tego typu działalność i jednocześnie wieść normalne życie? – Uśmiechnęła się gorzko. – Decyzje, które podejmujemy, mają konsekwencje. Doskonale to wiem, sam podjąłem trochę niewłaściwych decyzji i poniosłem ich konsekwencje. Ale zawsze możesz się wycofać. Kiedyś myślałem, że to nie jest możliwe, ale teraz wiem, że tak. Nigdy nie jest za późno.

– To nie takie proste – powiedziała, potrząsając głową. – Nigdy nie pozwolą mi odejść.

– A więc im nie mów.

– Zaoszczędziłam dość pieniędzy, by starczyło mi na kilka żyć. Mogłabym odejść już jutro. Ale skąd można wiedzieć, czy nadszedł ten właściwy moment?

– Po prostu wiesz – powiedział Tom.

Milczenie.

– Wiesz, mówię ci to tylko dlatego, że wczoraj uratowałeś mi życie – ton jej głosu się zmienił, jak gdyby teraz czuła potrzebę usprawiedliwienia tej rzadkiej chwili szczerości.

– Ratowałem również siebie i swoich przyjaciół.

– W samochodzie, może. Ale tam na moście? Mogłeś pozwolić mi spaść. Nikt by o tym nie wiedział.

– Ja bym wiedział – szepnął Tom. – Nie potrafiłbym tego zrobić.

Znowu zamilkli.

– A tak przy okazji, to Katia.

– Co?

– Moje imię. Katia Nikołajewna. Oto, kim jestem.

Wyciągnęła rękę. Tom ujął ją i ucałował teatralnym gestem. Wyrwała dłoń ze śmiechem.

– Powinnaś to robić częściej – powiedział.

– Co?

– Śmiać się.

Jej twarz natychmiast spoważniała. Najwyraźniej żałowała, że odsłoniła się aż tak bardzo.

## ROZDZIAŁ 65

**Kanał Gribojedowa, Sankt Petersburg**
**10 stycznia, godzina 19.21**

Kristenko pojawił się kilka chwil później. Był drobnym, żylastym mężczyzną mocno po trzydziestce. Okulary w stalowych oprawkach powiększały jego i tak duże oczy, nadając twarzy wyraz nieustannego zaskoczenia. Przerzedzone jasne włosy zaczesywał na czubek głowy, ale i tak tu i ówdzie prześwitywała przez nie łysina. Miał na sobie wytartą tweedową marynarkę, a pod nią pomiętą koszulę. Jego buty ewidentnie domagały się pastowania. Tom domyślał się, że mieszkał sam.

Kustosz nie wyglądał na agresywnego, jednak jego górna warga była rozbita, a lewy oczodół siny i napuchnięty. Tom spojrzał na Wiktor z wyrzutem. Zareagowała wzruszeniem ramion, jak gdyby chciała powiedzieć, że nie ma pojęcia, skąd wzięły się te siniaki. Nie wiedzieć czemu, Tom szczerze w to wątpił.

Kristenko zamówił piwo i wódkę. Kieliszek opróżnił natychmiast, popijając łykiem jasnego pełnego z kufla. To połączenie podziałało na niego uspokajająco. Westchnął, usiadł przy barze, pokiwał głową i spojrzał w ich kierunku.

– *Zdrastwujtie* – pozdrowił Toma.

– *Zdrastwujtie*, Borysie Iwanowiczu – odparła Wiktor chłodno, wchodząc pomiędzy nich.

Kristenko zmrużył oczy i przyglądał się jej skonsternowany, starając się umiejscowić jej twarz w pamięci.

– Nie wiesz, kim jestem? – zapytała. W milczeniu potrząsnął głową. – Nazywają mnie Wiktor.

Na dźwięk tego imienia Kristenko zbladł, rozejrzał się wokół rozpaczliwie i wbił błagalny wzrok w barmana. Wiktor pstryknęła palcami i skinieniem głowy wskazała barmanowi drzwi. Ten natychmiast porzucił krojenie cytryn, odłożył nóż i cicho wycofał się z sali. Blady jak ściana Kristenko wyglądał tak, jakby miał zaraz zwymiotować.

– Dwa tygodnie – wyszeptał. – Powiedziałaś, że mam jeszcze dwa tygodnie.

– Ciągle je masz – zgodziła się Wiktor. – Chociaż oboje wiemy, że nie robi to żadnej różnicy.

– Owszem, robi – upierał się. – Mam wujka w Ameryce. Przyśle mi pieniądze.

– Wujek, z którym nie rozmawiałeś przez dziesięć lat? Wątpię.

– Skąd wiesz? – Kristenko otworzył usta ze zdziwienia.

– Taką mam pracę – powiedziała zimno. – Nie możesz zapłacić teraz i nie będziesz mógł zapłacić za dwa tygodnie.

– Odegram się, naprawdę – zaczął szlochać. Jego ramiona drżały.

– Co innego twoja matka – ona ma oszczędności.

– Nie! – niemal krzyknął. – Proszę, nie. Musi być jakiś inny sposób. Zrobię wszystko, wszystko, co zechcecie. Tylko nie mówcie jej.

Wiktor skinęła na Toma i odsunęła się.

– Szukamy tego – Tom przesunął zdjęcie Bellaka po barze w stronę Kristenki, który podniósł je, przecierając oczy rękawem. – Ostatnio widziano ten obraz w 1945 roku w Berlinie. Sądzimy, że zabrała go grupa specjalna i że jest przechowywany w Ermitażu. Autorem jest Karel Bellak.

– Nie rozumiem?...

– Czy możesz go znaleźć?

– Może być wszędzie... – zaczął niepewnie Kristenko.

– Zapłacimy – obiecał Tom. – Dwadzieścia tysięcy dolarów, jeśli go znajdziesz. Pięćdziesiąt tysięcy, jeśli przyniesiesz go do mnie.

– Pięćdziesiąt tysięcy? – Kristenko ujął zdjęcie oburącz i wbił w nie wzrok. – Pięćdziesiąt tysięcy dolarów – powtórzył głosem zniżonym do szeptu.

– Czy możesz go znaleźć? – dopytywała się Wiktor.

– Spróbuję – odparł Kristenko.

– Lepiej, żeby ci się udało – Wiktor spojrzała na niego groźnie.

– Proszę – Tom wręczył mu pięć tysięcy dolarów w gotówce. – Żebyś wiedział, że mówię poważnie.

Dłoń Kristenki zamknęła się wokół grubego pliku banknotów. Przez chwilę wpatrywał się w nie z niedowierzaniem, potem poderwał głowę i spojrzał pytająco na Wiktor.

– Zatrzymaj to – powiedziała. – Spłacisz mnie z tych pięćdziesięciu tysięcy, które dostaniesz, jak znajdziesz obraz.

Z wdzięcznością wsunął pieniądze do kieszeni płaszcza.

– Jak cię znajdę?

– Nie znajdziesz. Od dzisiaj współpracujesz z nim – ruchem głowy wskazała Toma.

– Weź to – Tom podał mu swój aparat cyfrowy i pożyczony od Wiktor telefon komórkowy. – Będę potrzebował dowodu: zdjęć obrazu, zanim przygotujemy gotówkę. Kiedy będziesz je miał, zadzwoń. W pamięci jest tylko jeden numer.

## ROZDZIAŁ 66

**Wyspa Wasilewska, Sankt Petersburg**
**10 stycznia, godzina 19.45**

KLIK, KLIK, KLIK.
Jeden za drugim, Renwick wsuwał lśniące mosiężne naboje do magazynka swojego glocka 19. Gdy magazynek był już pełen, dwukrotnie uderzył nim o stół: raz podstawą, by upewnić się, że naboje oparły się o sprężynę, a drugi raz bokiem, żeby ułożyły się równo z przednią krawędzią i załadowały prawidłowo.

Renwick podniósł magazynek, delektując się jego wagą. Potem przyjrzał się wiele mówiącej wypukłości na porysowanej powierzchni świadczącej o intensywnym zużyciu. Podczas gdy nowy magazynek po zwolnieniu swobodnie wypada z komory, ten należało usunąć ręcznie, co nie było prostym zadaniem dla jednorękiego człowieka. Ale Renwicka to nie martwiło. Jeśli piętnaście strzałów nie będzie w stanie wyciągnąć go z kłopotów, to prawdopodobnie nie pożyje na tyle długo, by potrzebować więcej kul. Zdecydowanym ruchem umieścił magazynek w rękojeści.

Renwick lubił tę broń. Cenił dobre rzemiosło, a pistolet został wykonany starannie i pomysłowo. Krótka lufa sprawiała, że był łatwy do ukrycia, ale niewielki rozmiar w żaden sposób nie umniejszał jego użyteczności. Glock miał na przykład unikalny mechanizm spustu i iglicy ze sprężyną uderzeniową. Równie innowacyjnym rozwiązaniem był poligonalny gwint lufy, który zapewniał dużo lepsze uszczelnienie przy przechodzeniu pocisku.

Ale co najważniejsze, Renwick lubił uczucie, które budził w nim ten pistolet. Poczucie kontroli.

Dopasował protezę tak, aby leżała nieco wygodniej. Spojrzał na Hechta i jego ludzi przygotowujących siebie i swoją broń do nadchodzącej nocy. Uśmiechnął się. Był już tak blisko, że mógł niemalże wyciągnąć rękę i dotknąć celu.

Tej nocy będzie wiedział.

# ROZDZIAŁ 67

**Ermitaż, Sankt Petersburg**
**10 stycznia, godzina 20.01**

Na najwyższym piętrze Ermitażu zagubiony w ciemnym labiryncie magazynów, słabo oświetlony korytarz prowadzi do rdzewiejących drzwi. Bardzo niewielu ludzi ma dostęp do tego ukrytego zakątka muzeum. Tylko nieliczni wiedzą, że istnieje. Ci nieliczni szybko oduczyli się pytać o to, co jest w środku.

Nawet Kristenko, któremu stanowisko pozwalało poruszać się swobodnie po większości kompleksu, musiał podrobić pozwolenie od dyrektora muzeum, by uzyskać tutaj dostęp. Na szczęście, uzbrojeni strażnicy, których mu przydzielono, byli zadowoleni, mogąc pozostać na zewnątrz i zrobić sobie przerwę na papierosa, z typowo rosyjską niefrasobliwością traktując obowiązujący zakaz palenia. Kristenko zdecydował się nie poruszać tematu. Pozbawieni tej prostej przyjemności, mogliby zechcieć trzymać się zasad i wejść razem z nim do środka.

Dawno nieużywane drzwi otworzyły się opornie. Kiedy tylko znalazł się w środku, zamknął je za sobą. Metal uderzył o metal z głuchym trzaskiem, który odbił się echem od obłażących z farby ścian. W tonącym w mroku korytarzu zobaczył sześcioro drzwi o surowym wyglądzie. Każde prowadziły do innego spechranu, czyli tajnego archiwum. Zgodnie z uproszczonym planem, który trzymał w ręku, to spechran numer trzy, tak zwany aneks grupy specjalnej, zawierał większość obrazów zdobytych w Berlinie pod koniec wojny. Pozostałe spechrany podzielono na bardzo ogólne kategorie: rzeźby w jednym, starodruki i manuskrypty w drugim, w jeszcze innym meble i tak dalej. Poza tą bardzo pobieżną klasyfikacją dokumentacja była w najlepszym razie niekompletna, w najgorszym – całkowicie niewiarygodna.

Czując suchość w ustach, niecierpliwie otworzył drzwi. Wymacał we wnętrzu pokoju włącznik światła. Zapalił się rząd nisko umieszczonych lamp. Czując, jak jego oddech staje się coraz bardziej przyspieszony, Kristenko przez chwilę miał wrażenie, że poplamione ściany i klaustrofobicznie niski sufit zacieśniają się wokół niego.

To nie tylko perspektywa znalezienia obrazu Bellaka i zgarnięcia pięćdziesięciu tysięcy dolarów nagrody robiła na nim takie wrażenie. Wcześniej pozwolono mu wejść do tego pokoju tylko raz, kiedy został mianowany zastępcą kustosza. Wizyta była nadzorowana, rzecz jasna, i otrzymał ścisły zakaz dotykania czegokolwiek. Teraz mógł wreszcie zobaczyć wszystko i swobodnie dotknąć każdego z przechowywanych tu skarbów. Ta możliwość okazała się niemal ponad jego siły.

Obrazy złożono na trzech drewnianych regałach. Każdy miał dwie półki i sześć metrów długości. Kristenko wątpił, czy kiedykolwiek dotknięto płócien, od czasu gdy je tu złożono. Podobnie jak reszta Ermitażu, to pomieszczenie nie miało nowoczesnego sprzętu do monitoringu temperatury i kontroli wilgotności, więc trudno byłoby je uznać za idealne miejsce do przechowywania dzieł sztuki. Mimo to było ono suche, a przede wszystkim zapewniało stabilne warunki, ponieważ grube mury muzeum zapobiegały gwałtownym zmianom temperatury.

Nie wiedząc, gdzie zacząć, Kristenko zaatakował najbliższy regał, wkładając parę białych bawełnianych rękawiczek, by ochronić obrazy przed tłuszczem i kwasami wydzielanymi przez skórę. Dodatkową zaletą rękawiczek, jak zauważył, był fakt, że nie pozostawiały odcisków palców. Płótna były ciężkie i nie minęło wiele czasu, zanim zaczął się pocić. Kurz lepił mu się do twarzy, nadając szary odcień jego już i tak bladej cerze. Ale jego zmęczenie zniknęło bez śladu, kiedy w drugim rzędzie obrazów odkrył duże, mocno zniszczone dzieło.

Wciąż widział ślady w miejscach, gdzie poprzedni właściciel niedbale zwinął obraz. Powierzchnia była popękana i zniszczona, większość ludzi nie poświęciłaby mu drugiego spojrzenia. Ale Kristenko natychmiast rozpoznał Rubensa. I to nie byle jakiego Rubensa – uważany przez wielu za jedno z jego najlepszych wczesnych dzieł, obraz *Tarkwiniusz i Lukrecja* należał kiedyś do Fryderyka Wielkiego, który powiesił go w galerii swojego pałacu w Sans-Souci koło Poczdamu. Tam pozostał do 1942 roku, kiedy hitlerowcy przenieśli go do zamku w Rheinsbergu. O jego dalszych losach nie wiedziano nic – po prostu zniknął.

Metka na odwrocie opowiedziała mu historię tych brakujących lat. Obraz został zarekwirowany przez Josepha Goebbelsa, który powiesił go w sypialni którejś ze swoich kochanek. Było to jak najbardziej na miejscu, gdyż obraz przedstawiał gwałt na Lukrecji, cnotliwej rzymskiej matronie. W 1945 roku, kiedy padł majątek Goebbelsa w Bogensee, oficer sowieckiej 61 Armii przeszmuglował obraz do Związku Radzieckiego, zwinięty i ukryty pod mundurem. W końcu dzieło trafiło w ręce władz, które umieściły je tutaj razem z innymi łupami wojennymi.

Kristenko nie mógł powstrzymać uśmiechu. Czuł się tak, jak gdyby fakt zobaczenia tego obrazu był dla niego inicjacją do jakiegoś tajemnego stowarzyszenia. Niechętnie odłożył Rubensa z powrotem na regał i kontynuował poszukiwania. Ale jego puls nie zdążył się jeszcze uspokoić, kiedy znalazł Rafaela. Metka identyfikowała obraz jako *Portret młodego mężczyzny*, dawniej własność Muzeum Czartoryskich w Krakowie. Dziesięć minut później natknął się na van Gogha.

Napis na metce wyjaśniał, że były to *Kwiaty w glinianym dzbanku*, skonfiskowane przez hitlerowców w 1944 roku z jakiegoś zamku w Dordogne.

W tym momencie Kristenko był już w siódmym niebie, ale jego uśmiech zmienił się w grymas gniewu, gdy uderzyła go niesprawiedliwość sytuacji: dzieła takiego geniuszu spoczywały w tym zapomnianym miejscu, zamiast być wystawione w muzeum, by wszyscy mogli je zobaczyć. Przez następną godzinę kontynuował poszukiwania, zżymając się na niefrasobliwe potraktowanie takich skarbów i własną niemożność zrobienia z tym czegokolwiek.

Nic dziwnego, że w tym nastroju niemal przegapił obraz Bellaka. Przejrzał trzy czy cztery kolejne płótna, zanim dotarło doń jego podobieństwo do zdjęcia, i wrócił do niego.

Temat obrazu nie był szczególnie imponujący. Nieładna, smutna dziewczyna w prostej zielonej sukni siedziała obok otwartego okna, za którym rozciągały się pola i błękit nieba. Nie potrafił sobie wyobrazić, dlaczego Anglik był skłonny zapłacić za to pięćdziesiąt tysięcy dolarów. Obraz nie miał nic z natchnionych kolorów van Gogha czy kunsztownej perspektywy Rafaela. Pociągnięcia pędzla były ciężkie i niezdarne w porównaniu z geniuszem, który przepełniał prace Rubensa. To prawda, że większość artystów ucierpiałaby w zestawieniu z tymi kamieniami milowymi malarstwa, ale obraz i tak był w najlepszym razie przeciętny.

Z drugiej strony, gdyby nagle wypłynął gdzieś zaginiony Rubens czy Rafael, odbiłoby się to szerokim echem w świecie sztuki. Dyrektor muzeum lub ktoś z pozostałych kustoszów mógłby przypomnieć sobie, że widział go w magazynie. Zadawano by pytania. Sprawdzano dokumentację.

Zniknięcia tego obrazu nikt nie zauważy.

Kristenko zdjął płótno z regału. Potem, trzymając je ostrożnie przed sobą, zgasił światło, zamknął za sobą drzwi i wrócił do miejsca, gdzie zostawił strażników.

– Znaleźliście to, czego szukaliście, Borysie Iwanowiczu? – spytał jeden z nich pogodnie, gasząc papieros na podkutej podeszwie buta.

– Tak, dziękuję – powiedział Kristenko. – Możecie już zamknąć.

Kristenko ostrożnie przekradł się schodami do Działu Konserwacji na drugim piętrze. Główne atelier, tak jak przypuszczał, było ciemne i puste. Tu i ówdzie, chronione białym płótnem, leżały dzieła w różnych stadiach robót konserwatorskich. Co cenniejsze rzeczy zostały na noc zamknięte w skarbcu na końcu pomieszczenia.

Kristenko wyciągnął z kieszeni telefon komórkowy i zadzwonił na zapisany w pamięci numer. Ktoś odebrał po trzecim sygnale.

– Tak? – Kristenko rozpoznał głos Anglika.

– Znalazłem go.

– Świetnie – ton zaskoczenia w głosie rozmówcy powiedział mu, że był szybszy, niż się spodziewali.

– Co teraz? – zapytał niepewnie. – Co mam zrobić, żeby dostać pieniądze?

– Zrób kilka zdjęć, tak jak się umówiliśmy. Kiedy będziemy pewni, że masz właściwy obraz, przyniesiesz go do nas i dokonamy wymiany.

Nastąpiła chwila ciszy, podczas gdy Kristenko rozważał to, co właśnie usłyszał.

– Skąd mam wiedzieć, że dostanę pieniądze?

– Nie ufasz nam, Borys? – zapytał głos szyderczo.

– Ufam wam tak, jak wy ufacie mnie.

– W porządku – w głosie mężczyzny było teraz lekkie zniecierpliwienie. – Kiedy przyjdziemy zobaczyć zdjęcia, przyniesiemy ze sobą pieniądze, żebyś mógł je zobaczyć. Są już przygotowane. Jak tylko dostaniemy obraz, będą twoje.

– Zgoda. Powiedzmy o dziesiątej na Placu Dekabrystów. Obok Miedzianego Jeźdźca.

Kristenko przerwał połączenie i położył telefon przed sobą na biurku, wciąż nie mogąc się zmusić do wypuszczenia go z ręki. Kiedy w końcu rozwarł palce, zdał sobie sprawę, że dłonie ma śliskie od potu i zaschło mu w ustach.

Naprawdę zamierzał to zrobić.

## ROZDZIAŁ 68

**Plac Dekabrystów, Sankt Petersburg**
**10 stycznia, godzina 21.56**

Nawet w mroźny styczniowy wieczór u podnóża Miedzianego Jeźdźca zbierały się tłumy robiących zdjęcia turystów i mieszkańców Petersburga. Piotr Wielki i jego wspinający się rumak zamarli w świetle reflektorów, wyraziste cienie na tle jasnego nocnego nieba.

Tom rozmawiał z Archiem przez radio. Mikrofon miał przypięty do kołnierza, a słuchawka z przezroczystego plastiku była niemal niewidoczna na tle jego skóry. Czuł się nieco absurdalnie, zważywszy, że dzieliło ich jedynie jakieś sto metrów. Jednak Turnbull nalegał. Kristenko, i tak już dość nerwowy, mógłby całkiem spanikować, gdyby okazało się, że Tom przyszedł w towarzystwie.

– Czujesz się lepiej? – zapytał Archie.

– Tak – skłamał. Chociaż środki przeciwbólowe i wódka pomagały, jednak samo zapięcie płaszcza odezwało się w jego ramieniu pulsującym bólem, tak mocnym, że aż zmrużył oczy.

– Zimno tu jak w psiarni – nawet przez radio Tom słyszał, jak Archiemu dzwonią zęby.

– Niedługo powinno już być po wszystkim. Gdzie pozostali?

– Jestem po północnej stronie placu. Turnbull i reszta są po stronie południowej.

Tom obejrzał się, odnalazł go i szybko odwrócił wzrok.

– Widzę cię. A ludzie Wiktor?

– W pogotowiu, na wypadek gdyby byli potrzebni. Co może nastąpić bardzo szybko – właśnie widzę Kristenkę.

– W porządku, przełączmy się na główną częstotliwość – Tom nacisnął jeden z przycisków na odbiorniku w kieszeni. – Wiktor, Dominique, idzie Kristenko.

– Właśnie mija budynek Admiralicji – potwierdził Archie. – Zaraz wyjdzie zza rogu.

– Widzisz obraz? – spytał Tom.

– Niczego nie niesie. Musiał zostawić go w środku, tak jak powiedział.

– Zrobił się całkiem obrotny, ten nasz Kristenko – zauważył Tom.

– Może zaproponuję mu pracę – zachichotała Wiktor.

– Dobra, za moment powinniście go zobaczyć – wyszeptał Archie.

W tej samej chwili Kristenko wyszedł zza rogu budynku Admiralicji i ostrożnie ruszył przez plac. Co kilka kroków ukradkiem oglądał się przez ramię.

– Chryste – wymamrotał Archie, ruszając za nim. – Nie mógłby wyglądać na bardziej winnego, nawet gdyby bardzo się starał.

Zauważywszy Toma, Kristenko wykonał ruch, jakby chciał mu pomachać, a potem gwałtownie przycisnął rękę do boku, zdając sobie widocznie sprawę, że nie powinien zwracać na siebie uwagi. Tom skinął głową niemal niezauważalnie.

Podali sobie ręce pod wzniesionymi kopytami rumaka.

– Masz moje pieniądze? – Kristenko wbił w niego wielkie, przerażone oczy.

– Najpierw pokaż mi obraz – nalegał Tom.

Kristenko pogrzebał w kieszeni i wydobył pożyczony od Toma aparat cyfrowy. Tom przejrzał zapisane w pamięci zdjęcia, podniósł wzrok i skinął głową.

– A moje pieniądze? – zapytał Kristenko niecierpliwie.

Tom zdjął z ramienia postrzępioną torbę, którą pożyczył od Wiktor. Kristenko otworzył ją i zajrzał do środka.

– Powinienem je przeliczyć – zauważył niepewnie.

– Wszystko tam jest.

Kristenko rozluźnił się. Na jego twarzy pojawił się grymas z grubsza przypominający uśmiech.

– W porządku. A więc jak dokonamy wymiany?

– Gdzie jest obraz?

– Wciąż w środku. Pójdę po niego, a potem spotkamy się...

Przerwał mu głośny okrzyk. Czterej mężczyźni robiący sobie zdjęcia nagle ruszyli biegiem w ich kierunku. W ich rękach pojawiła się broń. Przerażony Kristenko natychmiast podniósł ręce do góry. Torba upadła na ziemię, zawartość niemal z niej wypadła. Lecz zamiast go pochwycić, mężczyźni przebiegli obok niego, jak gdyby nie istniał, i rzucili się na Archiego. Przewrócili go i przyszpilili do ziemi. Na plac wpadła z piskiem opon biała półciężarówka i gwałtownie zahamowała tuż obok nich.

– Co jest grane, do cholery? – wrzasnął Tom do mikrofonu.

Boczne drzwi samochodu otworzyły się i czterej napastnicy wepchnęli Archiego do środka, a potem sami za nim wskoczyli. Nim Tom zdążył zareagować, drzwi się zamknęły, a samochód ruszył i nabrał prędkości. Cała operacja trwała nie dłużej niż dziesięć sekund.

Tom odwrócił się do Kristenki. Kustosz stał oniemiały ze wzrokiem wbitym w znikającą półciężarówkę. Wreszcie spojrzał na Toma z rozpaczą, chwycił aparat, odwrócił się na pięcie i odszedł szybkim krokiem. Nie obejrzał się ani razu, nawet na leżącą na ziemi torbę z pieniędzmi.

# ROZDZIAŁ 69

**Plac Dekabrystów, Sankt Petersburg**
**10 stycznia, godzina 22.34**

– Wyglądali na dobrze przeszkolonych – powiedziała Dominique, wciąż zdyszana po tym, jak przebiegła całą szerokość placu, żeby do nich dotrzeć.
– Zgadza się – potwierdził Tom. – Wojsko lub jakaś policyjna grupa odbijania zakładników.
– Może będę w stanie pomóc – zaoferował się Turnbull. – Użyję swoich znajomości, żeby się czegoś dowiedzieć.
– Nie, zostaw to mnie – zaprotestowała Wiktor. – Jeśli to policja, to mam u nich kilku ludzi. Dowiem się, co się dzieje. Wy powinniście się skoncentrować na Kristence.
– Racja – zgodził się Tom. – Potrzebujemy kogoś, żeby go śledzić. Przekonać się, dokąd idzie.
– To już załatwione – powiedziała Wiktor. – Jeden z moich ludzi odezwie się do was, jak tylko Kristenko dotrze na miejsce.
– Jeśli zabierze obraz tam, skąd go wziął, jesteśmy znowu w punkcie wyjścia, a nawet gorzej. Musimy zdobyć obraz dzisiaj, zanim zmieni zdanie.
Z radia Wiktor wydobył się trzask. Podgłośniła je i w mroźnym nocnym powietrzu rozległ się bezcielesny głos.

– Wrócił do muzeum i poszedł prosto do Działu Konserwacji.

– Skąd to wiesz? – zaciekawił się Turnbull.

– Większość ludzi w tym mieście prędzej czy później jest mi winna przysługę. Czy o tym wiedzą, czy nie.

Telefon Toma zadzwonił. Spojrzał na wyświetlacz i podniósł zaskoczony wzrok.

– To on, Kristenko. – Odebrał ze zdziwieniem na twarzy. – Tak?

– Co się tam właściwie stało? – spytał Kristenko zduszonym szeptem.

– Nie mam pojęcia – odparł Tom spokojnie.

– Myślałem... Przez chwilę myślałem, że przyszli po mnie.

– Nie bądź głupi. Skąd mogliby wiedzieć?

– To był zły pomysł. Bardzo zły pomysł – wymamrotał Kristenko. – Nie wiem, co właściwie sobie wyobrażałem.

– Wyobrażałeś sobie pięćdziesiąt tysięcy dolarów – przypomniał mu Tom łagodnie. – Wyobrażałeś sobie spłacenie Wiktor.

– I co mi z tego przyjdzie, jeśli się znajdę w więzieniu?

– Nie chcesz tych pieniędzy?

– Tak... Nie... Teraz już nie wiem.

– W porządku. Powiem Wiktor, że nie chcesz...

– Nie, nie. Ale nie wyniosę go na zewnątrz.

– Co?

– Zostawię go tu dla ciebie. Tak. Tak właśnie zrobię. Zostawię go dla ciebie tu w muzeum. Możesz przyjść i zabrać go sobie.

– Nie taka była umowa – zaprotestował Tom.

– Powiedziałeś, pięćdziesiąt tysięcy, jeśli przyniosę ci obraz. Dwadzieścia, jeśli go znajdę. Znalazłem go. Dwadzieścia tysięcy starczy na spłacenie moich długów. Reszta nie jest warta ryzyka. Nie chcę się narażać. Ja nie przeżyję więzienia. Wolę już pójść do dyrektora i powiedzieć mu...

– W porządku, Borys. Uspokój się. Przyjdę po niego.

– Dobrze – Kristenko odetchnął z ulgą. – Zostawię go w Dziale Konserwacji. Jest tu skarbiec.

– Jaki jest szyfr?

– Podam ci go, jak dostanę pieniądze.

Tom uśmiechnął się do siebie. Kristenko z czasem stawał się coraz lepszym graczem.

– Świetnie. Zadzwonię do ciebie, kiedy będę w środku.

Rozłączył się i odwrócił w kierunku Wiktor.

– Kristenko jest zbyt przerażony, żeby wynieść obraz na zewnątrz, więc ja będę musiał wejść do środka. Możesz załatwić mi narzędzia i plan muzeum?

– Jasne.

Spojrzał na Turnbulla.

– Jak twój rosyjski?

– Nieźle.

– Lepiej, żeby faktycznie był niezły.

– Bo co?

– Bo idziesz ze mną.

## ROZDZIAŁ 70

**Konsulat Stanów Zjednoczonych,
ulica Fursztadska, Sankt Petersburg
10 stycznia, godzina 23.02**

– Spierdalaj – warknął Archie.

Niski, gruby Amerykanin, który przedstawił się jako Cliff Cunningham, tylko się uśmiechnął.

– Będziesz musiał bardziej się postarać, Blondi.

– Nie mam nic do powiedzenia. Ani tobie, ani żadnemu innemu gliniarzowi.

Cunningham potrząsnął głową.

– Jesteśmy z FBI.

– I co, mam być pod wrażeniem? – głos Archiego brzmiał głośno i pewnie, ale sam musiał przyznać, że był zdezorientowany. W jednej chwili śledził Kristenkę, a w następnej znalazł się na tyle ciężarówki, otoczony przez jankesów. Czego oni, do diabła, chcieli? Zawsze wściubiali swoje cholerne nosy tam, gdzie nie trzeba.

– Mamy już obraz całości – powiedział drugi federalny z przeciągłym południowym akcentem. Bailey, tak się przedstawił. – Teraz potrzebujemy szczegółów.

– Szczegółów czego? – warknął Archie.

– Zacznijmy od Laschego...

Serce w nim zamarło.

– Laschego?

– Nie udawaj głupka – powiedział Bailey. – Widzieliśmy, jak tam wchodzisz. Wiemy, że dla niego pracujesz.

– Dla Wolfganga Laschego?

– Przyznajesz więc, że go znasz – wykrzyknął Cunningham triumfalnie.

– Oczywiście, że go znam. Wszyscy w biznesie go znają. Co to ma do rzeczy?

– Po co było zabijać tych wszystkich ludzi? – spytał Bailey, nagle wściekły. – Cóż takiego wiedzieli?

– Co ty, do cholery, wygadujesz?

– Mamy dowód, że byłeś w Stanach: taśmy z kamer systemu bezpieczeństwa na lotnisku.

– No bo pojechałem do Vegas – wielka rzecz. Pograć w pokera. Rozpytaj się. Będzie na to masa świadków.

– A Lasche? – Bailey sprawiał wrażenie, że go nie słucha. – Po co go zabiłeś? Znowu zacierałeś ślady?

– Lasche nie żyje?

– Ścięto mu głowę samurajskim mieczem – Cunningham zmierzył go chłodnym spojrzeniem. – Ale powiedziałbym, że miał szczęście w porównaniu z tym, co zrobiłeś tej Lammers. Policja austriacka właśnie przesłała nam zdjęcia z miejsca zbrodni.

– Lammers? Maria Lammers? Ona też nie żyje? – teraz Archie poczuł się całkowicie zagubiony. Jak to nie żyją? – To jakiś dowcip, prawda?

– Po co ją ukradłeś? – Bailey odezwał się ponownie, spokojnym, wyważonym głosem.

– Co ukradłem?

– Maszynę Enigma, rzecz jasna.

– Dobra – powiedział Archie, uznawszy po tej ostatniej rewelacji, że dość się już nasłuchał. – Jeśli macie zamiar mnie o coś oskarżyć, proszę bardzo. To i tak nie ma znaczenia. Mój prawnik wyciągnie mnie stąd, zanim zdążycie powiedzieć „umowa o ekstradycji".

– Prawnik? – Cunningham roześmiał się głucho. – Myślisz, że prawnik pomoże ci się wytłumaczyć z dwudziestu sześciu osób, które zagazowałeś na śmierć w Idaho? Myślisz, że prawnik wyjaśni, gdzie jest maszyna Enigma? Myślisz, że prawnik powstrzyma nas przed wysłaniem cię z powrotem do Stanów pocztą dyplomatyczną? Nigdzie się stąd nie ruszysz, Blondi, dopóki nie powiesz nam dokładnie tego, co chcemy wiedzieć.

## ROZDZIAŁ 71

**Ermitaż, Sankt Petersburg**
**10 stycznia, godzina 23.27**

Kolejka wiła się przed nimi. Powietrze było gęste od dymu papierosów – przeważnie rosyjskich marek bez filtra – i wypełnione wilgotną parą nerwowych oddechów. Niektórzy patrzyli na zegarki, inni przerzucali się nieprzyzwoitymi dowcipami lub prowadzili przez komórki ostatnie szybkie rozmowy, patrząc jednym okiem na bramę i czekając, aż zacznie się ich zmiana. Dokładnie o wpół do dwunastej strażnicy otworzyli drzwi.

Próbując wtopić się w tłum, Tom brnął przed siebie razem z pozostałymi, gotów w każdej chwili zareagować na wskazówki Turnbulla, gdyby ktoś odezwał się do nich po rosyjsku. Wiktor wyczarowała dla nich niebieskie ubrania robocze i świeżo zalaminowane identyfikatory, które czyniły z nich pracowników firmy zatrudnionej do zmywania marmurowych posadzek i odkurzania złoconych galerii Ermitażu.

Gdy strażnicy wpuszczali wszystkich do środka, panowała dość swobodna atmosfera. Ktoś wygłosił jakiś komentarz i cała kolejka wybuchnęła niekontrolowanym chichotem, podobnie jak strażnicy. Tom przyłączył się do ogólnej wesołości, zastanawiając się, czy to rumieniący się młody chłopak obsługujący wykrywacz metalu był obiektem tego żartu.

Pierwszy strażnik obrzucił identyfikator Toma pobieżnym spojrzeniem i machnięciem ręki skierował go do środka. Turnbull podążył za nim. Potem Tom przeszedł przez wykrywacz metalu. Urządzenie milczało, ale kiedy w bramkę wszedł Turnbull, odezwało się donośnym piskiem.

– To muszą być wszystkie te żelazne sztangi, które podnosiłem – rzucił żartem po rosyjsku w stronę strażników, którzy przywołali go gestem.

– Sądząc po twoich rozmiarach, to raczej wszystkie te żelazne sztangi, które zjadłeś – odkrzyknął ktoś z tłumu. Ponownie wszyscy sprzątający i strażnicy wybuchnęli śmiechem.

– Podnieś ręce – rozkazał strażnik, trzymający ręczny wykrywacz metalu z migającą zieloną diodą. Był młody, o jasnych, krótko przystrzyżonych włosach i nosie, który wydawał się lekko niesymetryczny, tak jakby został kilkakrotnie złamany. Turnbull posłuchał, a kiedy strażnik zbliżał się z wykrywaczem, Tom zauważył, jak jego kciuk niemal niedostrzegalnie naciska wyłącznik. Zielona dioda zgasła.

– Jesteś czysty – powiedział strażnik, a dioda zamigotała ponownie, kiedy tylko skończył.

– Nie było tak źle – powiedział Turnbull, kiedy ruszyli za pozostałymi wąskim korytarzem, a potem schodami do piwnic.

– Wiktor powiedziała, że może nas wprowadzić do środka – przypomniał mu Tom – ale od tej chwili jesteśmy zdani wyłącznie na siebie.

Schody prowadziły do dużego pomieszczenia pełnego niedopasowanych krzeseł i rozpadających się kanap z poduszkami noszącymi ślady po papierosach. Zdjęli płaszcze i powiesili je na jednym z tych nielicznych wieszaków, które nie zdążyły jeszcze się urwać. Ze ścian uśmiechały się do nich zdjęcia półnagich kobiet, wyrwane ze starych kalendarzy. Niektórzy ze sprzątających zebrali się dookoła termosów i częstowali kawą. Inni zmieniali obuwie z ciężkich zimowych butów na coś wygodniejszego.

Do pokoju wszedł jakiś mężczyzna i ze sposobu, w jaki zaczął wywoływać nazwiska, Tom domyślił się, że był kierownikiem zmiany. Pracownicy podchodzili do niego dwójkami lub trójkami, brali od niego kartki papieru, znikali w sąsiednim pokoju i po chwili pojawiali się ponownie, pchając przed sobą małe wózki pełne mioteł, mopów, wiader, worków na śmieci oraz butelek past i detergentów. Tak wyposażeni ruszali windą z powrotem na górę, do miejsca, które wskazywała im ich kartka.

Wreszcie Turnbull trącił Toma łokciem, dając mu znak, że ich nazwiska, a przynajmniej nazwiska odpowiadające ich identyfikatorom, zostały wyczytane.

– Wy, chłopaki, nowi? – zapytał kierownik zmiany. Na jego identyfikatorze widniało nazwisko Grigorij Mironow.

– Zgadza się – odparł Turnbull perfekcyjnym rosyjskim.

– Nikt mi nie powiedział – sprzeciwił się Mironow.

– My sami dowiedzieliśmy się dopiero przed kilkoma godzinami.

Spojrzał na identyfikatory, potem na ich twarze.

– Nie mam was na liście.

– To nie nasza wina.

Mironow westchnął.

– Nie umiesz mówić? – zapytał Toma.

– Gęba mu się nie zamyka – odpowiedział za niego Turnbull.

Mironow przyjrzał się podejrzliwie Tomowi, który jednak wytrzymał jego spojrzenie bez mrugnięcia okiem. Kierownik zmiany uśmiechnął się szeroko.

– Właśnie widzę – zachichotał. Tom uśmiechnął się również, wciąż nie wiedząc, o czym jest mowa.

– Proszę – wręczył Turnbullowi kartkę papieru. – Tam znajdziecie sprzęt. Idźcie na drugie piętro. Jeśli się zgubicie, zapytajcie któregoś ze strażników.

Zabrali sprzęt z magazynu i pchnęli wózek w stronę windy.

– Wylosowaliśmy drugie piętro zachodniego skrzydła – powiedział Turnbull, jak tylko zamknęły się za nimi drzwi. Tom wyciągnął plan, który przyniósł ze sobą, i przebiegł po nim palcem.

– Jesteśmy na właściwym piętrze, ale po niewłaściwej stronie budynku. Musimy się dostać do północno-wschodniego narożnika, gdzie jest Dział Konserwacji.

Drzwi windy rozsunęły się. Uzbrojony strażnik przywitał ich podniesieniem ręki.

– Co? – zapytał Turnbull po rosyjsku.

– Harmonogram pracy – strażnik niecierpliwie pstryknął palcami. – W której sali jesteście?

– Ach, to – Turnbull zniżył głos do konspiracyjnego szeptu. – Dziś nie mamy harmonogramu. – Strażnik zmarszczył brwi. – Dyrektor oczekuje jutro ważnego gościa, ale jego biuro według planu ma być sprzątane dopiero pojutrze. Wiesz, jacy są ci z Komitetu, jeśli chodzi o zmiany rozkładów, nawet dla nich samych. Zapłacił nam więc gotówką, żebyśmy tam dzisiaj posprzątali. Jedną trzecią wziął Mironow, a tu jest jedna trzecia dla ciebie. Chyba nie chcemy, żeby nam przeszkodziły jakieś harmonogramy?

Strażnik mrugnął, a jego ręka zamknęła się wokół szeleszczącego zwitka banknotów, które podsunął mu Turnbull.

– Jasne – odsunął się od windy. – Znacie drogę?

– Prosto przed siebie, prawda?

– Tak jest. Ostatnie drzwi po prawej przed zakrętem korytarza. Jak was ktoś zapyta, co tam robicie, powiedzcie mu, żeby porozmawiał z Saszą. Ja to załatwię.

– Dzięki.

Ruszyli w kierunku biur i warsztatów. Chociaż ta część budynku była niedostępna dla zwiedzających, korytarze były nie mniej bogato zdobione – wzorzyste parkiety i ozdobne stiuki, żyrandole chylące się ku ziemi pod własnym ciężarem niczym gałęzie pełne dojrzałych owoców.

Nagle Tom poczuł szarpnięcie za rękaw. Turnbull wskazał mu drzwi obok nich i przetłumaczył napis: Dział Historii i Konserwacji Elementów Architektonicznych.

– Wygląda na to, że to tu.

Drzwi były zamknięte.

Turnbull obejrzał się przez ramię, żeby sprawdzić, czy w zasięgu wzroku nie było strażników. Potem rozpiął kombinezon i wyjął niewielką torbę, którą miał przymocowaną do paska. Ta sama torba uruchomiła wcześniej alarm w wykrywaczu metalu. Tom nie był specjalnie zdziwiony, gdy zobaczył, że jej usunięcie nie zmniejszyło w widoczny sposób obwodu pasa Turnbulla.

Tom włożył rękawiczki i wyjął z torby wytrych i napinacz. Większość włamywaczy używała wytrycha, by zlokalizować zapadki i jedną po drugiej usunąć je z drogi. Wtedy pod wytrych wkładali napinacz i przekręcali go jak klucz, by otworzyć zamek. Tom uważał tę metodę za zbyt czasochłonną. Zamiast tego preferował technikę określaną jako „szorowanie", wymagającą precyzyjnego wyczucia czasu i takiej zręczności, że pozostawała ona domeną nielicznych. Szybko przesuwał wytrych tam i z powrotem po zapadkach. Jednocześnie pomiędzy przesunięciami naciskał napinacz, wypychając zapadki na zewnątrz i nie pozwalając, by wpadły z powrotem do zamka. W ten sposób potrafił otworzyć drzwi w ciągu kilku sekund.

W oczach przyglądającego się mu Turnbulla wyglądało to na równie proste jak użycie klucza.

# ROZDZIAŁ 72

**Biuro Borysa Kristenki, Ermitaż, Sankt Petersburg**
**10 stycznia, godzina 23.52**

Borys Kristenko siedział w ciemnościach swojego biura. Dawno już wyczerpał mizerny zasób ulgi, którą przynosiło mu obgryzanie paznokci, i teraz żuł nerwowo długopis. Raz na jakiś czas przekładał go na drugą stronę ust. Mętna ślina zaczynała wypełniać przezroczystą plastikową obudowę.

Gdzieś zaszumiało w rurach i Kristenko aż podskoczył, przekonany przez moment, że dźwięk ten oznajmiał przybycie hordy wściekłych policjantów. Wbił przerażone spojrzenie w drzwi, ale pozostały zamknięte. Serce tłukło mu się w piersi jak szalone.

Zamykając oczy, odchylił się do tyłu. Zakołysał się na krześle, które zatrzeszczało pod jego ciężarem. Jakkolwiek usilnie by próbował, zwyczajnie nie był w stanie pojąć, co właściwie wydarzyło się na Placu Dekabrystów.

Chwila, kiedy biegli w jego kierunku uzbrojeni policjanci, przewijała się raz po raz przed jego oczami. Na szczęście, to nie on był ich celem i jakiś inny nieszczęśnik gnił teraz w wilgotnej celi. Ale kto mógł mu zagwarantować, że jutro czy pojutrze nie przyjdzie kolej na niego? Wystarczy, że jeden ze strażników, którzy eskortowali go do magazynów, wspomni o tym komuś lub że Wiktor zdecyduje się wydać go władzom, zamiast wypłacić mu dwadzieścia tysięcy.

Pamiętał, jak wpadł kiedyś na kolegę ze szkoły, który przesiedział w więzieniu trzy lata za kradzież samochodu. Podczas jego pierwszej nocy w celi współwięźniowie tylko raz spojrzeli na jego delikatne, białe ręce i zgwałcili go. Do czasu kiedy wyszedł, dieta, zimno i strażnicy doszczętnie go złamali. Pozostała tylko pusta skorupa.

Ale co on mógł zrobić? Odzyskać obraz z Działu Konserwacji i odnieść go do magazynów? Nie oddać Wiktor jej pieniędzy i zaryzykować, że skrzywdzi jego matkę? Zamknął oczy. Ta myśl sprawiała mu fizyczny ból.

Zadzwonił telefon. Wszystkie cztery nogi krzesła z hukiem uderzyły w posadzkę. To już.

– Halo?
– Jesteśmy tu.
– Gdzie?
– W Dziale Konserwacji.
– Jak...?
– Nieważne. Po prostu chodź tutaj.

Z wysiłkiem podniósł się na nogi.

– Już idę.

## ROZDZIAŁ 73

**Główne atelier, Dział Konserwacji, Ermitaż, Sankt Petersburg**
**10 stycznia, godzina 23.53**

Blask księżyca wlewał się do pomieszczenia przez połaciowe okna, zmieniając okryte pokrowcami rzeźby w nierealne zjawy, które zdawały się unosić nad posadzką. Warsztaty pokrywały nierówno puszki, słoiki, butelki i pędzle, przyprószone delikatną warstewką kurzu. Powietrze było ciężkie od mocnej woni rozpuszczalników i farb. W głębi rysowały się drzwi skarbca, czarne i nieprzystępne.

Tom przyjrzał im się uważnie, kiedy czekali na Kristenkę.
– Potrafiłbyś je otworzyć? – spytał Turnbull.
– Gdybym musiał – przyznał Tom. – Muszą mieć co najmniej sześćdziesiąt lat. Raczej nie są ostatnim cudem techniki.

Turnbull gwałtownie odwrócił głowę w kierunku drzwi.
– Ktoś idzie. Szybko.

Nie chcąc niepotrzebnie ryzykować, obaj pobiegli na drugi koniec sali i przypadli za jednym z warsztatów. Chwilę później usłyszeli szczęk metalu i odgłos klucza wsuwanego w zamek. Gdy drzwi się otworzyły, Tom ostrożnie wyjrzał zza blatu.

– To Kristenko – szepnął.

Kristenko aż podskoczył, kiedy obaj wstali.

– Spodziewałeś się kogoś innego? – zapytał Turnbull.
– Nie – odparł kustosz. – Zaskoczyliście mnie, to wszystko.
– W porządku – powiedział Tom. – Załatwmy sprawę.
– Moje pieniądze?
– Proszę – Tom z niecierpliwością rzucił mu torbę. – Otwórz sejf.
– Przypilnuję drzwi – zaoferował się Turnbull. – Będę udawał, że myję podłogę czy coś w tym stylu. Zagwiżdżę, jeśli usłyszę, że ktoś idzie.
– Świetny pomysł – zgodził się Tom.

Chwytając wiadro i mopa, Turnbull wyślizgnął się z pokoju.

Kristenko podszedł do sejfu i zasłaniając sobą mechanizm, manipulował zamkiem szyfrowym, aż w końcu drzwi uchyliły się z głuchym trzaskiem. Skarbiec okazał się obudowanym stalą pomieszczeniem o średnicy jakichś dwóch metrów. Lewą ścianę zajmował drewniany regał uginający się pod ciężarem obrazów i innych przedmiotów. Kristenko wszedł do środka i pojawił się kilka sekund później, niosąc obraz.

– Oto i on – powiedział. – Choć Bóg jeden wie, co...

Z korytarza dobiegł ich przyciszony gwizd. Wzrok Toma natychmiast skoczył w kierunku drzwi. Turnbull przekroczył próg.

– Kto tam jest? – spytał Tom natarczywym szeptem.

Ale Turnbull nie odpowiedział. Wbił w Toma błagalny wzrok i wyciągnął ku niemu rękę, ale kiedy otworzył usta, nogi ugięły się pod nim i padł na podłogę.

Z podstawy czaszki sterczała mu rękojeść noża.

Kristenko wydał niski, zdławiony jęk.

– Dobry wieczór, Thomas – odezwał się melodyjny głos Renwicka, który wkroczył do sali w towarzystwie Hechta i dwóch jego oprychów.

– Renwick – syknął Tom przez zaciśnięte zęby.

– Dziękuję za cały wysiłek, jaki włożyłeś w odnalezienie zaginionego Bellaka. Wygląda na to, że ja szukałem w niewłaściwych miejscach. – Renwick pstryknął palcami na Kristenkę, który rzucił Tomowi zdezorientowane, niemal przepraszające spojrzenie. Niepewnie postąpił naprzód i podał Renwickowi obraz. Renwick przyglądał mu się przez chwilę, mrużąc oczy. Z uśmiechem podniósł wzrok.

– Dobra robota. Masz to, czego chciałeś – głos Toma był lodowaty.

– Niezupełnie.

– Co to ma znaczyć?

– Historie takie jak nasza rzadko mają szczęśliwe zakończenia – westchnął Renwick. – Taka jest, niestety, kolej rzeczy.

Zza Renwicka wysunął się Hecht, trzymając w wyciągniętej ręce pistolet z tłumikiem. Tom poczuł pustkę w głowie. Zacisnął szczęki, czekając na strzał. Hecht wymierzył i pociągnął za spust.

Kula przeszyła gardło Kristenki. Kustosz zatoczył się w tył, zaciskając dłonie na szyi i zanosząc się zdławionym kaszlem. Krew popłynęła mu między palcami. Gdy drugi strzał trafił go prosto w klatkę piersiową, padł na podłogę z bełkotliwym westchnieniem.

– Po co to zrobiłeś?! – krzyknął Tom.

– Niedoróbki, Thomas. Wiesz, jak nie cierpię niedoróbek.

Dwaj pozostali ludzie Renwicka podnieśli Kristenkę za ramiona i zawlekli go do sejfu, zostawiając na posadzce za sobą rozmazaną smugę krwi. Rzucili go na podłogę. Jego głowa uderzyła o beton z mokrym trzaskiem. Potem powtórzyli tę samą procedurę z Turnbullem, jednak tym razem wyraźnie wymagało to więcej wysiłku.

– Ty też, Thomas – rozkazał Renwick. – Dotrzymasz im towarzystwa. W ten sposób władze nie będą musiały daleko szukać winnego.

Tom wszedł do skarbca, a potem odwrócił się, żeby stanąć twarzą w twarz z Renwickiem.

– To jeszcze nie koniec, Harry.
– Dla ciebie tak – uśmiechnął się Renwick. – Wierz mi, zanim Rosjanie skończą cię przesłuchiwać, będziesz żałował, że cię nie zastrzeliłem. Oni potrafią być bardzo przekonujący.

Drzwi zamknęły się powoli. W ostatnim promieniu światła Tom widział twarz Renwicka, zanim i ona zniknęła przy akompaniamencie głuchego dźwięku zatrzaskujących się zasuw.

## ROZDZIAŁ 74

**Główne atelier, Dział Konserwacji, Ermitaż, Sankt Petersburg**
**11 stycznia, godzina 00.07**

Cisza. Cisza przerywana jedynie biciem serca i wątłym szeptem oddechu. Całkowita ciemność. Wgryzająca się w duszę smolista nicość, która ściskała, dusiła i miażdżyła go niczym ogromny ciężar na piersi.

Tom wiedział, że w pewnym sensie Renwick wyświadczył mu przysługę. W tej niewielkiej hermetycznie zamkniętej przestrzeni nie było tyle powietrza, by trzech ludzi mogło przetrwać tu dłużej niż kilka godzin. Zabijając Turnbulla i Kristenkę, Renwick upewnił się, że Tom przeżyje przynajmniej noc. Nie żeby kierowało nim współczucie – jego jedynym zamiarem było zapewnienie rosyjskiej policji wygodnego kozła ofiarnego.

Tom nacisnął guzik na swoim elektronicznym zegarku. Blada poświata rozbłysła nad jego nadgarstkiem jak mały neon. Przyklękając obok zwłok, przesunął zimne białe światło po ich twarzach. Widok tego, co zrobił Renwick, napełnił go wstrętem, więc wyłączył światło. Był przyzwyczajony do pracy w ciemności.

Zajął się najpierw Kristenką. Obszukał go i znalazł telefon komórkowy – bezużyteczny wewnątrz skarbca – i aparat cyfrowy, który kiedyś mu dał. Na wszelki wypadek zabrał jedno i drugie.

Następnie po omacku odnalazł Turnbulla. Przeszukawszy ciało, trafił na swój zestaw narzędzi. Podszedł ostrożnie do drzwi i przesuwał dłońmi po ich gładkiej, zimnej powierzchni, aż zlokalizował kwadratowe drzwiczki rewizyjne mniej więcej na wysokości swojego pasa.

Posługując się jedynie zmysłem dotyku, Tom jedną ręką odnalazł śrubokręt, a drugą – lewą górną śrubę drzwiczek. Końcówka śrubokrętu bez problemu wpasowała się w nacięcie śruby i Tom odetchnął z ulgą, kiedy śruba dała się łatwo odkręcić. Sprawnie usunął pozostałe trzy śruby i wyjął drzwiczki. Otwór był na tyle duży, by mógł przesunąć przez niego rękę, manewrując pomiędzy prętami kontrolującymi bolce, i dosięgnąć płytki, za którą krył się mechanizm zamka.

Ponownie musiał usunąć cztery śruby. Tym razem zajęło mu to dużo więcej czasu – ograniczona przestrzeń sprawiała, że z trudem mógł obrócić śrubokręt. W końcu płytka pozostała mu w dłoni. Zdjął rękawiczki i badał wnętrze zamka, aż jego palce natrafiły na tylną ściankę tarczy obrotowej. Pionowe ustawienie markera oznaczało, że zamek znajdował się w tym momencie w pozycji zero.

Otwieranie zamków szyfrowych było jedną z pierwszych umiejętności, jakie opanował. Choć popularność cyfrowych systemów zabezpieczeń sprawiała, że były one już niemal przestarzałe, Tom ćwiczył regularnie, by nie wyjść z wprawy. Mniej wykwalifikowani włamywacze na ogół przewiercali sejf i posługiwali się endoskopem, by obejrzeć mechanizm. Czasem było to koniecznym środkiem bezpieczeństwa, kiedy w grę wchodził alarm albo czujnik ruchu. Ale Tom wolał zaufać swoim zmysłom. Zresztą w tej sytuacji nie miał innego wyjścia.

Zamknął oczy i zaczął obracać tarczę zamka. Gdy się skoncentrował, zaczął wolniej oddychać. Dźwięk wydawany przez poszczególne zapadki uderzające w maleńkie ząbki koła był na granicy słyszalności, ale dla wyćwiczonego ucha Toma każde minimalne pstryknięcie było ogłuszającym trzaskiem, a najdrobniejsza wibracja niemal kłuła opuszki jego wyszkolonych palców.

Pstryk, pstryk, pstryk, TRZASK. Zmiana tonu i drobna różnica w dotyku były minimalne, ale dla Toma tak wyraźne, jak gdyby właśnie przewróciła się jedna z rzeźb w sali za drzwiami. Miał swój pierwszy numer. Doliczył do siedemnastu.

Ponownie zamknął oczy i obrócił tarczę w drugą stronę. Tym razem zmiana nadeszła szybko. Osiem. Znów pokręcił w przeciwnym kierunku, przekraczając tym razem trzydzieści, potem czterdzieści i pięćdziesiąt. Zapadka przeskoczyła w końcu przy numerze pięćdziesiąt trzy. I znów z powrotem, jak zakładał, po raz ostatni, jako że te modele sejfów otwierała zazwyczaj kombinacja czterech cyfr, choć mogło ich również być pięć.

Dwadzieścia siedem.

Pociągnął za stalowy pręt kontrolujący górny zestaw bolców blokujących drzwi. Nic. Skrzywił się i spróbował ponownie. Drzwi nadal nie chciały się otworzyć. Oparł więc palce na tarczy i przesunął ją o jeszcze jeden stopień. Uśmiechnął się, słysząc, jak zapadka wskakuje na miejsce. To była stara sztuczka – umieszczenie dodatkowego numeru jedno lub dwa miejsca za poprzednim.

Tym razem, kiedy pociągnął, pręt przesunął się w dół i górne bolce wysunęły się gładko. Powtórzył procedurę przy bocznych i dolnych bolcach, które również dały się wysunąć bez oporu. Jednym mocnym pchnięciem otworzył drzwi.

# ROZDZIAŁ 75

**Ermitaż, Sankt Petersburg**
**11 stycznia, godzina 00.22**

Grigorij Mironow wspiął się na ostatni rząd schodów i ruszył w kierunku galerii sztuki zachodnioeuropejskiej. Oprócz rozdawania harmonogramów pracy jego obowiązkiem było również sprawdzenie, czy wszyscy sprzątający pracowali sumiennie i zgodnie z instrukcją. Traktował ten obowiązek nadzwyczaj poważnie.

Wszedł do sali Rodina i przesunął palcem po najbliższej ramie. Była zakurzona. Potem przeszedł do sali Gauguina, która, jak się okazało, też nie została jeszcze sprzątnięta. Muszą być w sali Moneta, wymamrotał pod nosem. Ale ta również była nietknięta. Poczuł, jak wzbiera w nim gniew.

Trzech strażników, którzy mieli patrolować tę część muzeum, znalazł w sali Renoira, robiących sobie przerwę na papierosa. Jak zwykle.

– Widzieliście gdzieś dwóch sprzątaczy przydzielonych tutaj? – zapytał ostro Mironow. – Wielki grubas i jego kumpel niemowa?

Jeden ze strażników oderwał się od pozostałych i wyprowadził go z pokoju, uspokajającym gestem obejmując jego ramię.

– Nic się nie martw. Wszystko mi wyjaśnili. Przepuściłem ich i nie zadawałem pytań – puścił do niego oko.

– Co?

– Jedna trzecia dla ciebie, jedna trzecia dla mnie. Dyrektor ma posprzątane biuro i wszyscy są szczęśliwi – strażnik poklepał go po plecach. – Lubię robić z tobą interesy – roześmiał się i wrócił do pozostałych.

Mironow został na środku sali, kipiąc wściekłością. Chcieli załapać fuchę na lewo, dowcipnisie? Myśleli, że uda im się go ominąć? Niedoczekanie. Zaciągnie ich przed Komitet za zaniedbanie obowiązków. I złoży skargę na dyrektora. I tak nigdy go nie lubił.

Mamrocząc wściekle pod nosem, Mironow ruszył w kierunku biur personelu.

## ROZDZIAŁ 76

**Główne atelier, Dział Konserwacji, Ermitaż, Sankt Petersburg
11 stycznia, godzina 00.22**

Tom z ulgą wyszedł ze skarbca. Ale jego radość okazała się krótkotrwała. Ktoś się zbliżał. Słyszał kroki, które zatrzymały się gwałtownie, odgłos szurania, potem znowu kroki. Jego wzrok pobiegł do klamki. Czy Renwick zawracałby sobie głowę zamykaniem drzwi?

Nie chcąc ryzykować, Tom delikatnie zamknął za sobą drzwi skarbca i wślizgnął się pod płótno okrywające stojący obok drzwi posąg Merkurego. Gdy odgłos kroków narastał, Tom przylgnął do posągu. Jego nos znalazł się o centymetry od strategicznie umieszczonego listka winorośli. Ramiona skrzydlatego boga były uniesione w locie, tworząc pod białym całunem niewielką, przypominającą namiot przestrzeń. Mimo to Tom wstrzymywał oddech, by nie zdradziło go poruszenie tkaniny.

Ktoś gwałtownie szarpnął za klamkę. Skrzypnęły zawiasy. But zaskrzypiał na marmurowej podłodze. Potem zapadła cisza. Tom odgadł, że ktokolwiek wszedł do sali, zatrzymał się teraz, aby się rozejrzeć.

Pomiędzy płótnem a podłogą był mały prześwit, przez który Tom zdołał zobaczyć parę starych, lecz starannie wypastowanych butów. Usłyszał, jak ktoś mamrocze po rosyjsku, i buty zawróciły w kierunku wyjścia. Były już niemal przy drzwiach, kiedy zatrzymały się gwałtownie. Mężczyzna przykucnął. Przeciągnął po posadzce wyprostowanym palcem wskazującym. Gdy go podniósł, Tom dostrzegł na nim ciemną plamę pozostawioną przez krew Turnbulla.

Mężczyzna zerwał się, buty obróciły się w miejscu i popędziły w kierunku skarbca po ciemnym śladzie krwi. Tom wyskoczył z ukrycia, ściągając za sobą płótno, i uderzył w biegnącego ramieniem. Impet pchnął strażnika na jeden z warsztatów. Stęknął boleśnie, gdy siła uderzenia pozbawiła go oddechu.

Tom zerwał się na nogi, rozpaczliwie próbując wyplątać się z płótna wciąż spowijającego jego ramiona i głowę. Strażnik mógł sięgnąć po broń. Ale w tym samym momencie stojąca na warsztacie duża butla, zachwiana siłą uderzenia, stoczyła się z krawędzi blatu i spadła na głowę Rosjanina.

Butla rozbiła się z trzaskiem, brązowe szkło posypało się na wszystkie strony. Głowa strażnika opadła bezwładnie na pierś.

# ROZDZIAŁ 77

**Główne atelier, Dział Konserwacji, Ermitaż, Sankt Petersburg
11 stycznia, godzina 00.25**

W chwili gdy Grigorij Mironow wyszedł zza rogu, usłyszał brzęk tłuczonego szkła, a zaraz po nim dźwięk zamykania na klucz drzwi do Działu Konserwacji.
– Kto tam? – krzyknął, dobijając się pięścią do drzwi. – Otwierać!
Mironow w latach osiemdziesiątych odsłużył dwie zmiany w Afganistanie. Może nie był już tak sprawny jak wtedy, ale zakładał, że wciąż potrafi sobie poradzić. Z pewnością nie miał najmniejszych obaw przed konfrontacją z tym, kto znajdował się wewnątrz.
– Wchodzę – ostrzegł intruza. Nie było odpowiedzi, tylko wciąż dźwięk tłuczonego szkła. Sięgnął po ogromny pęk kluczy u paska, przeszukał go gorączkowo, znalazł klucz, wypróbował go i przekonał się, że nie działa. Spróbował z kolejnym kluczem.
Tym razem drzwi się otworzyły.
Wskoczył do sali, wznosząc nad głową latarkę w charakterze zaimprowizowanej pałki. Ale pomieszczenie było puste. Poczuł na szyi ostre ukłucie zimnego powietrza i podniósł wzrok. Jedno z okien połaciowych zostało rozbite. Intruz uciekł na dach.

Szkło zaskrzypiało mu pod nogami. Spojrzał w dół. Posadzka była mokra. Podążył wzrokiem za smugą ciemnej cieczy aż do nieruchomego ciała strażnika, bezwładnie opartego o warsztat. Podbiegł do niego i sprawdził puls. Przekonawszy się, że żyje, położył go na podłodze i wezwał pomoc przez radio.

W ciągu czterdziestu pięciu sekund pomieszczenie zaroiło się od uzbrojonych ludzi.

– Co się stało? – oficer dowodzący domagał się wyjaśnień.

– Dwóch nowych zaczęło dzisiaj pracę. Kazałem im posprzątać kilka galerii sztuki zachodnioeuropejskiej, ale nigdy tam nie dotarli. Myślę, że przekupili jednego ze strażników, żeby ich tu wpuścił. Poszedłem ich szukać. Usłyszałem krzyk, a potem odgłos tłuczonego szkła. Sądzę, że wydostali się tędy – wskazał rozbite okno.

– Potrafiłbyś ich rozpoznać?

– Oczywiście.

– Dobrze. W takim razie idziesz z nami na dach. Zamknijcie wszystkie wejścia. Potem przeszukajcie wszystkie sale jedna po drugiej, aż znajdziemy drani. Aleksiej?

– Tak jest – młody strażnik, który do tej pory czekał przy drzwiach, wystąpił naprzód.

– Zostań tu z Iwanem. Przyślę wam medyków tak szybko, jak będę mógł.

– Tak jest.

Mironow i strażnicy wypadli z sali. Ich gorączkowe i zdeterminowane głosy stopniowo cichły w oddali. Aleksiej przykucnął przy Iwanie i poluzował mu kołnierzyk, usuwając z jego włosów kawałki rozbitego szkła.

# ROZDZIAŁ 78

**Główne atelier, Dział Konserwacji, Ermitaż, Sankt Petersburg**
**11 stycznia, godzina 00.28**

Skulony za warsztatem Tom myślał gorączkowo. Rozbicie okna przekonało strażników, że przez nie uciekł. Ale ta sztuczka kupi mu tylko tyle czasu, ile im będzie trzeba na dotarcie na dach i przekonanie się, że jest pusty. Musi znaleźć jakiś sposób na obejście strażnika i wydostanie się z tej sali. I to szybko.

Wyjrzał ostrożnie zza blatu i rzucił okiem na Aleksieja, jak go nazywali. Serce zabiło mu nadzieją. To był ten sam strażnik, który wyłączył wykrywacz metalu, obszukując Turnbulla. Najwyraźniej był winien Wiktor przysługę. Tom bardzo liczył, że ten dług wdzięczności obejmie również jego. Nie miał wielkiego wyboru.

Wstał, a ręka strażnika instynktownie pomknęła do kabury na biodrze.

– Zaczekaj – powiedział Tom szybko.

– Idź – strażnik wyglądał na przerażonego. Nerwowo spoglądał na drzwi.

– Jak? – Tom wyciągnął mapę muzeum i spojrzał na niego pytająco. Strażnik schwycił plan i drżącym palcem zaznaczył na nim trasę. Prowadziła w dół pobliską klatką schodową, przez całe pierwsze piętro do Małego Ermitażu, potem do Wielkiego Ermitażu, aż do... Tom zmrużył oczy, nie wiedząc, czy dobrze widzi.

– Kanał? – zapytał niepewnie.

– *Da* – potwierdził strażnik i wykonał parę gestów, które sugerowały, że Tom powinien zejść po ścianie w dół do koryta kanału i przepłynąć nim do Newy.

Tom nie miał czasu na tłumaczenie mu, że z przestrzelonym ramieniem nie będzie w stanie zejść ani przepłynąć gdziekolwiek. Założył, że kiedy się tam już dostanie, będzie musiał coś wymyślić. Wymamrotał *„spasiba"* i chwycił klucz, który podał mu strażnik.

– Zadzwoń do Wiktor. Powiedz jej, co się dzieje – powiedział Tom, pokazując na migi rozmowę telefoniczną i wciskając mu do ręki świstek papieru, na którym Wiktor zapisała swój numer.

Mężczyzna przytaknął bez słowa, ale Tom już biegł. Śnieg na dachu zaskrzypiał pod stopami strażników, którzy dotarli nad rozbity świetlik dokładnie w chwili, kiedy Tom wypadł z sali.

Klucz, który dostał, otwierał drzwi u szczytu klatki schodowej. Tom pobiegł po schodach w dół i po chwili znalazł się na pierwszym piętrze. Korytarz był pusty. Strażnicy zapewne przyłączyli się do poszukiwań na górze lub na dachu. Ruszył biegiem po wypolerowanych parkietach. Palący ból w ramieniu sprawiał, że kręciło mu się w głowie. Kierując się mapą, dotarł do północnego pawilonu Małego Ermitażu. Potem użył klucza, by dostać się do pasażu prowadzącego do Dużego Ermitażu.

Znalazł się w galerii włoskiej, kompleksie trzydziestu sal poświęconych rozwojowi sztuki włoskiej od trzynastego do dziewiętnastego wieku. Zwolnił i szedł teraz ostrożnym krokiem. Ta część muzeum, przez którą właśnie przebiegł, miała charakter głównie administracyjny i była jedynie pobieżnie patrolowana. Jednak w tych galeriach wisiały dwa autentyczne obrazy pędzla Leonarda da Vinci. Na całym świecie było ich jedynie dwanaście. Tutaj nie mogło być mowy o osłabieniu zabezpieczeń.

Jego ostrożność okazała się uzasadniona. Gdy tylko wszedł do pierwszej sali, dostrzegł w oddali sylwetkę człowieka. Wszystkie pomieszczenia były połączone i przez otwarte drzwi mógł niemal dojrzeć przeciwległy koniec budynku. Ocenił, że osobę, którą widział, dzieliły od niego nie więcej niż dwie sale.

Szybko odrzucił pomysł zaatakowania go. Nawet gdyby nie miał zranionego ramienia, nie mógł ryzykować, że tamten zdoła wystrzelić. Co więcej, nie wiedział, ilu jeszcze strażników było na tym piętrze. Jakiekolwiek zamieszanie ściągnęłoby ich natychmiast.

Sala nie dawała żadnego naturalnego schronienia oprócz boazerii, więc Tom przypadł za drzwiami, opierając się o ścianę i starając się wtopić w cień. Chwilę później strażnik wszedł do pomieszczenia i przeszedł tuż obok niego. Gdy tylko go minął, Tom wślizgnął się do drugiej sali, a potem do kolejnej. Jednak ponownie zamajaczył przed nim cień zbliżającego się strażnika. Tym razem wlewające się przez okno światło jednego z reflektorów na zewnątrz nie pozostawiło w pomieszczeniu żadnego cienia. Tom padł na ziemię i wczołgał się pod czerwoną aksamitną kanapę. Wyglądając przez złote frędzle, zobaczył, jak strażnik wchodzi do galerii, zatrzymuje się, rozgląda, a potem przechodzi dalej.

Tom przemknął do następnej galerii i przypadł za cokołem okazałego posągu. Był już prawie w północno-wschodnim rogu budynku. Widział przed sobą oszklony most prowadzący przez Kanał Zimowy do Teatru Ermitaż. Ale najpierw będzie musiał minąć ostatniego strażnika, który kręcił się po sali, mrucząc pod nosem. W końcu westchnął, obrócił się na pięcie i pomaszerował w kierunku południowym. Z jego zachowania wynikało, że był to ustalony obchód. Co oznaczało, że pozostali strażnicy wkrótce wrócą tu po własnych śladach. Cokolwiek Tom miał zamiar zrobić, musiał to zrobić teraz.

Kiedy tylko upewnił się, że jest sam, podszedł do okna i wyjrzał przez nie z nadzieją. Serce w nim zamarło. Nie dość, że powierzchnia kanału była skuta lodem, to nawet gdyby zdołał pokonać dziesięciometrowy spadek, drogę ucieczki korytem rzeki odcinała mu gruba żelazna krata biegnąca pod łukiem mostu i zatopiona w lodzie. Był w pułapce.

Odwrócił się, rozpaczliwie usiłując znaleźć jakiekolwiek rozwiązanie, zanim powrócą strażnicy. Podświadomie wbił wzrok w białe marmurowe popiersie Katarzyny Wielkiej, która wpatrywała się w niego wyzywająco. Czy zdoła uciec z jej pałacu?

Ale to kamienne spojrzenie poddało mu pewien pomysł. Obejrzał okna wychodzące na wąskie koryto kanału. Był na nich założony alarm, ale na szczęście nie zostały skręcone śrubami. Oznaczało to, że mógłby je otworzyć, gdyby chciał.

Wrócił do popiersia. Krzywiąc się z bólu, podniósł je z cokołu i uginając się pod ciężarem, ruszył w kierunku okna. Z ulgą oparł rzeźbę na szerokim drewnianym parapecie. Nie był pewien, jak gruby był lód ani jak ciężkie było popiersie, ale wiedział, że z impetem spadnie z wysokości. Jeśli przebije lód, będzie mógł wskoczyć do wody, przepłynąć pod lodem i kratą i wypłynąć w samym nurcie Newy, która na szczęście jeszcze nie zamarzła w tym roku.

Oczywiście, wydostanie się z rzeki to zupełnie inna sprawa. W tej temperaturze w ciągu kilku minut dostanie hipotermii, więc nie będzie miał czasu do stracenia. Cokolwiek jednak ryzykował, było lepsze od strzału w plecy z pistoletu nerwowego strażnika.

Wspiął się na parapet, wziął głęboki oddech, a potem podniósł zasuwę i otworzył okno. Salę natychmiast wypełnił ogłuszający pisk alarmu. Usłyszał krzyki i tupot biegnących stóp.

Mocnym kopnięciem zepchnął rzeźbę z parapetu. Biała bryła poszybowała z gracją i uderzyła w lód, wybijając w nim szeroką dziurę i niknąc w odmętach.

Krzyki zbliżały się coraz bardziej, a odgłos kroków był już niemal za drzwiami. Tom wyprostował się i obejrzał przez ramię. Biegło w jego kierunku pięciu strażników z wymierzoną w niego bronią. Zagrzmiał pierwszy strzał. Kula gwizdnęła mu koło ucha i wbiła się w ścianę.

Bez wahania skoczył w ciemną toń.

# ROZDZIAŁ 79

**Ermitaż, Sankt Petersburg**
**11 stycznia, godzina 00.51**

Lodowate zimno przeszyło go na wskroś, gdy wpadł do wody przez dziurę w lodzie. Szok sprawił, że gwałtownie zaczerpnął tchu, ale jego płuca tylko częściowo napełniły się powietrzem, a tafla wody zamknęła mu się nad głową. Impet upadku pociągnął go aż na dno kanału. Poczuł, jak grząski muł chwyta go za kostki, jak gdyby próbował zatrzymać go w głębi. Oswobodził się mocnym kopnięciem i odbił w kierunku metalowej kraty i rzeki. Miał nadzieję, że zdoła wstrzymać oddech dostatecznie długo, by się tam dostać.

Próbował otworzyć oczy, ale lodowata woda kłuła jak tępy nóż, zmuszając go, by zacisnął powieki. Nie był w stanie stwierdzić, w jakim kierunku płynie, ani nawet czy wznosi się do góry, czy opada. Mimo to kopał zaciekle nogami, a jego ręce mocnymi wymachami zagarniały wodę.

Silne uderzenie w tył głowy powiedziało mu, że trafił na lód. Potwierdziła to seria trzasków rozlegających się tuż nad nim – to wbijały się w lód kule strażników, strzelających z okien powyżej. Przez ułamek sekundy cieszył się, że lód jest tak gruby, dopóki nie dotarło do niego, że jest pod nim uwięziony.

Spróbował skierować się nieco w dół, ale zdał sobie sprawę, że jego nogi stają się dziwnie bezwładne. Zimno owinęło się wokół nich jak gruby koc, który bezskutecznie usiłował zrzucić kopnięciami. Uszkodzone ramię całkowicie odmówiło współpracy.

Sięgnął przed siebie drugą ręką i po lewej wyczuł mur – ścianę Ermitażu. Używając go jako drogowskazu, na wpół płynął, na wpół czołgał się w kierunku rzeki. Skurcz mięśni powodował palący ból w gardle i w piersi. Serce biło mu jak szalone, a żołądek pulsował tępym bólem. Płynął dalej, a z każdym wyrzutem ramion stalowa pięść zaciskała się coraz mocniej na jego płucach. Każdy mięsień, każdy organ jego ciała wołał o powietrze. Miał dziwne wrażenie, jakby spadał przez wodę z wielkiej wysokości. Wiedział, że tonie.

Ostatnim rozpaczliwym wysiłkiem rzucił się do przodu i wyczuł przed sobą kratę, zimną i nieustępliwą jak więzienny mur. Zsunął się po niej w dół, niżej i niżej, aż miał wrażenie, że dopłynął niemal do wnętrza ziemi. Poczuł ostry ból w oczach i uszach.

W końcu odnalazł pustą przestrzeń pomiędzy spodem kraty a dnem kanału. Przecisnął się przez nią, czując, że głowa zaraz mu eksploduje. Pod powiekami tańczyły mu gwiazdy i rozbłyski światła.

Próbował odbić się ku górze, ale jego nogi ledwie drgnęły. Miękkie dno rzeki zdawało się przyciągać go ku sobie. Światła Sankt Petersburga migotały na odległej powierzchni jak gwiazdy na krańcu wszechświata. Było tak spokojnie i cicho.

Z półmroku wyłoniły się nagle dwie ręce i pochwyciły go gwałtownie. Miał wrażenie, że leci, wzbija się ku gwiazdom jak rakieta, a całe jego ciało odzywa się jednym rykiem bólu. A potem był wolny. Kaszlał i krztusił się wodą, jego płuca chciwie chwytały powietrze. Czuł, jak rozluźnia się jego ściśnięte gardło, ustępuje stalowy ucisk w piersi.

– Weźcie go na łódź – usłyszał za sobą głos Wiktor. Zdał sobie sprawę, że to jej ramię podtrzymuje go i ciągnie do tyłu przez fale. Dwie pary rąk sięgnęły po niego i wyciągnęły go z wody, natychmiast owijając w kilka ręczników. Zobaczył, jak Wiktor, w pełnym ubraniu, wspina się za nim po drabince.

– Ruszajmy – usłyszał jej głos. Silnik, szumiący na jałowym biegu, przebudził się z rykiem. Ślizgacz przyspieszył, a jego dziób uniósł się ponad powierzchnię wody. Kadłub z włókna szklanego podskakiwał na powierzchni rzeki, podczas gdy Ermitaż znikał w oddali.

Wiktor usiadła naprzeciw niego, wręczywszy mu kubek herbaty, który ujął zaciśniętymi pięściami, wciąż nie mogąc poruszyć palcami.

– No to jesteśmy kwita – przekrzyczała ryk silnika.

Tom przytaknął. Całym jego ciałem wstrząsały dreszcze.

– Zdobyłeś obraz?

Przecząco potrząsnął głową.

– Gdzie Archie? – wychrypiał.

– Dowiedzieliśmy się, że przetrzymują go w konsulacie amerykańskim. Co z Turnbullem?

– Nie udało mu się.

# ROZDZIAŁ 80

**Nabrzeże Fontanki, Sankt Petersburg**
**11 stycznia, godzina 01.36**

Dominique usłyszała głosy i ostrożnie wyjrzała zza rogu. Wiktor, wciąż z mokrymi włosami, mówiła coś poważnym, przyciszonym głosem do trzech swoich ludzi. Słuchali jej z uwagą, co jakiś czas przytakując, tak jakby wydawała im instrukcje. Widząc, jak Wiktor wręcza im kilka dużych toreb, Dominique zaczęła się zastanawiać, co ona knuje. Jeden z mężczyzn zajrzał przez otwarte drzwi do pokoju za jej plecami i zapytał o coś. Wiktor podążyła za jego wzrokiem, potem spojrzała na niego z uśmiechem.
– *Da.*
Podłoga zaskrzypiała pod bosą stopą Dominique. Natychmiast się cofnęła. Głosy ucichły, potem usłyszała dźwięk oddalających się kroków.
– Możesz już wyjść – głos Wiktor odbił się echem w pustym korytarzu.
Dominique z zakłopotaniem wysunęła się z cienia.
– Przepraszam, nie miałam zamiaru... Jak on się czuje?
– Dobrze – odparła Wiktor. – Wyciągnęliśmy go w ostatniej chwili. Potrzebuje teraz trochę snu, to wszystko.
– A Turnbull?

Wiktor potrząsnęła głową.

– Jak...? – zaczęła Dominique.

– Tom mi nie powiedział. Ale ja powiedziałam mu o Archiem. Wybiera się tam jutro rano, żeby zapytać, dlaczego go przetrzymują.

– Mogę się z nim zobaczyć?

– Nie teraz – powiedziała Wiktor, delikatnie zamykając drzwi. – Teraz śpi.

– W porządku.

Zapadła długa, niezręczna cisza. Stały naprzeciwko siebie, a żadna z nich nie chciała poruszyć się pierwsza.

– Ty i Tom – zapytała w końcu Wiktor. – Wy nigdy...? – pozwoliła temu pytaniu zawisnąć w powietrzu.

– Tom i ja? – roześmiała się Dominique. – Co ci chodzi po głowie?

– Po prostu się zastanawiam. No wiesz, ty jesteś piękna, a on jest... jest tak bardzo...

– Sobą – dokończyła za nią Dominique. Uśmiechnęła się do siebie na myśl o tym, jak Tom działał na niektóre kobiety, nawet kobiety takie jak Wiktor, która z pozoru całkowicie pozbawiona była sentymentów. Jego siła przemawiała do ich potrzeby bezpieczeństwa, jego wrażliwość do ich opiekuńczości. W niej samej Tom nigdy nie wywoływał takich uczuć. Zbyt mocno ich łączyło wspomnienie jego ojca?

– Tak się zastanawiałam – Wiktor wzruszyła ramionami. Jej głos brzmiał trochę mniej niedbale, niż zamierzała.

– Problem z Tomem – powiedziała Dominique powoli – polega na tym, że on nie radzi sobie dobrze z ludźmi. To nie jego wina. Musiał się stać taki, żeby przetrwać. Każdy, na kogo kiedykolwiek liczył, w końcu go opuszczał. Jest mu łatwiej po prostu nie być z nikim blisko. W ten sposób nigdy nie dozna ani nie sprawi nikomu zawodu.

– A ty? Co z tobą... i z Archiem? Przecież jesteście jego bliskimi przyjaciółmi?

– Tak. Ale tylko dlatego, że żadne z nas tak naprawdę go nie potrzebuje. On wie, że oboje mamy dość siły, by przetrwać bez niego. Myślę, że to jedyna rzecz, której się w życiu boi.

– Co takiego?

– Że ktoś mógłby na nim polegać.

– Może po prostu nie znalazł jeszcze odpowiedniej osoby – zastanawiała się Wiktor.

– Może – zgodziła się Dominique z uśmiechem. Jednak nie była o tym tak do końca przekonana.

## ROZDZIAŁ 81

**Konsulat Stanów Zjednoczonych,
ulica Fursztadska, Sankt Petersburg
11 stycznia, godzina 8.30**

Do czasu kiedy następnego ranka Tom dotarł do konsulatu amerykańskiego, przed głównymi drzwiami zdążyła się już utworzyć nieduża kolejka. Cierpliwie zajął miejsce na końcu, rozmyślając nad wydarzeniami ostatniej nocy. Przed oczyma przewijały mu się obrazy Turnbulla, Kristenki, zaginionego obrazu Bellaka, szyderczo uśmiechniętej twarzy Renwicka i tego, jak otarł się o śmierć na dnie Newy.

– Tak? – z zamyślenia wyrwał go głos siedzącego przy biurku urzędnika w garniturze i okularach.

– Chcę się zobaczyć z konsulem generalnym – oznajmił Tom. Mężczyzna kierował większość interesantów do sekcji wizowej i wyglądał na zadowolonego z odmiany. Podniósł wzrok z leniwym uśmiechem.

– Jest pan umówiony?

– Nie.

Uśmiech zniknął.

– Obawiam się, że nie mogę panu pomóc. Wszystkie spotkania muszą być ustalone z wyprzedzeniem i zaaprobowane przez ochronę. Następny, proszę – spojrzał ponad ramieniem Toma na osobę stojącą za nim w kolejce.

– Chodzi o człowieka, którego tu przetrzymujecie – nalegał Tom. – Muszę z nim porozmawiać.

Urzędnik skinął na dwóch marines, którzy oderwali się od ściany i podeszli do Toma z obu stron.

– Proszę wyjść z kolejki – rozkazał jeden z nich jednostajnym, mechanicznym głosem. Tom zignorował go, wbijając w urzędnika stanowcze spojrzenie.

– Aresztowaliście mojego przyjaciela, obywatela brytyjskiego. Przetrzymujecie go tutaj. Żądam widzenia z nim i wyjaśnienia, o co jest oskarżony.

– Zabierzcie go stąd – urzędnik zwrócił się do żołnierzy. Jego nonszalancja sugerowała, że wielokrotnie miał do czynienia z tego typu sytuacjami. Chwycili Toma pod ramiona i pomaszerowali w kierunku drzwi, unosząc go ponad podłogę, tak że jego nogi zawisły bezradnie nad ziemią.

– Puśćcie mnie – krzyknął Tom, bezskutecznie usiłując się wyrwać i krzywiąc się, gdy jego ramię odezwało się tępym bólem.

– Stać – stanowczy głos przebił się przez krzyk Toma i gwar poruszonego tłumu. Marines zatrzymali się i odwrócili w kierunku, z którego dobiegł. – Czy chodzi panu o Archiego Connolly'ego?

– Tak – Tom odetchnął z ulgą. – Wie pan coś o nim?

– Jasne – tęgi mężczyzna uśmiechnął się i odprawił żołnierzy niecierpliwym ruchem ręki. Puścili Toma i powrócili na stanowiska. Ich twarze wciąż pozbawione były wyrazu. – Jestem agent Cliff Cunningham. Może będę mógł panu pomóc.

– Czy on wciąż tu jest?

– Jak najbardziej. Pan Connolly pomaga nam w śledztwie. Oczywiście z własnej, nieprzymuszonej woli.

Tom nie skomentował. Sam pomysł, że Archie mógłby z własnej woli pomagać komukolwiek, a zwłaszcza jankesom, był absurdalny.

– Proszę mnie posłuchać, cokolwiek on zrobił lub cokolwiek myślicie, że zrobił – to zwykłe nieporozumienie.

– Może porozmawiamy o tym wewnątrz? – zaproponował Cunningham. Zwrócił się do urzędnika, który przed chwilą kazał wyrzucić Toma z budynku. – W porządku, Roland. On jest ze mną. Wpisz go, proszę, na listę.

Zaopatrzony w przepustkę, Tom ruszył za Cunninghamem przez wzmocnione drzwi, które otworzył im kolejny żołnierz. Potem przeszli przez anonimowy labirynt pomieszczeń biurowych i obskurnych pokoi, schodami w dół aż do wąskiego korytarza prowadzącego do sześciu cel, trzech po każdej stronie.

– Jest tutaj – Cunningham podszedł do ostatnich drzwi po lewej i przesunął kartę przez czytnik magnetyczny. Drzwi otworzyły się z szumem.

– Archie? – Tom wszedł do wnętrza celi.

– Tom – Archie uśmiechnął się szeroko. – Nie spieszyło ci się.

Leżał na wąskim łóżku, kartkując magazyn „Gentlemen's Quarterly" sprzed co najmniej dwóch lat. W kąciku jego ust tkwił papieros.

– Wy dwaj musicie mieć wiele do omówienia – powiedział Cunningham zimno i zatrzasnął drzwi celi.

Tom wpatrywał się przez chwilę w zamknięte drzwi, a potem odwrócił się w stronę Archiego i wzruszył ramionami.

– Niezły plan ucieczki – chrząknął Archie. – Jak to zrobiłeś? Przemyciłeś łyżkę, żebyśmy mogli zrobić podkop?

– Sympatyczny gość, prawda? – Tom usiadł ciężko na łóżku obok Archiego.

– Nawet mi nie mów. Musiałem przez całą noc wysłuchiwać głupot, które wygadywał.

– Co on myśli, że zrobiłeś tym razem?

– O, nic wielkiego – żachnął się Archie. – Zaledwie trzydzieści morderstw. Wliczając w to Laschego.

– Laschego? Ale widzieliśmy się z nim kilka dni temu.

– No właśnie. Myślą, że wtedy to zrobiłem.
– Ale dlaczego?
– Z tego samego powodu, dla którego zabiłem siostrzenicę Lammersa.
– Ona też nie żyje? – Tom ze świstem wciągnął powietrze.
– Na to wygląda. Biedactwo – westchnął Archie. – Ta cała sprawa zaczyna się wymykać spod kontroli. Myślą, że zacierałem ślady.
– Ślady czego? – syknął Tom lekceważąco. – To jakaś bzdura. Niczego nie zrobiłeś.
– Ja to wiem. Ty to wiesz. Natomiast, ich zdaniem, nie dość, że na zlecenie Laschego zorganizowałem kradzież w jakimś muzeum w Stanach, to jeszcze zagazowałem pełną piwnicę neonazistów, którym zleciłem tę robotę. Razem z dzieciakami – Archie cały czas wbijał nieruchomy wzrok w gazetę.
– To jakiś kompletny absurd! – Tom z wściekłością zerwał się na nogi. – Jaką kradzież?
– Kradzież maszyny Enigma.
– Maszyny Enigma? – oburzenie Toma ustąpiło miejsca zainteresowaniu.
– Tak – Archie podniósł wzrok. Na jego twarzy rozbłysło zrozumienie – Nie sądzisz chyba, że...?
– A czemu nie? – Tom w zamyśleniu pokiwał głową. – Grupa neonazistów. Maszyna szyfrująca z czasów wojny. Lasche rzekomo zaangażowany, a ostatecznie martwy. Musi tu być jakiś związek.
– Cóż, Enigma to, jak sądzę, eksponat dla kolekcjonera. Nie wiem, kto mógłby mieć z niej pożytek.
– Chyba że chciałby coś rozkodować.
– Ostatni obraz Bellaka! – wykrzyknął Archie. – Trzeba skontaktować się z Kristenką i wydostać go stamtąd.
– Niestety, jest już na to trochę za późno – powiedział Tom z goryczą. Szybko streścił Archiemu wydarzenia minionej nocy.

– A więc Renwick ma obraz i Enigmę – Archie westchnął ciężko. – Teraz jest już pewnie w połowie drogi do celu, gdziekolwiek to jest. A my nie mamy nic.

– Może jednak... – wtrącił Tom.

– Może jednak co?

– Mamy coś. Mój aparat. Ten, który pożyczyłem Kristence. Wziąłem go od niego, kiedy byłem w skarbcu. Sam aparat jest zniszczony, ale karta pamięci powinna wciąż działać.

– Nie rozumiem...

– On robił zdjęcia obrazu, prawda? Żeby nam udowodnić, że go ma. Jeśli uda się nam je odczytać, może nie będziemy potrzebowali Bellaka.

– A więc musimy jedynie się stąd wydostać – powiedział Archie, wskazując ciężkie stalowe drzwi.

# ROZDZIAŁ 82

**Konsulat Stanów Zjednoczonych,
ulica Fursztadska, Sankt Petersburg
11 stycznia, godzina 9.27**

Zanim Tom zdążył odpowiedzieć, drzwi otwarły się gwałtownie i do celi wkroczył Bailey. Nie zawracał sobie głowy przedstawianiem się. Zamiast tego wbił w Toma ożywione spojrzenie.
– Opowiedz mi o tym obrazie.
– Podsłuchiwałeś? – warknął Tom, wściekły na siebie za brak ostrożności. Bailey wskazał nieduży ciemny otwór nad łóżkiem, którego tam wcześniej nie zauważył.
– Byłem na pierwszej zmianie, na wypadek gdybyście się rozgadali. Bez obaw, teraz jest wyłączony.
– Jak jasna cholera – Archie zmierzył go nieufnym spojrzeniem.
– Może mi powiecie, co się właściwie dzieje?
– Nic ci nie powiemy – parsknął Archie.
– Słuchajcie, siedzicie głęboko w gównie. Naprawdę głęboko. Jeśli chcecie mieć szansę wydostania się stąd, musicie podzielić się tym, co wiecie. Wtedy być może będę mógł wam pomóc.
– Czemu miałbyś nam pomagać?
– Gdyby mój szef wiedział, że tu jestem, chyba by mnie zabił – powiedział Bailey żarliwie. – Ale jestem tu, bo, na dobre

czy na złe, ufam swoim przeczuciom. Zawsze ufałem. A teraz przeczucie mówi mi, że nie wciskacie kitu.

– Dobra, ty pierwszy – powiedział Tom powoli. – Myślisz, że w co jesteśmy zamieszani?

– Dwa tygodnie temu w Muzeum Kryptologicznym Agencji Bezpieczeństwa Narodowego w stanie Maryland zamordowano strażnika i skradziono maszynę Enigma. Dostaliśmy cynk, że była w to zaangażowana neonazistowska organizacja z Idaho, Synowie Wolności Amerykańskiej. Kiedy pojechaliśmy sprawdzić ich kwaterę główną, okazało się, że ktoś zamknął ich w pokoju-pułapce. Wszyscy w środku zginęli. Zagazowani.

– Ale w jaki sposób powiązaliście to ze mną? – zapytał Archie.

– Mieliśmy świadka. Mężczyzna odpowiadający portretowi pamięciowemu został sfilmowany, kiedy wsiadał na pokład samolotu do Zurychu. Sprawdziliśmy nazwiska większych zuryskich handlarzy pamiątek militarnych, znaleźliśmy Laschego i obstawiliśmy jego hotel. Potem pojawiłeś się ty.

– I...?

– I pasowałeś do portretu pamięciowego.

– Niemożliwe – żachnął się Archie. – Nawet nie wiem, gdzie jest Idaho. Jak mówiłem, kiedy to wszystko się wydarzyło, byłem w Vegas.

– Vegas? – zdziwił się Tom. – A więc o to ci chodziło?

– Musimy teraz o tym rozmawiać? – Archie przewrócił oczami ze zniecierpliwieniem i zwrócił się do Baileya. – Pokaż mi to zdjęcie.

Bailey sięgnął do kieszeni marynarki i wyjął kartkę papieru. Archie rozwinął wydruk, przyjrzał się sceptycznie obrazowi z kamer systemu bezpieczeństwa. Wreszcie podniósł wzrok.

– To nie ja – powiedział z mieszaniną ulgi i oburzenia w głosie.

– To pielęgniarz Laschego – stwierdził Tom ponuro, wyrywając mu kartkę.

– Pielęgniarz Laschego? – zająknął się Bailey. – Jesteś pewien?
– Nie zapominam twarzy. Heinrich, tak się chyba nazywał.
– Teraz kiedy o tym wspomniałeś, widzę, że masz rację – zgodził się z nim Archie. – Był tam, kiedy przyjechaliśmy zobaczyć się z Laschem.
– W jaki sposób Lasche był w to zamieszany? – spytał Tom.
– Cóż – zaczął Bailey niepewnie, wciąż wpatrując się w zdjęcie – domyślaliśmy się, że jeśli chodzi o maszynę Enigma, Lasche był pośrednikiem. Myśleliśmy, że ukradłeś ją i mu odsprzedałeś.
– I w tym jednym przypadku macie rację – powiedział Tom. – Tylko że to nie Archie ją ukradł, lecz Heinrich. Lasche musiał zostać zdradzony przez człowieka, któremu odsprzedał maszynę. Ten sam człowiek zamordował Synów Wolności Amerykańskiej i prawdopodobnie również samego Laschego, żeby upewnić się, że nikt nie powiąże go ze sprawą.
– „Go", czyli...? – zapytał Bailey.
– Moim zdaniem to Harry Renwick, *alias* Kasjusz, lub ktoś działający w jego imieniu. Przejrzyjcie swoje kartoteki. Kiedy ostatnio sprawdzałem, był na waszej liście dziesięciu najbardziej poszukiwanych. To jego powinniście szukać. On za tym wszystkim stoi, jestem tego pewien.
– Ale co to ma wspólnego z obrazem? W jaki sposób wy zostaliście w to zamieszani?

Tom milczał przez chwilę, zastanawiając się, jak wiele może ujawnić. Instynkt podpowiadał mu, żeby nie mówić nic, ale Bailey miał w sobie coś, jakieś połączenie zapału i uczciwości, które sprawiało, że gotów był mu zaufać, acz niechętnie i nie bardziej niż to konieczne. Tom zdecydował się.

– Skontaktował się z nami człowiek nazwiskiem William Turnbull, z sekcji antyterrorystycznej MI6 – zaczął powoli. – Niepokoiła ich niemiecka organizacja terrorystyczna współpracująca z Renwickiem. Chcieli, żebyśmy im pomogli się dowiedzieć, co tamci knują.

– Dlaczego wy? Znacie się czy coś w tym rodzaju?

– To stary przyjaciel rodziny – Tom zaśmiał się głucho. – Tak czy inaczej, okazało się, że oni czegoś szukają. Czegoś ukrytego pod koniec wojny. Sądzimy, że obraz jest ostatnią wskazówką co do lokalizacji tej rzeczy. O maszynie Enigma dowiedziałem się przed chwilą, ale domyślam się, że jest im potrzebna do odczytania wiadomości zakodowanej na obrazie.

– A w jaki sposób trafiliście do Laschego?

– Zwykły przypadek. Obraz został ukryty przez tajny zakon wysokich oficerów SS. Lasche jest ekspertem od tamtych czasów, więc chcieliśmy zasięgnąć jego opinii. Nie mieliśmy pojęcia, że Renwick już wmieszał go w kradzież Enigmy.

– A dziewczyna – Maria Lammers – co ona miała z tym wspólnego?

– Jej wuj należał do Zakonu – wyjaśnił Archie. – My po prostu szliśmy za tropem, żeby sprawdzić, dokąd prowadzi. Ale czemu Renwick mógłby chcieć ją zabić? Nie mam pojęcia. Ona o niczym nie wiedziała.

– Masz rację – Tom zmarszczył brwi. – Tak jak to, co wydarzyło się w klubie. Tu dzieje się coś jeszcze, coś, co nam umyka.

Bailey odetchnął głęboko i oparł się o ścianę, zamykając oczy. Gdy je znowu otworzył, wbił wzrok w podłogę i powiedział monotonnym głosem:

– Dobra. Wy zostajecie tutaj, a ja spróbuję sprawdzić coś z tych rzeczy.

Tom ruchem głowy wskazał drzwi.

– Coś mi mówi, że nigdzie się stąd nie ruszymy.

## ROZDZIAŁ 83

**Konsulat Stanów Zjednoczonych,
ulica Fursztadska, Sankt Petersburg
11 stycznia, godzina 9.35**

Bailey wpatrywał się rozszerzonymi oczyma w ekran komputera.

HENRY J. RENWICK, *ALIAS* KASJUSZ
UDZIAŁ W ZORGANIZOWANEJ GRUPIE PRZESTĘPCZEJ, MORDERSTWA (OSIEMNAŚCIE POTWIERDZONYCH), UDZIAŁ W SPISKU MAJĄCYM NA CELU POPEŁNIENIE MORDERSTWA, UDZIAŁ W SPISKU MAJĄCYM NA CELU POPEŁNIENIE WYMUSZENIA, NAPAD Z BRONIĄ W RĘKU, PASERSTWO, WSPÓŁUDZIAŁ W PRANIU BRUDNYCH PIENIĘDZY, WYMUSZENIA, PRANIE BRUDNYCH PIENIĘDZY...

Gwizdnął przeciągle. Być może opowieść Kirka kryła w sobie więcej prawdy, niż początkowo przypuszczał.
– Znalazłeś coś ciekawego? – Cunningham wszedł do pokoju za jego plecami.
– Nie jestem pewien – Bailey przełączył komputer na inny program i odwrócił się do Cunninghama z nerwowym uśmiechem.
Instrukcje Cartera były jasne: miał obserwować i złożyć raport. Nic więcej. Wchodząc do celi Kirka i Connolly'ego bez

niczyjej wiedzy, zdecydowanie przekroczył granice swoich uprawnień. Jak ma usprawiedliwić swoją decyzję przed Cunninghamem, nie mówiąc już o Carterze?

– A jak Connolly? Masz coś na niego? – spytał od niechcenia.

– Nie. Wciąż próbujemy go upolować, ale wygląda na to, że nigdy wcześniej się z nim nie spotkaliśmy. Sprawdzę jeszcze w Interpolu.

– Dobry pomysł.

– Kirk bardzo nam uprościł sprawę, co? – Cunningham uśmiechnął się szeroko.

– To znaczy?

– Po prostu tutaj wchodząc. Mimo wszystko nie potrzebowaliśmy dodatkowych ludzi, żeby iść i go zgarnąć.

– Tak, ale wciąż nic na niego nie mamy – zauważył Bailey.

– Mamy czas – wzruszył ramionami Cunningham. – A on nigdzie się nie wybiera.

Bailey odwrócił się z powrotem do komputera, mając nadzieję, że Cunningham zrozumie sugestię i wyjdzie, ale tamten tylko kręcił się koło drzwi. Wreszcie zakaszlał, przerywając milczenie.

– Wszystko w porządku? – zapytał Cunningham.

– Jasne.

– Jesteś jakiś nerwowy.

Bailey wziął głęboki oddech. Zrozumiał, że będzie musiał do wszystkiego się przyznać.

– Jest coś, na co powinieneś rzucić okiem.

Otworzył na ekranie stronę „dziesięciu najbardziej poszukiwanych przez FBI".

## ROZDZIAŁ 84

**Konsulat Stanów Zjednoczonych,**
**ulica Fursztadska, Sankt Petersburg**
**11 stycznia, godzina 9.50**

Bailey wrócił po jakichś dwudziestu pięciu minutach z zamyślonym wyrazem twarzy i Cunninghamem u boku. Cunningham zajął pozycję przy drzwiach, unosząc zgiętą w kolanie nogę tak, że podeszwa jego czarnego buta spoczywała płasko na ścianie.

– Renwick figuruje w naszej bazie danych – zaczął Bailey.
– Z pewnością pasuje do opisu.
– Nie żartuj – powiedział Tom sucho.
– Pielęgniarz Laschego również. Heinrich Henschell. Zdjęcie, które mamy w aktach, odpowiada portretowi pamięciowemu. Kawał z niego opryszka. Odsiadywał wyrok w Hiszpanii za zamordowanie antykwariusza. Jakieś dziesięć lat temu zbiegł, kiedy przenoszono go do innego więzienia. Szwajcarska policja sądzi, że to jego ciało właśnie znaleźli w rowie jakieś trzydzieści kilometrów od Zurychu.

Bailey umilkł.

– Ciekawe czemu mam wrażenie, że jest tu jakieś „ale"? – zapytał Archie zimno.

– Bo nie ma żadnego Williama Turnbulla.

– Gość jest szpiegiem – Tom wzruszył ramionami. – Nic dziwnego, że nie możecie go znaleźć.

– Od 11 września mamy z Brytyjczykami obustronną umowę o wymianie informacji o agentach jednostek antyterrorystycznych. Turnbull nie jest jednym z nich.
– Może więc jest z...
– Był jednym z nich. Dopóki nie zabito go w Moskwie sześć miesięcy temu.
– Co? – jęknął Archie.
– Został zastrzelony, kiedy wychodził z księgarni przy Placu Czerwonym. Ktokolwiek się z wami skontaktował, nie był z MI6, a już na pewno nie był to William Turnbull.
– Był podstawiony? – w głosie Archiego mieszały się zaskoczenie i gniew. – To niemożliwe. Sprawdziłem go.
– Sprawdziłeś, że był agent MI6 o tym nazwisku – poprawił go Tom, przytakując z wolna, gdy wydarzenia minionych kilku dni na nowo układały mu się w głowie. – I był. Tyle że martwy.
– Ale te samochody, ci wszyscy ludzie...?
– Pewnie wynajęci na jeden dzień. Och, świetnie to rozegrał. Wiedział, że jeśli tylko wspomni nazwisko Renwicka, to ja go wysłucham. Że jeśli tylko wskaże nam kierunek i spuści ze smyczy, pobiegniemy właściwym tropem – Tom potrząsnął głową, wściekły sam na siebie.
– Myślisz, że pracował dla Renwicka?
– Cóż, to by z pewnością wyjaśniało, jak Renwick zdołał trzymać się tak blisko nas. Skąd wiedział, gdzie dokładnie będziemy ostatniej nocy.
– I przypuszczalnie również dlatego się go pozbył, gdy tylko wykonał swoje zadanie – dodał Archie.
– I co teraz? – przerwał im Bailey.
– Siedzimy tu, oto, co teraz – odwarknął Archie. – Jak możemy cokolwiek zrobić, jeśli nas nie wypuścicie?
– Nie mogę was wypuścić – powiedział Bailey. – To dobra opowieść, ale potrzebuję niepodważalnych dowodów na jej poparcie. Poza tym nie mam tu żadnej władzy. Przykro mi.

Skinął głową w stronę agenta Cunninghama i wolnym krokiem wyszedł z celi.

– To szaleństwo – jęknął Tom. – Nie mogę uwierzyć, że nas tu trzymacie. Nie zrobiliśmy nic złego.

Cunningham powoli podszedł do nich.

– Bailey ma rację. To nie podlega jego jurysdykcji – powiedział. – Ale mojej tak – podniósł na nich wzrok. – Powiedział mi, o czym rozmawialiście. Myśli, że mówicie prawdę i że nie jesteście ludźmi, których szukamy. Cholera, kto wie, może nawet ma rację. Ale to nie znaczy, że mogę tak po prostu was wypuścić.

– Co chcesz powiedzieć? – zapytał Tom niepewnie.

– Chcę powiedzieć, że wszedłem tutaj z agentem Baileyem – powiedział Cunningham z naciskiem. Wyraz jego twarzy nie pozostawiał najmniejszych wątpliwości, że mówił poważnie. – Że po tym, jak Bailey wyszedł z celi, obezwładniliście mnie i przykuliście do łóżka – wyciągnął z kieszeni kajdanki i pomachał nimi przed twarzą Archiego. – Że zabraliście moje klucze... – drugą ręką głośno zadzwonił pękiem kluczy – i uciekliście tylnymi schodami i wyjściem pożarowym po południowej stronie budynku.

– I co dalej? – zapytał Archie, ostrożnie wyjmując z rąk Cunninghama kajdanki i klucze.

– Dalej macie, chłopaki, jakieś dwanaście minut, zanim Bailey przyjdzie tu i mnie znajdzie. Poprawka, dziesięć minut – dorzucił, spoglądając na zegarek. – Potem będziemy was szukać. Ruscy też. Radzę wam wynieść się z miasta.

– A co chcesz w zamian? – zapytał Tom, rozpinając kajdanki i przymocowując je do metalowej ramy łóżka.

– Zadzwońcie do mnie, kiedy dogonicie tamtych gości – Cunningham wyjął z kieszeni zniszczoną wizytówkę o zagiętych rogach. – Wtedy przejmiemy sprawę.

## ROZDZIAŁ 85

**Nabrzeże Fontanki, Sankt Petersburg**
**11 stycznia, godzina 11.43**

Po piętnastu minutach w krzyżowym ogniu pytań Tom zdołał w końcu wydobyć kartę pamięci z aparatu odzyskanego od Kristenki.
– Masz coś, co może to odczytać? – zwrócił się do Wiktor.
– Jasne.
Poprowadziła ich przez długi, ciemny korytarz do biura – skromnie urządzonego pokoju pełnego książek i oprawionych plakatów filmowych. Tom przeczuwał, że był to prawdopodobnie jedyny pokój, na którego wystrój miała wpływ. Zauważył również, że tutaj, tak jak wszędzie indziej, nie było żadnych zdjęć, jak gdyby przeszłość była czymś, o czym wolała nie pamiętać.
Ekran komputera rozbłysnął i system zaczął się ładować. Towarzyszyła temu animacja obracającej się co kilka sekund klepsydry. Po kilku minutach komputer był gotowy do pracy i ekran zapełnił się napisami cyrylicą.
– Może lepiej ja poprowadzę – powiedziała Wiktor z uśmiechem, wślizgując się na krzesło przy biurku. Włożyła kartę pamięci do komputera i otworzyła pliki ze zdjęciami obrazu.
Było ich łącznie sześć. Jedno przodu, jedno tyłu płótna i po jednym każdego z rogów. Zazwyczaj skrywała je rama, ale

umieszczano je w dokumentacji fotograficznej każdego ważniejszego dzieła sztuki ze względu na to, że potencjalnemu fałszerzowi trudno byłoby odtworzyć coś, czego nie widać.

Tom był wdzięczny Kristence za jego dokładność, ponieważ szybko okazało się, że to właśnie na skraju płótna widoczna była seria liter, starannie wykaligrafowanych czarnym atramentem. Kod.

– To musi być to, czego szukał Renwick – Tom wskazał na ekran.

Dominique chwyciła pióro i zaczęła zapisywać litery w notesie.

– Garść liter jest bezużyteczna bez maszyny szyfrującej – zauważył Archie.

– Maszyny szyfrującej? – Wiktor zmarszczyła brwi.

– Enigmy – wyjaśnił Tom. – Renwick kazał taką ukraść, pamiętasz? To niemiecka maszyna szyfrująca z czasów wojny, rozmiaru mniej więcej...

– Niewielkiej walizki – dokończyła za niego Wiktor. – Tak, wiem. Mówiłam ci, że Wiktor kazał odnowić jedną, żeby móc jej używać.

– Ona wciąż tu jest? – zapytał Tom z nadzieją.

– O ile wiem, jest w bibliotece razem z całą resztą. Pójdę po nią.

Wyszła z pokoju i powróciła chwilę później z dwoma drewnianymi pudłami, jednym większym, drugim mniejszym. Umieściła oba na biurku.

– Jakieś pięć lat temu Wiktor kupił ją do swojej kolekcji od jakiegoś handlarza ze Szwajcarii.

– Lasche – powiedział Archie. – To musiał być Lasche. Tylko on mógłby czymś takim handlować.

– Wiesz, jak to działa? – spytał Tom.

– Oczywiście. Wiktor mi pokazał – odparła.

Odpięła zniszczoną i poplamioną obudowę, poznaczoną siatką spękanego forniru. Otworzyła ją, odsłaniając bezpiecznie spoczywające wewnątrz urządzenie, które na pierwszy rzut oka wyglądało jak starego typu maszyna do pisania. Wystające czarne klawisze były duże i okrągłe, z literami alfabetu zaznaczonymi wyraźnie na biało.

Ale dokładniejsze spojrzenie ujawniało różnice. Nie było wałków, pomiędzy które można by włożyć kartkę papieru. Zamiast nich w płaskiej obudowie powyżej klawiszy znajdowało się dwadzieścia sześć okrągłych szklanych okienek, a w każdym widać było niewyraźny cień litery. Nad nimi widniały trzy wąskie otwory. Przód obudowy pozwalał się otworzyć, ukazując dwadzieścia sześć wtyczek opisanych literami alfabetu. Czarne kable spinały je parami.

– Słuchaj, Wiktor – wtrącił się Archie. – Na złamanie tego szyfru cała fura jajogłowych cwaniaków potrzebowała pół wojny. Jak, u diabła, zamierzasz sobie z tym poradzić sama?

– Ona nie zamierza złamać szyfru, prawda? – zauważyła Dominique. – Najtrudniejsza część została już zrobiona. Teraz pozostaje tylko uruchomić maszynę.

– Używałaś już kiedyś czegoś takiego? – spytał Tom.

– Nie – przyznała Dominique. – Ale teoretycznie wiem, jak działa. Przynajmniej w ogólnych zarysach.

– Skąd...? – zaczął Archie.

– Kody i łamigłówki to moje hobby, pamiętasz? – wyjaśniła Dominique. – Przeczytałam parę książek. Wszystko, czego Wiktor teraz potrzebuje, to ustawienia. Potem jest już z górki.

– Jakie ustawienia? – Tom posłał jej puste spojrzenie.

– Ustawienia maszyny – potwierdziła Wiktor. – To jak mam ją ustawić?

– To nie wstukuje się po prostu literek? – Archie zmarszczył brwi, zdezorientowany.

– Ta maszyna posługuje się szyfrem podstawieniowym – wyjaśniła Wiktor.

– Czyli za jedną literę podstawia się inną? – odgadł Archie. – Na przykład A przechodzi w F, B przechodzi w G i tak dalej?

– Dokładnie. Enigma to po prostu bardzo złożony system podstawień.
– Jak bardzo złożony? – zaciekawił się Tom.
– Kluczem do złamania każdego kodu jest odkrycie w nim wzoru – odpowiedziała Dominique, przejmując zadanie od Wiktor. – Piękno Enigmy polegało na tym, że zmieniała wzór po każdej pojedynczej literze.
– Za pomocą tego? – Tom wyjął z drewnianego pudełka, które Wiktor przyniosła razem z maszyną, metalowy dysk zaopatrzony w zębatki i obwody elektryczne.
– Tak, za pomocą bębnów – potwierdziła Dominique. – Za każdym razem, kiedy kodowano literę, bębny zmieniały pozycję, a w konsekwencji i wzór. W ramach dodatkowego zabezpieczenia każda litera, jeszcze zanim przeszła przez bębny, była przyporządkowywana innej literze wyjściowej za pomocą kabli na łącznicy wtyczkowej – Dominique wskazała pary wtyczek na przedniej części maszyny. – Potem cały proces powtarzano jeszcze raz, w odwrotnej kolejności, i dopiero wtedy zapalała się zakodowana litera – zastukała paznokciem w jedno ze szklanych okienek. – Obliczono, że daje to łącznie sto pięćdziesiąt dziewięć trylionów możliwych kombinacji.
– Żeby rozkodować wiadomość, musisz więc dokładnie wiedzieć, jak była ustawiona maszyna w momencie jej zakodowania – wywnioskował Tom.
– No właśnie – Wiktor wysunęła się do przodu. – Drukowano nawet specjalne książki kodowe, żeby każdego dnia było wiadomo, jakich użyć ustawień. Jeśli więc nie mamy ustawień, będziemy potrzebować fachowej pomocy.
– Na to trzeba czasu. A czasu nie mamy – zaoponował Tom.
– No cóż, Renwick musiał znać ustawienia, inaczej nie zawracałby sobie głowy, prawda? – zauważył Archie. – Musi być jakiś sposób, żeby to rozpracować.
– Masz rację – zgodził się Tom. – Może coś nam umknęło. Przyjrzyjmy się tym zdjęciom jeszcze raz.

Wszyscy wrócili przed ekran komputera i obejrzeli brzegi obrazu.

– Ile, mówiłaś, jest tam tych kabli? – spytał w końcu Archie.

– Różnie – odparła Wiktor. – Między dziesięć a trzynaście, w zależności od ustawienia. Wszystkie litery niespięte kablami przechodziły przez bębny niepodmienione. To był kolejny sposób na utrudnienie pracy podsłuchującym. Dlaczego pytasz?

– Chodzi o to, że na górnej krawędzi obrazu jest dwadzieścia sześć liter. Wyglądają tak, jakby zostały zapisane parami.

Wiktor przytaknęła mu.

– Trzynaście par liter. To mogą być ustawienia łącznicy wtyczkowej – U do A, P do F... – sprawnie przepięła kable, by odpowiadały parom liter na górze obrazu. – Proszę.

– To co nam jeszcze zostało? – zapytał Tom z ożywieniem. Cieszył go ich wyraźny postęp.

– Wybór bębnów i ich ustawień – wyjaśniła Wiktor. – Musimy wiedzieć, które trzy z pięciu bębnów wybrać i jak ustawić na nich pierścienie alfabetyczne – odwinęła pozostałe cztery bębny z pergaminu i wskazała niewielki pierścień zamontowany na boku każdego z nich. – Te pierścienie obracają się. Trzeba je ustawić w pozycji wyjściowej. Bez tego nie mamy nic.

## ROZDZIAŁ 86

**Nabrzeże Fontanki, Sankt Petersburg**
**11 stycznia, godzina 18.21**

Na zmianę zasiadali przed ekranem komputera. Każde z nich starało się znaleźć jakiś sens w splątanej masie liter, zdobiących skraj płótna niczym czarna koronka. Ale bez względu na to, jak usilnie wpatrywali się w zdjęcia, jak sprytne sztuczki stosowali, licząc litery, dzieląc je przez liczbę liter po drugiej stronie czy też odejmując jedne od drugich, nie zbliżyli się ani o krok do odkrycia ustawień bębnów, ani nawet do tego, które z nich powinni zastosować.

W desperacji zgromadzili nawet wszystkie przedmioty, które udało im się zdobyć – zdjęcia obrazów Bellaka, sam obraz przedstawiający synagogę, pudełko z orzechowego drewna, które zawierało medal Lammersa, medale, klucz do skrytki depozytowej i znalezioną w niej skórzaną teczkę z mapą. Liczyli, że mogą one dostarczyć im inspiracji lub ukrywać jakąś wskazówkę czy wiadomość. Ale po sześciu godzinach bezowocnych poszukiwań litery zaczęły się im rozmywać przed oczami.

Archie już dawno wyszedł z pokoju, narzekając na ból głowy, a Wiktor poszła zorganizować coś do jedzenia. Jednak dla Dominique rozwiązanie tej zagadki stało się osobistym wyzwaniem. Wiedziała, że Tom i Archie nieraz naśmiewali się z niej, kiedy tak się zapamiętywała, często w sprawach całkiem trywialnych, ale nic nie mogła na to poradzić, zwłaszcza kiedy, jak w tym wypadku, postawiono przed nimi zadanie. Obudziło to w niej instynkt współzawodnictwa, a dodatkowej motywacji dodawało jej pragnienie, by nie sprawić zawodu innym.

Została więc przy biurku, przerywając pracę jedynie po to, by co jakiś czas rozprostować zdrętwiałe palce. Tom siedział za nią z zamkniętymi oczami. Nie była w stanie stwierdzić, czy śpi, czy jest pogrążony w myślach, dopóki nie przerwał milczenia.

– Nie myślisz, że powinniśmy skończyć na dziś? Zacząć od nowa jutro?

– Jutro będzie za późno – odparła rzeczowo, nie odrywając wzroku od monitora.

Była sfrustrowana i zła na siebie, a co gorsza, coraz trudniej było jej to ukryć. Czuła, że Tom ma ochotę coś powiedzieć, ale najwyraźniej zmienił zdanie, bo żadne słowa nie padły. Niezręczna cisza panowała do chwili, kiedy Dominique odwróciła się, marszcząc brwi.

– Wiesz co? Aparat nie był pusty.

– Hmm...? – Tom ponownie zamknął oczy i zatopił się w myślach.

– Twój aparat. Były na nim inne zdjęcia, kiedy dałeś go Kristence.

– Ach, tak – ocknął się Tom. – Pewnie zapomniałem je wymazać. Chyba nie ma tam nic kompromitującego?

– Nie, nie sądzę – powiedziała, przeglądając obrazy na dysku.

Pierwsze były zdjęcia synagogi w Pradze – ścian zabazgranych pełnym nienawiści graffiti, podłogi zasypanej dziecięcymi rysunkami, pustej ramy obrazu. Dalej kilka ujęć witraża, który zamówił Lammers dla kościoła w Kitzbühel. Zamek. Krąg drzew. Ptaki lecące przez błękitne niebo. Wreszcie zdjęcia portretu Bellaka.

Dominique przez chwilę milczała w skupieniu. Wróciła do zdjęć witraża, potem podniosła wyblakłą czarno-białą fotografię tej samej sceny, znalezioną przez Archiego w tajnym pokoju Weissmana. Przeniosła wzrok na witraż, potem znów na fotografię.

– Tom? – zawołała niepewnie.
– Mmm...? – mruknął, nie otwierając oczu.
– Myślę, że coś znalazłam.
– Naprawdę?
– Nie są identyczne.
– Co nie jest identyczne? – gwałtownie otworzył oczy.
– Obraz i witraż. Ich zdjęcia. Nie są identyczne. Popatrz...

Wskazała mu zdjęcie witraża na ekranie komputera. Tom zerwał się na nogi i zajrzał jej przez ramię. Wcisnęła mu do rąk fotografię obrazu.

– Pokaż – Tom podniósł zdjęcie na wysokość ekranu. – Chryste, masz rację! – westchnął poruszony. – Witraż jest inny. Lammers musiał go zmienić.

– I to dosyć subtelnie. Tu zamek ma dwie wieżyczki, a na witrażu są trzy. Tu w głębi jest siedem drzew, a witraż ma tylko pięć.

– I popatrz: na obrazie są cztery ptaki, a na witrażu dwa. To oznacza, że mamy dwa zestawy trzech liczb.

– Ale których powinniśmy użyć?
– Tych z witraża – powiedział Tom zdecydowanie. – Nie zapominaj, że Bellak nie wiedział nic o Zakonie ani o jego planach. Ukończył ten obraz całe lata przed tym, zanim Złoty Pociąg wyruszył w swoją podróż. Ale witraż powstał po wojnie i Lammers mógł z łatwością zaprojektować go tak, by umieścić w nim ustawienia Enigmy. Obraz jest użyteczny o tyle, o ile różnice między nim a witrażem wskazują na liczby. Czytając od lewej do prawej, mamy na witrażu trzy wieżyczki, pięć drzew i dwa ptaki. Trzy, pięć, dwa.

– Może chodzi o bębny! – wykrzyknęła Dominique. Jej wcześniejsza frustracja momentalnie zniknęła pod wpływem emocji chwili. – Jest ich tylko pięć. To może nam powiedzieć, których bębnów mamy użyć.

– A to oznacza, że ustawienia bębnów również mogą się kryć gdzieś tutaj – dodał Tom. – Z ich punktu widzenia sensownie byłoby ukryć wszystkie informacje w jednym miejscu.

Ponownie przeanalizowali zdjęcia, szukając dalszych różnic, które mogłyby być jakąś wskazówką. Jednak nie znaleźli nic, co po wcześniejszym sukcesie sprawiło im tym większy zawód. Każdy inny szczegół obrazu został wiernie skopiowany, łącznie z datą i podpisem Bellaka ledwo widocznymi w lewym dolnym rogu.

– Po prostu nie rozumiem – Tom ze zniecierpliwieniem potrząsnął głową. – Musieli zostawić jakiś sposób złamania kodu, inaczej po co mieliby wkładać tyle wysiłku w ukrycie go?

– A może ostatni fragment kodu ukryty był na jednym z pozostałych skradzionych obrazów Bellaka? – spekulowała Dominique.

– Możliwe – zgodził się Tom. – Poczekaj, a co to jest? – wskazał na fragment ściany poniżej witraża, który Archie uchwycił na skraju jednego ze zdjęć. – Możesz to powiększyć?

Dominique nacisnęła kilka klawiszy i powiększyła część zdjęcia, którą wskazywał Tom.

– To plakietka z dedykacją. „Pamięci Ewy Marii Lammers – przetłumaczyła – która odeszła od nas 13 listopada 1926 roku".

– Tysiąc dziewięćset dwadzieścia sześć? – Tom zmarszczył brwi. – To nie może być prawda. Jestem pewien, że Archie jako datę jej śmierci podał lata pięćdziesiąte.

– A jeśli ten błąd jest celowy?

– Co by to mogło oznaczać?

– Data mogłaby wskazywać ustawienia pierścieni: trzynaście, jedenaście, dwadzieścia sześć – zaproponowała Dominique.

– Wypróbujmy to – zgodził się Tom.

Dominique wybrała z pudełka bębny numer trzy, pięć i dwa, a potem ustawiła pierwszy z nich na trzynaście, drugi na jedenaście i trzeci na dwadzieścia sześć. Następnie podniosła pokrywę maszyny, założyła bębny i zamknęła ją ponownie, tak że tylko górne części bębnów wystawały przez wąskie szpary w obudowie. W tym momencie do pokoju weszli Archie i Wiktor, niosąc jedzenie i napoje.

– Jakiś postęp? – zapytał Archie grobowym głosem.

– Może – odparła Dominique.

– Właśnie mamy zamiar coś wypróbować – wyjaśnił Tom. – Dominique zauważyła różnice między obrazem i witrażem, które mogą sugerować wybór bębnów.

– A data na napisie pamiątkowym pod witrażem nie zgadza się z tym, co powiedziałeś o śmierci żony Lammersa – Dominique wskazała powiększony obraz plakietki wciąż widoczny na ekranie komputera. – A więc użyliśmy tej daty, by ustawić pierścienie.

– Dobra robota – uśmiechnęła się Wiktor, poklepując Dominique po ramieniu. – Wszystko, czego teraz potrzebujemy, to pozycje wyjściowe bębnów.

– Co takiego? – wykrzyknęła Dominique zaskoczona. – Myślałam, że mamy już wszystko.

– Widzisz te małe okienka na wierzchu maszyny? – Wiktor wskazała trzy otworki obok bębnów. – Trzeba obracać bębny, dopóki nie zobaczymy w nich odpowiedniej litery wyjściowej.

– Może EML? – zasugerował Tom.

– EML? Dlaczego właśnie tak? – Archie zmarszczył brwi.

– To były jej inicjały – Tom wskazał napis na ekranie. – Ewa Maria Lammers. Albo przynajmniej takie imię wstawił tu jej mąż. Mógł je zmyślić, żeby pasowało do kodu.

– Warto spróbować – zgodziła się Dominique, przestawiając bębny tak, by w otworach zobaczyć właściwe litery.

– A więc to już wszystko? – zapytał Archie.

– Jak sądzę, jest tylko jeden sposób, aby to sprawdzić – Wiktor skinęła na Dominique, która nacisnęła pierwszą literę, A. Na panelu lampek rozbłysło Z. Później L. Pojawiło się W. Następnie X, urządzenie podświetliło O.

– ZWOLF – głos Archiego był pełen rozczarowania, gdy rozkodowali cały wyraz. – Nie ma takiego słowa. To nie jest nawet początek słowa. Musieliśmy coś zrobić źle.

– Nie ma takiego słowa w języku angielskim – przypomniał mu Tom. – Ale tę wiadomość zakodowano po niemiecku, pamiętasz? *Zwölf* to po niemiecku dwanaście.

Wkrótce pojawiło się następne słowo. FUNF – pięć. Potem SIEBEN – siedem.

– Dwanaście, pięć, siedem – mruczał Archie, jak gdyby powtarzanie tych słów mogło mu pomóc zrozumieć ich ukryte znaczenie.

Dominique kontynuowała, Tom tłumaczył liczby, w miarę jak się pojawiały, chociaż bez znaków przestankowych trudno im nieraz było stwierdzić, gdzie jedna się kończy, a druga zaczyna. Wiadomość zamykały dwa dobrze znane im słowa. Archie odczytał na głos zapisane przez Toma tłumaczenie.

– Dwanaście, pięć, siedem, trzy, sześć, dziewięć... *Heil Hitler* – zamilkł. – Jak myślicie, co to znaczy?

– Czy pozycji na mapie nie podaje się przypadkiem za pomocą sześciu cyfr? – powiedziała Dominique w przestrzeń.

– To z pewnością byłby logiczny sposób na wskazanie konkretnego miejsca – zgodził się Tom.

– A my już mamy mapę – przypomniał im Archie, wyciągając ze skórzanej teczki mapę kolejową i rozkładając ją na podłodze.

Tom przesunął palcami wzdłuż skraju mapy, najpierw znajdując długość, a później szerokość geograficzną. Jego palec zatrzymał się w pobliżu niewielkiej wioski w Austrii. Wioski, której nazwę wszyscy rozpoznali. Była ostatnim miejscem, przez które przejechał Złoty Pociąg, zanim zmuszony był zawrócić.

Wioska o nazwie Brixlegg.

# ROZDZIAŁ 87

**Okolice Brixlegg, Austria**
**12 stycznia, godzina 15.32**

Tom dobrze znał tę część Austrii. Jednak śnieg pokrywający łąki i zwisający z gałęzi jak ciężkie kwiaty zmienił Tyrol niemal całkowicie. Wcześniej przyjeżdżał tutaj wiosną, by wspinać się z przyjaciółmi, a częściej samotnie. Wysokie ośnieżone szczyty przechodziły wówczas w jaskrawozielone stoki, z których ze wściekłym hałasem spływały rzeki wezbrane od topniejącego śniegu.

Nigdy wcześniej nie był w samym Brixlegg – dość zwyczajnym małym miasteczku w pobliżu autostrady A12, przycupniętym w cieniu masywnych, zalesionych gór na brzegu rzeki Inn. Było ono mieszanką tradycyjnej tyrolskiej architektury i bardziej nowoczesnych betonowych budynków, stworzonych dla zaspokojenia stale rosnącej potrzeby nowych mieszkań. Był tam oczywiście i kościół, którego iglica wznosiła się ponad otaczające ją dachy jak ręka z rozpaczliwą siłą wyciągnięta w stronę nieba.

Punkt, który wskazywały współrzędne zakodowane na obrazie, znajdował się niedaleko wyraźnego zakrętu linii kolejowej wijącej się dnem doliny mniej więcej równolegle do rzeki. Żeby do niego dotrzeć, należało przed samym miasteczkiem skręcić w wąską drogę, a potem skierować się w górę łagodnego stoku, mijając kilka domków, którym zdawało się grozić pochłonięcie przez otaczający je ze wszystkich stron las.

Szlak kończył się bramą. Nieustannie padający śnieg pokrył jej górną krawędź grubą warstwą do złudzenia przypominającą bitą śmietanę. Tom zatrzymał samochód i zgasił silnik. Zobaczył we wstecznym lusterku, że za nimi Wiktor robi to samo i wyłącza światła.

W samochodzie zapadła cisza. Przez kilka sekund siedzieli nieruchomo w głuchym milczeniu.

– Ona cię martwi? – zapytała w końcu Dominique.

– A powinna? – odparł Tom.

– Mówiłam ci, co widziałam tamtej nocy. Wydawała instrukcje tym trzem ludziom. Wyglądało na to, że coś planują. Może zabranie jej z nami to był błąd.

– Nie żebyśmy mieli duży wybór – przypomniał im Archie. – Jak inaczej wydostalibyśmy się stamtąd niezauważeni?

Tom skinął głową. Archie miał rację. Byli zmuszeni przyjąć propozycję Wiktor, która przeszmuglowała ich do Salzburga swoim prywatnym samolotem i zapewniła im tam dwa samochody. Ceną tej pomocy była zgoda na towarzystwo jej i jej trzech ludzi, by, jak to ujęła, mogła chronić swoją inwestycję. Wyruszyli tak szybko, jak tylko łapówki Wiktor zapewniły im wolny pas startowy, lecz oznaczało to czekanie z odlotem aż do dzisiejszego ranka.

– Chyba jej ufam – powiedział Tom. – Ale musimy mieć oczy otwarte. Może uda nam się ich rozdzielić.

– Tak czy inaczej, znalezienie czegokolwiek w takich warunkach nie będzie proste – Archie spojrzał z odrazą na górujące nad nimi ośnieżone szczyty. Zapalił papierosa i uchylił okno, by wydmuchać przez nie dym.

– O ile Renwick nie trafił tam przed nami – dodał Tom. – Wyprzedza nas o całe dwa dni, minus czas, jaki był mu potrzebny na rozkodowanie obrazu.

– No cóż, jesteśmy na miejscu – wtrąciła Dominique z nieustającym entuzjazmem. – Proponuję, żebyśmy przynajmniej poszli się rozejrzeć.

Tom zapiął kurtkę i otworzył drzwi samochodu. Natychmiast wdarła się przez nie chmura drobnych płatków śniegu. Powietrze było zimne i rześkie, szczególnie w porównaniu z dusznym, usypiającym powiewem ogrzewania we wnętrzu samochodu. Tom wysiadł i podszedł do Wiktor, która nachylała się nad otwartym bagażnikiem swojego auta. Grigorij, Piotr i Jurij, trzej towarzyszący jej ludzie, zgromadzili się wokół niej.

– Wiktor? – zawołał Tom.

Odwróciła się i Tom spojrzał prosto w zadarty nos wymierzonej w niego beretty.

Zamarł.

– Trzymaj – rzuciła mu pistolet. Tom chwycił go w powietrzu. – Może ci się przydać – wyjaśniła.

– Nie lubię broni. Nigdy nie lubiłem.

– Ja też nie – zgodziła się Wiktor spokojnie. – Ale wolę mieć broń i jej nie potrzebować, niż jej nie mieć, kiedy jest potrzebna.

Jakby dla podkreślenia swoich racji, sięgnęła znów do bagażnika i wydobyła kałasznikowa z wypolerowaną drewnianą kolbą i lśniącą, ciemną rękojeścią. Trzymała go z wyraźną wprawą świadczącą o długiej i bliskiej znajomości, a dotyk broni sprawił, że ulotniło się gdzieś widoczne w jej ramionach napięcie.

Tom musiał przyznać jej rację. Z tego, co Turnbull powiedział mu o Kryształowym Ostrzu, jednoznacznie wynikało, że Hecht i jego ludzie, zakładając, że wciąż jeszcze są z Renwickiem, nie zawahają się otworzyć ognia do każdego, kto wejdzie im w drogę.

– Argento! – w czystym górskim powietrzu rozległ się nieznajomy głos. Wiktor wrzuciła karabinek z powrotem do bagażnika i zatrzasnęła klapę. Tom wetknął berettę do kieszeni, po czym odwrócił się sprawdzić, skąd dobiegło wołanie.

Starszy mężczyzna, ze smyczą zwiniętą w dłoni jak lasso, pojawił się w drzwiach jednego z domków i nawoływał dużego owczarka niemieckiego. Pies ignorował go starannie, zajęty gonitwą za własnym ogonem i polowaniem na spadające płatki śniegu. Obu czynnościom towarzyszyły serie entuzjastycznych pisków i szczeknięć.

– Argento! – zawołał mężczyzna ponownie. Zamknął za sobą drzwi i usiłował chwycić psa za obrożę, podczas gdy ten skakał wokół jego nóg. Jednak w tej chwili pies zauważył Toma i pozostałych. Natychmiast wyrwał się i pędem wypadł na drogę. Tom przyklęknął, złapał go za grubą skórzaną obrożę i przytrzymał mocno. Pies zapamiętale lizał go po twarzy.

– *Danke* – powiedział z wdzięcznością staruszek. Podszedł do nich i przypiął smycz do obroży. – Argento jest zawsze bardzo podekscytowany, kiedy idziemy na spacer.

– Nie ma sprawy – odpowiedział Tom po niemiecku. – Jest chyba dość niesforny.

– Och, tak. Przy nim wciąż czuję się młody – mężczyzna czule pogłaskał psa po głowie. Potem zerknął na Toma pytająco spod szerokiego ronda kapelusza. – Jesteście od tamtych?

– Tamtych? – Tom zmarszczył brwi.

– Ludzi, którzy przyjechali tu kilka dni temu. Powiedzieli, że mogą tu jeszcze dotrzeć inni, więc pomyślałem...

– Ach, tak. Zgadza się – Tom przytaknął. – Jesteśmy od nich. Zastanawiam się, czy mógłby pan pokazać nam, gdzie oni są? Mój telefon chyba tutaj nie działa i nie możemy się z nimi skontaktować.

Wyciągnął z kieszeni mapę i rozwinął ją przed staruszkiem. Kilka sekund zajęło im ustalenie ich obecnej pozycji. Potem mężczyzna wskazał palcem w rękawiczce niewielki punkt.

– To tu.

Tom zmarszczył brwi. To nie był punkt, który wskazywały współrzędne na obrazie.

– Co tam jest?

– Stara kopalnia miedzi, oczywiście. Powiedziałem waszemu koledze, że marnuje czas, ale miał wszystkie konieczne papiery, więc musiałem go przepuścić.
– Papiery?
– Żeby otworzyć kopalnię. Miał też koparki. Te wielkie żółte maszyny. Pracują bez przerwy. W taką pogodę, wyobraża pan sobie? Ale marnują czas. Tam nic nie ma.
– Skąd ta pewność?
– Bawiłem się tam kiedyś – powiedział staruszek po prostu. – Oczywiście, to było bardzo dawno temu, przed wojną, ale już wtedy złoża były od dawna wyczerpane. Bawiliśmy się tam w chowanego. Pamiętam, jak panicznie moja matka bała się, że kopalnia się zawali i wszystkich nas zabije – uśmiechnął się do swoich wspomnień.
– I wtedy została zasypana?
– Był tam jakiś wybuch pewnej nocy pod koniec wojny. Zbłąkana bomba lub coś w tym rodzaju. Wszystko się zwyczajnie zawaliło.
– A co jest tutaj? – Tom wskazał punkt zakodowany na obrazie.
Mrużąc oczy, mężczyzna pochylił się nad mapą. Potem podniósł wzrok i wzruszył ramionami.
– O ile mi wiadomo, nic. Chyba... – spojrzał znów na mapę – chyba że... tak, to musi być tu...
– Co takiego?
– Drugie wejście.
– Kopalnia miała dwa wejścia?
– O, tak. Widzi pan, kiedyś były tu dwie kopalnie, potem je połączono. To była mniejsza z nich, położona trochę niżej i po drugiej stronie góry. Wejście jest tuż obok ruin domu. Ale to wejście też zostało zasypane.
– W porządku, dziękuję – powiedział Tom i uścisnął mu rękę. – A tak przy okazji – dodał, już odwracając się – kiedy dokładnie tamci tutaj dotarli?

– Hmm... Niech pomyślę. Jakieś trzy dni temu.

– Trzy dni? – spytał Tom z niedowierzaniem. – Jest pan tego pewny?

– Tak... Tak, jestem pewny – staruszek przytaknął z powagą. – To była środa, a ja zawsze w środy zabieram Argenta do miasta – pies nadstawił uszu na dźwięk swojego imienia.

– W porządku – Tom uśmiechnął się z wdzięcznością. – Dziękuję panu za pomoc. Miłego spaceru.

– Dziękuję. Chodź, Argento – mężczyzna cmoknął na psa i obaj ruszyli przed siebie. Smycz naprężyła się natychmiast, gdy pies zaczął wyrywać się do przodu.

Tom odwrócił się i napotkał wyczekujące spojrzenia Archiego, Dominique i Wiktor.

– Jest tu stara kopalnia miedzi – wyjaśnił. – Najwyraźniej główne wejście zostało zasypane pod koniec wojny. Trzy dni temu jacyś ludzie pojawili się tu z koparkami i ruszyli w tamtym kierunku. Jednak na obrazie wskazano inne, mniejsze wejście do kopalni.

– Trzy dni temu? – skrzywiła się Dominique. – To niemożliwe. Renwick zdobył obraz dwa dni temu. Wtedy jeszcze nie mógł wiedzieć o tym miejscu.

– Dokładnie – Tom przyznał jej rację. – Dodaj do tego zamachowców w Sankt Petersburgu, których, jak wiemy, nie nasłał Renwick, i zabójstwo Marii Lammers, a wszystko zacznie składać się w całość.

– Tak? – zaciekawiła się Wiktor.

– Jaką całość? – przyłączył się Archie.

– To wszystko mówi nam, że Renwick nie jest jedyną osobą, która usiłuje powstrzymać nas przed odnalezieniem tego miejsca. Kimkolwiek są ci ludzie, dotarli tu trzy dni temu. I nie potrzebowali obrazu, żeby trafić.

– Kto to jest? – spytała Wiktor.

– Jeśli mam zgadywać... Ci sami ludzie, którzy coś tu ukryli.

## ROZDZIAŁ 88

**Okolice Brixlegg, Austria**
**12 stycznia, godzina 16.14**

Tom zaopatrzył się w kompas, ale szybko okazał się on niepotrzebny. Szlak prowadzący do kopalni był wyraźnie widoczny nawet w gasnącym świetle dnia. Wąska ścieżka tuliła się do zbocza góry, wznosząc się lekko, a po ich lewej stronie grunt gwałtownie opadał. Mimo to Tom co jakiś czas sprawdzał kierunek. W jego pamięci budziło się wszystko, czego nauczył się na szkoleniu polowym w CIA, w czasach, które teraz wydawały się innym życiem. Chociaż szlak nie był stromy, okazał się dość trudny do przebycia. Był oblodzony w miejscach, w których śnieg topniał w słońcu, a zamarzał z powrotem w świetle księżyca. Wszędzie indziej grzęźli po kostki w miękkiej warstwie białego puchu, który już dawno pokrył wszelkie ślady, jakie mogli zostawić inni poszukiwacze, wspinający się tędy przed nimi.

Maszerowali w milczeniu. Jedynym dźwiękiem był chrzęst śniegu pod ich stopami i wycie wiatru, narastające w miarę jak wspinali się coraz wyżej. Raz po raz jakiś szczególnie ostry powiew porywał w powietrze tumany białego pyłu, które tańczyły wokół nich jak duchy, wirując i podskakując na ścieżce, a kiedy wiatr cichł, osuwały się miękko na ziemię.

Wreszcie ścieżka przestała się wznosić. W tej samej chwili usłyszeli głosy, słabe echa niesione wiatrem, a potem dźwięk potężnego silnika i tępe pulsowanie stali uderzającej miarowo o kamień.

– Szybko! – Tom zgarnął ich ze ścieżki i na wpół spadli, na wpółześlizgnęli się po stromej skarpie poniżej, by wpaść pomiędzy drzewa.

– Zgodnie z tym, co mówił starszy pan, mamy przed sobą główne wejście – wyszeptał Tom do pozostałych, gdy przykucnęli wokół niego w cieniu drzew, których pnie górowały nad nimi jak czarne, marmurowe kolumny. – Sądząc po tych dźwiękach, to właśnie tam usiłują się przebić.

– Jak ich ominiemy? – spytała Wiktor.

– Ty ich nie ominiesz – powiedział Tom zdecydowanie, dostrzegając szansę rozdzielenia Wiktor i jej ludzi. – Archie i ja obejdziemy ich i spróbujemy dostać się do drugiego wejścia, żeby sprawdzić, co tam można znaleźć. Ty i Dominique zostaniecie w ukryciu. Miejcie oko na tych facetów, na wypadek gdyby zdecydowali się spróbować również drugiego wejścia.

– *Niet* – Wiktor posłała mu oburzone spojrzenie. – Jeśli wy tam idziecie, to ja idę z wami.

– Ja też – poparła ją Dominique.

– To jest nasz problem, nie twój – argumentował Tom. Ostatnie, czego w tej chwili potrzebował do szczęścia, to upór Dominique.

– Ten problem stał się moim w momencie, kiedy zaatakowano mój klub i zabito mi sześciu ludzi – oznajmiła Wiktor. – Jesteśmy partnerami, pamiętasz? Albo idziemy wszyscy, albo wszyscy zostajemy.

– Posłuchaj, ja nic nie kombinuję – prosił Tom. – Po prostu przydałoby się, żeby ktoś osłonił nam plecy. Wolałbym, żebyście były to wy dwie, bo wiem, że mogę wam zaufać.

Wiktor i Dominique wymieniły spojrzenia.

– No, dobra – ustąpiła Dominique.

– W porządku – Wiktor niechętnie wzruszyła ramionami.
– Ale Grigorij i inni idą z wami. Taka jest umowa.

Przykucnięci obok nich w śniegu z karabinami w pogotowiu, ludzie Wiktor wbili w nich czujne, wyczekujące spojrzenia. Groźna energia, jaką promieniowali, dodawała otuchy.

– Załatwione – Tom był w pewien sposób wdzięczny, że mógł ich zabrać ze sobą. – Tylko koniecznie utrzymujmy kontakt – poklepał radio w kieszeni. – Pierwsza oznaka kłopotów i dajecie nam znać.

– Was to też dotyczy – głos Dominique brzmiał surowo. – Wiem, jacy jesteście. Żadnego heroizmu. Idźcie i sprawdźcie, co można tam znaleźć, a potem wracajcie tutaj i postanowimy, co dalej robić.

– W porządku. I weź to – Tom wręczył jej wizytówkę. – To numer tego agenta FBI, który pomógł nam w Petersburgu. Gdyby coś się stało, dzwoń do niego. On będzie w stanie ściągnąć nam tu jakąś pomoc.

Po ostatnim sprawdzeniu broni Tom, Archie i trzej ludzie Wiktor wyruszyli. Wiatr z ostrym sykiem prześlizgiwał się pomiędzy drzewami, raz po raz owijając się im wokół nóg. Biała puchowa pokrywa na gałęziach nad ich głowami pękała, osypując się na ziemię wąskimi wstążkami śniegu.

Nie uszli nawet kilometra, kiedy Archie wskazał przed siebie i gwizdnął cicho. Tak jak powiedział staruszek, na małej polanie zobaczyli ruiny domu. Ściemniałe z wiekiem ceglane fundamenty wystawały spod śniegu jak pnie drzew osmalone pożarem. Obok nich widać było otwór prowadzący do wnętrza góry, dość duży, by pomieścić wyprostowaną osobę. Sądząc ze sporej sterty ziemi i gruzu, plamiących śnieg jak kałuża rozlanego atramentu, otwór został właśnie odkopany.

– Ktoś już tam jest – wyszeptał Archie, rozglądając się po otaczających ich drzewach.

Tom przekradł się ostrożnie przez polankę i przykląkł, by przyjrzeć się śladom prowadzącym do wejścia.

– Powiedziałbym, że jest ich sześciu albo siedmiu. Nie więcej. – Z Archiem u boku podkradł się cicho do wejścia i zajrzał do środka. – Renwick. To musi być on. Jest jedyną osobą, która mogła odczytać wskazówki z obrazu. Ale jeśli musiał to wszystko wykopać ręcznie, to nie sądzę, żeby był wewnątrz od dawna.

– Powinniśmy zawiadomić dziewczyny – powiedział Archie. – Powiedzieć im, co znaleźliśmy.

– Chyba tak – powiedział Tom bez przekonania.

– Albo...

– Albo co?

– Możemy sami szybko rzucić okiem. Sprawdzić, czy on wciąż tam jest.

– Jeśli im powiemy, będą chciały iść z nami – przytaknął Tom. – Wiesz, jaka jest Dominique. A ja nie chcę, żeby im się coś stało.

– Poza tym jeśli tam w środku jest Renwick, to wolałbym, żebyśmy mieli drania tylko dla siebie.

– Zgoda – Tom zacisnął szczęki. – Nas jest pięciu, ich siedmiu. Nie jest źle.

– I nie będą się nas spodziewać – dodał Archie.

– Masz rację. Zakończmy to.

## ROZDZIAŁ 89

**Okolice Brixlegg, Austria**
**12 stycznia, godzina 16.56**

– Dokąd idziesz? – zapytała Dominique z wyrazem zaskoczenia na twarzy.
– Przyjrzeć się temu, co się tam dzieje.
– Tom powiedział, żebyśmy tu zaczekały.
– Zawsze robisz to, co Tom ci każe? – Wiktor uśmiechnęła się kącikiem ust.
– To zależy.
– Nie ufasz mi, co?
– Nie znam cię.

Zapadło milczenie. Wiktor ewidentnie zastanawiała, się co powiedzieć.

– Proszę – stwierdziła w końcu, sięgając do skórzanej kabury pod lewym ramieniem. – Wiesz, jak tego używać? – w wyciągniętej ręce trzymała pistolet kalibru 38.

– Tak. – Kiedy jeszcze żyła na ulicy, któryś z jej chłopaków nauczył ją posługiwać się bronią. Na szczęście, nigdy nie musiała robić użytku z tej umiejętności. Przynajmniej do dziś.

– Jest naładowany – powiedziała Wiktor, wręczając jej broń. – Może to ci pomoże zaufać mi trochę bardziej.

Dominique otworzyła broń, sprawdziła magazynek i włożyła go z powrotem. Wiktor nie kłamała: pistolet był naładowany.

– Potrzeba czegoś więcej niż nabitego pistoletu, żeby zdobyć moje zaufanie – zauważyła, krzywiąc się.

– Nie w Rosji – roześmiała się Wiktor. – No dobrze, jeśli zostaniemy pomiędzy drzewami, poza zasięgiem wzroku, i będziemy posuwać się równolegle do ścieżki, to może uda nam się znaleźć miejsce, z którego będziemy mogły wyjrzeć znad krawędzi.

Mimo wszystkich swoich zastrzeżeń Dominique nie mogła nie polubić Wiktor za jej brawurę. Być może dostrzegała podobne cechy u samej siebie.

– W porządku – wsunęła broń do kieszeni kurtki. – Chodźmy się rozejrzeć.

Wyruszyły, brnąc przez gęste zaspy. Wysoka skarpa dzieląca je od ścieżki poznaczona była tu i ówdzie tropami zwierząt. Huk maszynerii narastał. Towarzyszył mu teraz gardłowy ryk jednego, może dwóch silników, i sporadyczne okrzyki czy wybuchy śmiechu wśród ekipy odkopującej wejście do kopalni.

– Cofnij się – syknęła Dominique, słysząc, że ktoś się zbliża. Wciągnęła Wiktor głębiej pomiędzy drzewa.

Nad nimi pojawił się jakiś człowiek. Jego sylwetka, widoczna tylko od kolan w górę, zdawała się wisieć w powietrzu. Miał na sobie biały kombinezon paramilitarny. Przez ramię niedbale przewiesił karabin maszynowy.

Spoglądając na niego pomiędzy gałęziami, Dominique dostrzegła w jego ustach tlący się papieros. Zaciągnął się po raz ostatni, a końcówka rozżarzyła się i na chwilę zalała jego policzki czerwonawą poświatą. Wyjął papierosa z ust i wyrzucił. Niedopałek poszybował w powietrzu i uderzył w gałęzie powyżej miejsca, gdzie przykucnęły, wybuchając fajerwerkiem pomarańczowych iskier, które zgasły w powietrzu. Ktoś wykrzyknął jakieś nazwisko. Mężczyzna odwrócił się, mamrocząc pod nosem, i zniknął im z oczu.

Ruszyły dalej wzdłuż zbocza góry, starając się przez cały czas mieć w zasięgu wzroku skraj ścieżki powyżej. Aż w końcu, kiedy hałas nieco przycichł, poczuły, że znalazły się w bezpiecznej odległości od głównej areny działań.

– Ja pierwsza – zaproponowała Wiktor. Wspięła się po skarpie, wbijając czubki butów w śnieg i używając zwisających gałęzi, by podciągnąć się do góry. Szybko znalazła się w miejscu, w którym mogła wychylić głowę nad krawędź ścieżki i zobaczyć, co dzieje się powyżej.

– Co widzisz? – zawołała Dominique przyciszonym głosem. Wiktor sięgnęła po lornetkę.

– Naliczyłam... dwudziestu ludzi. Połowa z nich uzbrojona jak ten, którego właśnie widziałyśmy. Pozostali, sądząc po tym, jak są ubrani, muszą być operatorami tego ciężkiego sprzętu.

– Wchodzę na górę – odparła Dominique.

Chwilę później znalazła się u boku Wiktor, która podała jej lornetkę.

Niektórzy stali w niewielkich grupkach, paląc i rozmawiając. Inni, ubrani w kaski i grube niebieskie kurtki z pasami odblaskowymi, zdawali się nadzorować prace górnicze, jak sugerowała Wiktor. Buldożer i ogromna koparka atakowały zbocze góry. Zdołały już odsłonić szeroki tunel, tworząc po obu stronach wejścia długie szańce ziemi i rozbitej skały. Dwa generatory prądu zasilały kilka reflektorów, które zalewały całą scenę żółtawym światłem lamp sodowych.

Nagle podniósł się krzyk. Jakiś człowiek popędził w kierunku wejścia, gestykulując w stronę uzbrojonych ludzi. Choć nie były w stanie zrozumieć, co wołał, sposób, w jaki tamci zaczęli sprawdzać broń, sprawił, że nie miały najmniejszych problemów ze zinterpretowaniem sygnału.

– Już prawie się przebili – wyszeptała Wiktor. – Zawiadom Toma przez radio.

– W porządku – Dominique sięgnęła do kieszeni i włączyła radio. – Tom, jesteś tam? – szepnęła. – Odezwij się.

Nie usłyszała nic oprócz stłumionego szumu zakłóceń.

– Tom, odezwij się – powtórzyła.

Wciąż cisza.

– Nie odpowiada – powiedziała.

– Muszą być poza zasięgiem.

– Mało prawdopodobne – stwierdziła Dominique ponuro. – To ma zasięg liczony w kilometrach, a my wciąż jesteśmy po tej samej stronie góry. Nie, o ile znam Toma i Archiego, to właśnie znaleźli wejście i skorzystali z niego.

– W takim razie musimy dostać się do środka i ostrzec ich.

– Zgoda – poparła ją Dominique. – Czekaj, a kto to jest?

– Który?

– Ten po lewej. W futrzanej czapce. Obok reflektora. Wygląda na dowódcę.

Wiktor wzięła od niej lornetkę i podregulowała ostrość.

– Nie wiem. Nie rozpoznaję go.

– Co on robi? – Dominique zmrużyła oczy.

– Nie jestem pewna – powiedziała Wiktor powoli. Mężczyzna zdjął płaszcz i rozwijał biały materiał, wyjęty z torby u swoich stóp. – Wygląda, jakby się przebierał.

– Przebierał? W co?

Materiał po rozwinięciu okazał się białym kombinezonem ochronnym. Mężczyzna włożył go na ubranie, łącznie z butami, i zamocował na twarzy maskę gazową. Na koniec zarzucił na głowę kaptur od kombinezonu i zapiął ściągacz, tworząc hermetyczną powłokę wokół swojej głowy.

– Wszyscy je wkładają. Patrz... – każdy z uzbrojonych ludzi przebierał się w podobny strój.

– To wygląda na kombinezon przeciwchemiczny.

– Co takiego? – skrzywiła się Wiktor.

– Standardowy wojskowy strój chroniący przed skażeniem nuklearnym, biologicznym i chemicznym w czasie działań wojennych.

– Skażeniem?! – Wiktor odjęła od twarzy lornetkę i wbiła wzrok w Dominique. – Jakim skażeniem? Myślałam, że szukamy Bursztynowej Komnaty.

## ROZDZIAŁ 90

**Okolice Brixlegg, Austria**
**12 stycznia, godzina 17.03**

Symetryczne ślady narzędzi na ścianach wskazywały, że chodnik wykopano tradycyjną metodą, używając łopat i kilofów. Mniej więcej co pięć metrów umieszczono masywne drewniane stemple podtrzymujące strop, wypaczone i poszarzałe z wiekiem, tak że zdawały się stopniowo obracać w kamień i wtapiać w samą tkankę góry.

Tom zatrzymał się i skierował światło latarki na strop, w miejsce gdzie wybuch osmalił kamień.

– Widzisz to?

Archie przytaknął.

– Wygląda na to, że wpuszczono tu w skałę jakiś materiał wybuchowy, najprawdopodobniej dynamit, żeby wysadzić strop.

– Tak – potwierdził Tom. – Zdecydowanie nie chcieli, żeby ktoś zawędrował tu przez przypadek.

Ruszyli dalej wznoszącym się lekko chodnikiem. Tom i Archie prowadzili, Grigorij i Piotr zamykali pochód, a Jurij na wszelki wypadek został na straży przy wejściu. Światła latarek przecinały mrok, stopniowo rozpraszały się w oddali, aż w końcu całkowicie pochłaniała je ciemność. Czasem snop światła przecinał parę ich oddechów i wtedy powietrze rozbłyskiwało jak reflektory samochodu we mgle.

Ich oddechy, a nawet szelest ich ubrań odbijały się echem od ścian tunelu, jak gdyby szli nawą jakiejś ogromnej, milczącej świątyni. Co jakiś czas pod ich stopami chrzęściły zamarznięte odchody zwierząt albo truchło królika czy ptaka, przywleczone tu przez lisa lub innego przedsiębiorczego drapieżnika.

Potem nieoczekiwanie pojawił się przed nimi wąski pas światła, który rósł i rósł, w miarę jak tunel się wznosił, aż zobaczyli na jego końcu coś, co wyglądało jak wysokie prostokątne okno w otaczającej ich ciemności.

– To musi być to – wyszeptał Tom gorączkowo i wyłączył latarkę.

Ostatnie dwadzieścia metrów pokonali, skradając się w kierunku światła. Zobaczyli, że tunel rozszerza się w dużą naturalną komorę. Wchodząc ostrożnie do środka, Tom usłyszał, jak za nim Archie ze świstem wciąga powietrze.

Jaskinię oświetlono czterema zasilanymi akumulatorem reflektorami. Ze stropu zwieszała się olbrzymia hitlerowska flaga, długa na jakieś dziesięć, a szeroka na sześć metrów. Hitlerowska flaga z jednym charakterystycznym detalem: zwyczajowa swastyka została zastąpiona dobrze im już znanym symbolem czarnego słońca. Dwanaście złamanych promieni wyciągało się w ich stronę jak upiorne palce z otwartego grobu.

– Chryste – westchnął Archie, zatrzymując wzrok na dwóch kształtach bezpośrednio pod flagą. – Wciąż tu są. Wciąż tu, cholera, są.

Tom potrząsnął głową, nie mogąc uwierzyć w to, na co patrzył. Widok był niewiarygodny. Dwa zaginione wagony towarowe tajemniczego pociągu, zaciągnięte do wnętrza góry i ukryte w jej głębi. Dwa zwaliste kształty, solidne i funkcjonalne, jakby żywcem wyjęte z wojennego filmu dokumentalnego, przedstawione jednak w kolorze, a nie w czerni i bieli.

– Wyglądają, jakby ich jeszcze nie otwarto – szepnął Tom z przejęciem, wskazując grube żelazne sztaby, którymi zablokowano skoble.

– Renwick na pewno gdzieś tutaj jest – ostrzegł go Archie.

– Najpierw zajmijmy się nim.

Powoli obeszli oba wagony i zatrzymali się po drugiej stronie, gdzie znikał w ciemności drugi, znacznie większy tunel – ten, przez który najprawdopodobniej je tu wciągnięto.

– Ten musi prowadzić do głównego wejścia – powiedział Tom. Stłumiony warkot silnika potwierdził jego podejrzenia.

– Popatrz... – wzrok Archiego zatrzymał się na wiązce smukłych podłużnych kształtów opartych o ścianę u wylotu tunelu. Podszedł bliżej i kopnął jeden z nich. Odpowiedział metalicznym jękiem.

– Szyny kolejowe – stwierdził Tom, przyklękając, by się im dokładniej przyjrzeć. – I podkłady. Zobacz, są poskładane również w tunelu.

– Najwyraźniej kiedy kopalnia jeszcze działała, była tu jakaś odnoga głównej linii kolejowej, biegnąca obok ścieżki, którą tu przyszliśmy – wywnioskował Archie.

– Musieli wciągnąć tu wagony, rozebrać szyny, a potem wysadzić strop.

– Powinniśmy sprawdzić ten tunel – zasugerował Archie. – Przekonać się, ile mamy czasu, zanim tamci się tu przebiją. I upewnić się, że nie ukrywa się tam Renwick.

Weszli do tunelu, stąpając ostrożnie z bronią skierowaną w ciemność przed nimi. Światło jaskini zostawało coraz dalej w tyle, a w końcu stało się maleńkim prostokątem w oddali. Ale w miarę jak gęstniała wokół nich ciemność, hałas towarzyszący pracom przy głównym wejściu narastał, aż poczuli, że ziemia drży im pod stopami w rytm stłumionego huku maszynerii po drugiej stronie ściany z kamienia i ziemi, którą kończył się tunel.

– Mogą się przebić w każdej chwili – krzyknął Tom poprzez hałas.

– Może to właśnie wystraszyło Renwicka – zastanawiał się Archie.

– Możliwe – Tom był sceptyczny. – Choć to niepodobne do niego, znaleźć się tak blisko i zrezygnować. Myślę, że wrócił po posiłki.

– Tak czy inaczej, tutaj go nie ma. Nie wiem jak ty, ale ja chciałbym zajrzeć do wnętrza tych wagonów.

Tom uśmiechnął się.

– Obaj chcielibyśmy tam zajrzeć. Ale nie jestem pewien, czy to ma sens, jeśli nie będziemy w stanie zabrać stąd ich zawartości.

– Myślałem, że masz zamiar zadzwonić po tego faceta z FBI, jak tylko będziesz wiedział, co jest grane?

– Taka była umowa, ale...

– Nie chcesz sprawdzić, czy coś tu jest, zanim wezwiesz na odsiecz kawalerię?

– A co z ludźmi po drugiej stronie? – Tom ruchem głowy wskazał zasypane wejście. – Nie chcemy, żeby nas tu przyłapali, kiedy się przebiją.

– Może zostawmy z tej strony Piotra? Gdy tylko zorientuje się, że tamci wchodzą, przybiegnie i powie nam. A Grigorij może wrócić do wejścia, gdzie czeka Jurij, żeby się upewnić, że nie zakradnie się tamtędy Renwick.

– To powinno zadziałać – zgodził się Tom. – Ale lepiej się pospieszmy.

Po otrzymaniu szybkich instrukcji, wydawanych głównie na migi, Piotr i Grigorij ruszyli na posterunki. Gdy tylko zniknęli, Tom i Archie poświęcili całą uwagę obu wagonom. Zbudowane były standardowo: z poziomych drewnianych listew wstawionych w prostokątne ramy, wzmocnionych w regularnych odstępach ukośnymi poprzeczkami. Oprócz oczywistych efektów działania czasu, oba wagony wyglądały na nienaruszone, choć ten po lewej powoli przegrywał swoją długą walkę z próchnem i kornikami, a oba podwozia pokrywa-

ła gruba warstwa rdzy. Na tle łuszczącej się pomarańczowo-
-czerwonej farby na ścianach wagonów można było dostrzec
dwa rzędy wyblakłych białych liter i numery seryjne.

Obaj podeszli do bocznych drzwi pierwszego wagonu. Wielkością odpowiadały jednej trzeciej jego szerokości. Umieszczono je na metalowej prowadnicy. Tom już miał je otworzyć, kiedy zauważył, że otwory w drewnie, zrobione, jak wcześniej zakładał, przez korniki, były zdecydowanie zbyt symetryczne, by mogły powstać w wyniku jakiegokolwiek naturalnego procesu.

To były dziury po kulach.

## ROZDZIAŁ 91

**Okolice Brixlegg, Austria**
**12 stycznia, godzina 17.20**

Tom poczuł, że przenika go nagły dreszcz, i wiedział, że nie był to chłód. Również Archie, sądząc ze spojrzenia, jakie mu posłał, zauważył zablokowane drzwi i dziury po kulach i zadawał sobie teraz te same pytania: czy kiedy powstały te otwory, wagony były puste? Czy drzwi zablokowano po to tylko, by nie otworzyły się w czasie jazdy? Czy też była tego inna, bardziej złowieszcza przyczyna?

Tom chwycił zaśniedziałą żelazną sztabę blokującą skobel, ale nieużywana przez lata i pokryta rdzą, za nic nie chciała się ruszyć. Szarpał ją z boku na bok, stopniowo poluzowując, aż w końcu dała się wyjąć ze zgrzytem, od którego zabolały go zęby. Z trzaskiem cisnął żelazo na ziemię i odsunął sztywny i zimny skobel. Musieli połączyć wysiłki, by ruszyć drzwi z miejsca: Tom ciągnął, a Archie pchał masywny żelazny uchwyt. W końcu drzwi opornie odsunęły się, cały czas protestując niemiłosiernym zgrzytem.

– Wystarczy – wydyszał Tom. – Powinieneś się przecisnąć.

– Chcesz powiedzieć, że ty powinieneś się przecisnąć – uśmiechnął się Archie. – Chodź, podsadzę cię.

Splótł dłonie, a Tom oparł na nich stopę i podciągnął się do góry. Przykucnąwszy w otwartych drzwiach, sięgnął po latarkę, ale zorientował się, że właściwie nie jest mu potrzebna. Światło reflektorów wpadało do środka przez otwory po kulach, rzucając setki wąskich promieni przecinających wnętrze wagonu na różnej wysokości i pod różnym kątem. Widok miał w sobie jakieś dziwne piękno.

– Wszystko w porządku? – zawołał Archie.

– Tak – Tom rzucił mu przez ramię uspokajające spojrzenie.

Znowu zajrzał do środka i tym razem włączył latarkę, omiatając jej światłem sufit i ściany.

Wagon był pusty.

Tom wstał i zrobił kilka kroków. Nadepnął na coś twardego, co pękło mu pod stopą. Opuścił latarkę, żeby sprawdzić, co to, i cofnął się odruchowo, widząc kość. Ludzką kość.

– Lepiej chodź tutaj, Archie – zawołał.

– Czemu? Co się dzieje? – Archie podskoczył i zawisł w otwartych drzwiach, machając nogami. Tom wciągnął go do środka.

– Popatrz...

Tom skierował światło latarki na podłogę. Musiało tam być, jak ocenił, około trzydziestu ciał. Leżały jedne na drugich, splątane i zapadnięte, jak gdyby z wolna wtapiały się w podłogę wagonu. Zostały z nich tylko szkielety. Kości świeciły bielą, wyglądając z postrzępionych rękawów, nogawek spodni i spod rozkładających się czapek.

– Kim byli? – westchnął Archie. – Jeńcy? Cywile?

– Nie sądzę... – Tom zrobił kilka kroków naprzód, stąpając ostrożnie pomiędzy poskręcanymi szczątkami. Podniósł leżącą na podłodze czapkę i wskazał emblemat przypominający swastykę. Był to krzyż, którego każde ramię zakończono strzałką. – Symbol Strzałokrzyżowców. Nosiły go węgierskie oddziały kolaborujące z hitlerowcami.

– Lasche powiedział, że Złoty Pociąg wyruszył właśnie stamtąd.

– Tak – zgodził się Tom. – Z tego, co pamiętam, mówił, że eskortowali go węgierscy żołnierze. To muszą być ich szczątki.

Szybko przeszukali wagon, lecz oprócz samych ciał nic nie znaleźli. Nic, z wyjątkiem widocznego w zimnym świetle latarki pojedynczego nazwiska wydrapanego na jednej ze ścian tuż nad podłogą. „Josef Kohl". Ktoś, kto, jak wywnioskował Tom, przeżył masakrę tylko po to, by skonać z głodu wśród gnijących ciał towarzyszy.

To odkrycie sprawiło, że obaj zamilkli.

– Jak myślisz, co tu się wydarzyło? – spytał w końcu Archie.

Tom wzruszył ramionami.

– Wiemy, że pociąg zmierzał do Szwajcarii. Kiedy zbombardowano most w Brixlegg, musieli zawrócić i ukryć się w tunelu, w nadziei, że most zostanie odbudowany. Tam pociąg znaleźli Amerykanie. Najwyraźniej gdzieś pomiędzy Brixlegg a tunelem podjęto decyzję, by odpiąć ze składu te dwa wagony i przy pomocy węgierskich strażników wciągnąć je tutaj. Kiedy już się tu znalazły, strażników rozbrojono, zamknięto w wagonie i rozstrzelano. Na koniec rozebrano prowadzący tu tor kolejowy i wysadzono strop kopalni, żeby upewnić się, że sekret będzie bezpieczny.

– A więc to, co ukryli, musi być w drugim wagonie?

– Jest tylko jeden sposób, żeby się przekonać – Tom uśmiechnął się kącikami ust.

Ale w momencie kiedy się odwrócili, drzwi wagonu zatrzasnęły się i usłyszeli charakterystyczny zgrzyt metalowej sztaby wsuwanej z powrotem w skobel.

## ROZDZIAŁ 92

**Okolice Brixlegg, Austria**
**12 stycznia, godzina 17.20**

– Jak myślisz, co powinnyśmy zrobić? – Dominique rzuciła pytające spojrzenie w stronę Wiktor, która z ponurym wyrazem twarzy przypatrywała się, jak uzbrojeni ludzie sprawdzają nawzajem swoje kombinezony ochronne.
– Dotrzeć do nich i ich ostrzec.
– Nie uda nam się zdążyć na czas – zauważyła Dominique rzeczowo. – Nie mamy mapy, a ja nie mam pojęcia, gdzie jest wejście. Zanim je znajdziemy, będzie już za późno.
Wiktor w milczeniu próbowała wymyślić jakiś sposób na skontaktowanie się z Tomem. Jak mogły go ostrzec? Nie dość, że będą mieli towarzystwo, to jeszcze przewidywania tych ludzi dotyczące tego, co spoczywało na dnie kopalni, najwyraźniej diametralnie różniły się od ich własnych. Z zamyślenia wyrwało ją mocne szarpnięcie za ramię.
– Ktoś idzie – syknęła Dominique.
Jeden z operatorów maszyn odłączył się od pozostałych i szedł szybkim krokiem w ich kierunku. Wiktor zanurkowała w cień skarpy, ale miarowy chrzęst śniegu świadczył, że tamten nadal się zbliżał. Co więcej, kierował się prosto na nie.
Wiktor przylgnęła do skarpy i opierając stopę w rozwidleniu niskiej gałęzi, zdjęła z pleców kałasznikowa i delikatnie

go odbezpieczyła. Kroki wciąż się zbliżały. Podniosła broń do twarzy, zdecydowana zastrzelić go, gdyby ich zobaczył, i nie pozwolić mu podnieść alarmu.

Kroki zatrzymały się tuż nad jej głową. Wstrzymując oddech, Wiktor spojrzała w górę. Dostrzegła sylwetkę mężczyzny na tle czystego wieczornego nieba. Stał na skraju ścieżki na lekko rozstawionych nogach, majacząc nad nimi jak kolos. Nerwowo obejrzał się przez ramię i sięgnął w dół.

Strumień moczu łukiem przeciął ciemność nad ich głowami, rysując na śniegu poniżej nierówny żółty zygzak, z którego uniósł się syczący obłoczek pary.

Szczerząc zęby, Wiktor spojrzała na Dominique i zobaczyła, że tamta siłą woli powstrzymuje wybuch śmiechu. W tej właśnie chwili wpadł jej do głowy pewien pomysł. Sposób na skontaktowanie się z Tomem i Archiem. Jedyny problem polegał na tym, że musiałaby działać szybko.

Działać natychmiast.

## ROZDZIAŁ 93

**Okolice Brixlegg, Austria**
**12 stycznia, godzina 17.26**

Tom przycisnął twarz do ściany wagonu i wyjrzał przez jedną z dziur po kulach.

– Renwick – syknął, widząc postać stojącą pośrodku jaskini z uśmiechem triumfu na twarzy. Towarzyszył mu Johann Hecht, a pięciu opryszków, zapewne członków Kryształowego Ostrza, szło właśnie w ich kierunku.

– Jak przedostali się przez ludzi Wiktor? – zapytał Archie zdławionym głosem. Wybrał sobie inną z dziur po kulach i sam wyjrzał na zewnątrz. – Myślałem, że Grigorij i Jurij mieli pilnować wejścia.

– I pilnowali – powiedział Tom ponuro, widząc dwa martwe, zakrwawione ciała rzucone niedbale u stóp Renwicka.

– Jak tylko usłyszałem, że idziesz przez ten las, wiedziałem, że nie oprzesz się pokusie wejścia do kopalni, Thomas – rozległ się donośny głos Renwicka. – To bardzo miłe z twojej strony, że wszedłeś również do wagonu. Osaczenie cię stało się w ten sposób dużo prostsze.

– Daruj sobie, Harry – odkrzyknął Tom. – Przechwałki nie są w twoim stylu.

– Chyba nie odmówisz mi odrobiny radości w chwili triumfu? – Tom milczał, ale Renwick chyba nie spodziewał się odpowiedzi. – Tak czy inaczej, Thomas, muszę ci pogratulować, że znalazłeś to miejsce tak szybko – Renwick uniósł brwi w czymś, co Tom zinterpretował jako rodzaj niechętnego podziwu. – Johann natomiast jest cokolwiek poirytowany twoim uporem. – Hecht stał obok niego z palcem na spuście pistoletu maszynowego MP5. Żuł gumę, a jego szczęka poruszała się miarowo z jednej strony na drugą.

– Przykro mi, że sprawiłem mu zawód – powiedział Tom z udawaną skruchą, jednocześnie rozglądając się po wnętrzu wagonu w poszukiwaniu drogi ucieczki.

– Wydostanie się ze skarbca to jedna sprawa – ciągnął Renwick. – Ucieczka z muzeum... cóż, jeśli komukolwiek mogło się to udać, to tylko tobie. Ale żeby rozkodować obraz, którego nawet nie miałeś? Imponujące. Zwłaszcza że postarałem się, żeby Turnbull nie miał okazji zdradzić ci czegokolwiek.

– Kiedy tu dotarłeś? – Tom starał się zyskać na czasie, sprawdzając jednocześnie wytrzymałość ścian i podłogi, poszukując w nich obluzowanych desek.

– Wczoraj w nocy. Sporo czasu zajęło nam odkopanie wejścia. Właściwie, kiedy się pojawiłeś, byliśmy w środku dopiero od kilku minut. A tak przy okazji, Thomas, jeśli myślisz o wydostaniu się stąd, tracisz czas. Te wagony są dobrze zabezpieczone. Hitlerowcy wzmocnili je najlepiej, jak umieli, żeby zapewnić bezpieczeństwo ich cennemu ładunkowi.

– Na przykład plutonowi wymordowanych węgierskich żołnierzy? – odkrzyknął Tom, zaprzestając poszukiwań z gniewnym wzruszeniem ramion.

– Na przykład temu, co znajduje się w drugim wagonie. Właśnie mieliśmy go otworzyć, kiedy dostaliśmy wiadomość, że jesteś w drodze. Teraz możesz zająć miejsce w pierwszym rzędzie: czeka cię wielka odsłona Bursztynowej Komnaty – pierwsza od ponad pięćdziesięciu lat!

Dwóch ludzi uzbrojonych w nożyce do metalu zajęło się rdzewiejącą kłódką zamykającą drugi wagon. Chwilę później rozległ się dźwięk odsuwanych drzwi.

– Nic nie widzę – wyszeptał Archie. – A ty?

Tom potrząsnął głową. Dziury po kulach zapewniały pole widzenia ograniczone do przodu i tyłu wagonu. Nie mógł zobaczyć części środkowej, gdzie znajdowały się drzwi. Ale po chwili dwaj ludzie pojawili się znowu, uginając się pod ciężarem dużej skrzyni, którą na wpół położyli, na wpół upuścili na podłogę.

– Ostrożnie, idioci! – dobiegł ich krzyk Renwicka.

Wkrótce na środek jaskini wyniesiono pięć czy sześć skrzyń.

– Jak, do cholery, zamierzasz je stąd wydostać? – zawołał Tom. – Na pewno wiesz, kto odkopuje główne wejście, prawda? Nie mogą być daleko.

– Powiedziałbym, że mają do pokonania nie więcej niż metr. Prawda, Johann? – Renwick zwrócił się do Hechta, który potwierdził krótkim skinieniem. – Jeśli chodzi o to, kim są, mogę jedynie przypuszczać, podobnie jak ty, że to ostatni spadkobiercy Zakonu. Kto inny mógłby odnaleźć to miejsce bez pomocy kodu na portrecie? Kopią już od kilku dni, ale mieli do przebicia pięćdziesiąt metrów litej skały. Na szczęście, nasze wejście okazało się nieco łatwiejsze do odkopania.

– Oni chronią to miejsce od pięćdziesięciu lat! – krzyknął Tom. – Myślisz, że tak po prostu pozwolą ci odejść?

– Nie będą mieli wielkiego wyboru – uśmiechnął się Renwick. – Widzisz, oprócz swoich innych rozlicznych talentów Johann doskonale zna się na materiałach wybuchowych. Zaminował oba tunele. Jeden z jego ludzi zastąpił tego biednego drania, którego zostawiliście przy wyjściu, i zaalarmuje nas w chwili, gdy tamci się przebiją. A wtedy my pozwolimy im wejść do tunelu i odpalimy ładunki.

– Zabijecie ich wszystkich – wykrzyknął Tom.

– Tak, takie jest ogólne założenie.

Z większego tunelu dobiegł ich nagły ryk silnika, a potem dźwięk zmiany biegów. Renwick zwrócił się w stronę hałasu, a jego uśmiech zniknął jak zdmuchnięty.

– Są w środku – krzyknął Hecht. – Są w środku.

– Jak to możliwe? – Renwick wydawał się wstrząśnięty. – Nie było ostrzeżenia – chwycił za radio. – Tu Renwick, odezwij się – warknął. – Jesteś tam? Słyszeliśmy silnik, chyba już wewnątrz kopalni. Odezwij się, do cholery!

Odwrócił się i stanął twarzą w twarz z Hechtem. Jego podniecenie przerodziło się w niepokój.

– Wartownik musiał zginąć. Odpal ładunki.

– Nie wiemy, jak głęboko weszli do tunelu.

– To bez znaczenia. Albo ich zabijemy, albo zablokujemy im drogę. I jedno, i drugie załatwi sprawę. Nie możemy sobie pozwolić na ryzyko. Nie teraz, kiedy jesteśmy już tak blisko.

Hecht skinął głową i podniósł niewielkie pudełko, rozmiaru mniej więcej paczki papierosów, z czterema czerwonymi przyciskami. Chwytając w zęby końcówkę srebrzystej anteny, pociągnął ją, aż rozłożyła się całkowicie. Odwrócił się w stronę tunelu. Hałas narastał, a w oddali dwie niewyraźne plamki światła zabłysły jak kocie oczy. Oczy, które zdawały się rosnąć.

– Zrób to, Johann – przynaglił go Renwick z nutą desperacji w głosie. – Teraz.

Hecht nacisnął górny przycisk.

Nic się nie stało.

– Co się, u diabła, dzieje? – zachłysnął się Renwick. – Zrób to teraz albo będzie za późno.

– Przykro mi, Kasjuszu – powiedział Hecht, wymieniając detonator na pistolet, który skierował prosto w pierś Renwicka. – Dla ciebie już jest za późno.

– Co się dzieje? – spytał Archie półgłosem.

– Wystawili Renwicka – odpowiedział Tom gorączkowym szeptem. – Hecht go zdradził.

## ROZDZIAŁ 94

**Okolice Brixlegg, Austria**
**12 stycznia, godzina 17.46**

Buldożer zatrzymał się u wylotu tunelu z mocnym szarpnięciem. Ostry blask świateł zmusił wszystkich, by osłonili oczy wzniesionymi dłońmi. Wyjątek stanowili Tom i Archie, którzy ledwie go widzieli. Najpierw silnik, a potem światła zgasły gwałtownie.

Zza buldożera wyłoniło się dziesięciu ludzi w pełnym uzbrojeniu, jak piechota zza czołgu. Ku zaskoczeniu Toma, wszyscy mieli na sobie białe kombinezony przeciwchemiczne. Z twarzami niewidocznymi zza masek wyglądali jak roboty. Rozeszli się po pomieszczeniu. Dwaj z nich podeszli do Renwicka i obszukali go. Tymczasem Hecht wskazał ruchem głowy wagon, w którym zamknięto Toma i Archiego. Natychmiast do jego drzwi podeszło dwóch uzbrojonych ludzi. Otworzyli je i wymachując bronią, nakazali Tomowi i Archiemu wyskoczyć na zewnątrz. Gdy znaleźli się na ziemi, przeszukano ich, a potem pchnięto w kierunku Renwicka, który w milczeniu wbijał w Hechta wściekłe spojrzenie pełnych nienawiści oczu.

Jeden z mężczyzn w bieli zatrzymał się na środku jaskini. Niósł walizkę, którą następnie położył płasko na ziemi. Otworzywszy zatrzaski, wyjął z niej coś, co wyglądało jak duży mikrofon, i podniósł go nad głową, cały czas sprawdzając coś na ekranie umieszczonego w walizce komputera. Po chwili wykrzyknął coś po niemiecku. Z westchnieniami ulgi otaczający ich mężczyźni w kombinezonach zaczęli zsuwać kaptury i zdejmować maski gazowe.

Jeden z nich jednak tego nie zrobił, ukrywając twarz za maską. Nie był uzbrojony. Podszedł powoli do Hechta. Obaj mężczyźni uścisnęli się ciepło, poklepując się po plecach. Tom zdołał wychwycić, co mówili.

– Dobra robota, pułkowniku.

– Dziękuję.

Odsunęli się od siebie i zasalutowali energicznie.

– Co tu jest grane, do ciężkiej i nagłej cholery? – nie wytrzymał Archie. – Kim jesteście?

Mężczyzna odwrócił się do nich, zsuwając kaptur i ściągając z twarzy maskę.

Pierwszy odezwał się Tom, głosem zdławionym z zaskoczenia.

– Völz?

– Kto? – zapytał Renwick, wodząc wzrokiem od Hechta do krzepkiej postaci Völza.

– Prowadzi w Zurychu prywatny bank, w którym Weissman i Lammers ukryli mapę – wyjaśnił Tom.

Völz zignorował Toma i podszedł do Renwicka.

– Miło mi w końcu pana spotkać, *Herr* Renwick – czy może lepiej „Kasjuszu"? Pułkownik Hecht z najwyższym uznaniem wyrażał się o wysiłkach, jakie podejmowałeś w ciągu ostatnich kilku miesięcy.

– Czy to jakiś żart? – wycedził Renwick przez zaciśnięte zęby.

Tom nie zdołał powstrzymać gorzkiego uśmiechu. Pomimo rozpaczliwej sytuacji, w jakiej się znaleźli, otoczeni przez uzbrojonych ludzi w opuszczonej kopalni głęboko pod górami gdzieś w Austrii, dobrze było w końcu zobaczyć, jak

Renwick zostaje poczęstowany takim samym oszustwem, jakie regularnie serwował innym.
– To nie żart, Kasjuszu – powiedział Völz.
– A więc co to wszystko ma znaczyć?
– Nie poznajesz mojego głosu? – szepnął.
Zapadła cisza. Oczy Renwicka zwęziły się.
– Dimitri?
– Jak mówiłem, miło mi w końcu cię spotkać.
– Co to za cyrk? – odwarknął Renwick. – Mieliśmy umowę. Żadnych sztuczek.
– Umawialiśmy się co do wielu rzeczy – żachnął się Völz. – Ale to było wtedy, kiedy sądziłeś, że masz w ręku jakąś kartę przetargową. Na pewno zgodzisz się ze mną, że sytuacja uległa pewnym zmianom.
– Dlaczego włożyliście ubrania ochronne? – wtrącił się Tom. – Co konkretnie spodziewaliście się tutaj znaleźć?
– Wreszcie jakieś inteligentne pytanie – Völz klasnął w ręce. – Pomożesz mi znaleźć na nie odpowiedź. Czy mógłbyś z łaski swojej otworzyć skrzynię? – wskazał na jedno z pudeł, które wyładowali wcześniej ludzie Hechta.
– Co takiego? – zapytał Tom niepewnie.
– Dobrze słyszałeś. Otwórz skrzynię – powtórzył Völz, biorąc od jednego ze swoich ludzi łom i rzucając go Tomowi. – Otwórz ją natychmiast.

Tom podszedł do skrzyni wskazanej mu przez Völza. Podobnie jak pozostałe, na jednym boku miała jakiś kod identyfikacyjny i swastykę. Tom wsunął łom pod wieko i podważył je. Uniosło się kilka centymetrów z głośnym zgrzytem wyrywanych gwoździ. Tom powtórzył procedurę po drugiej stronie skrzyni, dźwignął wieko i zrzucił je na podłogę.

Skrzynia była pełna słomy, którą Tom wyrzucał garściami, aż w końcu dostrzegł zagrzebany w niej ciemny kształt. Sięgnął do środka. Przedmiot był jedwabiście miękki w dotyku. Wyciągnął go.

- Futro? - powiedział Archie, najwyraźniej nie wierząc własnym oczom, kiedy Tom podniósł je do góry. - To wszystko?

Skoczył w kierunku Toma i sam pochylił się nad skrzynią, wyciągając kolejne futro, potem jeszcze jedno i jeszcze jedno. Rzucał je wszystkie za siebie.

- To nie może być prawda - powiedział, kiedy dotarł do dna skrzyni i wyprostował się, by spojrzeć na stertę lisów, szynszyli i norek. - To musi być jakaś pomyłka.

Renwick wpatrywał się w usypany stos z wytrzeszczonymi oczami.

- Otwórzcie jeszcze jedną - powiedział Völz z uciechą. - Obojętnie którą. To bez różnicy.

Archie wyrwał łom z rąk Toma i otworzył kolejną skrzynię.

- Budziki - podniósł jeden z nich, by wszyscy mogli go zobaczyć, i z trzaskiem wrzucił go z powrotem do skrzyni.

Otworzył kolejną.

- Maszyny do pisania.

I jeszcze jedną.

- Jedwabna bielizna - wyjmując ze skrzyni biustonosz i halkę, rzucił nimi w Völza. Nie doleciały.

- Wystarczy, Völz - powiedział Tom powoli. - Zrozumieliśmy.

- Z pewnością Lasche powiedział wam, że te przedmioty były częścią ładunku - Völz wzruszył ramionami. - Nie rozumiem, czemu jesteście tak zaskoczeni.

- Nie udawaj głupiego. Gdzie ona jest? - zapytał Tom ze zniecierpliwieniem.

- Gdzie jest co? - spytał Völz, pozornie zdezorientowany.

- Dobrze wiesz co! - wrzasnął Renwick. - Cholerna Bursztynowa Komnata. Myślisz, że po co tu wszyscy jesteśmy?

Völz roześmiał się.

- Ach, tak. Bursztynowa Komnata. Zadziwiające, jak ten mit nie chce umrzeć.

- Mit? - warknął Renwick.

– Nie ma powodu do zażenowania. Ten fantastyczny wymysł omamił tysiące. I jestem pewien, że omami kolejne.
– Twierdzisz, że ona nie istnieje? – zapytał Tom.
– Twierdzę, że zniszczono ją w czasie wojny.
– Bzdura – powiedział Renwick stanowczo.
– Doprawdy? – Völz uśmiechnął się krzywo.
– Przeniesiono ją na zamek w Królewcu. Wszyscy o tym wiedzą. A potem zniknęła. Została ukryta.
– Nie zniknęła i nikt jej nie ukrył. Jeśli koniecznie chcesz wiedzieć, została spalona. Spalona przez te same rosyjskie wojska, które wysłano, żeby ją odzyskały. Rosjanie zdobyli zamek w Królewcu w kwietniu 1945 roku i z rozpędu podpalili salę rycerską. Nie wiedzieli, że przechowywano tam Bursztynową Komnatę. Tak samo jak nie wiedzieli zapewne, że jako żywica, bursztyn jest łatwopalny. Kiedy zdali sobie sprawę, co zrobili, było już za późno.
– Gdyby to była prawda, już dawno wyszłoby to na jaw – powiedział Renwick z lekceważeniem.
– Naprawdę? Myślisz, że Sowieci z własnej i nieprzymuszonej woli przyznaliby, że ich własne wojska zniszczyły jeden z najcenniejszych rosyjskich skarbów? Nie sądzę. Dużo łatwiej było im oskarżyć hitlerowców o ukrycie tego cacka, niż stawić czoła takiej kompromitacji. Pewnie mi nie uwierzycie, ale w Narodowym Archiwum Literatury i Sztuki widziałem kremlowskie dokumenty, które to potwierdzają. Nie dość, że Rosjanie wiedzieli, że Bursztynowa Komnata została zniszczona, to jeszcze użyli tego faktu jako karty przetargowej, negocjując zwrot cennych dzieł sztuki z Niemiec.
Oczy Völza błyszczały jasno i Tom czuł, że przynajmniej w tej kwestii mówi prawdę. Albo chociaż wierzy, że mówi prawdę.
– W takim razie po co tu jesteście?
– Po to – powiedział Völz, wskazując drugi wagon. – Pokaż im, pułkowniku.

Hecht wyrwał Archiemu łom i podszedł do ściany wagonu. Wepchnął narzędzie pomiędzy dwie szerokie deski i podważył je. Drewno pękło z trzaskiem. Hecht oderwał kolejne deski, tworząc w ścianie dużą, poszarpaną dziurę. Ale zamiast, jak spodziewał się Tom, dostrzec przez nią wnętrze, zobaczyli płaszczyznę szarego matowego metalu. Coś wbudowano w ściany wagonu.

– Czy to ołów? – zapytał Tom.

– Tak – przyznał Völz. – Tylko warstwa ochronna, rzecz jasna, by zmniejszyć ryzyko skażenia.

– Skażenia czym? – zapytał Tom. Obawiał się, że znał już odpowiedź.

– U235 – odparł Völz. – Jest go tu cztery tony.

– U co? – Archie rzucił w stronę Toma zdezorientowane spojrzenie.

– U235 – wyjaśnił Tom z niedowierzaniem w głosie. – Izotop uranu. Podstawowy składnik bomby atomowej.

# ROZDZIAŁ 95

**Okolice Brixlegg, Austria**
**12 stycznia, godzina 18.06**

– Bomby atomowej? Chcesz zbudować bombę atomową?
Tom nie był w stanie stwierdzić, czy w głosie Kasjusza było więcej strachu czy podziwu.
– Okres rozpadu połowicznego U235 wynosi siedemset milionów lat. Nawet mikroskopijna ilość dodana do konwencjonalnego ładunku wybuchowego zdetonowanego na gęsto zaludnionym terenie spowoduje opad radioaktywny o szerokim zasięgu, wybuch paniki i kryzys gospodarczy. Wyobrażasz sobie, ile zapłacą za tę substancję organizacje zbrojne z Bliskiego Wschodu, a nawet rządy? Nareszcie mamy środki, by nie tylko prowadzić naszą wojnę, ale by ją wygrać. Teraz jesteśmy gotowi się ujawnić.
– Ale skąd to pochodzi? – zapytał Tom. – Jak się tu znalazło?
– Wiesz, o czym świadczą te oznaczenia? – Völz wskazał rząd odrapanych liter i liczb na ścianie drugiego wagonu.
– To jakiś numer seryjny?
– Dokładnie. Oznacza, że ładunek przybył z Berlina. A konkretnie z Instytutu Fizyki imienia Cesarza Wilhelma w Dahlem. W tym miejscu skupiły się hitlerowskie wysiłki zmierzające do stworzenia bomby atomowej.

– Bzdura – oznajmił Renwick z lekceważeniem. – Naziści nigdy nie mieli programu nuklearnego.

– Wszyscy je mieli – odparował Völz. – Rosjanie nazwali swój Operacją Borodino, Amerykanie Projektem Manhattan. Hitler też brał udział w tym wyścigu. W 1940 roku niemieckie wojska w Norwegii przejęły kontrolę nad jedyną na świecie fabryką ciężkiej wody, zwiększając w ten sposób produkcję wzbogaconego uranu dla niemieckich projektów rozszczepienia atomu. Po wojnie zaczęły krążyć opowieści, jakoby niemieccy uczeni mieli celowo sabotować hitlerowskie plany stworzenia bomby atomowej. Prawda jednak jest taka, że starali się, jak mogli. Niektórzy twierdzą nawet, że zdetonowali kilka ładunków w Turyngii. Ale Amerykanie zaangażowali w swój program sto dwadzieścia pięć tysięcy ludzi. Hitler po prostu nie był w stanie z nimi konkurować.

– Jak daleko udało mu się posunąć? – spytał Tom.

– Dość daleko, by zebrać znaczną ilość materiałów rozszczepialnych. Materiałów, na których Stalin był zdecydowany położyć rękę, zanim zrobią to Amerykanie. Dlatego kazał marszałkom Żukowowi i Koniewowi ścigać się do Berlina – żeby upewnić się, że Armia Czerwona dotrze tam pierwsza. Mówią, że ten pośpiech kosztował Rosjan dodatkowe siedemdziesiąt tysięcy ofiar. Kiedy już znaleźli się w Berlinie, wysłali oddziały NKWD, by zabezpieczyły Instytut. Dotarli tam w kwietniu 1945 i znaleźli trzy tony tlenku uranu, dwieście pięćdziesiąt kilogramów uranu metalicznego i dwadzieścia litrów ciężkiej wody. Wystarczyło, by rozpocząć Operację Borodino i by Stalin mógł zacząć prace nad pierwszą rosyjską bombą atomową.

– Czyli sugerujesz, że nie znaleźli całego uranu?

– Znaleźli wszystko, co było w Dahlem. Ale Himmler, pomysłowy jak zwykle, kazał przenieść kilka ton, umieściwszy je w ołowianych skrzyniach wbudowanych w ściany specjalnie w tym celu przygotowanego wagonu. Zakon osobiście nadzorował transport. Spotkali się ze Złotym Pociągiem w Budapeszcie w grudniu 1944 roku i dołączyli do niego dwa własne wagony. Lecz wkrótce zdali sobie sprawę, że nie uda im się dotrzeć do Szwajcarii. Odpięli więc wagony i sprowadzili je tutaj, by móc odzyskać je później.

– Chcesz powiedzieć, że teraz Zakon Trupiej Czaszki powraca? – spytał Tom. – Tym razem władając bronią zdolną zniszczyć każdego, kto nie podziela waszego szaleństwa?

– Ja i moi ludzie nie mamy nic wspólnego z Zakonem – zaprotestował Völz. – My nie stalibyśmy z boku, bawiąc się w rycerzy, kiedy Niemcy krwawiły.

– A więc skąd wiesz o tym wszystkim? Jak znalazłeś to miejsce, nie mając dostępu do obrazu? Jedynie Zakon mógł znać jego położenie.

Völz zawahał się, jak gdyby zastanawiał się, czy odpowiedzieć. Potem sięgnął do kieszeni płaszcza i wydobył duży czarny portfel. Otworzył go ostrożnie i wyjął z niego zniszczoną czarno-białą fotografię. Identyczną jak ta, którą znaleźli w domu Weissmana.

– Weissman i Lammers – Tom podniósł wzrok. Renwick wyciągnął rękę po zdjęcie i obejrzał je z uwagą.

– A ten trzeci? – zapytał Völz. – Poznajecie go?

Tom popatrzył ponownie na zdjęcie, potem wbił w Völza długie, badawcze spojrzenie. Widział wyraźne rodzinne podobieństwo w wysokim czole, prosto wyrzeźbionym nosie i małych okrągłych oczach, które pamiętał również z portretów zdobiących ściany biura Banque Völz et Compagnie w Zurychu.

– Twój ojciec? – zaryzykował.

– Wujek. Pozostali dwaj nazywali się Becker i Allbrecht. Weissman i Lammers to nazwiska, za którymi ukryli się jak tchórze.

– Dowiedziałeś się więc o wszystkim od niego? – spytał Archie.

– O niektórych rzeczach wiem od niego, inne wy pomogliście mi odkryć. Mój wujek i jego dwaj towarzysze zostali wybrani ze względu na swą wiedzę naukową i włączeni do Zakonu w randze giermków.

Tom milcząco przytaknął, przypominając sobie, że Weissman był chemikiem, a Lammers profesorem fizyki.

– Trzech giermków i dwunastu rycerzy – powiedział powoli.

– Tak jak czarne słońce ma trzy kręgi i dwanaście błyskawic – podniósł wzrok na olbrzymią flagę nad ich głowami.

– Dokładnie! – spostrzegawczość Toma wywołała uśmiech na twarzy Völza. – Podobnie jak były trzy medale i trzy obrazy. Mój wujek towarzyszył Zakonowi w nieudanej ucieczce Złotym Pociągiem przez Europę, podczas gdy Weissman i Lammers przygotowywali kryptę na zamku Wewelsburg. Potem, zgodnie z rozkazami, które otrzymali, wszyscy trzej wrócili do Berlina, ukrywając to, co wiedzieli, nawet przed sobą nawzajem. Przed samym końcem wojny powierzono im jedno ostatnie zadanie.

– A mianowicie? – spytał Renwick. Ciemna żyła pulsowała na jego szyi.

– Chronić zakodowaną wiadomość. Wiadomość, którą można było odczytać jedynie, mając odpowiednio skonfigurowaną maszynę Enigma. Wiadomość, którą w pośpiechu zapisali na obrazie, w miejscu ukrytym pod ramą. Obrazie wciąż wiszącym w biurze Himmlera, który nie mógł się zdobyć na to, by go zniszczyć.

– Obrazie, który potem wpadł w ręce Rosjan – odgadł Tom.

– Rosjanie dotarli do Berlina szybciej, niż ktokolwiek mógłby przypuszczać. Lammers i Weissman rzucili wszystko na szalę, wracając do budynku SS, by odzyskać obraz, ale szybko okazało się, że grupa specjalna Stalina dotarła tam przed nimi. Obrazy Bellaka, które udało im się znaleźć, to te przedstawiające zamek Wewelsburg i synagogę Pinkasa w Pradze.

– A więc Lammers i Weissman wiedzieli, dokąd zabrano obraz, i znali ustawienia Enigmy potrzebne do rozkodowania wiadomości, ale to, czego nie znali, to sama lokalizacja Złotego Pociągu – podsumował Tom.
– Tę znał tylko mój wujek – potwierdził Völz. – Wiedząc o tym, Weissman i Lammers użyli dwóch obrazów Bellaka, które udało im się uratować, specjalnie grawerowanych medali i mapy linii kolejowych, by stworzyć serię wskazówek dla prawdziwych wyznawców, tych o czystej aryjskiej krwi, którzy użyją bogactw Złotego Pociągu, by zbudować nową Rzeszę.
– Ale jeśli wiedziałeś to wszystko – spytał Archie – dlaczego czekałeś aż do dziś, żeby przyjechać tu i odnaleźć pociąg?
– Ponieważ ja również nie wiedziałem, gdzie on się znajduje.
– Przecież powiedziałeś, że twój wujek pomagał go tu ukryć. Z pewnością ci powiedział.
Völz parsknął z irytacją.
– W przeciwieństwie do swoich dwóch towarzyszy, kiedy skończyła się wojna, mój wujek czuł odrazę do tego, co widział i robił. Zdał sobie sprawę, jak potężna broń została ukryta pod tą górą, i był zdecydowany dopilnować, by nikt nigdy jej nie użył. Powołał więc własną Radę Dwunastu. Ale w przeciwieństwie do Zakonu, Rada miała za zadanie bronić życia, a nie odbierać je. Dlatego strzegła tajemnicy tego miejsca bez względu na koszty. Kiedy mój wujek zmarł pięć lat temu, poproszono mnie, bym zajął jego miejsce w Radzie.
– I nie powiedzieli ci wtedy, gdzie jest pociąg?
– Mój wujek, w swej mądrości, ustanowił zasadę, w myśl której tylko jednej osobie – przywódcy Rady – zostaje powierzona tajemnica położenia Złotego Pociągu. Tylko gdyby pociąg znalazł się w bezpośrednim niebezpieczeństwie odkrycia, można wyjawić sekret innej osobie.

– A więc posłużyłeś się mną, by ich przekonać, że ich drogocenny sekret jest w niebezpieczeństwie – wycedził Renwick przez zaciśnięte zęby.

– Wspólnie z Johannem od lat podsycaliśmy plotki o Złotym Pociągu, zaginionych obrazach Bellaka i konieczności zdobycia maszyny Enigma, by rozszyfrować wiadomość. Mieliśmy nadzieję, że być może dzięki temu portret ujrzy znów światło dzienne. Gdy odkryliśmy, że połknąłeś przynętę, zasugerowałem, by wypłoszyć cię, wyznaczając cenę za twoją głowę za pomocą ogłoszeń w „Herald Tribune". Rada oczywiście się zgodziła.

– A więc ten atak w Monachium...

– ... nie był prawdziwy. Tam w holu byli moi ludzie. Nigdy nie byłeś w niebezpieczeństwie. Chcieliśmy jedynie, żebyś myślał, że jesteś coraz bliżej celu. Chcieliśmy przekonać Radę, że jej metody są nieskuteczne. Że potrzebuje zmiany przywódcy.

– I dlatego wciągnąłeś w to mnie? – zapytał Tom. – Aby napędzić im stracha?

– Ja cię w to nie wciągnąłem – wyjaśnił Völz. – Turnbull pracował dla Kasjusza. – Tom rzucił Renwickowi wściekłe spojrzenie, ale Renwick tego nie zauważył, wbijając pełen nienawiści wzrok w Völza. – Czerpałem inspirację ze strategii Stalina: podobnie jak on wygrywał przeciw sobie Żukowa i Koniewa, tak ja starałem się trzymać was obu na tropie. Ironia, rzecz jasna, polegała na tym, że klucz do zagadki spoczywał przez cały ten czas w moim skarbcu. Dopóki się u mnie nie pojawiliście, nie miałem pojęcia, do kogo należy ta skrytka depozytowa. Gdybym tylko wiedział, tego wszystkiego można by uniknąć.

– Ale wiedziałeś, że Weissman i Lammers pozostawili mapę?

– Kilka lat temu Rada wytropiła Lammersa i zmusiła go do mówienia. Niestety, serce nie wytrzymało. Nie zdążył wyjawić lokalizacji krypty i ostatniego obrazu. Ale zdradził nam konfigurację Enigmy i fakt, że Weissman mieszkał w Anglii. I oczywiście znaleźliśmy na jego ramieniu wytatuowany numer, choć wtedy nie znaliśmy jeszcze jego znaczenia.

– A z jakiego powodu odkopywaliście główne wejście, jeśli mogliście dwa razy szybciej dostać się tu tylnym? – zapytał Archie.

– Poza faktem, że potrzebuję tu wjazdu dla ciężarówek, żeby wszystko stąd wydostać? Proste. Trzy dni temu, kiedy znaleźliśmy się tu po raz pierwszy, nie wiedziałem jeszcze o tylnym wejściu. Mój wujek przekazał nam jedynie lokalizację głównego, przez które pomagał wciągnąć tu wagony. Jedynie obraz zdradzał istnienie tego mniejszego wejścia. Kto wie? Być może Zakon uważał tę drogę za łatwiejszą? Kiedy Johann powiedział mi, jak się tu dostaliście i co odkryliście, postanowiłem was z tym zostawić. W ten sposób mogłem mieć pewność, że czymś się zajmiecie i nie wejdziecie nam w drogę.

– Rada nigdy nie puści ci tego płazem – powiedział Tom. – Kiedy dowiedzą się, do czego zmierzasz, zrobią wszystko, co w ich mocy, żeby cię powstrzymać.

– Jaka Rada? – Völz sięgnął do kieszeni i wydobył garść złotych sygnetów, które z pogardą cisnął na podłogę. Były identyczne, każdy z pojedynczym diamentem osadzonym w kratce o dwunastu polach. – Szkoda, że nie będę mógł zobaczyć ich twarzy, kiedy zdaliby sobie sprawę, że pośrednio dostarczyli mi środków zniszczenia tego, co starali się chronić przez te wszystkie lata.

# ROZDZIAŁ 96

**Okolice Brixlegg, Austria**
**12 stycznia, godzina 19.02**

Mierząc do nich z pistoletu, Hecht zaprowadził ich do wnętrza mniejszego tunelu, brutalnie związał im ręce i rzucił ich na ziemię. Renwick opierał się, ale jedyne, co przez to zyskał, to cios kolbą w żołądek.

– Nie zapomnę ci tej zdrady, Hecht – wysyczał przez zaciśnięte zęby. – Zapłacisz mi za to.

– Wątpię, Kasjuszu – Hecht uśmiechnął się drwiąco. – Kiedy następnym razem nacisnę ten przycisk, ładunki naprawdę zadziałają – podniósł detonator i zamachał nim szyderczo, po czym uderzył Renwicka pięścią w bok głowy. Jego sygnet pozostawił głęboki ślad tuż nad uchem.

– Jakie to uczucie, Renwick? – błysnął zębami Archie, kiedy Hecht odmaszerował w górę tunelu, pozostawiając dwóch ludzi na straży. – Zostać przechytrzonym? Zdradzonym? Uwięzionym?

– Zamiast się naigrawać, Connolly, spróbuj wymyślić coś, co może nas stąd wydostać – odwarknął Renwick. Krew płynęła mu po twarzy i skapywała na ramię.

– Coś, co może n a s stąd wydostać – parsknął Archie. – Wierz mi, jeśli nawet wymyślę jakiś plan ucieczki, nie będzie uwzględniał twojej osoby.

Zamilkli, a dwaj strażnicy zapalili papierosy. Z jaskini dobiegały dźwięki pracy – młotów, wiertarek, pił. Tom domyślał się, że ludzie Völza rozmontowywali w tej chwili wagon, przygotowując jego śmiercionośną zawartość do transportu do... Dokąd? Przerażała go myśl, że mogli zabrać ładunek, dokąd tylko chcieli. Kiedy Völz się stąd wyrwie, będzie nie do zatrzymania. Archie chyba czytał w jego myślach.

– Naprawdę mógłby zrobić z tego bombę atomową?

– Wątpię – powiedział Tom. – Potrzebowałby masy specjalistycznego sprzętu i pomocy ekspertów. Ale nie musi sam jej robić. Wystarczy, że sprzeda uran, a będzie miał dość funduszy, by stworzyć niewielką armię. Poza tym wciąż ma możliwość wyprodukowania brudnej bomby, którą nam opisał. Wyobrażasz sobie chaos, jaki by powstał, gdyby coś takiego eksplodowało w Berlinie, Londynie czy Nowym Jorku?

– I to by było na tyle, jeśli chodzi o Bursztynową Komnatę – zauważył Archie ponuro.

– Nie mogę uwierzyć, że przez cały ten czas wszyscy szukali czegoś, co nie istnieje – westchnął Tom.

– Twój ojciec sądził, że ona istnieje – wtrącił się Renwick.

– Myślisz, że on też się mylił?

– Nawet o nim nie wspominaj – warknął Tom.

– Nie zapominaj, że to do mnie się zwrócił, nie do ciebie, kiedy dotarły do niego plotki łączące Bursztynową Komnatę z hitlerowskim Złotym Pociągiem i wiadomością zakodowaną za pomocą Enigmy – Renwick uśmiechnął się blado. – Nie zaprzątałem sobie tym głowy, dopóki kilka lat temu nie trafiłem na aukcji w Wiedniu na obraz Bellaka. Wtedy zdałem sobie sprawę, że jeśli jeden z nich przetrwał czystkę Himmlera, mogły ocaleć również inne, w tym i portret, a wraz z nimi szansa na odnalezienie tego miejsca.

– Tylko że nie mogłeś znaleźć żadnego z nich, prawda?

– Niestety, twój ojciec mylnie zakładał, że obraz trafił do jakiejś prywatnej kolekcji, więc na nich skoncentrowałem swoje wysiłki. Bezowocne, jak się okazało. Zdecydowałem się włączyć w to ciebie, bo pomyślałem, że przyda mi się nowa para oczu. I miałem rację.

– Tak, ale dużo ci to nie dało – rzucił Archie zaczepnie. – Na wypadek gdybyś nie zauważył, zaraz pogrzebią cię tu żywcem, podobnie jak nas.

– Chciałbym wiedzieć jedno – Tom wbił wzrok w oczy Renwicka. – W Petersburgu powiedziałeś, że mój ojciec przez cały czas wiedział, kim jesteś. Że z tobą współpracował. Czy to jeszcze jedno z twoich kłamstw?

Renwick odwzajemnił spojrzenie, ale w chwili kiedy już wydawało się, że odpowie, Hecht powrócił z końca tunelu. Na jego widok dwaj strażnicy wyrzucili papierosy i wyprostowali się. Jeden z nich na wszelki wypadek kopnął Archiego w żebra, żeby zademonstrować, jak bardzo się starają. Hecht chrząknął z aprobatą.

– Niech jeden z was pójdzie i zorganizuje mi coś do picia. A, i jeśli jest tam Dimitri, niech powie mu, że ładunki są uzbrojone.

Strażnik przytaknął i podreptał posłusznie w kierunku komory, mijając się z człowiekiem w kasku i odblaskowej kurtce, który zmierzał w ich kierunku.

– A co ty tutaj robisz? – warknął Hecht, kiedy tamten się zbliżył. – Miałeś być w jaskini z innymi i pomagać przy rozładunku pociągu.

Mężczyzna wzruszył ramionami. Potem zauważył, że rozwiązało mu się sznurowadło. Schylił się, żeby je zawiązać, a jednocześnie podniósł wzrok na Toma i mrugnął.

To była Wiktor.

## ROZDZIAŁ 97

**Okolice Brixlegg, Austria**
**12 stycznia, godzina 19.08**

Tom spojrzał na Archiego, który niemal niezauważalnie przytaknął. On też ją rozpoznał.

– Zadałem ci pytanie – Hecht domagał się wyjaśnień od wciąż przykucniętej Wiktor. – Wracaj do pracy.

– Ty draniu! – krzyknął Tom, przetaczając się po podłodze, lądując na Archiem i kopiąc go w żołądek. – To twoja wina. Twoja chciwość zabije nas obu.

Archie szarpnął się gwałtownie i próbował go z siebie zrzucić, wyginając przy tym plecy jak zapaśnik wyrywający się z chwytu przeciwnika.

– Jeśli to jest czyjaś wina, to tylko i wyłącznie twoja – odkrzyknął. – Mówiłem, żebyś dał sobie z tym spokój.

Hecht przyskoczył do nich i chwycił Toma za ramię, zdecydowany oderwać go od Archiego mocnym szarpnięciem. Jednak Tom odwrócił się błyskawicznie i zatopił zęby w jego dłoni pomiędzy kciukiem a palcem wskazującym. Hecht krzyknął z bólu.

W tym samym czasie Wiktor znalazła się za plecami strażnika, którego uwaga skupiła się na walce. Wymierzyła starannie i z rozmachem uderzyła go w tył głowy, rozbijając mu czaszkę. Padł martwy na podłogę.

Hecht odwrócił się, przyciskając krwawiącą rękę do piersi. Drugą ręką sięgnął po pistolet. Leżący u jego nóg Archie kopnął wysoko i trafił go w przedramię, wytrącając mu broń, która z trzaskiem potoczyła się po ziemi. Z rykiem furii Hecht rzucił się na Wiktor, w ułamku sekundy pokonując dzielącą ich odległość. Potężnym ciosem w bok głowy obalił ją na podłogę. Padając, Wiktor kopnęła na oślep, trafiając go w krocze. Osunął się na kolana za zduszonym jękiem. W tej samej chwili dostrzegł na podłodze swój pistolet. Na czworaka ruszył w jego kierunku.

Tom z wysiłkiem podniósł się na nogi, opierając się o ścianę korytarza, i rzucił się na Hechta. Rój gwiazd eksplodował mu pod powiekami, gdy wylądował ciężko na zranionym ramieniu. Ale Hecht zdawał się go nie dostrzegać. Zatrzymał się jedynie, by go z siebie strząsnąć, i pełzł dalej w kierunku broni. Ale to niewielkie opóźnienie wystarczyło, by Wiktor zerwała się na nogi i porwała pistolet, zanim zdążyły się na nim zacisnąć masywne palce Hechta. Jego oczy wciąż błyszczały wyzywająco, kiedy zbliżyła broń do jego twarzy, tak że wylot lufy dzieliły od jego nosa zaledwie centymetry. Potem jednym płynnym ruchem uderzyła go rękojeścią w skroń. Padł twarzą w dół na podłogę chodnika.

– Boże, jak dobrze cię widzieć – wydyszał Tom z wysiłkiem między jednym bolesnym oddechem a drugim.

– Mieliście nie wchodzić do środka – uśmiechnęła się. Wyciągnęła zza cholewy nóż i przecięła więzy na jego rękach.

– Skąd masz ten strój? – zapytał Archie, gdy przyklękła przy nim, uwalniając i jego.

– Jeden z ludzi Völza zdecydował się odlać trochę za blisko – wyszczerzyła zęby. – Na szczęście, ubranie pasowało.

– Skąd wiedziałaś, że tu jesteśmy? – spytał Tom.

– Nie wiedziałam. Dominique się tego domyśliła. Mówiła, że nie oprzecie się pokusie. Macie szczęście, że tak dobrze zna was obu.

– Gdzie ona jest? – Tom rozejrzał się dookoła, jak gdyby spodziewał się, że Dominique zaraz wyskoczy z cienia. – Wszystko z nią w porządku, prawda?

– Zeszła na dół, żeby zadzwonić na ten numer FBI, który jej dałeś. Przypomniała sobie, że widziała linię telefoniczną prowadzącą do domu tego staruszka. Dalej, wynośmy się stąd.

– Chwileczkę – powiedział Tom. – Nie możemy tego tak zostawić. Jak tylko Völz wydostanie się stąd z uranem, nie znajdziemy go, aż będzie za późno.

– Masz rację – poparł go Archie. – Ale nas jest tylko troje, a ich dwudziestu. Co zamierzasz zrobić?

– Czworo, jeśli mnie rozwiążecie – wtrącił się Renwick.

Tom zignorował go, zastanawiając się, jakie mieli możliwości. W końcu to widok leżącego bezwładnie Hechta podrzucił mu pewien pomysł.

– Detonator – wykrzyknął. – Możemy użyć ładunków Hechta, żeby wysadzić wejścia do kopalni i uwięzić ich do czasu przybycia policji. Przeszukajcie go. Wciąż musi go mieć przy sobie.

Archie przewrócił Hechta na plecy i obszukał go. Znalazł w jednej kieszeni detonator, a w drugiej kartkę papieru. Rozwinął ją na podłodze i uniósł nad nią latarkę.

– To schemat rozmieszczenia ładunków. Są oznaczone numerami od jeden do cztery. W każdym tunelu są dwa zestawy: jeden przy wejściu, a drugi niedaleko jaskini.

– Jeśli więc odpalimy ładunki dwa i trzy, zamkniemy jaskinię z obu stron, zgadza się?

– Nie jestem ekspertem od materiałów wybuchowych – skrzywił się Archie – ale tak z tego wynika.

– Cóż, mnie to wystarczy – powiedział Tom. – Wyjdźmy na zewnątrz i odpalmy je. Nie mogę pozwolić, żeby Völz rozładował ten pociąg.

– Wiesz, w momencie kiedy odpalisz te ładunki, w tunelu mogą być ludzie – zauważył Archie. – Najprawdopodobniej tego nie przeżyją.

– Wiem – Tom zacisnął usta. – Ale jeśli teraz nie powstrzymamy Völza, zginie o wiele więcej osób.

Odwrócili się, by odejść, ale zatrzymał ich głos Renwicka.

– Thomas, mój drogi chłopcze. Z pewnością nie zamierzasz mnie tu zostawić?

– Nie? – powiedział Tom sucho. – No to patrz.

– Zastrzelą mnie, dobrze o tym wiesz.

– Świetnie. Oszczędzą mi kłopotu – ucieszył się Archie.

Renwick zignorował go i wbił wzrok w Toma.

– Nie możesz tego zrobić, Thomas. Pomyśl o wszystkich tych chwilach, które spędziliśmy razem. O wszystkim, co nas łączyło. Jeśli mi teraz nie pomożesz, to będzie tak, jakbyś sam pociągnął za spust.

– Nie słuchaj go, Tom – ostrzegł Archie.

– Odpowiedz na moje pytanie – Tom podszedł do Renwicka, wciąż opartego o ścianę kopalni. – Czy mój ojciec wiedział, kim jesteś? Czy współpracował z tobą?

– Uwolnij mnie, a wtedy ci powiem.

Tom potrząsnął głową.

– Nie. Mam już dość twoich kłamstw – sięgnął do kieszeni kurtki Renwicka i wyjął złoty zegarek Patek Philippe, który należał kiedyś do jego ojca. – Wezmę to – powiedział, rzucając okiem na jego tarczę. – Tobie nie będzie już potrzebny.

# ROZDZIAŁ 98

**Okolice Brixlegg, Austria**
**12 stycznia, godzina 19.15**

Biegli korytarzem, aż prostokąt ciemności rozjaśnionej blaskiem księżyca na śniegu powiedział im, że zbliżają się do wyjścia. Kilka sekund później wypadli na zewnątrz. Ulga, jaką sprawiło im wydostanie się spod przytłaczającej masy góry, na chwilę ich oszołomiła.

– Gotowi? – zapytał Tom, gdy znalazł drzewo dość szerokie, by mogli się za nim schować. Przytaknęli, nagle poważniejąc. Tom ujął detonator w prawą rękę, włączył urządzenie i wysunął antenę. Obok przycisków rozbłysły cztery czerwone światła.

– Dwa i trzy – przypomniał mu Archie. – To zamknie jaskinię z obu stron. Tylko dwa i trzy.

– W porządku.

Tom nacisnął guzik oznaczony numerem dwa. Głęboko pod sobą usłyszeli głuchy huk, a zaraz potem poczuli drżenie ziemi. Śnieg zebrany na górnych gałęziach jodeł osunął się z hałasem. Z korytarza kopalni wyleciał duszny powiew, który zmierzwił ciemne włosy Wiktor.

– A teraz trzy – podpowiedziała mu cicho.

Tom wcisnął numer trzy. Tym razem dźwięk był zdecydowanie głośniejszy i dużo bliższy – gardłowy ryk narastał i narastał, aż wydobył się z wnętrza kopalni chmurą dymu i kurzu, która białym całunem okryła wszystko, czego dotknęła. Kiedy w końcu dym opadł, ruszyli w kierunku wejścia. Powietrze było ciężkie od pyłu.

– Wciąż masz radio, Wiktor? – zapytał Tom. – Wywołajmy Dominique i sprawdźmy, czy udało jej się już dotrzeć do tego domku.

Wiktor znalazła radio i podała je Tomowi, jednocześnie biorąc od niego detonator. Tom włączył nadajnik i wpisał kod szyfrujący, który pozwalał mu nastawić je na umówioną częstotliwość. Ale zanim zdążył cokolwiek powiedzieć, usłyszał krzyk Wiktor:

– Tom, uważaj!

Rzuciła się na niego, przewracając go na ziemię. W tej samej chwili nocną ciszę rozdarł huk wystrzału. Tom wylądował z impetem na plecach, a Wiktor upadła na niego, dziwnie ciężko i bezwładnie. Została trafiona.

Tom instynktownie wiedział, z którego kierunku padł strzał. Poczołgał się w tył, wlokąc Wiktor za sobą, i przyczaił pod osłoną dużego, ośnieżonego głazu. Chwilę później wślizgnął się tam również Archie. Dwie kolejne kule, nie czyniąc im krzywdy, wbiły się w śnieg.

– Co z nią? – zapytał Archie.

– Niedobrze – wyszeptał Tom ponuro, składając sobie na kolanach głowę bladej, nieruchomej Wiktor. Kula uderzyła w skałę tuż nad nim. W ostatniej chwili zdążył uchylić się przed kolejnym strzałem, który wybuchł mu nad głową śnieżnym fajerwerkiem. – Kto to, u diabła, jest? Skąd się tu wziął?

Archie szybko wyjrzał zza głazu po drugiej stronie.

– To Hecht.

– Hecht! Cholera – Tom był wściekły na siebie, że go nie związał. Przetoczył Wiktor na bok i zobaczył, że w miejscu, gdzie leżała, śnieg był ciemny i lepki. Kula trafiła ją w plecy.

– Ona potrzebuje pomocy. Szybko. Musimy coś zrobić, zanim Hecht domyśli się, że nie mamy broni, i powystrzela nas jak kaczki.

– Masz jakiś pomysł?

– A może ten czwarty ładunek?

– Co?

– Czwarty ładunek wybuchowy. Nie mówiłeś, że założono go blisko wejścia? Jeśli go odpalimy, zasypiemy Hechta.

– Gdzie detonator?

– Miała go Wiktor – Tom sprawdził jej kieszenie. – Wzięła go ode mnie, kiedy dała mi radio. Cholera, tu go nie ma. Musiała go upuścić.

Wyjrzał zza głazu i zobaczył w śniegu smukły, ciemny kształt.

– Widzisz go? – spytał Archie.

– Tak – syknął Tom. – Jakieś trzy metry od nas.

– Plan jest taki: ja odwracam jego uwagę, a ty łapiesz detonator.

– Nie ma mowy – potrząsnął głową Tom. – To zbyt niebezpieczne.

– Nie bardziej niż czekanie, aż Hecht przyjdzie tu po nas, podczas gdy Wiktor się wykrwawia.

– Dobrze – ustąpił Tom. – Ale uważaj na siebie.

– Bez obaw – wyszczerzył zęby Archie. – Widzimy się za pięć minut.

Wypadł zza głazu i rzucił się w prawo, w kierunku najbliższego drzewa. U wejścia do kopalni natychmiast wybuchła kanonada. Kule gwizdały w powietrzu, z trzaskiem uderzając w pnie lub z sykiem lądując w śniegu. W tej samej chwili Tom wyturlał się zza skały po drugiej stronie, zerwał się i rzucił w kierunku detonatora. Sekundy, które zajęło mu dotarcie do niego, zdawały się rozciągać w nieskończoność.

Porwał urządzenie i zawrócił, a wtedy kanonada ustała gwałtownie. Tom z obawą podniósł wzrok. Zobaczył Hechta, który stojąc u wejścia do kopalni, patrzył wprost na niego z szyderczym grymasem na poznaczonej bliznami twarzy. Tom zamarł na moment wpatrzony w jego błyszczące oczy i zobaczył cień odrywający się od ściany kopalni za plecami Hechta. Cień z nożem w dłoni. Jednoręki cień.

Renwick.

Z wściekłym wrzaskiem Renwick rzucił się na Hechta i wbił mu w plecy nóż. Hecht zawył z bólu. Upuszczając broń, sięgnął w kierunku rany, a potem podniósł skrwawione ręce na wysokość twarzy. Z okrzykiem wściekłości odwrócił się w stronę Renwicka i ruszył ku niemu powoli i niezgrabnie jak stąpający na tylnych łapach niedźwiedź. Renwick zaatakował ponownie, trafiając go w przedramię, a potem w udo. Hecht zdawał się tego nie zauważać, nieprzerwanie zmierzając naprzód, aż w końcu dopadł Renwicka i zasypał go gradem ciosów. Obaj padli na ziemię i potoczyli się do wnętrza kopalni, znikając Tomowi z oczu.

Leżąca za głazem Wiktor odzyskała przytomność i uśmiechała się do niego słabo.

– Trzymaj się – wyszeptał Tom z troską. – Dominique zaraz ściągnie tu jakichś ludzi. Zabierzemy cię do domu.

– Nie wrócę do domu – powiedziała po prostu.

– Jasne, że wrócisz – zaprotestował Tom. – Poskładamy cię. Wszystko będzie dobrze.

– Nigdy nie wrócę. Wszystko zaplanowałam. Dlatego przyjechałam tu z tobą. Żeby nie mogli mnie powstrzymać.

– O czym ty mówisz?

– Mam pieniądze. Wychodzę z tego. Póki jeszcze mogę. Jak ty.

– Bardzo dobrze – Tom walczył z napływającymi do oczu łzami. Widział, jak na śniegu rośnie coraz większa plama krwi.

– Tak jak mówiłeś, nigdy nie jest za późno – uśmiechnęła się.

Tom nie zdołał wydobyć głosu ze ściśniętego gardła. Czuł, jak uchodzi z niej życie. W ostatnim przypływie energii Wiktor objęła go i przycisnęła usta do jego ust.

– Dziękuję – westchnęła. Jej ręka zsunęła się po ramieniu Toma i odnalazła jego dłoń trzymającą detonator. W chwili gdy jej oczy się zamknęły, nacisnęła czwarty przycisk.

Tym razem eksplozja była potężna i natychmiastowa. Wejście do kopalni zapadło się, na wszystkie strony posypały się odłamki kamieni. Tom padł na ziemię, zasłaniając sobą Wiktor. Żar wybuchu smagnął go w twarz. Ziemia pod nimi zajęczała i zadrżała, a drzewa pochyliły się, trzeszcząc niebezpiecznie.

Kiedy ucichły echa, w powietrzu pozostała chmura dymu i pyłów, gęsta i ciężka jak mgła, dławiąca i wyciskająca z oczu łzy. Tom usłyszał okrzyk i na polanie pojawiła się Dominique w towarzystwie dziesięciu austriackich policjantów.

Opuścił wzrok na pobladłą twarz Wiktor. Uśmiech zamarzł jej na wargach. Tom pochylił się i delikatnie poprawił jej włosy tak, by zakryć bliznę. W świetle księżyca kałuża wsiąkającej w śnieg krwi była czarna jak mroczne zwierciadło.

# EPILOG

„Niektórzy śmiali się, niektórzy płakali.
Większość milczała. Przypomniałem sobie wers
ze świętej księgi hinduizmu, z Bhagawadgity –
»Stałem się śmiercią, niszczycielem światów«".

J. Robert Oppenheimer
po pierwszej eksplozji nuklearnej 16 lipca 1945 roku

**Cmentarz Łazariewski, Ławra Aleksandra Newskiego,
Sankt Petersburg
13 stycznia, godzina 15.02**

Świeżo poruszoną ziemię ułożono w równy kopiec, wąski czarny prostokąt na tle śnieżnej bieli. Z łańcucha kominów w oddali szary, brudny dym wznosił się niemrawo i dotknięty promieniami słońca rozkwitał nagle we wspaniałą różową chmurę, która wzbijała się w kierunku pustego nieba.

Tom przyklęknął i nabrał w dłoń garść ziemi. Roztarł ją w palcach. Wilgotne drobinki zamarzały mu w dłoni i sypały się w dół okruszkami lodu.

– Jak myślisz, co powinniśmy napisać na nagrobku? – spytał Archie.

– Katia. Miała na imię Katia – powiedział Tom zdecydowanie. – Katia Nikołajewna Mostow.

– Dla mnie zawsze będzie Wiktor – wzruszył ramionami Archie. – Katia zupełnie mi do niej nie pasuje.

– Pasuje do osoby, którą kiedyś była i którą miała nadzieję znowu zostać – wyjaśnił szeptem Tom. – Nigdy tak naprawdę nie chciała tego życia, które wiodła jako Wiktor. Po prostu wpadła w nie i nie umiała się z niego wydostać.

– Myślę, że właśnie to jej się w tobie podobało – Archie zaciągnął się papierosem. – Że znalazłeś się w miejscu, w którym nie chciałeś się znaleźć, i kiedy zdałeś sobie z tego sprawę, zdołałeś się z niego wyrwać.

Zapadła cisza. Tom przestąpił z nogi na nogę, w milczeniu wbijając wzrok w ziemię.

– Jakieś wieści o Dimitrim? – zapytał w końcu.

– Bailey zadzwonił do mnie wczoraj wieczorem. Wciąż ani śladu. Miał drań szczęście – musiał być na zewnątrz, kiedy odpaliliśmy ładunki.

– Ktoś przeżył?

– Łącznie szesnastu. Cztery ofiary. Musieli znaleźć się w tunelu.

– A co z uranem? Co się z nim stanie?

– Jest bezpieczny, chociaż wygląda na to, że Niemcy i Austriacy już zdążyli się o niego pokłócić.

– Dlaczego mnie to nie dziwi? – Tom wzruszył ramionami. – A jak tam Bailey? Nie miał kłopotów?

– Nic mi o tym nie wiadomo. Mówił coś o tym, że przenoszą go do Nowego Jorku.

– To dobrze.

– Wiesz, wspomniał, że dzwoniła do niego Jennifer Browne. Pytała o ciebie. Musiała się skądś dowiedzieć, że jesteś w to zamieszany.

– I...? – zapytał Tom z kamienną twarzą, nie podnosząc wzroku.

– I może powinieneś do niej zadzwonić. Słuchaj, wiem, że gnębiłem cię strasznie z jej powodu, że jest od federalnych i w ogóle, ale była z was dobrana para. Cała ta awantura z twoim ojcem, Renwickiem i Wiktor... tylko namieszało ci to w głowie. To znaczy... Co właściwie masz do stracenia?

– Widzisz to, Archie? – Tom gestem wskazał otaczające ich nagrobki. – Oto, co mam do stracenia. Zbyt dużo czasu spędziłem na cmentarzach. Przez wszystkie te lata pochowałem zbyt wielu drogich mi ludzi. W ten sposób jest łatwiej. Nie można opłakiwać czegoś, czego się nigdy nie miało.

– Tom? Archie? – przerwał im donośny głos Dominique. – Tutaj. Znalazłam go.

Przecisnęli się pomiędzy nagrobkami do miejsca, gdzie stała nad otwartym grobem. Po lewej wznosiła się sterta zmarzniętej ziemi. Łopata wystawała z niej jak maszt tonącego okrętu.

– To tu... – wskazała.

Tom zauważył mosiężną tabliczkę przykręconą do wieka trumny i nazwisko wygrawerowane na jej matowej powierzchni.

Henry Julius Renwick.

– To koniec, Tom – powiedziała cicho Dominique.

Tom przytaknął. Wiedział, że powinien się cieszyć z odejścia Renwicka. Powinien odczuwać ulgę, a nawet radość, że człowiek, który go zdradził, okłamał i próbował zabić, nareszcie nie żyje.

Ale zamiast tego odczuwał smutek. Smutek, który przyniosła ze sobą powracająca fala wspomnień z czasów, kiedy był chłopcem. Smutek spowodowany utratą kogoś, kogo przez długi czas uważał za przyjaciela i mentora. Smutek, że jeszcze jedno ogniwo łączące go z ojcem zostało nieodwracalnie zerwane.

– Wszystko w porządku? – zapytał Archie.

– Tak – Tom delikatnie wyjął z kieszeni złoty zegarek ojca. Obracał go powoli, trzymając łańcuszek palcami lewej ręki. Koperta błyskała leniwie, odbijając światło.

– Nie myślisz chyba, że twój ojciec...? – zaczął Archie, widząc zegarek.

– Nie, oczywiście, że nie – Tom zdecydowanie potrząsnął głową. Pozwolił zegarkowi wirować jeszcze przez kilka sekund, nie spuszczając z niego wzroku. Potem jednym zdecydowanym ruchem chwycił go i cisnął do grobu, rozbijając o wieko trumny.

Przez chwilę wszyscy troje stali nieruchomo, wpatrując się w białą tarczę zegarka, jego nieruchome wskazówki, lodowe okruchy rozbitego szkła, śrubki i sprężynki rozsypane wokół jak odłamki szrapnela.

– Chodźmy na drinka – zaproponowała w końcu Dominique.

– Tak – Tom uśmiechnął się smutno. – Chodźmy na kilka drinków.

Archie rzucił papierosa na ziemię. Niedopałek rozbłysnął na kilka sekund, zamigotał i zgasł.

## OD AUTORA

W roku 1999 prezydencka komisja do spraw majątku pożydowskiego ostatecznie przyznała, że armia Stanów Zjednoczonych nie tylko popełniła błąd, identyfikując zawartość węgierskiego Złotego Pociągu po odzyskaniu jej w 1945 roku jako własność wroga, ale również że niektórzy żołnierze amerykańscy aktywnie uczestniczyli w grabieży. Chociaż Departament Sprawiedliwości sprzeciwił się wszelkim roszczeniom odszkodowawczym, w 2005 roku sądy orzekły na korzyść pozwu zbiorowego wniesionego przez ocalałych z Holokaustu. Węgierskim Żydom przyznano łączną sumę dwudziestu pięciu milionów dolarów. Do dziś nie odnaleziono wielu obrazów i innych dzieł sztuki, które przewoził Złoty Pociąg.

    Zamek Wewelsburg w pobliżu miasta Paderborn w północnej Westfalii miał w zamyśle Himmlera stać się duchowym centrum aryjskiego świata. Himmler planował zbudować tam potężny kompleks, którego osią miała być północna wieża zamku. Przy realizacji pierwszej fazy tego planu straciło życie co najmniej tysiąc dwustu osiemdziesięciu pięciu więźniów obozu koncentracyjnego. Dziś w zamku znajdują się muzeum i schronisko młodzieżowe. Krypta i sala ceremonialna z symbolem czarnego słońca, w której dwunastu generałów zasiadało wokół okrągłego stołu, są otwarte dla zwiedzających.

Prowadzony przez hitlerowców program badań nuklearnych skupiał się w Instytucie Fizyki imienia Cesarza Wilhelma pod kierunkiem fizyka Wernera Heisenberga, choć w wyścigu tym uczestniczył również zespół wojskowy pod kierownictwem naukowym profesora Kurta Diebnera. Pozostaje kwestią sporną, czy zespół Heisenberga celowo sabotował badania, czy po prostu nie nadążał za aliantami. Historycy wierzą, że Stalin celowo nakazał marszałkom Żukowowi i Koniewowi ścigać się do Berlina, by zająć Instytut imienia Cesarza Wilhelma, zanim zrobią to Amerykanie. Wyścig ten kosztował życie siedemdziesięciu tysięcy ludzi. Specjalnie oddelegowany oddział NKWD zabrał z Instytutu ponad trzy tony tlenku uranu – materiału, którego wówczas Rosjanom brakowało. Pozwoliło im to rozpocząć Operację Borodino, ich własny program nuklearny. Pierwsza radziecka próba nuklearna miała miejsce w sierpniu 1949 roku, ponad cztery lata po wybuchu Trinity w Nowym Meksyku w lipcu 1945 roku.

Bursztynowa Komnata została zamówiona przez króla Prus Fryderyka I w 1701 roku, a później podarowana carowi Piotrowi Wielkiemu. Zdobiła Pałac Jekateryninski na obrzeżach Sankt Petersburga od 1770 do września 1941 roku, kiedy zwycięskie wojska niemieckie przeniosły ją na zamek w Królewcu w Prusach Wschodnich (obecnie rosyjskie miasto Kaliningrad). Z obawy przed nalotami aliantów w 1944 roku Komnata została ponownie zapakowana do skrzyń, po czym zniknęła. Krążą różne opinie na temat tego, co się z nią stało. Niektórzy twierdzą, że została przeniesiona do opuszczonej kopalni srebra w Turyngii, inni, że zakopano ją na mierzei morskiej na Litwie. Według najnowszej teorii, Komnata została omyłkowo spalona przez wojska radzieckie, a Kreml celowo ukrywał ten fakt, propagując mit o przetrwaniu Bursztynowej Komnaty, by użyć go jako chwytu w negocjacjach. W 1997 roku syn jednego z niemieckich oficerów, którzy w czasie wojny eskortowali Komnatę z Sankt Petersburga do Królewca, został aresztowany podczas próby sprzedaży jej niewielkiego fragmentu. Choć nie wiadomo, w jaki sposób oficer wszedł w jego posiadanie, fragment ten oraz inkrustowana szkatułka są jedynymi zachowanymi elementami oryginalnej Bursztynowej Komnaty, które przetrwały wojnę.

Więcej informacji na temat autora i fascynującej historii ludzi, miejsc i przedmiotów, które pojawiają się w *Czarnym słońcu* i w innych przygodach Toma Kirka, można znaleźć na www.jamestwining.com.

## PODZIĘKOWANIA

Chciałbym wyrazić wdzięczność moim agentom, Jonathanowi Lloydowi i Euanowi Thorneycroftowi z Curtis Brown w Londynie oraz George'owi Lucasowi z Inkwell Management w Nowym Jorku za ich wnikliwość i ciężką pracę.

Chciałbym również podziękować moim redaktorom Wayne'owi Brookesowi i Alison Callahan, którzy wraz z całym zespołem redakcyjnym oraz działem marketingu i sprzedaży wydawnictwa HarperCollins w Wielkiej Brytanii i Stanach Zjednoczonych nieprzerwanie czynią dla mnie cuda. Ta powieść powstała dzięki Waszym umiejętnościom i Waszemu entuzjazmowi. Czuję się szczęśliwy i zaszczycony, mogąc z Wami pracować.

Zbierając materiały do powieści, zaciągnąłem ogromny dług wdzięczności wobec trzech wspaniałych książek: *The Spoils of World War II* Kennetha D. Alforda, *The Order of the Death's Head* Heinze Höhne i *Berlin. The Downfall, 1945* autorstwa Antony'ego Beevora (polskie wydanie: *Berlin. Upadek 1945*, tłum. Józef Kozłowski, Warszawa 2002). Dziękuję również muzeum Ermitaż w Sankt Petersburgu, Kreismuseum Wewelsburg w Niemczech, Narodowemu Muzeum Kryptologicznemu w Forcie Meade w stanie Maryland i synagodze Pinkasa w Pradze.

Wielu ludzi przyczyniło się do powstania tej książki i wspierało mnie w czasie długich, samotnych miesięcy, które zajęło jej napisanie, jednak na szczególne podziękowania zasługują Ann, Bob i Joanna Twining, Roy, Claire i Sarah Toft, Kate Gilmore, Jeremy Green, Anne O'Brien, Florian Reinaud, Nico Schwartz, Jeremy Walton, Tom Weston i, jak zawsze, Rod Gillett. Jestem również ogromnie wdzięczny za sugestie, których udzielił mi Adrian Loudermilk zaledwie kilka dni przed swoją tragiczną śmiercią.

Wiktorio i Amelio, dziękuję, że ze mną wytrzymujecie. Kocham Was. Sprawiacie, że to wszystko ma sens.

Londyn, październik 2005

Wydawnictwo Otwarte sp. z o.o.,
ul. Kościuszki 37, 30-105 Kraków. Wydanie I, 2007.
Druk: Colonel, ul. Dąbrowskiego 16, Kraków.